HEYNE <

MARION
HERZOG

ALGORYTMICA

Roman

WILHELM HEYNE VERLAG
MÜNCHEN

Sollte diese Publikation Links auf Webseiten Dritter enthalten, so übernehmen wir für deren Inhalte keine Haftung, da wir uns diese nicht zu eigen machen, sondern lediglich auf deren Stand zum Zeitpunkt der Erstveröffentlichung verweisen.

Penguin Random House Verlagsgruppe FSC® N001967

Originalausgabe 12/2021
Redaktion: Catherine Beck

in der Penguin Random House Verlagsgruppe GmbH,
Neumarkter Straße 28, 81673 München
Printed in Germany
Umschlaggestaltung: Das Illustrat GbR, München
Satz: KompetenzCenter, Mönchengladbach
Druck und Bindung: CPI books GmbH, Leck

ISBN: 978-3-453-42451-7

www.diezukunft.de

Prolog

Samuel Crowe beobachtete konzentriert die vier Monitore. Endlich war es so weit. Seine Drohne begann nach einem langen Heimweg mit dem Landeanflug, und obwohl ihm eine ermüdende Nachtschicht in den Knochen steckte, durfte er jetzt keinen Fehler machen. Immerhin war es seine einzige Aufgabe, das Flugzeug sicher nach Hause zu bringen.

Es war ungewöhnlich ruhig auf der Lotsenbrücke. Ein angekündigter Sturm war der Grund dafür. Die meisten seiner Kollegen hatten ihre Babys längst ins Dock geholt und waren in die Sicherheit der tieferen Ebenen verschwunden. Außer ihm selbst waren nur noch vier weitere Drohnenpiloten anwesend. Cathy, Miriam und Don verfolgten an ihren Pulten zwei Reihen vor ihm die Flugbahnen ihrer eigenen Schützlinge. Auch die drei anderen Drohnen waren nicht mehr weit entfernt. Sie würden es rechtzeitig in die Arche schaffen.

Auf dem Platz direkt neben Samuel war Riley vor seinem virtuellen Cockpit eingeschlafen. Wie sein bester Freund es schaffte, seelenruhig vor sich hinzuschnarchen, während sein Flugzeug meilenweit entfernt unterwegs war, konnte Samuel nicht verstehen. Aber es war typisch für ihn. Was Riley nicht ändern konnte, das interessierte ihn auch nicht. Wäre es Samuels Drohne gewesen, die direkt auf einen Jahrhundertsturm zusteuerte, er hätte keine ruhige Minute gehabt. Doch die Sorge um sein ferngesteuertes Auge war nicht der einzige Grund für seine Nervosität an diesem Abend.

Das Blinken auf seinem Monitor zeigte ihm an, dass DX.567.34, oder Dottie, wie er sie liebevoll nannte, den Signalradius der Arche erreicht hatte. Nur wenige Sekunden später flackerte die Übertragung ihrer Außenkamera über den Screen. Wackelnd, vom Wind hin- und hergezerrt, schoss Dottie auf der südlichen Einflugschneise auf das Schott zu. Angespannt nagte Sam an seiner Unterlippe. Der Sturm war näher als gedacht und stärker. Samuel hatte das Landemanöver schon viele Hundert Male durchgeführt, und doch war er immer wieder nervös, als wäre es sein erster Flug. Sein Blick hüpfte zwischen den Bildschirmen hin und her. Er kontrollierte abwechselnd die Daten der errechneten Flugbahn, das Cockpit seiner Drohne und die Bilder, die sie ihm aus der Luft zeigte. Viel war darauf nicht zu erkennen. Der dichte rote Feinstaub schränkte die Sicht bis auf wenige Meter ein. Zudem funktionierte Dotties Liveübertragung nur in unmittelbarer Nähe der Arche. Je weiter sich die Drohne entfernte, desto schwächer wurde ihr Funksignal. Schon nach wenigen Kilometern war sie nicht mehr zu steuern und konnte nur noch ihrer vorprogrammierten Flugbahn folgen.

Nur eine der vielen Herausforderungen, die da draußen auf die Flieger wartete. Es kam immer wieder vor, dass Lotsen ihre Drohnen an die Oberfläche verloren. Samuel war das noch nie passiert, und es würde ihm auch heute nicht passieren. Seine Finger hüpften zwischen den Screens hin und her und justierten auf der transparenten Oberfläche die Koordinaten immer wieder neu. In schnellem Zickzack raste Dottie tief am Boden über aschgrauen Stein und rote Staubhügel, bis wie aus dem Nichts die Tore der Südschleuse auftauchten. Im selben Moment, in dem die Bilder Samuels Monitor erreichten, öffnete er mit einer geübten Handbewegung die Tore und ließ sein Baby ins Innere der Arche einfliegen.

Sobald sich die meterdicken Tore hinter der Drohne geschlossen hatten, wurde das Übertragungsvideo deutlicher. Samuel sah, wie Dotties Scheinwerfer den grauen Stahl in weißes Licht tauchten. Erleichtert atmete er auf. Sie hatten es wieder einmal geschafft. Dottie war sicher im Hafen. Ein paar Minuten noch, dann würde der Aufzug den Hangar auf Level −1 erreichen, und sie war zu Hause.

Samuel legte den Kopf in den Nacken und blickte nach oben an die graue Betondecke. Wie viele Meter Stein trennten ihn von seiner Drohne? Und von den Schotts auf Level 0? Was hatte Dottie diesmal gesehen, welche Bilder würde sie mit ihm teilen?

»Riley, hey Riley, wach auf!« Er boxte seinen Freund in die Seite. »Dottie ist zurück. Es ist so weit.«

Der schlafende Pilot röchelte genervt durch die Nase und blinzelte müde mit einem Auge zu ihm hoch.

»Bist du dir sicher? Das ist das dritte Mal heute, dass du den Vogel gesehen hast.«

Samuel nickte überzeugt. »Sie ist es. Sieh selbst.« Er deutete auf seine Monitore.

Riley wischte sich mit dem Ärmel seiner Uniform ein dünnes Rinnsal Speichel vom Kinn und stemmte sich von seinem Stuhl hoch. Mit gerunzelter Stirn betrachtete er die Daten und schließlich die Bilder aus dem Lastenaufzug.

»Hallo hallo, alte Freundin, da bist du ja wieder«, murmelte er. Ein Lächeln stahl sich auf sein Gesicht. »Na? Was hast du da draußen gesehen? Hast du uns etwas Interessantes mitgebracht?« Er wandte sich an Samuel und sagte: »Dann wollen wir mal nach oben. Lange genug hat es gedauert. Hoffentlich hat sich die Warterei diesmal gelohnt.

Langsam frage ich mich, warum wir das hier eigentlich machen. Ob wir überhaupt je etwas finden.«

»Pst«, zischte Samuel und warf einen hektischen Blick über die Schulter in Richtung der anderen Piloten.

»Ach, komm schon«, beruhigte ihn Riley und verdrehte die Augen. »Als ob es hier jemanden interessiert, was wir treiben.« Aus der Innentasche seiner Jacke zog er einen kleinen Flachmann. Er nahm einen kräftigen Schluck und zog scharf die Luft ein. »Puh, das Zeug wird auch nicht besser. Aber bei den Preisen, die Miller verlangt …« Er bot Samuel einen Schluck an, aber der schüttelte nur den Kopf.

»Lieber nicht. Ich bin nervös genug.«

»Eben darum.« Riley steckte den Flachmann wieder weg.

»Komm, wir wollen dein Baby nicht warten lassen. Vielleicht hat sie uns ja tatsächlich etwas Neues mitgebracht.«

Zielstrebig überquerten sie die Brücke in Richtung der beiden Aufzüge.

»Habt ihr einen Heimkehrer?«, fragte Miriam Bold und hob den Blick für einen Moment von ihren eigenen Daten.

»Jepp, er hier«, erklärte Riley und klopfte Samuel auf die Schulter. »Mein Miststück treibt sich noch da draußen rum. Ich denke nicht, dass sie es nach Hause schafft, bevor es richtig ungemütlich wird. Wie sieht es bei euch aus?«

»Cathy könnte Glück haben. Ihr Vogel ist nur noch ein paar Stunden entfernt. Don rechnet nicht mehr mit einer Rückkehr. Sein letztes Signal ist fast acht Stunden alt. Die ursprüngliche Route führt mitten in den Sturm, und er kann nicht umlenken. Bei mir sieht es nicht viel besser aus. Ich bin zwar nur noch vier Stunden von der Arche entfernt, aber ich hab kaum noch Energie. Ich kann versuchen durchzufliegen«, sie zuckte mit den Achseln, »aber ihr wisst ja selbst, wie die Chancen stehen. Ich werde den Sturm abwarten. Vielleicht kann ich landen und in ein paar Tagen eine Bergungsmaschine schicken. Warst du weit weg, Samuel?«

Samuel warf Riley einen Blick zu, als wünschte er, sein Freund würde für ihn antworten. Dann schüttelte er den Kopf. »Nein, die übliche Tour.« Nervös rieb er seine Handflächen aneinander.

»Na dann, herzlichen Glückwunsch zur Heimkehr. Hab ein gutes Charching. Wir werden wohl mindestens eine Woche nicht starten. Ich kann eine Pause gut gebrauchen. Vielleicht sehen wir uns ja die Tage im Holovit?«

»Darauf kannst du wetten«, sagte Riley. »Guten Flug, Mir.«

Gemeinsam verschwanden Riley und Samuel im Fahrstuhl. Riley drückte den Knopf für die Ebene –1. Nachdem er seine ID in das Display getippt hatte, schlossen sich die Türen. Schulter an Schulter standen die beiden Männer nebeneinander, bis sich die Türen mit einem leichten Ruck wieder öffneten.

»Level –1. Drohnenhangar«, kündigte eine freundliche Frauenstimme an.

Samuel straffte die Schultern. Gemeinsam mit Riley verließ er den Aufzug, und im Gleichschritt durchquerten sie die weitläufige Halle.

Wie immer, wenn er so nahe an der Oberfläche war, fühlte Samuel sich unbehaglich. Ausgeliefert und schutzlos angesichts der tödlichen Welt, die direkt über seinem Kopf lauerte. Aber da war noch etwas anderes. Eine bizarre Neugier, eine Sehnsucht nach dieser unbekannten, unendlichen Weite. Die Hoffnung auf Freiheit, für die er immer wieder sein Leben aufs Spiel setzte.

»Langsam könnte man hier auch mal umparken«, knurrte Riley, während sie mit langen Schritten den stillgelegten Teil der Halle mit Personenflugzeugen durchquerten. »Die Dinger waren seit Jahren nicht mehr in der Luft. Die können auch woanders verrosten. Und ich würde mir ein paar Meter sparen.«

»Bewegung ist gesund für Körper und Geist«, entgegnete Samuel. Nachdenklich betrachtete er die in die Jahre gekommene Passagierflotte der Arche, knapp dreißig Falcon Jets, ein Dutzend kleinere Senkrechtstarter und fünf Boeing Modelle der A800er-Familie. Seit dem Amtsantritt von Präsidentin Smith war keines der Flugzeuge mehr gewartet worden. Zehn Jahre war das nun her. Würden die Maschinen überhaupt noch fliegen? War genügend Treibstoff vorhanden? Wie viele Menschen könnte man damit in die Freiheit tragen?

Tausend?

Etwas mehr? Etwas weniger?

Das waren nur etwa 0,5 Prozent der Menschen, die in dieser Arche lebten. »Träumst du?«, fragte Riley und holte ihn zurück in die Realität. Samuel schüttelte den Kopf, auch, um die sinnlosen Gedankenspiele zu beenden. Selbst wenn die Flugzeuge starteten, selbst wenn einem kleinen Teil der Bewohner eine Flucht gelang – wo sollten sie hin? In eine der anderen beiden Archen? Es war überall gleich. Nur dass die Präsidenten und die Mitglieder des Rats dort andere Namen trugen.

»Dann beeil dich. Sie kommt runter«, drängte Riley und ging schneller. Sie hatten die gegenüberliegende Wand des Hangars erreicht. In diesem Teil der Anlage parkten die deutlich kleineren, unbemannten Drohnen. Bis auf wenige Ausnahmen lagen alle DX Detectors an ihren Docks.

»Hey Dottie, willkommen zu Hause, meine Hübsche«, flüsterte Samuel, als sich die breiten Türen des Lastenaufzugs öffneten. Lautlos rollte das vier Meter lange Flugobjekt durch die Halle an seinen Platz. Ihre dünnen Flügel aus Leichtmetall hatte sie bereits im Landeschacht auf ein Drittel des Durchmessers eingeklappt. Elegant schob sich der schlanke Körper zwischen die beiden Drohnen rechts und links, bis sie eine Handbreit von den beiden Männern entfernt zum Stehen kam. Ihre Rotoren surrten leise.

Samuel lächelte. Liebevoll legte er seine flache Hand auf die Nase ihres breiten Kopfs. Auf der kalten weißen Oberfläche begannen bunte Lichter zu tanzen, Dottie hatte die Datenübertragung aktiviert. Die Scio-Linsen auf Samuels Augen zeigten ihm das Cockpit der Drohne und die wichtigsten technischen Daten.

»Der Treibstoff ist bis auf den letzten Tropfen aufgebraucht, sie hat es gerade noch geschafft«, informierte er Riley. »Die Route zeigt einen kleinen Umweg, wahrscheinlich musste sie wetterbedingt ausweichen. Sonst scheint alles in Ordnung zu sein. Sehen wir uns die Daten mal an.«

Riley nickte und folgte ihm an die Flanke des Schiffs. Samuel presste seine Finger eine Handbreit unter dem linken Flügel gegen das Metall. Der Kontakt aktivierte einen Mechanismus im Inneren der Drohne, und mit einem leisen Zischen öffnete sich eine Klappe. Wollte man den Motor als Herz seines Schiffs betrachten, dann war dies der direkte Zugriff auf Dotties Hirn. Vorsichtig hakte Samuel nacheinander die vier Festplatten aus der Verankerung des Rechners. Neben ihm öffnete Riley den mitgebrachten Koffer mit den leeren Tauschplatten. Ihre Arbeitsschritte waren routiniert und viel geübt. Alle eingehenden Drohnendaten mussten laut Regelwerk im Vier-Augen-Prinzip abgenommen werden. Die Kontrollpartner wechselten ständig und wurden per Zufallsprinzip zugeteilt. Es war nicht einfach gewesen, den Mechanismus zu umgehen, um Samuel und Riley für diesen Tag zusammenzubringen.

Samuel reichte Riley die erste Platte, nahm eine neue entgegen und schob sie zurück in die Halterung. Seine Hände zitterten nur ein klein wenig. Den Vorgang wiederholten die beiden Männer mit der zweiten und dritten Platte. Bevor er den vierten Datenträger aus dem Bauch des Flugzeugs holte, warf er seinem Partner einen fragenden Blick zu. Wollten sie es wirklich ein weiteres Mal durchziehen? Wieder alles riskieren, ohne zu wissen, wonach sie eigentlich Ausschau hielten? Riley nickte kaum merklich. Es musste also sein. Samuel atmete tief durch und schloss für einen Moment die Augen. Aus seiner Uniformtasche zog er einen kleinen runden Gegenstand, kaum größer als eine Münze und ebenso flach.

Als würde er lediglich sein Gewicht verlagern, machte er einen Schritt zur Seite hinter den Flügel der Drohne. Samuel wusste um den toten Winkel, er hatte ihn lange gesucht. Keine Kamera des Hangars konnte ihn hier komplett erfassen. Blitzschnell presste er den Störer in seiner Hand fest hinter sein linkes Ohr. Sofort spürte er einen unangenehmen Druck. Das LifeChip-Implantat in seinem Kopf war von dem Magneten erfasst worden und klebte nun von innen an seiner Haut. Solange der Chip mit dem Störer verbunden war, konnte er keine Daten aufzeichnen. Für einen kurzen Moment war Samuel frei.

Aus dem Augenwinkel sah er, wie sich Riley am Kopf kratzte. Niemand würde vermuten, dass auch er einen Störer befestigt hatte. Ab jetzt zählte jede Sekunde. Eine größere Datenlücke auf ihren Chips würde auffallen; sie hatten für den letzten Austausch knapp eine Minute Zeit. Ruhig reichte Samuel Riley die entscheidende Hardware und beugte sich nach unten, um mit dem Rücken für einen Augenblick die

Sicht auf den Koffer zu verdecken. In Windeseile tauschte Riley die Platte gegen eine Dublette aus, die er aus dem doppelten Boden des Koffers hervorholte. Das Original verschwand, die Kopie legte er zu den restlichen drei Festplatten, während Samuel den letzten leeren Träger in der Drohne fixierte. Mit einer unauffälligen Handbewegung fuhr er sich durch die Haare und entfernte den Störer. Die Kopfschmerzen verschwanden sofort. Die kleine Platte wanderte zurück in seine Tasche. Das ganze Manöver hatte keine zwanzig Sekunden gedauert. Eine kleine Schweißperle rollte über seine Stirn bis zur Nase. Er atmete tief ein und aus, um sein Stresslevel zu senken, denn der LifeChip zeichnete seinen Puls wieder auf. Riley verschloss den Koffer, während Samuel Dotties Wartungsprogramm aktivierte. Ein letztes Mal streichelte er über ihre glatte Oberfläche. Er genoss das Gefühl, etwas zu berühren, das tatsächlich in der Welt da draußen gewesen war. Vielleicht war es auch für ihn noch nicht zu spät. Vielleicht würde auch er eines Tages dieses unterirdische Gefängnis verlassen. Vielleicht hatte Dottie dieses Mal etwas gefunden, das Anlass zur Hoffnung gab. Einen Silberstreif am Horizont, eine Taube, die den Olivenzweig in die Arche brachte?

Logbuch der Arche *Hope of Tomorrow*.

Eintrag: 29.06.2381
Timothy Walker
Chronist

Zum Zeitpunkt 280324Bjun2381 erreicht das angekündigte Sturmtief in dieser Nacht die *Hope of Tomorrow*. Aus Sicherheitsgründen sind alle Zugänge und Schotts seit knapp vierundzwanzig Stunden geschlossen. Für die Dauer des Shutdowns ist die Kommunikation mit den Archen *Rescue* und *Homeland* unterbrochen. Dieser Eintrag bezieht sich ausschließlich auf die Beobachtungen der Arche *Hope of Tomorrow*.

Erste radioaktive Strahlung wurde von unseren Frühwarnsystemen an der Westküste festgestellt. Daraufhin wurde die gesamte Drohnenflotte nach Hause berufen. Nach aktuellem Stand verzeichnen wir den Verlust von drei Schiffen:

DX.583.12/kein Signal

DX.490.07/kein Signal

DX.566.24/Notlandung im Bereich 46°49'55.5«N 106°57' 03.5«W (ehem. Montana)

Auf Anweisung der Regierung und des Rats der Zehn wurde für die gesamte Arche der Notstand ausgerufen, das gesetzliche Protokoll ist dementsprechend in Kraft getreten. Der Zustand der *Hope* ist stabil, das Holovit in allen Bereichen aktiv. Die Kernspeicher sind zu fünfundsiebzig Prozent gefüllt, die Sauerstoffzufuhr stabil. Frühere Aufzeichnungen der Archen dokumentieren deutlich längere Sturmperioden (siehe LOGBUCHEINTRAEGE 14.11.2193, 03.05.2212, 21.12.2223, 02.10.2364, 28.07.2367) mit einer Dauer von acht bis vierundzwanzig Tagen. Dabei wurde das kritische Level der lebenserhaltenden Systeme nie unterschritten. Eine Einschränkung der Holovit-Nutzung ist aktuell nicht geplant.

Die tägliche Upload-Rate der Bewohner liegt bei neunundneunzig Prozent. Die Auswertungen der LifeChips zeigen keine Auffälligkeiten, die Daten entsprechen der geltenden Norm für die Kategorie »Naturkatastrophen und terrestrische Störungen«. Es wurden keine Infektions- oder Todesfälle für diesen Tag gemeldet. Der Rat der Zehn tritt morgen mit dem Beraterstab der Präsidentin zusammen, um über das weitere Vorgehen zu sprechen.

1

»Guten Morgen, Kaja, Zeit aufzustehen.«

Die Stimme in ihrem Kopf war beruhigend und weich, eine sanfte Liebkosung, die den Schlaf langsam verdrängte.

»Guten Morgen, ELSA«, gähnte Kaja und streckte sich unter den weichen Laken.

»Es ist der 30. Juni 2381. Dein Charching war erfolgreich, deine Vitalwerte liegen in den oberen fünfzehn Prozent deiner Altersklasse. Deine geschätzte Lebensdauer beträgt aktuell einhundertfünfundsiebzig Jahre. Der Rat der *Hope* wünscht dir einen guten Tag im Holovit. Für weitere Informationen und Nachrichten aus deiner Arche aktiviere bitte meine Funktion zu täglichen News.«

»Vielen Dank, ELSA, gerade kein Bedarf.«

Kaja öffnete die Augen. Auf ihren Scio-Linsen konnte sie ablesen, was der LifeChip ihr gerade mitgeteilt hatte. Die Vitalwerte und die Statistik der letzten Nacht waren normal, es gab keine besonderen Vorkommnisse. Exakt acht Stunden Schlaf, tief, traumlos, revitalisierend. Ihr Herzschlag war ebenso stabil wie ihr Blutdruck, ihr Sauerstoffgehalt und die Aktivität all ihrer Organe. Ein deutlicher Anstieg des Nährstoff-Levels bestätigte einen Nutri-Shot in den frühen Morgenstunden. Ihr Körper war mit allen notwendigen Vitaminen, Mineralien, Kohlenhydraten und sonstigen Bausteinen versorgt. Ihr Charching für diesen Tag war abgeschlossen.

Erst in ungefähr achtundvierzig Stunden musste er wieder betankt und gewartet werden. Aber darüber brauchte sich Kaja keine Gedanken machen. Es gehörte zu ELSAs Aufgaben, ihr körperliches Wohlbefinden im Auge zu behalten. Der Chip in ihrem Kopf erfüllte diesen Job zuverlässig und fehlerfrei, darauf konnte sie sich verlassen.

Mit einem kurzen mentalen Befehl ließ Kaja die Daten vor ihren Augen verschwinden und genoss für einen Moment die perfekte Ruhe ihres Schlafzimmers. Sie sog die Luft tief in ihre Lunge ein. Selbst so früh am Morgen konnte man das Versprechen von Sonne und Wärme riechen, die trockene Würze von Zypressen und Olivenbäumen, dazu eine Prise sommerverwöhnter Blumen und Gräser und einen letzten Hauch der kühlen Nacht. Eine Schar Spatzen zwitscherte direkt vor ihrem Fenster. Die kleinen Vögel hatten die dicken Dachbalken der alten Villa zu ihrem Schlafplatz auserkoren. In größtmöglicher Distanz zu Kajas Kater Mikesch waren sie dort oben vor seinen waghalsigen Attacken sicher.

Genüsslich streckte Kaja die Arme über den Kopf und wackelte mit den Zehen. Die Fenster in ihrem Zimmer waren die Nacht über weit geöffnet gewesen. Trotzdem war die Kraft des toskanischen Sommers zu jeder Tageszeit zu spüren.

Verheißungsvoll strahlte die Sonne schon jetzt durch die bodenlangen weißen Vorhänge. In den kommenden Stunden würde sie ihre ganze Kraft entfalten. Kaja seufzte. Sie wünschte, sie könnte noch etwas länger dösen.

Es waren die letzten Sommertage, die zum Faulenzen einluden, aber sie musste ihre Zeit an der Universität verschwenden. Allein der Gedanke daran erstickte ihre gute Laune im Keim. Tag für Tag, Stunde um Stunde komplexe Zahlen und Ziffernreihen anstarren, in der Hoffnung, sie würden irgendwann Sinn ergeben. Coden. Wie sehr sie es hasste. Wie oft hatte sie sich in den letzten Monaten gewünscht, ihr Leben gegen ein anderes tauschen zu können?

»Unendlich oft, im Sinne der mathematischen Definition«, knurrte sie frustriert. Kaja war mit Abstand die schlechteste Studentin in ihrem Jahrgang. Vermutlich war sie die mieseste Algorithmikerin seit Gründung der *Hope*. Wie sehr sie sich auch bemühte, die Gesetze der Mathematik wollten einfach nicht in ihren Kopf. Es war Ironie des Schicksals, dass ausgerechnet ihre Eltern die besten Programmierer der Welt waren. *Murphys Law*, eine Logik, mit der Kaja deutlich mehr anfangen konnte als mit den Regeln der Zahlen.

Dennoch schmerzte es sie, wenn sie darüber nachdachte, was für eine Enttäuschung sie für ihre Mutter und ihren Vater sein musste. Hätte sie das Talent ihrer besten Freundin Lora, würden die stolzen Blicke ihres Vaters ihr gelten. Dann würde selbstverständlich Kaja an seiner Seite in den Staatsdienst eintreten und zusammen mit ihren Eltern die Zukunft gestalten. Sie seufzte. Im Moment war nicht einmal sicher, ob sie die Examen überhaupt bestehen würde. Wenn sie durchfiel, konnte sie eine Karriere als Coderin oder Life-Designerin vergessen. Kaja Andersson, die Tochter der berühmten Andersson Creators, beendet ihr Studium ohne Diplom. Hitze, heißer als die italienische Sonne, stieg ihr ins Gesicht. Das durfte nicht passieren. Und wenn sie sich für den Rest des Sommers in der Bibliothek einschließen musste. Entschlossen schlug sie ihre Decke zurück und sprang aus dem Bett.

Die Steinfliesen unter ihren Füßen waren angenehm kühl. Kaja schloss die Fensterläden, um die Sonne aus ihrem Schlafzimmer zu verbannen und wenigstens einen Bruchteil dieser Frische für ihre Rückkehr am Abend zu konservieren.

Vielleicht wäre später noch Zeit für einen Spaziergang im Weinberg mit ihrem Vater. Vielleicht hätten sie dann endlich Gelegenheit, ihren Streit aus dem Weg zu räumen.

Björn Andersson hatte in letzter Zeit noch mehr gearbeitet als sonst. Kaja hatte ihn in den vergangenen Wochen kaum zu Gesicht bekommen. Zwischen seinen endlosen Stunden in den Rechneranlagen von Andersson Creations und ihrem eigenen, mit Lernmodulen vollgestopften Tagen waren nur wenige gemeinsame Minuten übrig geblieben. Minuten, die sie viel zu oft mit sinnlosen Diskussionen verschwendet hatten. Kaja wusste, wie viel es ihrem Vater bedeuten würde, sie in seinem Team zu sehen. Der Druck seiner Erwartungen stieg mit jedem Tag, den die Prüfungen näher rückten. Mittlerweile war Kaja sich nicht einmal mehr sicher, ob sie überhaupt bei Andersson Creations arbeiten wollte. Sie liebte das Holovit, keine Frage, und sie bewunderte ihre Eltern für ihre Arbeit. Aber noch mehr sehnte sie sich danach, die schrecklichen Zahlen ein für alle Mal hinter sich zu lassen. Sie wollte die Logik der Hologramme nicht verstehen oder entschlüsseln. Sie wollte sich im Zauber dieser Illusion verlieren und glauben, was sie sehen, schmecken und riechen konnte. Sie hatte richtige Angst davor, den Schleier der Dekodierung zu lüften und der Realität ins Auge zu blicken. Das war die Wahrheit, die Kaja ihrem Vater nicht begreiflich machen konnte.

Wie immer, wenn sie an die Zukunft dachte, sehnte sie sich nach den Tagen ihrer Kindheit. Sie vermisste die Unbeschwertheit dieser Jahre, ihre Mutter, ihren Vater, Lora und deren Eltern, Jean-Luc und Marie. Doch die Zeit, in denen die Anderssons und die Bonnets unzertrennlich gewesen waren, war lange vorbei. Ihre gemeinsame Zukunftsvision war nur ein Traum gewesen. So trügerisch und unbeständig wie die Hologramme, die Kajas Eltern jeden Tag erschufen. Nur die Freundschaft der beiden Töchter, die wie Schwestern aufgewachsen waren, hatte bis heute gehalten.

»Kaja«, rief ihre Mutter aus dem Erdgeschoss. »Bist du wach? Dein Vater und ich müssen gleich los. Sehen wir uns noch?«

Kaja knirschte mit den Zähnen. Eigentlich hatte sie keine Lust, sich ihre Laune noch weiter verderben zu lassen, aber schlechtes Gewissen und Pflichtbewusstsein siegten wie so oft. Sie marschierte an ihren Kleiderschrank und griff nach Jeans und T-Shirt.

»Ich komme! Zwei Minuten ...«

Hoffentlich würden sie diesen Morgen friedlich beginnen. Kaja nahm sich vor, keines der gefährlichen Themen anzuschneiden. Die Prüfungen, die Reproduktion, ihre Zukunftspläne, die geschwänzten Sitzungen ihres Life Coachings ... vielleicht sollten sie einfach über das Wetter sprechen?

Der Sturm. Kaja hatte verdrängt, was da draußen gerade los war. Ein Ratschlag ihres Life Coaches, den sie tatsächlich beherzigte. Seit sie die täglichen ELSA-News zur *Hope* deaktiviert hatte, fiel es ihr deutlich leichter, ihre Panikattacken zu kontrollieren. Ihre Angstzustände waren ein weiteres Thema, das sie besser von der Frühstücksagenda strich, wenn sie keine erneute Diskussion über ihre Nutri-Shots führen wollte.

»Das lässt sich doch alles mit ein paar Medikamenten regeln«, konnte sie die Stimme ihrer Mutter in ihrem Kopf hören. *»Das ist völlig normal. Dein Vater und ich sind seit Jahren perfekt eingestellt.«*

Kaja seufzte frustriert. Selbstverständlich sehnte sie sich nach der entspannten Gelassenheit, mit der nicht nur ihre Eltern, sondern die meisten Bürger der *Hope* den Alltag meisterten, aber sie wehrte sich gegen die chemische Unterstützung, die dafür nötig war. Vielleicht ging sie deshalb andauernd in ihrem eigenen Gedankenlabyrinth verloren. Vielleicht fiel es ihr deshalb so schwer, sich auf die kalte Logik der Zahlen zu konzentrieren. Sie war eine emotionale Katastrophe.

»Kaja? Hast du uns vergessen?«

Mist. Hektisch kämmte sie mit den Fingern durch das lange, strohblonde Haar, schlüpfte barfuß in ein Paar Sneakers und eilte die Treppe nach unten. Auch im Erdgeschoss des Hauses hielt die letzte Kühle der Nacht der Hitze noch tapfer stand. Lange würde dieser angenehme Zustand allerdings nicht mehr andauern. Durch die weit geöffneten Türen strömte bereits der warme Wind und zupfte an den bodenlangen Leinenvorhängen. Draußen lag ein atemberaubendes Panorama.

Kaja liebte die Villa. Die schönsten Tage ihres Lebens hatte sie hier verbracht und die Geschichte ihrer Entstehung über die Jahre hinweg so oft gehört, dass es ihr mittlerweile vorkam, als wäre sie selbst dabei gewesen. Mühelos konnte sie sich das wunderschöne Gesicht ihrer Mutter vorstellen, das beim Entwurf der ersten Skizzen vor Begeisterung strahlte. Ihren Vater, der über die vielen winzigen Details, die sich die beiden erträumt hatten, lachte. Beide erfüllt von einer echten Vorfreude auf das Leben, das sie sich hier erschaffen wollten, auf das Leben, das sie bereits geschaffen hatten und das im Labor kontinuierlich Zellen multiplizierte, während sie ihr Zuhause programmierten.

Auf einer kleinen Anhöhe, die Türme von San Gimignano am Horizont, lag die Villa ihrer Familie. Versteckt zwischen Weinbergen und Olivenhainen. Aus der Ferne kaum einzusehen, aber mit Blick über die malerische Landschaft der

Toskana. Die 2000er-Jahre schrieb Andersson Creations als Designalter aus. Die Autos in der Garage, die Elektrogeräte, die Stoffe der Möbel, jedes winzige Detail bis hin zur Getränkeauswahl in der Hausbar war an das vergangene Jahrtausend angepasst. Selbst die Radios im Haus spielten die Hymnen dieser lang vergangenen Zeit.

Das Zentrum des Hauses war die große offene Küche im Erdgeschoss. Hier frönte Agnes Andersson ihrer zweiten Leidenschaft. Kochen war für Kajas Mutter nach Coden der liebste Zeitvertreib. Die kulinarischen Codes in ihrem Homeholo ließen keine Wünsche offen.

»Besser als jedes Original«, scherzte Björn Andersson, wann immer er eine Mahlzeit seiner Frau verspeiste. Auch an diesem Morgen stand Agnes am Herd und hantierte mit Pfannen und Töpfen, als Kaja die Küche betrat. Der Duft von frisch gebrühtem Kaffee, Speck und Rührei lag in der Luft. Sofort aktivierte sich Kajas Appetit-Sensorik, und sie verspürte ein leichtes Hungergefühl.

»Kaja, wir müssen leider gleich los. Heute ist ein wichtiger Tag für die Firma«, sagte Agnes und stellte die letzte Pfanne zur Seite. »Es gibt frisch gepressten Orangensaft, und wenn du möchtest, es ist noch etwas Ei übrig.«

Die blauen Augen ihrer Mutter strahlten vor Energie. Agnes Andersson war eine Ausnahmeschönheit, ihr Avatar die Perfektion ihres genetischen Codes. Die minimalen Anpassungen, die ihre Eltern an ihren digitalen Körpern vorgenommen hatten, waren kaum sichtbar und doch wirkungsvoll. Agnes Andersson würde in diesem Jahr ihren neunundfünfzigsten Geburtstag feiern, sah jedoch aus wie vierzig. Gleiches galt für Kajas Vater. Seine digitale Erscheinung war deutlich jünger als einundsechzig Jahre. Selbstverständlich hatte eine Programmierung dieser Qualität ihren Preis, und der lag weit über den üblichen Upgrade-Paketen für Holovit-Avatare.

»Danke, ich habe gerade keinen Appetit«, wehrte Kaja das Frühstücksangebot ab, griff aber nach einem Glas Saft. Dem wunderbaren Geschmack kalter Orange hatte sie noch nie widerstehen können. Die perfekte Harmonie aus Süße und Säure. Kaum zu glauben, dass es tatsächlich einmal so eine Frucht gegeben hatte. Das kühle Glas in der Hand, schwang Kaja sich auf den Küchenhocker neben ihrem Vater.

»Du wärst überrascht, wie lange deine Mutter gebraucht hat, um diesen Code zu erstellen. Es hat ewig gedauert, bis er ihren Ansprüchen genügt hatte. Dabei ist die Basis sehr simpel. Damit könntest du doch mal experimentieren. Vielleicht zusammen mit Lora?«

Der Saft wurde mit einem Mal bitter in Kajas Mund. Ihre Finger krampften sich um das kalte Glas. Musste ihr Vater selbst die kleinsten Freuden kaputt machen? Schweigend ermahnte sie sich, friedlich zu bleiben. Statt zu antworten, ließ sie den Blick hinaus in den Garten schweifen. Der Anblick der bunten Blumen und der mit Früchten beladenen Obstbäume beruhigte sie. Auf der Terrasse sonnte sich Mikesch. Hin und wieder zuckte seine Schwanzspitze nach oben. Der Rest seines Körpers lag lang gestreckt auf den warmen Steinen. Am liebsten hätte Kaja den ganzen Tag hier verbracht und einfach nur neben ihrer Katze in der Sonne gedöst.

Abgesehen von den staatlichen Hologrammen, die ebenfalls von Andersson Creations programmiert wurden, gab es nur wenige Holos, die sich mit ihrem Zuhause messen konnten. Kaum jemand konnte sich ein so ausgefeiltes Design leisten. Täuschend echt simulierte das Hologramm nicht nur den Tagesverlauf, sondern auch die Jahreszeiten und Wetterveränderungen. Ein durchschnittliches Homeholo unterschied in der Regel nur zwischen Tag und Nacht. Je nachdem, was die Bewohner sich leisten konnten oder investieren wollten, waren die Intervalle mehr oder weniger natürlich. Extrem hochpreisig waren Features wie etwa Temperaturkurven, Jahreszeiten, Wind, Regen und selbstverständlich jede Form von Vegetation oder intelligente Lebensformen, zum Beispiel Haustiere. Kajas Zuhause war purer Luxus, den sie sehr zu schätzen wusste.

Sie streckte die Hand nach ihrem Saft aus. Im selben Moment, als ihre Finger das Glas berührten, veränderte sich plötzlich das Licht im Raum. Ein unnatürlich kaltes Flackern störte das perfekte Zusammenspiel von hell und dunkel, dann war die Villa verschwunden.

Wo sich eben noch Mikesch gesonnt hatte, ragte jetzt, keine Armlänge von Kaja entfernt, eine graue Betonwand empor. Die Olivenhaine und Weinberge, ihre Küche, der Stuhl, auf dem Kaja gesessen hatte, alles war weg. Durch den gläsernen Deckel ihres Aerobiose-Tanks starrte sie auf den meterdicken Beton.

BlackOut. Die Erklärung schoss wie eine Revolverkugel durch ihren Kopf. Die Energiezufuhr des Holovits war unterbrochen worden, und sie war aus ihrem digitalen Zuhause ausgeloggt.

»Nein, nein, nein! Ich will zurück«, flüsterte Kaja, während die Panik mit eisiger Hand nach ihr griff. Ihr Herz begann schneller zu schlagen, ihre Handflächen schwitzten. Die Vitalwerte, die auf dem Glas vor ihren Augen schimmerten, wechselten von einem sanften Grün zu beunruhigendem Rot.

»Bitte, bitte. Ich will zurück.« Ihr leises Flehen war zwecklos. Die Villa blieb verschwunden.

Einatmen. Ausatmen. Kaja senkte den Kopf und konzentrierte sich auf ihre Zehen, tief unten am Boden des Tanks. So, wie sie es mit ihrem LifeCoach geübt hatte. Einatmen. Ausatmen. Ruhig bleiben. Gleich würde es vorbei sein. Hoffentlich. Nach ein paar tiefen Atemzügen hatte sie sich wieder unter Kontrolle. Sie hob den Kopf und spähte zu den beiden Tanks in der winzigen Zelle.

Im kalten Licht der Neonröhre sah sie zum ersten Mal seit vielen Monaten die Echtkörper ihrer Eltern. Agnes und Björn waren ebenfalls ausgeloggt und hatten die Augen geöffnet. Wie Kaja selbst waren sie in ihren Tanks an Armen, Brust und Schultern in der Vertikalen fixiert. An dem dünnen Mesh ihres Anzugs waren unzählige kleine Elektroden befestigt, die Tag und Nacht ihre Muskulatur stimulierten. Einige breitere Venen führten aus den Tanks in die Decke des Raums. Die Lebensadern für den Austausch von Körperflüssigkeiten. Soweit Kaja die Situation beurteilen konnte, funktionierten die Notgeneratoren einwandfrei. Ihre Eltern wirkten vollkommen entspannt, als hätten sie mit dem BlackOut gerechnet. Über Björns Gesicht huschte sogar ein Lächeln, und er nickte Kaja aufmunternd zu.

Auch ohne Worte wusste sie, was er ihr sagen wollte.

»Mach dir keine Sorgen. In diesem Moment sind die besten Experten damit beschäftigt, das System wieder zum Laufen zu bringen. Dir wird nichts geschehen, in deinem Tank bist du in Sicherheit.«

Ja, das wollte er ihr sagen. Aber was bedeutete »in Sicherheit«? Was, wenn das System nicht mehr aktiv würde? Dann säßen sie fest. Hunderte Meter unter der Erde, in Tanks, die sie quälend lange am Leben halten würden. So lange, bis Sauerstoff, Nahrung und Wasser zur Neige gingen. So lange, bis sie den Verstand verloren. Der Gedanke ließ Kaja scharf die Luft einziehen. Ihr Vater, dem die Panik in ihrem Gesicht nicht entgangen war, presste die Finger gegen das Glas seines Tanks, als wolle er ihr die Hand reichen. So nah, so unerreichbar. Kaja schloss die Augen.

In diesem Moment roch sie ihr Zuhause, noch bevor sie es sah.

»LogIn erfolgreich«, informierte ELSA sie. »Homeholo 34.XF.90643. Kaja, du bist wieder online. Für aktuelle Informationen zum BlackOut aktiviere bitte den Newsfeed zum Tagesgeschehen.«

Die Welt um sie herum war wieder perfekt, doch Kaja verspürte keine Erleichterung. Die wenigen Sekunden hatten gereicht, um ihr die Hölle ihrer Realität in Erinnerung zu rufen. Drei Menschen, drei Körper, gefangen in einer winzig kleinen Zelle tief unter der Erdoberfläche und so weit von italienischen Hügeln entfernt, wie es nur möglich war. Niemals hatten die Anderssons echtes Sonnenlicht gesehen. Nie die Luft der Erdoberfläche eingeatmet. Keiner von ihnen hatte jemals Tau von einem Blatt geschüttelt oder eine Weintraube von einer Rebe gezupft. Regen, Wind, Hitze und Kälte, das alles kannten Kaja und ihre Eltern nur aus den Hologrammen, in die sie sich täglich einloggten. Wie realitätsnah die Programmierungen des Holovit wirklich waren, konnte seit Generationen niemand mehr überprüfen. Sie alle lebten nur noch in den Erinnerungen an eine verlorene Welt. Und in der Fantasie der Coder. Der grausame Stahlsarg lauerte nur einen BlackOut entfernt. Lebendig begraben unter Tonnen von Gestein, zusammen mit Hunderttausenden von Menschen. Selbst im warmen Wind der Toskana begann Kaja am ganzen Körper zu zittern. Das Saftglas, das wie durch Zauberei in ihre Hand zurückgekehrt war, fiel zu Boden und zerbrach klirrend auf dem harten Stein.

»Kaja!« Die Stimme ihres Vaters war laut und hart.

Mikesch, der um ihre zitternden Beine strich, maunzte anklagend, als wollte er gegen den polternden Ton protestieren.

»Kaja«, ertönte nun auch ELSAs Warnung in ihrem Kopf. »Dein Stresslevel liegt bei hundertvierzig Prozent. Soeben wurde eine Dosis Beta-Blocker transferiert.«

Sie blieb stumm. Noch spürte sie die Wirkung der Medikamente nicht, und die Platzangst schnürte ihre Kehle zu.

Während sie auf die chemische Beruhigung wartete, versuchte sie, ihren Atem zu kontrollieren. Sie öffnete die Augen, konzentrierte sich auf die bunten Farben draußen vor den Fenstern, das Rascheln der Gräser, das samtige Fell der Katze an ihrem nackten Bein. Das hier war ihre Welt. Kaja konnte sie riechen, spüren und schmecken. Hier war sie zu Hause, die zehn Quadratmeter Bunker waren lediglich ein Kokon für ihren Körper. An diesen Gedanken klammerte sie sich wie eine Ertrinkende.

In den letzten zwanzig Jahren hatte es nur eine Handvoll BlackOuts gegeben. An die beiden längsten von jeweils knapp zwei Stunden konnte Kaja sich gar nicht erinnern. Damals war sie noch ein kleines Kind gewesen. Beim dritten BlackOut, mit einer Offline-Time von etwa dreißig Minuten, war sie zehn gewesen und hatte gerade so begriffen, dass es neben ihrer täglichen Realität eine weitere, zweite Wirklichkeit gab. Eine furchterregende Wahrheit. Ein tödliches Monster, das im Dunkeln wartete, bis das Licht ausging. Niemals würde Kaja vergessen, wie die Angst zum ersten Mal von ihr Besitz ergriffen hatte.

Wie heute war Kaja damals in ihrem Aerobiose-Tank aufgewacht. Zelle 34.XF.90643 der *Hope of Tomorrow*. Ein schöner Name für den letzten Rückzugsort, den die Menschen sich geschaffen hatten. Nur war von Hoffnung nichts mehr zu spüren gewesen, als Kajas Eltern ihr den Unterschied zwischen den beiden Welten erklärt hatten. Die *Hope of Tomorrow* war eine unterirdische Bunkerstadt. Mit etwas mehr als zweihunderttausend Bewohnern war sie die größte der drei Archen, die zur Heimat für die letzten Menschen auf der Erde geworden waren. Der zweite amerikanische Rettungsbunker, *Homeland*, beherbergte nur knapp hunderttausend Menschen. Die europäische *Rescue* nicht wesentlich mehr. Zehn Milliarden Menschen hatten den Planeten im Sommer des Jahrs 2160 bewohnt. Im Winter des gleichen Jahrs, nach dem Kollaps, war es nicht einmal mehr eine halbe Million.

Die Zahl las sich erschreckend klein. Angesichts der Tatsache, dass die Erdoberfläche seit der Katastrophe nicht mehr bewohnbar war und die letzten Überlebenden unter Tag gefangen waren, war sie beängstigend groß. Winzig kleiner Lebensraum und ein hochkomplexes Versorgungssystem waren notwendig, um überhaupt in dieser Tiefe existieren zu können. Doch was es tatsächlich bedeutete, zu Hunderttausenden auf engstem Raum zusammengepfercht zu sein, ohne die Unterwelt je verlassen zu können, das bekamen die meisten Arche-Bewohner so gut wie nie zu spüren.

Das Holovit war der eigentliche Lebensraum der Menschen. Dank Codern wie den Anderssons gab es eine neue Realität, die den Untertage Gefangenen die Freiheit zurückgegeben hatte. Alles, was es brauchte, war genügend Energie aus dem Erdkern und den gefilterten Sauerstoff von oben. Wurde die Energiezufuhr allerdings unterbrochen, kam es zu BlackOuts, die Fenster zu dem dunklen Schrecken aufstießen, der hinter dem Holovit wartete: Hausarrest im tiefsten Erdloch des Planeten.

Keinem Arche-Bewohner, nicht einmal Präsidentin Anna Smith selbst, stand mehr Echt-Raum zur Verfügung als drei

Quadratmeter. Drei Quadratmeter, die bis auf wenige Ausnahmen niemand verlassen konnte. Die *Hope of Tomorrow* war kein Gefängnis im eigentlichen Sinne, denn die Türen der Zellen waren nicht verschlossen. Doch wohin hätten die Bewohner gehen sollen? Die Erdoberfläche war für immer verloren. So sehr die Regierung sich auch bemühte, niemand wusste wirklich, wie es dort oben aussah.

Unter der Erde konnte man selbst hinter den sicheren Mauern der Archen nur dank der Aerobiose-Tanks existieren. Tausende identischer Zellen. Vier Wände, kalter Stahl, grauer Beton und die Tanks. Tief im Kern der Bunkerstadt schlug ein technisches Herz, das dieses komplexe System am Leben hielt. Wie genau das funktionierte, davon hatte Kaja noch weniger Ahnung als vom Coden. Die wenigsten Arche-Bewohner interessierten sich für das Wie. Nur eine Frage war wichtig: Würden die Batterien ihre Welt im Livemodus halten können? Wie viele Generationen würden so leben können, bis endgültig das Licht ausging?

Kajas Eltern gehörten zu den einflussreichsten Personen der *Hope*. Ihr Vater war Mitglied im Rat der Zehn, und Andersson Creations war als Hersteller exklusiver Hologramme nicht nur die erste Adresse für Luxuswelten, sie war auch für alle staatlichen Hologramme verantwortlich. Sollte ihre Existenz je in Gefahr sein, so würden ihre Eltern mit als Erste davon erfahren, da war Kaja sicher. Aber konnten sie auch etwas dagegen unternehmen? Gab es einen Plan B, falls die Hologramme keine Option mehr waren?

Kaja blickte in das ruhige Gesicht ihres Vaters und fragte sich, was wohl in seinem Kopf vorging.

»Du musst keine Angst haben, Kaja.« Ihre Mutter bückte sich und sammelte die Scherben auf. Sie wirkte ebenso gelassen wie ihr Mann. »Es gibt keinen Grund zur Beunruhigung. Du weißt doch, dass das Holovit ab und an Schwankungen zeigt.«

Zärtlich strich sie ihrer Tochter eine blonde Strähne aus der Stirn.

»Du musst diese grundlosen Panikattacken besser in den Griff bekommen. Die Prüfungen und die Reproduktion, darauf musst du dich jetzt konzentrieren«, sagte Björn.

Kaja nickte. Die Reproduktionsselektion. Neben ihrem Examen ein weiterer Punkt, den sie am liebsten aus ihren Gedanken gestrichen hätte. Aber ihre Eltern hatten recht, es gab in Kajas Leben genug Themen, denen sie ihre Aufmerksamkeit dringender widmen sollte als dem Weltuntergang. Ohne Examen würde sie nicht zur Reproduktionsselektion zugelassen werden. Egal, wie sehr sie sich gegen die Vorstellung sträubte, mit einem völlig fremden Mann ein Kind zu zeugen – den Gedanken, keine Familie zu haben, konnte sie noch weniger ertragen. Lora würde bestimmt ausgewählt werden. Ihre Freundin würde zusammen mit einem wunderbaren Partner ein perfektes Kind bekommen und Andersson Creations übernehmen, während Kaja mutterseelenallein in ihrem Tank auf das Ende wartete.

»Es geht mir gut«, versicherte sie ihren Eltern mit gezwungenem Optimismus. Sie schwang sich von ihrem Barhocker und fügte hinzu: »Tut mir leid, wenn ich in letzter Zeit so angespannt war. Der Druck ist gar nicht so leicht zu ertragen.«

»Du weißt, dass wir dir jede Unterstützung zukommen lassen können. Ein Wort genügt«, versicherte ihr Björn nicht zum ersten Mal.

Kaja wusste, dass er damit mehr meinte als nur zusätzliche Coachings und Lernmaterialien. Ein Grund, warum sie nicht näher auf das Angebot eingehen wollte. Das Examen musste auch ohne die Hilfe ihrer Eltern zu bewältigen sein. Ein gekaufter Abschluss war nicht die Lösung. Lächelnd schüttelte sie den Kopf. »Danke, Dad. Aber ich schaffe das auch allein.«

»Wie du meinst, Kaja. Wir vertrauen auf dich.«

Sie schluckte, die Worte ihres Vaters verursachten einen Kloß in ihrem Hals. Nicht wissend, woher die plötzliche Traurigkeit kam oder was sie ihm antworten sollte, griff sie nach ihrer Tasche. Ganz so, als wäre der Tag ohne Zwischenfälle gestartet, bat sie ELSA, den LogIn an die Universität der *Hope of Tomorrow* zu aktivieren. Im Türrahmen des Hauseinganges schimmerte das Portal in weißem Licht. Das Bild ihres Körpers noch immer vor Augen, eingeschlossen in einem gläsernen Sarg tief unter der Erde, trat Kaja auf die andere Seite.

Verfassung der Archen *Hope of Tomorrow, Rescue* und *Homeland*

Artikel 4 Bevölkerungsdichte und Reproduktion

Abschnitt 1
Die Entscheidung über die Höhe der jährlichen Reproduktionszahl und die Auswahl der Kandidaten und Kandidatinnen für eine generative Vermehrung obliegt dem Rat der Zehn. Ein verbindlicher Kriterienkatalog für die Aufnahme in das Auswahlverfahren wurde von der Regierung verabschiedet.

Abschnitt 2
Folgende Kriterien sind vollständig und ohne Ausnahme zu erfüllen, um für die Reproduktionsselektion infrage zu kommen:

Der Antragsteller oder die Antragstellerin darf zum Zeitpunkt der Anmeldung nicht jünger als zwanzig und nicht älter als fünfundzwanzig Lebensjahre sein.

Der Antragsteller oder die Antragstellerin muss frei von genetischen Defekten, Erb- oder Infektionskrankheiten sein. Ein Medical Record mit einem Score von unter fünf ist für einen Antrag erforderlich.

Der Antragsteller oder die Antragstellerin muss einen Abschluss an einer Universität der drei Archen erlangt haben.

Der Antragsteller oder die Antragstellerin darf nicht gegen die geltenden Gesetze der Archen verstoßen oder verstoßen haben. Dies gilt auch für Verwandte ersten und zweiten Grades.

Der Antragsteller oder die Antragstellerin muss den Antrag persönlich und aus freiem Willen einreichen. Mit Einreichung verpflichtet sich der Antragsteller oder die Antragstellerin, die Entscheidung der Regierung zu akzeptieren und die ihm/ihr zugeteilten Rollen anzunehmen. Jede vergebene ID darf nur einmal pro Auswahlverfahren teilnehmen. Unabhängig vom Ergebnis der Wahl kann der Antragsteller oder die Antragstellerin bis zum vollendeten fünfundzwanzigsten Lebensjahr an jeder Selektion teilnehmen.

Abschnitt 3
Jedwede Reproduktion, genetische oder geschlechtliche Fortpflanzung, die nicht im Rahmen der Reproduktionsselektion der Archen geschieht, ist ein Verstoß gegen das geltende Gesetz und als solcher zu bestrafen.

Logbuch der *Hope of Tomorrow*

Eintrag 30.06.2381
Andrea Miles
Chronistin

Die Wetterlage ist unverändert. Die Energiezufuhr ist laut System stabil, dennoch kam es zu einem kurzen BlackOut, Zeitpunkt 290515Bjun2381. Alle lebenserhaltenden Systeme wurden während dieser Zeit zuverlässig aus den Speichern gespeist. Sechsundzwanzig Sekunden inaktives Holovit sind protokolliert. Eine offizielle Stellungnahme vonseiten der Regierung ist für diesen Morgen geplant.

Das unverzüglich aktivierte ID Screening zeigt keine auffälligen Bewegungen. Die LifeChip-Daten liegen im Rahmen der erwartbaren Ausschläge.

Die Upload-Rate, zum Zeitpunkt des BlackOuts bei null Prozent, liegt mittlerweile wieder stabil bei sechsundneunzig Prozent. Keine dokumentierten Infektionen. Vierundzwanzig Todesfälle, davon achtzehn mit Verdacht auf Suizid, Untersuchungen sind angelaufen. Ergebnisse gehen zur Dokumentation in die Archive.

ELSA-Newsfeed der *Hope of Tomorrow*

Präsidentin Anna zum BlackOut, das müssen Sie wissen!

Wir wollen jeden Tag einen BlackOut!

Das ist man versucht zu sagen, wenn man den atemberaubenden Aufzug unserer Präsidentin im offiziellen Statement zum gestrigen Stromausfall gesehen hat. Dieser Anblick war die paar Sekunden Logout allemal wert, findet unsere Redaktion. *Must Have*-Alarm für die elegante Kreation ihres Lieblingsdesigners Pierre van Delmen, der ihr nun schon zum wiederholten Mal einen unvergesslichen Auftritt programmiert hat. Ein dunkelblauer Overall, elegant und verboten sexy. Man kann davon ausgehen, dass die limitierten Codes bald ausverkauft sind. Also: zuschlagen, bevor es zu spät ist.

Kaum überraschend konnte die LogIn-Quote zum Statement ein Rekordhoch verzeichnen. Wer das Event tatsächlich verpasst hat, kann die Aufzeichnung bei uns in der Datenbank abrufen oder die wichtigsten Infos hier in der Zusammenfassung erfahren:

- Aufgrund eines terrestrischen Sturmgebiets über der *Hope of Tomorrow* kam es in der vergangenen Nacht zu einem kaum erwähnenswerten BlackOut.
- Für eine halbe Minute wurde die gesamte Bevölkerung aus dem Holovit ausgeloggt.
- Die Regierung hatte die Situation zu jeder Zeit im Griff und ermöglichte die Reaktivierung aller Systeme in kürzester Zeit.
- Aktuell gibt es keinerlei Anzeichen für einen weiteren BlackOut.

Selbstverständlich ist ELSA weiter die erste Adresse für alle News zum Verlauf des Sturms und die Situation der Arche. Aktivieren Sie Ihre Feeds, um auf dem neuesten Stand zu bleiben.

2

Die Bibliothek der Coder war an diesem Vormittag wie ausgestorben. Außer Kaja waren nur eine Handvoll Studenten anwesend. An seinem Stammplatz in der ersten Reihe saß Erik Cumberfield, vertieft in die Datenfelder auf seiner Monitorkuppel. Spiegelverkehrt von außen betrachtet, ergab der Wald aus Zahlen überhaupt keinen Sinn. Aber Kaja machte sich nichts vor – was auch immer der Streber konstruierte, sie würde es auch richtig herum gelesen nicht verstehen.

Auf der Suche nach einem Platz nickte sie im Vorbeigehen Gloria Swinford zu, die mit einem strahlenden Lächeln antwortete. Auch sie hatte die gläserne Halbkugel über ihrem Kopf bereits geschlossen. Die geöffneten Dateien kannte Kaja. Eine Basisprogrammierung für Reise-Hologramme. Das Modul stand auch auf ihrem Stundenplan für diesen Tag. Offensichtlich hatte die Arbeit Gloria Lust gemacht, selbst eine Reise zu buchen. Ein zweiter Screen zeigte die Startseite einer Reiseagentur, die Kajas Familie häufig selbst nutzte.

»Praxistest«, war Glorias Erklärung dumpf durch den Schirm zu hören, als sie Kajas Blick bemerkte.

Kaja grinste. Glorias sonnigem Gemüt konnte selbst der tiefste Bunker nichts anhaben. Sie würde selbst dann noch Beachholos buchen, wenn der Rest der Erde längst in sich zusammengefallen war. Sie interessierte sich weder für den

BlackOut noch für den radioaktiven Sturm, ganz im Gegensatz zu ihren übrigen Kommilitonen. Die meisten Mitstudenten waren in diesem Moment in das Hologramm des Rats eingeloggt, um Anna Smiths Statement zu verfolgen. Kaja hatte keine Lust auf die Analyse der Präsidentin und des Rats, sie wollte den Schreck so schnell wie möglich vergessen.

Ihr Blick wanderte durch die lange Halle über die verwaisten Cockpits. Im hintersten Winkel der Bibliothek war das fluoreszierende Leuchten einer weiteren aktiven Kuppel zu sehen. Es schwänzte also noch jemand die Liveübertragung. Neugierig machte Kaja ein paar Schritte durch die Gänge und kehrte auf dem Absatz um, als sie hinter der Glasscheibe Liam Turner erkannte.

Natürlich, wer sonst. Turner war immer hier zu finden. Entweder in der Bibliothek oder eine Etage tiefer im Untergeschoss des Gebäudes, wo die Coder in den Blue-Rooms ungestört ihre Kreationen testen konnten. Hoffentlich hatte er sie nicht bemerkt. An diesem Morgen fühlte sie sich noch weniger gegen seine eisigen Blicke gewappnet als sonst.

Obwohl Lora behauptete, Turner würde alle seine Kommilitonen gleichermaßen hassen, war Kaja überzeugt, ihr gebührte der Platz auf dem Gipfel seiner Abneigung. Und das konnte sie sogar verstehen. Im Gegensatz zu Kaja hatte sich Turner seinen Platz an der Universität hart erkämpfen müssen. Als Kind hatte er beide Eltern verloren. Niemand wusste genau, woran sie gestorben waren. Todesfälle waren in der *Hope* so selten, dass sich die wildesten Gerüchte um seine Familie rankten, und um die Gründe, warum er bei Fremden aufgewachsen war. Doch keiner hatte es bisher gewagt, den Außenseiter danach zu fragen. Zwar verbrachte er Tag und Nacht an der Universität, aber für seine Mitstudenten interessierte er sich nicht. In Kaja sah er vermutlich nicht mehr als ein reiches verzogenes Gör, das seinen Platz in den Hallen der Mathematiker nicht verdient hatte.

»Und recht hat er«, murmelte sie und suchte sich eine Kapsel, möglichst weit von Liam Turner entfernt. Sie nahm in der Mitte der kleinen Insel Platz, schloss den transparenten Monitor über ihrem Kopf und wies ELSA an, die Inhalte des letzten Vortrags von Professor Fletcher zu laden.

»Dein Kunde möchte mit seiner Frau und seinem Sohn ein Reise-Hologramm in Auftrag geben. Sein Budget liegt bei 8.000 Dollar. Was bietest du ihm an? Programmiere drei alternative Codes, die den Vorgaben entsprechen«, wiederholte die Professorin die Aufgabe.

Theoretisch wusste Kaja, was von ihr verlangt wurde. Sie sollte den Kunden glücklich machen. Ihm ein kleines Stück Traumwelt basteln, damit er die Schrecken seiner Existenz ein paar Tage länger vergessen konnte. Ganz einfach. In der Praxis konnte sie allerdings den Gedanken, dass das alles nur eine Illusion war, nie ganz abschütteln.

»Das hier ist kein echter Sandstrand. Du kannst die Wellen nicht spüren. Das Weinglas in deiner Hand gibt es nicht«, wollte sie am liebsten lauthals losbrüllen. Stattdessen zwang sie sich, die geforderten Optionen in Code zu schreiben.

»Ich beginne mit dem Sourcecode des Holovits«, dokumentierte sie ihren Lösungsweg für Professor Fletcher. Ihre Finger huschten über die geöffneten Datenbanken und kopierten Bausteine der Helix, die das Grundgerüst aller ineinander verschachtelten Welten bildete. Nur mit korrekt integriertem Basiscode konnte ein Hologramm überhaupt live gehen.

»Weiter. Ich brauche ein LogIn-Portal und einen Code.«

Über ein Registrierungsprogramm ließ sie einen einzigartigen LogIn generieren, der ihren Kunden später als Schlüssel dienen würde; gleichzeitig erstellte sie einen Architektencode, der ihr die Möglichkeit gab, Anpassungen vorzunehmen und das Hologramm nach Gebrauch wieder zu deaktivieren. In der Welt ihrer Kunden war sie nun Gott.

»Liebe Familie X, wo soll ich euch hinschicken?«

Das vorgegebene Budget war viel zu gering für eine individuelle Programmierung, also scannte Kaja einen Katalog an vorgefertigten Modulen, die sie nur leicht modifizieren musste.

»Was soll es sein?«, überlegte sie und kaute nachdenklich auf ihrer Lippe. »Italienische Riviera? Disney World? Camping? Was würde euch Spaß machen?«

Wenige Minuten später hatte sie drei Reisen zusammengestellt. Einen Campingausflug in den Grand Canyon, inklusive privatem Tourguide. Auch wenn die Tour als festes Modul einer vorgeschriebenen Route folgte, gab es immerhin keine anderen Teilnehmer. Ein Badeurlaub in Cancún – hier war die Besonderheit die Kinderbetreuung, falls sich die Eltern etwas Romantik wünschten. Oder ein Städtetrip nach Paris, allerdings war dies ein Open-Source-Holo, das jedermann offenstand. Die vielen Features wären sonst unbezahlbar. Dennoch hatte sie ein romantisches Gourmet-Dinner eingebaut und alle vier Gänge mit einem Geschmacks-Upgrade versehen. Kaja war zufrieden und loggte ihr Ergebnis.

»Tut mir leid, Kaja«, ertönte kurz darauf Fletchers Stimme. »In deinem Vorschlag fehlt die Eigenleistung. Ich kann diese Aufgabe nicht bewerten.«

»Mist«, fluchte Kaja leise. Sie hatte gehofft, mit der Zusammenstellung verschiedener Quellen durchzukommen. Ihr Problem beim Coden war nicht die mangelnde Fantasie, neue Welten zu erschaffen. Ganz im Gegenteil, ihre Ideen waren mehr als kreativ. Was sie nicht konnte, war die bunten Bilder aus ihren Gedanken in Zahlenkolonnen zu transferieren. Schon beim Versuch, sich vorzustellen, wie viele Nullen und Einsen es brauchte, um eine Blume zu programmieren, schmerzte ihr Hirn. Wie ihre Eltern ganze Welten programmieren konnten, war ihr ein Rätsel. Wie es Lora gelang, mit künstlicher Intelligenz zu experimentieren, war ein Wunder. Frustriert stützte Kaja den Kopf in die Hände und schloss die Augen. Wie sollte sie je dieses verdammte Examen schaffen?

ELSAs Stimme holte sie aus ihrer Grübelei. »Nachricht von Lora Bonnet. Lesemodus aktivieren?«

»Lesemodus aktivieren.«

Im selben Moment blinkte die Nachricht ihrer Freundin vor Kajas Augen auf dem Glas.

»Hey. Wo warst du??? Schneckenhaussyndrom? Annas Outfit war umwerfend.«

»Nachricht von Tanja Spencer. Nachricht von Jade Morel. Gruppenmodus oder Singlemodus aktivieren?«, fragte ELSA erneut.

»Gruppenmodus«, antwortete Kaja, und die drei Chats verschmolzen zu einem Feed.

»Habt ihr dieses Outfit gesehen?«, schrieb Tanja.

»Meine ELSA kann es nirgends mehr auftreiben, alle Codes sind vergriffen. Frühestens in zwei Monaten wieder zu haben«, sagte Jade.

»Bis dahin ist Anna zwanzigmal neu aufgetreten.«

Kaja blickte über die Schulter und konnte ihre Freundinnen über mehrere Reihen verteilt in Cockpits entdecken. Sie hatte nicht mitbekommen, wie voll die Bibliothek mittlerweile war. Die Stellungnahme war also vorbei.

»Habt ihr auch etwas über den BlackOut erfahren?«,

schrieb Kaja in die Runde. »Oder war das nur eine Modenschau?«

»Ach, unsere Schnecke steckt den Kopf aus dem Häuschen.« Lora schickte ein Smiley. »Warum warst du nicht eingeloggt?«

»Du hast nichts verpasst«, meinte Tanja. »Das übliche Bladibla. Alles im Griff, kein Grund zur Sorge. *Have a nice day.*«

»Dein Vater hat gefehlt …«, berichtete Jade. »Was war los?«

»???«, schrieb Kaja. Offizielle Regierungserklärungen wurden in der Regel von allen zehn Ratsmitgliedern begleitet. Ihr Vater nahm seine Pflicht sehr ernst, es musste einen guten Grund dafür geben, dass er nicht dabei gewesen war. Doch sie kannte ihn nicht.

»Sehen wir uns gleich in der FAQ-Stunde zur Selektion?«, wechselte Lora zu Kajas Erleichterung das Thema.

»Klar!«

»Sicher«, antworteten Tanja und Jade prompt.

»Kaja?«

Kaja fluchte. Den Termin hatte sie völlig vergessen. Das war der Nachteil, wenn man ELSAs Features stumm stellte. Eigentlich hatte sie zu viel Stoff durchzuarbeiten und gerade keinen Nerv, sich mit der staatlichen Familienplanung zu beschäftigen. Allerdings unterlag der Selektionsprozess der Aufsicht des Rats. Wenn sie fehlte, würde ihr Vater davon erfahren. Und diese Diskussion würde garantiert länger dauern, als sich eine Stunde allgemeine Information anzuhören.

»Ja, ich bin dabei«, schrieb sie in den Chat.

»Und dann Sonne tanken auf dem Campus?«, fragte Jade.

»Super Idee, ich hab jetzt schon die Nase voll von diesem finsteren Loch. Wer hat sich das eigentlich ausgedacht, uns hier einzusperren?«, meinte Tanja.

»Kajas Eltern«, entgegnete Jade, schickte aber sofort ein Smiley und zwei Herzen hinterher.

»Sorry, ich lass es gleich heute Abend für euch umprogrammieren. Wünsche?«, scherzte Kaja.

»Kaja, im Chatverlauf erkenne ich ein Interesse am Informationstermin des Rats zur Reproduktionsselektion teilzunehmen, ist das korrekt?«, unterbrach ELSA die Unterhaltung.

»Korrekt«, bestätigte Kaja zähneknirschend.

»Eine gute Entscheidung. Der LogIn zu diesem Termin ist aktiv. Soll ich dich einloggen?«

»Ja, bitte.«

Im selben Augenblick verschwand die Bibliothek vor Kajas Augen, und sie fand sich im großen Auditorium der Universität wieder. Der Hörsaal fasste mehr als fünfhundert sichtbare Plätze, halbmondförmig über zehn Stufen auf ein Rednerpult gerichtet. An diesem Termin würden garantiert alle Abschlussjahrgänge der vier Gilden teilnehmen. Kaja konnte nur einen Bruchteil der knapp fünftausend Coder, Techniker, Mediziner und zukünftigen Staatsbeamten tatsächlich sehen. Die vollständige Teilnehmerliste lag nur dem Host des Termins vor.

»Kaja! Hey, Kaja, hier drüben sind wir!« Lora winkte von einer der höher gelegenen Sitzreihen. Ein intelligenter Algorithmus hatte sich bei der Einteilung der Teilnehmer an Gildenzugehörigkeit und Kontakten orientiert. Neben Lora, Tanja und Jade erkannte Kaja viele bekannte Gesichter. Ihr Raum war hauptsächlich mit der eigenen Gilde gefüllt.

»Entschuldigung, darf ich kurz durch? Danke.«

Sie bahnte sich den Weg durch die dicht gedrängt sitzenden Studenten zu ihren Freundinnen. Obwohl noch niemand am Rednerpult stand, war die Spannung im Raum deutlich zu spüren. Das aufgeregte Gemurmel vieler junger Menschen erfüllte den Raum.

»Wow, ich hätte nicht gedacht, dass es so voll wird«, staunte Kaja und ließ sich auf einen Stuhl zwischen Lora und Jade fallen.

»Ich hab gehört, es wird dieses Jahr alles anders«, flüsterte Tanja.

»Das heißt es doch jedes Jahr«, warf Jade gelangweilt ein. »Und dann ist es doch immer dasselbe. Bis auf ein paar vorhersehbare Ausnahmen wird jeder, der seinen Abschluss schafft, auch ausgewählt. Du gibst deine Proben ab, und ein paar Monate später bekommst du dein Kind. Interessant ist doch nur, wer dir am Ende als Partner zugeteilt wird.«

»Also ich werde auf jeden Fall als Familie mit meinem Kindsvater leben.« Tanja klang fest entschlossen.

»Ja, warte mal ab. Wir sprechen uns wieder, wenn du Erik Cumberfield zugeteilt bekommen hast«, grinste Lora.

»Ehhhh! Wie kannst du so was sagen? Sei nicht so gemein!«

»Pst, es geht los«, ermahnte Jade die Freundinnen.

Gespannt blickten sie auf das Rednerpult, wo ein leichtes Flirren in der Luft einen LogIn ankündigte. Selbst Kaja hielt den Atem an und war mit einem Mal neugierig, wer zu ihnen sprechen würde.

Einen Augenblick später hatte sich ihre leichte Aufregung in echte Anspannung verwandelt. Nun kannte sie den Grund, warum Björn Andersson nicht am präsidialen Statement teilgenommen hatte. Weil er sich auf seinen eigenen Auftritt vor den Studenten der *Hope* vorbereiten musste.

»Guten Morgen, liebe Studierende, und willkommen zum heutigen Informationsgespräch. Ich freue mich sehr, Sie so zahlreich zu sehen, und bin mir sicher, Sie alle können es kaum erwarten, endlich Näheres über die diesjährige Reproduktionsselektion zu erfahren.«

Alle Augen im Saal waren auf ihn gerichtet, alle Ohren gespitzt.

»Vielleicht hat der eine oder andere von Ihnen schon die Gerüchte vernommen, in diesem Jahr würde sich der Prozess grundlegend ändern?«

Kaja bemerkte einige nickende Köpfe und hörte zustimmendes Gemurmel. Woher hatten ihre Kommilitonen diese Informationen? Warum wusste Kaja rein gar nichts über eine bevorstehende Neuerung, wenn es ihr eigener Vater war, der diese nun verkünden sollte?

Björn Andersson kommentierte die Antworten aus dem Publikum mit einem knappen Nicken. »Sie haben recht. Aber bevor ich auf die Neuerungen eingehe, möchte ich Ihnen die Hintergründe unserer Entscheidungen aufzeigen. Der Rat arbeitet transparent, und Sie alle sollen verstehen, warum wir bestimmte …«, er zögerte kurz, »… Anpassungen vornehmen mussten.«

»Kaja, warum hast du nicht gesagt, dass dein Vater sprechen wird?«, flüsterte Tanja ihr ins Ohr. »Weißt du, was jetzt kommt?«

Sie schüttelte den Kopf, ohne den Blick von ihrem Vater zu wenden.

Mit einer schnellen Handbewegung aktivierte Björn Andersson einen Screen zwischen sich und den Studenten. Darauf war die demografische Entwicklung der *Hope* abgebildet, daneben eine Grafik, die die Auslastung der Zellen zeigte.

»Was Sie hier sehen«, erklärte Kajas Vater, trat durch den Screen nach vorne und deutete auf die Bilder, »ist der Status quo unserer Arche. Stand heute schützt die *Hope of Tomor-*

row etwa zweihunderttausend Menschen. Das ist viel. Mehr als unsere Schwesterarchen. Dank unserer exzellenten Versorgung liegt die Lebenserwartung im Schnitt bei einhundertsiebzig Jahren. Ungefähr zehntausend unserer Mitbürger gehören im Moment dieser Kategorie an.« Er deutete auf den obersten Balken der gezeigten Statistik. »Weitere zwanzigtausend sind zwischen hundertfünfzig und hundert Jahren alt.« Sein Finger wanderte weiter nach unten. »Mit je dreißigtausend und vierzigtausend Bürgern bilden die Neunzig- bis Siebzigjährigen im Moment den größten Anteil.«

Nach einer kurzen Atempause erklärte er weiter: »Zwanzigtausend Fünfzigjährige, weitere zwanzigtausend Vierzigjährige zeigen hier die Ergebnisse der ersten strengeren Selektionen.« Seine Hand verharrte an der Stelle auf dem Diagramm, ab der die Balken nach unten deutlich kleiner wurden. »Der Rat hat bereits zu einem sehr frühen Zeitpunkt erkannt, dass es existenzielle Konsequenzen haben wird, wenn wir nicht sorgfältig im Auge behalten, wie sich unsere Gesellschaft entwickelt. Der Platzmangel zwingt uns, jedes Jahr genau zu prüfen, welche Talente wir für die Zukunft reproduzieren müssen, um die Arche weiter aktiv zu halten. Glücklicherweise wurden die ersten Maßnahmen früh umgesetzt. Ihre Eltern können sicher davon berichten. Leider waren die Ergebnisse der Geburtenkontrolle nicht ausreichend.«

Seine Finger waren an den untersten Balken angelangt. »Sie können die Rechnung selbst anstellen. Mit zehntausend Dreißigjährigen und trotz nur noch fünftausend Zwanzigjährigen, einer ebenso geringen Anzahl von Zehnjährigen und nochmals der gleichen Menge an Kleinkindern, haben wir in Summe die Kapazitäten der *Hope* längst ausgeschöpft.«

Björn Andersson schritt von dem Demografie-Pilz weg

hin zur zweiten Grafik. Die Etagen der *Hope* waren bis auf wenige Ausnahmen durch alle Zellen hinweg rot eingefärbt.

»Sechsundzwanzig unterirdische Ebenen«, erklärte er mit schwerer Stimme. »Davon sind zwanzig allein der Behausung zugeteilt. Zweitausend Zellen auf jeder Etage. Ausgestattet mit Aerobiose-Tanks, angeschlossen an die Grundversorgung und das Holovit. Was für eine enorme Leistung das ist, brauche ich Ihnen nicht zu sagen. Aber …«, er machte eine bedeutungsschwangere Pause, »… wir sind voll.«

Für wenige Sekunden herrschte Totenstille, dann rissen Hunderte Studenten gleichzeitig die Hände nach oben oder riefen in den Saal.

»Was soll das heißen?«

»Werden wir keine Kinder bekommen?«

»Ist die Selektion ausgesetzt?«

»Wird die Menschheit aussterben?«

Kajas Vater ließ den Sturm der Fragen ein paar Momente ungebremst laufen, dann hob er eine Hand. Sofort verstummten die Zwischenrufe, und die meisten Arme wurden gesenkt. »Selbstverständlich werden wir nicht aussterben.« Ein Lächeln huschte über sein Gesicht, ganz so, als wäre die Frage zu albern, um sie ernst zu nehmen. Kaja kannte diesen Gesichtsausdruck. Die bevorzugte Methode ihres Vaters, unangenehme Themen im Keim zu ersticken.

»Aber die Zukunft der Menschheit hängt davon ab, wie wir heute entscheiden, wer die nächste und übernächste Generation bilden soll. Welche Talente brauchen wir, auf wessen Genmaterial bauen wir? Das sind die Fragen, die wir beantworten müssen.« Er schwieg einen Moment und blickte ernst in die Runde. »Unsere Möglichkeiten sind begrenzt. Den Luxus einer natürlichen Selektion können wir uns nicht leisten. Im Grunde können wir uns keinen einzigen Fehler erlauben, wenn wir den Fortbestand der *Hope* und der gesamten Menschheit sichern wollen.«

»Was bedeutet das für uns?«, fragte eine besorgte Frauenstimme.

Björn Andersson nickte verständnisvoll. »Was bedeutet das für Sie? Das will ich Ihnen offen sagen. Die aktuelle Situation zwingt uns, ab diesem Jahr die Selektion deutlich einzuschränken. Statt, wie im letzten Jahr, viertausendachthundert Geburten zu ermöglichen, werden es in diesem Jahr nur fünfhundert sein.«

Ein entsetztes Raunen erfüllte den Saal, doch Björn Andersson sprach ungerührt weiter: »Das bedeutet, dass lediglich eintausend von Ihnen die Freigabe zur Reproduktion erhalten werden.«

Das Gemurmel wurde lauter, und Andersson musste beide Hände heben, um sich Gehör zu verschaffen.

»Ich weiß, ich weiß. Das sind keine guten Nachrichten. Leider haben wir keine Wahl. Wir können die Entwicklung in den nächsten Jahren aktuell noch nicht abschätzen, darum sind wir genötigt, auch das Verfahren zu ändern.«

Die Stille kehrte sofort zurück, jeder wollte hören, was es zu beachten gab, um zu den wenigen Glücklichen zu gehören.

»Ich denke, es ist uns allen bewusst, wie passend die Paarungen erfolgen müssen, damit wir auch in Zukunft auf talentierten Nachwuchs zurückgreifen können. Mit großer Erleichterung kann ich im Namen des Rats und Präsidentin Smith heute verkünden, dass es gelungen ist, den Auswahlalgorithmus deutlich zu verbessern. Eine lange Reihe von Tests über die letzten Monate lässt uns mehr als zuversichtlich auf die bevorstehende Selektion blicken. Den Zahlen unterläuft kein Fehler, darauf können wir uns alle verlassen.«

Er ließ den Blick über die Anwesenden wandern.

»Was bedeutet das für Sie?«, griff er die anfängliche Frage erneut auf. »Die gute Nachricht ist: Sie müssen überhaupt nichts tun. Mit sofortiger Wirkung sind alle bisher geltenden Regeln der Antragstellung aufgehoben. Unser neuer Algorithmus greift auf die Daten der LifeChips aller Bürger der *Hope of Tomorrow* zurück, um die optimale Auswahl zu treffen. Er kann auf diese Weise deutlich gezielter die biochemischen Werte, die schulischen Leistungen, aber auch die individuellen Erfahrungen und emotionalen Veranlagungen einzelner Personen auswerten und mit potenziellen Partnern matchen. Es werden nicht nur die Daten der infrage kommenden Personen ausgelesen, sondern auch die Informationen der älteren Generationen hinzugezogen. Zudem berücksichtigt der Code die aktuellen und künftig benötigten Ressourcen der Arche. Wir schließen auf diese Weise jedwede subjektive Bewertung ein für alle Mal aus und garantieren ein perfektes Ergebnis.«

Kaja stockte der Atem. Machte ihr Vater Witze? Ein Computerprogramm würde all ihre Life-Daten auslesen und ihr dann einen Partner zuteilen?

»Es gibt also kein Vorsprechen vor dem Ausschuss und keinen Antrag mehr?«, kam die Frage aus dem Plenum.

Kajas Vater schüttelte den Kopf. »Nein. Der Rat hat lange darüber diskutiert. Bisher gingen wir davon aus, dass das Matchmaking eine menschliche Note braucht, ein gutes Bauchgefühl, wenn Sie es so nennen wollen. Aber die Tests haben uns gezeigt, dass die Ergebnisse des Ausschusses fehlerhaft waren. Selbst Fälle, in denen eine gewisse Sympathie zwischen den potenziellen Partnern berücksichtigt wurde, waren kein Garant für eine gute Beziehung, noch weniger für optimale Vererbung. Ganz im Gegenteil: Häufig war das

Ergebnis in der nächsten Generation besser, wenn die Eltern unterschiedliche Erbanlagen mit eingebracht haben. Der Code ist immun gegen Scheinkorrelationen. Er macht keine Fehler. Sie können sich also darauf verlassen, dass wir Sie optimal matchen werden, falls sie zu den Auserwählten gehören.«

»Und was, wenn ich nicht annehme?«, fragte eine männliche Stimme aus den letzten Reihen. Der gesamte Saal drehte sich nach der Person um, die diese absurde Frage gestellt hatte.

»Wenn Sie was nicht annehmen?«, erkundigte sich Björn Andersson verdutzt.

»Die Selektion. Wenn ich ausgewählt werde, aber nicht daran teilnehmen will. Bisher hat es gereicht, einfach keinen Antrag zu stellen. So wie ich Sie verstanden habe, Mr. Andersson, könnte ich nun theoretisch trotzdem ausgewählt werden, oder? Was dann?«

Natürlich hatte Liam Turner diese völlig verrückte Frage gestellt. Er war von seinem Platz aufgestanden und blickte Andersson direkt an. Kaja konnte nicht anders, als ihn dafür zu bewundern. Nicht für die Frage selbst, die war Blödsinn. Selbstverständlich wollte jeder eine Familie gründen. Aber ihrem Vater die Stirn zu bieten und seine Worte kritisch zu hinterfragen, dafür musste man eine gehörige Portion Mut aufbringen, das wusste Kaja nur zu gut.

»Liam Turner, richtig?«

Für einen Moment wunderte Kaja sich, woher ihr Vater unter den Tausenden Studenten gerade Turner kannte, aber dann war sie viel zu gespannt auf die Antwort, um weiter darüber nachzudenken.

»Mr. Turner, als Algorithmiker, der sich seit Jahren mit künstlicher Intelligenz beschäftigt, könnten Sie sich diese

Frage selbst beantworten. Aber ich habe heute gute Laune und nehme Ihnen die Arbeit ab.«

Einige der Studenten konnten sich das Lachen nicht verkneifen. Kajas Vater führte Liam vor.

»Neben all der Daten, die ich bereits erwähnt habe, kann der Algorithmus natürlich Ihre Motivation und Einstellung zur Sache sehr gut abschätzen. Kommt er zu dem Ergebnis, Sie würden die Wahl ausschlagen, zieht er Sie selbstverständlich gar nicht erst in Betracht und teilt den Platz einem würdigeren Kandidaten zu. Wenn Ihnen diese fachliche Antwort nicht reicht, versuchen wir es mit einer praktischen.« Er richtete das Wort an den ganzen Saal. »Wer von Ihnen gern hier und heute seine Auswahl ablehnen möchte, kann das tun. Bitte heben Sie die Hand, und ich entbinde Sie offiziell von allen Vater- und Mutterpflichten.«

Schmunzelnd ließ Kajas Vater den Blick über die Köpfe der Studenten wandern. Selbstverständlich hatte niemand den Arm gehoben. Kaja verrenkte sich den Hals, um Liam sehen zu können. Hatte er die Hand in die Luft gestreckt? Aber sie konnte ihn nirgends mehr entdecken.

»Nun haben Sie Ihren Kommilitonen enttäuscht. Sieht ganz so aus, als hätte uns Mr. Turner verlassen. Nun ja, vielleicht kommt er zur Besinnung. Ich freue mich umso mehr, dass Ihr Enthusiasmus ungebremst ist, und habe an dieser Stelle noch eine letzte Neuerung zu verkünden.«

Kaja wusste nicht, wie viel Neuerung sie noch hören wollte. Aber ihr Vater fuhr ohne Pause fort.

»Uns ist völlig klar, dass die Auserwählten mit diesem neuen Prozess noch stärker ins Zentrum der Aufmerksamkeit rücken. Eine kleine Elite, die ab dem Zeitpunkt der Verkündung im Rampenlicht stehen wird. Weil wir aber der Meinung sind, dass die jungen Paare die Chance verdient haben, sich in ungestörter Umgebung auf ihre Aufgabe vorzubereiten, stellt der Rat den künftigen Eltern in diesem Jahr zum ersten Mal ein Homeholo zur Verfügung.«

Erstaunte Ahs und Ohs kommentierten Anderssons Ankündigung. Ihr Vater strahlte sein berühmtes Siegerlachen, bevor er zu seinem persönlichen Clou ansetzte.

»Es freut mich sehr, dass Andersson Creations als Sponsor eine Welt kreieren durfte, die Ihnen schon bald ein Zuhause sein wird. Zu viel sei an dieser Stelle noch nicht verraten, aber der Aufenthalt im *Parentes Paradisum* wird Ihnen das Warten auf Ihr Kind unvergesslich machen.«

»Wow!«

»Ein Homeholo von AC.«

»Irre.«

»Hoffentlich werde ich ausgewählt.«

Die Stimmen überschlugen sich, der ganze Saal tuschelte in heller Aufregung. Kaja wusste nicht, was sie sagen sollte. Daran hatten ihre Eltern also in den letzten Monaten so fieberhaft gearbeitet. Eine Welt für die Familien von morgen. Würde sie dazugehören? Sie schaute zu Lora. Ihre Freundin sah sie kurz an und senkte dann mit einem beschämten Lächeln den Blick. Sie hatte es gewusst. Lora hatte Kaja noch nie gut etwas verheimlichen können. Das schlechte Gewissen stand ihr ins Gesicht geschrieben. Ein schmerzhafter Stich fuhr Kaja in die Brust. Warum hatten ihre Eltern Lora in ein so großes Geheimnis eingeweiht und Kaja nicht?

»Wow, Kaja. Wie großartig ist das denn?«, rief Tanja über die Köpfe der anderen hinweg. »*Parentes Paradisum*, hm? Und für dich ist sicher schon ein Zimmer reserviert, nehme ich an? Sieh bloß zu, dass du uns nicht vergisst.«

»Für Fragen stehe ich noch die nächsten dreißig Minuten im Chat zur Veranstaltung zur Verfügung«, sagte Kajas

Vater. »Alle wichtigen Informationen erhalten Sie aber auch zusätzlich als ELSA-Nachricht, nachdem das Hologramm deaktiviert ist. Ich danke Ihnen für die Aufmerksamkeit und wünsche allen *Bonne Chance* bei der Selektion.«

Kajas Ohren rauschten, sie wollte nur noch weg. Raus aus diesem Hologramm, raus aus der Selektion und weg von den Traumwelten, die ihre Familie ohne sie plante. Mit einem bitteren Gefühl von Verrat im Herzen loggte Kaja sich aus.

Eine Sekunde später war sie wieder in der Bibliothek der Gilde, an ihrem Cockpit. Und stolperte direkt in Liam Turner.

»Hey, pass doch auf«, polterte sie, völlig überrumpelt von seiner Anwesenheit. Liam griff nach ihrem Arm, um sie vor einem Sturz zu bewahren.

»Entschuldige, ich wusste nicht, dass ihr schon fertig seid.«

»Sind wir nicht«, knurrte sie und deutete auf die leere Halle. Sogar Gloria und Erik fehlten. Plötzlich wurde ihr bewusst, wie nahe sie beieinanderstanden. Sie konnte Liams Atem auf ihrer Wange spüren, seine Finger waren fest um ihren Arm gelegt. Hitze stieg ihr ins Gesicht. Ungelenk befreite sie sich aus seinem Griff.

»Was hast du hier zu suchen?«, fuhr sie ihn an. »Das ist mein Cockpit.«

Der Blick aus Liams blauen Augen wurde kalt. Einen Moment musterte er sie von oben bis unten, dann antwortete er brüsk. »Ich dachte, die Plätze sind für alle da. Aber für die Anderssons gelten offensichtlich andere Regeln. Keine Sorge, ich wollte gerade gehen. Ich werde dich nicht weiter stören, in *deinem* Cockpit.«

Damit drehte er sich um und marschierte davon. Ihre Wangen glühten. *Was für ein Idiot.*

Die verlassene Bibliothek half kein bisschen gegen die

schlechte Laune, sie brauchte dringend frische Luft. Strammen Schrittes verließ sie die Halle.

Aber auf dem Campus konnte sie ihren Vater noch weniger aus ihren Gedanken verbannen. Andersson Creations hatte die Universität programmiert, und die Handschrift ihrer Eltern war überall zu sehen. Der englische Rasen, die alten Backsteingebäude, die verschlungenen Pfade, die sich durch die ehrwürdige Anlage zogen, all das schrie Kaja den Namen ihres Vaters entgegen.

»Hey Andersson!«, schallte es plötzlich laut und deutlich außerhalb ihres Kopfs.

Kaja drehte sich um, und Jade, Tanja und Lora kamen ihr über die Wiese entgegen. Die Aufregung der letzten Stunde war ihnen in die Gesichter geschrieben.

»Was für Neuigkeiten, hm? Und du hast kein Wort davon gesagt, Kaja. Schäm dich!«, scherzte Tanja, als sie bei ihr angekommen waren.

Ihre Worte schmerzten Kaja. »Ich habe nichts gewusst, ehrlich«, versicherte sie und bemerkte, wie Lora zusammenzuckte.

»Fällt mir schwer zu glauben, immerhin sind das deine Eltern. Meine Leute würden es bei so einer Riesensache nie schaffen, den Mund zu halten«, neckte die Freundin weiter. »Und, was meint ihr? Gibt es ein Match für uns? Wenigstens müssen wir diesen blöden Antrag nicht stellen, und das Interview bleibt uns auch erspart. Ach, ist die moderne Technik nicht einfach wunderbar?«

Kaja nickte, nur um nicht noch mehr über ihren Vater sprechen zu müssen.

Aufgeregt plapperte Tanja weiter: »Also wenn dieser neue Algorithmus nur halb so gut ist, wie dein Vater sagt, dann matcht er mich mit Professor Miles.«

»Haha, hast du nicht zugehört? Höchstalter? Miles ist mindestens siebenundfünfzig«, lachte Lora. In ihrer Stimme war Erleichterung zu hören.

»Das ist mir egal. Auch mit Irgendwasundfünfzig kann man noch Babys zeugen. Sie wären so klug und so schön.«

»Besorg dir doch seinen Bodycode, wenn du so scharf auf ihn bist«, schlug Jade lachend vor.

Seinen Mitmenschen den eigenen Bodycode für erotische Fantasien zur Verfügung zu stellen war eine Selbstverständlichkeit. Seit Jahren war wegen der hohen Infektionsgefahr jeder Körperkontakt außerhalb des Holovits untersagt. Cybersex hatte sich rasend schnell in eine akzeptable Alternative und ein lukratives Geschäft verwandelt. Es gab diverse Agenturen, über die Bodycodes bezogen werden konnten. Privatpersonen, aber auch Prominente vergangener Tage und selbst Fantasiewesen waren im Angebot. Je beliebter ein Körper war, je mehr Features in der Kopie inkludiert sein sollten, desto teurer. Die meisten Menschen beschränkten sich aber darauf, einen attraktiven Mitbürger direkt anzufragen. Solange man in keinem Abhängigkeitsverhältnis zueinander stand und beide Parteien einverstanden waren, gab es genügend Gratis-Programme, über die sich der gewünschte Avatar für ein Date, eine Nacht oder sogar einen gemeinsamen Urlaub kopieren ließ. Was den Sex selbst betraf, so konnten die Impulse über das Mesh der Bodysuits im Zusammenspiel mit dem LifeChip im Kopf die körperliche Erfahrung perfekt simulieren. Besser sogar als die Echterfahrung, denn ein orgastisches Erlebnis war jedes Mal garantiert, ob nun Bodycode oder Originalavatar spielte dabei keine Rolle.

Selbstverständlich war die Kopie einer Person nicht mit dem digitalen Original zu vergleichen. Es handelte sich um eine simple Visualisierung des Körpers, die ein Basisprogramm an Bewegung und Kommunikation abrufen konnte. Sie reagierte auf Berührung und Ansprache, hatte aber weder einen eigenen Willen noch konnte sie neue Reaktionsschemata entwerfen. Mit der echten Person war die Programmierung nicht verbunden. Nach Ablauf der gebuchten Zeit stand der Code nicht mehr zur Verfügung. Ein Bodycode war ein digitales Sexspielzeug, nicht mehr, nicht weniger.

Kajas Freundinnen waren große Fans von Bodycode-Dates, so wie fast alle Bewohner der Arche. Niemand machte einen Hehl daraus, sich die Körper von anderen zu leihen. In regelmäßigen Abständen versuchten Lora und Jade, Kaja zu überreden, ihre Vorurteile endlich von der praktischen Erfahrung auslöschen zu lassen.

»Versuch es doch mal. Du kannst nicht einfach Nein zu einer Sache sagen, die du noch nie ausprobiert hast.«

Aber bisher hatte Kaja sich nicht durchringen können. Sie wusste, dass sie mit ihrer Einstellung die Ausnahme war. Was Bodycode-Dates betraf, aber auch, was echte Dates anbelangte. Sie war zwanzig Jahre alt, sie konnte sich nicht einmal mehr als Spätzünderin bezeichnen. Fehlzündung traf es besser. Dabei mangelte es nicht an Gelegenheiten. Kaja war schon oft zu Dates eingeladen worden, noch öfter war ihr Bodycode angefragt worden. Beides hatte Kaja stets abgelehnt und sich damit mehr und mehr zum Sonderling gemacht. Es war eine Sache, nicht zu daten, aber seinen Code ohne triftigen Grund zu verweigern galt als Affront.

Erotische Hologramme waren ein wichtiger Bestandteil der Gesellschaft. Den Sexualtrieb auszuleben, das lernten bereits die Kinder der Archen, war ebenso wichtig wie Nahrung und körperliche und geistige Aktivität. Nur so konnten die Körper unter der Erde physisch und psychisch gesund bleiben. Sex in einer virtuellen Umgebung war die einfachste, schönste und vor allem sicherste Sache der Welt. Die Risiken der Vergangenheit – Krankheiten, Gewalt, Missbrauch – hatte man ausradiert.

Und doch wollte es Kaja nicht gelingen, ihren Geist vom Körper zu trennen. Der Gedanke an Liebe und die damit verbundene Intimität führte ihr vor Augen, wie dünn der Schleier ihrer Alltagsillusion war. Sie wollte die Schmetterlinge im Bauch wirklich spüren, wissen, wie sich weiche Knie anfühlten, ohne die Ursache dafür in einem elektrischen Impuls in ihrem Hirn zu vermuten. Sie wollte echte Lippen auf ihren Lippen, keine digitalen Küsse. Sie wusste, wie albern, ja wie gefährlich diese Gedanken waren. Darum sprach sie auch mit niemandem darüber. Darum nahm sie lieber in Kauf, für eine prüde Langweilerin gehalten zu werden.

»Wie krass ist bitte Liam Turner?«, fragte Tanja, für die das Thema Professor Miles offensichtlich abgehakt war. »*Was, wenn ich nicht ausgewählt werden will?* Was sollte das denn?«

Kajas Herz machte einen Sprung. Über Liam Turner wollte sie noch weniger sprechen als über ihren Vater oder Bodycode-Dates. Seine warme Hand an ihrem Arm konnte sie immer noch spüren.

»Ach komm, lass den doch«, sagte Lora. »Ich glaube, als Waisenkind hat man ein gespaltenes Verhältnis zu diesem Thema.«

»Ich hab mal gehört, seine Eltern wären gar nicht tot, sondern aus der Arche geflohen, als er noch ein Baby war«, flüsterte Jade. »Darum ist der so seltsam – weil sie ihn zurückgelassen haben.«

»So ein Quatsch«, sagte Lora. »Niemand kann aus der Arche fliehen, wohin denn? Und warum sollte man das überhaupt wollen? Ist doch kein Gefängnis hier.«

»Die Freundin einer Freundin meiner Mutter hat gesagt, Liam Turner wäre ein analoges Kind. Aber die erzählt meistens wilde Geschichten. Letztens hat sie behauptet, dass die Stürme unsere Geothermik zerstören und wir deswegen bald im Dunkeln sitzen und dass wir über unsere LifeChips Tag und Nacht ausspioniert werden. Die ist echt verrückt.« Jade kicherte hinter vorgehaltener Hand.

»Na ja, aber was dein Vater heute erzählt hat, Kaja, dass der neue Algorithmus all unsere Daten auswertet …«, sagte Tanja.

»Das ist doch nur für die Auswahl.« Lora klang plötzlich richtig wütend. »Ich bin froh, wenn meine Gene sinnvoll gematcht werden und ein ordentliches Kind dabei entsteht.«

»Also, Turner fände ich auch ganz passabel«, sagte Jade. »Wenn sein Vater nur halb so gut ausgesehen hat wie er, dann wäre ich auch in seine Zelle geschlichen, um ein bisschen verbotenen echten Sex zu haben.«

»Und dann wärst du heute genauso tot wie seine Mutter. Genug von diesen Ammenmärchen. Es gibt seit Hunderten von Jahren keine analogen Kinder mehr, und die Energie wird auch nicht einfach zu Ende gehen. Das ist alles verrückte Stimmungsmache gegen eine Regierung, die uns am Leben hält. Ich will nichts mehr davon hören«, sagte Lora heftig.

Kaja war überrascht von ihrer Reaktion. Sie hatten doch nur ein paar dumme Witze gemacht. Kein Grund, wütend zu werden. In letzter Zeit war ihre Freundin extrem empfindlich, wenn es um die Arche oder den Rat ging. Vielleicht hatte sie alle inzwischen der Ernst des Lebens eingeholt. Die unbeschwerten Tage ihrer Kindheit waren endgültig vorbei. Die Selektion war der beste Beweis dafür.

ELSA-Newsfeed der *Hope of Tomorrow*

Paradiesische Aussichten für die neue Elterngeneration!

Was soll man sagen, wir haben es bereits geahnt. Seit Wochen erreichen uns immer wieder Gerüchte, die Selektion würde in diesem Jahr eine revolutionäre Änderung erfahren. Gestern Vormittag wurde die Top-Secret-Akte geöffnet:

Eine neue Elite für die Arche!

Ein unfehlbarer Algorithmus!

Und ein Homeholo, das seinesgleichen sucht!

Da mussten wir natürlich nachfragen, und wir waren die Ersten, die exklusiv mit Ratsmitglied Björn Andersson sprechen konnten. Lesen Sie hier unser Interview des Tages:

ELSA: Mr. Andersson, wie schön, dass Sie sich Zeit für uns genommen haben, wir können uns vorstellen, was nach diesem Auftritt in der Zentrale von Andersson Creations los ist.

Björn Andersson (lacht): Ja, unsere Infodesks haben ordentlich zu tun, aber meine Frau Agnes und unser Team sind vorbereitet.

ELSA: Für Sie kamen die Nachrichten ja nicht wirklich überraschend, Sie arbeiten seit Monaten an diesem Projekt, richtig?

Björn Andersson: Korrekt. Präsidentin Smith und der Rat haben bereits seit über einem Jahr und seit der Auswahl der vorangegangenen Elterngeneration die Bevölkerungsentwicklung der *Hope* beobachtet. Wir von Andersson Creations sind stolz darauf, dass wir uns den Auftrag sichern konnten, und arbeiten mit Hochdruck daran.

ELSA: Sie sind also an zwei Fronten tätig, einmal für den Rat und daneben als Unternehmer – führt das nicht manchmal zu Interessenskonflikten?

Björn Andersson: Ganz im Gegenteil, ich sehe das sogar als Vorteil. Als Ratsmitglied habe ich Zugang zu Informationen, die gerade bei so einem Großprojekt wie *Parentes Paradisum* wichtig sind. Was erwartet die Bewohner? Wie sehr sollen die Zuschauer eingebunden werden? Wie kann die Fötusübergabe gestaltet werden? Und so weiter. Umgekehrt kann ich als Chefdesigner von Andersson Creations dem Rat und der Präsidentin aus erster Hand über Möglichkeiten und Grenzen des Projekts und den Fortschritt berichten. Eine schlanke Kommunikation, die Zeit spart und Datenlecks verhindert.

ELSA: Wo wir gerade bei der Datensicherheit sind: Der Algorithmus, der zukünftig die Eltern auswählt – wie zuverlässig ist er?

Björn Andersson: Zu hundert Prozent. Wir sprechen von Zahlen, da gibt es nur Richtig oder Falsch. Und unsere sind absolut korrekt.

ELSA: Das ist beruhigend, Mr. Andersson. Denn immerhin geht es hier um unsere Zukunft. Aber die Beschränkung der Auswahl hat sicher nicht nur positives Feedback ausgelöst?

Björn Andersson (ernst): Nein, selbstverständlich nicht. Es gab natürlich Kritik, aber damit haben wir gerechnet, und die ist unter diesen Umständen auch nachvollziehbar. Wir nehmen die Sorgen und Bedenken der Bürgerinnen und Bürger sehr ernst. In den nächsten Tagen werden alle Anfragen individuell beantwortet. Wir verstehen, dass diese erneute Absenkung der Geburtenrate zu großer Enttäuschung führt. Allerdings haben wir keine andere Wahl, wenn wir uns das Gesamtbild vor Augen halten. Unsere Lebenserwartung steigt selbst untertage, unsere Senioren erfreuen sich bester Gesundheit, eine medizinische Entwicklung, die wir begrüßen. Wer möchte schon geliebte Menschen früher als notwendig verlieren? Wir müssen also abwägen zwischen bestehendem und entstehendem Leben. Die Alternative wäre eine Lotterie um die Plätze in der Arche, und ich möchte nur sehr ungern verkünden, dass Menschen die *Hope* verlassen müssen, um der neuen Generation Platz zu machen.

ELSA: Verstanden. Die Einschränkungen sind also nötig, um uns alle am Leben zu erhalten.

Björn Andersson: Richtig, wir hoffen, die Bürgerinnen und Bürger der *Hope* sind bereit, dies in Kauf zu nehmen. Das *Parentes Paradisum* bietet den Menschen die Möglichkeit, trotzdem am Geschehen teilzuhaben, selbst wenn man nicht ausgewählt wurde.

ELSA: Teilhaben? Könnten Sie das etwas genauer erklären, Mr. Andersson? Es dürfen doch nur die künftigen Eltern das Homeholo bewohnen, richtig?

Björn Andersson: Das stimmt. Aber es wird eine Liveübertragung aus dem *Parentes Paradisum* geben, die es allen Bewohnerinnen und Bewohnern der *Hope* ermöglicht zu beobachten, wie es ist, eine Familie zu werden. Die Paare selbst bekommen davon gar nichts mit. Sie sind in ihrer Welt für sich und müssen sich nicht mit der plötzlichen Berühmtheit und Aufmerksamkeit der Öffentlichkeit befassen, können aber dennoch ihren Teil dazu beitragen, breite Anteilnahme und ein neues Zusammengehörigkeitsgefühl zu generieren. Ihre Kinder werden von Geburt an die Kinder der *Hope* sein.

ELSA: Wow, das ist ein revolutionäres Gemeinschaftsbild,

das Sie da in Aussicht stellen. Eine einzige große Familie. Hunderttausende Menschen, die miteinander verbunden sind und sich unterstützen. Dürfen wir Ihnen eine persönliche Frage stellen?

Björn Andersson: (lacht) Kann ich es verhindern?

ELSA: Nein, aber Sie müssen auch nicht antworten, wenn Sie nicht möchten. Sie haben selbst eine Tochter im selektionsfähigen Alter. Wird sie einen Platz im *Parentes Paradisum* bekommen?

Björn Andersson: Das hoffe ich doch sehr. Aber Kaja unterliegt denselben Auswahlkriterien wie alle Bürgerinnen und Bürger der Arche. Ob sie am Ende eine Freigabe erhält oder nicht, entscheidet allein der Code.

ELSA: Vielen Dank, Mr. Andersson, für Ihre Zeit und Ihre Offenheit sowie für Ihren unermüdlichen Einsatz zum Wohle der Arche. Wir sind sehr gespannt auf die ersten Bilder Ihrer neuen Kreation und wie sich unsere große Familie in der *Hope* entwickeln wird. Kaja Andersson und allen anderen Selektionsanwärtern wünschen wir viel Glück oder besser gesagt, die passenden Daten.

Abonnieren Sie noch heute unseren Spezialfeed zur Selektion und allen Neuigkeiten rund um das *Parentes Paradisum*. Mit Aktivierung des Hologramms wird ELSA offizieller Übertragungspartner des Livestreams.

Logbuch der Arche *Hope of Tomorrow*.

Eintrag: 01.07.2381
Timothy Walker
Chronist

Die Stürme über der *Hope of Tomorrow* haben sich gelegt. Die Wetterlage ist ruhig. Es wurden keine größeren Schäden an der Außenhülle der Arche festgestellt. Von den drei gestrandeten Drohnen wurden zwei geborgen:

DX.583.12
DX.566.24

Beide werden repariert und sind voraussichtlich in zwei Tagen wieder einsatzfähig.

Von der DX.490.07 fehlt weiterhin jede Spur, es ist bisher nicht gelungen, eine Verbindung herzustellen, Sichtungsflüge sind geplant.

In den frühen Morgenstunden des heutigen Tages wurde ein Hacker-Angriff auf die staatlichen Rechner bemerkt. Ein Code unbekannter Quelle konnte identifiziert und extrahiert werden, bevor es zu größeren Schäden kam. Es handelt sich bei dem illegalen Trojaner um eine Spionagesoftware, die bereits im Zusammenhang mit früheren Cyber-Verbrechen mehrfach aufgefallen ist. Das Darknet ist als Quelle des Codes nicht auszuschließen. Ziel der Spyware waren die Rechner der Reproduktionsselektion. Die Sicherheitsvorkehrungen in den dementsprechenden Blocks werden mit Ratsbeschluss digital wie analog mit sofortiger Wirkung deutlich erhöht.

Die tägliche Upload-Rate der Bewohner liegt bei achtundneunzig Prozent. Ein leichter Erregungszustand (Grad 2 und niedriger) wurde breit über die gesamte Bevölkerung gemessen. Grund dafür ist vermutlich die Information über die

Geburtenkontrolle. Ein Abflachen der Emotionskurve ist in den nächsten Tagen zu erwarten.

Es wurden keine Infektionen für diesen Tag gemeldet.

Ein Todesfall. Lebensalter: 108 Jahre. Todesursache: Organversagen. Das medizinische Protokoll kann in den Akten eingesehen werden.

3

Thore Lund war der Assistent des Leiters der Abteilung Cybersicherheit und -technik und gehörte damit zu den wenigen Archebewohnern, denen es zu jeder Tages- und Nachtzeit gestattet war, sich frei in den Tunneln der Bunkeranlage zu bewegen. Das Holovit besuchte Thore nur, wenn es unbedingt sein musste. Hologramme – Welten, die nur in seinem Kopf existierten – waren ihm nicht geheuer. Der Koch isst nicht, denn er weiß, was drin ist, war das Motto seines Lebens.

Die meiste Zeit verbrachte er tief unter der Erde auf den Ebenen −24 und −26. Hier, im Bauch der *Hope*, fühlte er sich zu Hause und frei. Anders als auf den Bewohnerebenen gab es in den Tiefen der Arche kaum Kameras. Die staatliche Überwachung konzentrierte sich auf das Holovit, die Zellen und die LifeChips. Da die Störsignale auf den Technikebenen nicht zu stark sein durften, konnte Thore ELSA, Linsen und Datenchip nur eingeschränkt nutzen, solange er sich zwischen den gewaltigen Servertürmen aufhielt. Sie konnten aber auch nur eingeschränkt aufzeichnen.

Doch es war mehr als nur das blinde Auge des Rats, das Thore an seiner Arbeit hinter den Kulissen Freude machte. Die Architektur der Arche faszinierte ihn. Nicht die Bits und Bites der digitalen Welten, sondern die Technik der Anlage: Belüftungssysteme, Wasserzuläufe, Filteranlagen, Wiederaufbereitung, das ganze komplizierte Venensystem des Giganten aus Stahl und Beton, der Kreislauf des analogen Lebens … niemand kannte sich damit besser aus als Thore. Von der kleinsten ausgebrannten Glühbirne bis hin zur Systematik der Serveranlage, alles lief in seinen Händen zusammen. Auf dem Papier war es zwar Frank Wilmer, der die Verantwortung für Tausende von Zellen und noch mehr Tanks trug, doch Wilmer hatte früh gelernt, Thores Wissen für sich zu nutzen. Im Gegensatz zu Thore war Wilmer lieber im Holovit unterwegs. Er zog sein virtuelles Büro dem Gang in den Keller vor. Thore störte das nicht weiter. Er genoss die Freiheit, die ihm das Vertrauen seines Vorgesetzten bescherte. Sie ließen sich gegenseitig in Frieden. Ein Deal, der seit Jahren für beide Seiten von Vorteil war.

Es war spät geworden. Wie spät, das bemerkte Thore erst, als ELSA ihn ermahnte, zeitnah seinen Tank aufzusuchen.

»Thore, die Energiereserven in deinem Biose-Suit betragen noch fünfzehn Prozent. Dein Standort ist zwanzig Minuten von deiner Zelle entfernt. Ein Charching innerhalb der nächsten vierzig Minuten ist notwendig, um deine Vitalfunktionen aufrechtzuerhalten. Bitte mache dich umgehend auf den Heimweg.«

Zähneknirschend beendete er die Arbeit an einer defekten Verlinkung zwischen zwei Rechnern. Es war ihm nicht gelungen, die beiden Computer aktiv zu schalten. Die alten Geräte in Sektor F waren nicht mehr mit den neuen Ersatzteilen kompatibel. Was dachten sich die Ingenieure und Techniker eigentlich? Jede Veränderung, jede vermeintliche Verbesserung verursachte Probleme und Baustellen an der Basis. Auch in diesem Fall würde er improvisieren müssen. Doch dafür hatte er heute nicht mehr genug Zeit. Ein Blick auf seine Scio-Linse bestätigte nicht nur den niedrigen Stand seiner Vitalreserven. Tatsächlich war es bereits zwei Uhr nachts.

»Zeit, nach Hause zu gehen«, murmelte er und packte sein Werkzeug zusammen.

»Die richtige Entscheidung, Thore. In diesem Fall stehen deine Chancen, die Nacht zu überleben, gut«, sagte ELSA.

Zügig marschierte er zu den Aufzügen, die ihn nach oben auf die Bürger-Ebenen tragen würden. Meter um Meter eilte er durch das Labyrinth schmaler Gänge. Vorbei an den riesigen Servern, die Schulter an Schulter bis unter die Decke ragten. Scheinbar willkürlich bog er abwechselnd links, dann wieder rechts ab, doch Thore brauchte weder ELSAs Hilfe noch die Koordinaten der Scio-Linsen, um sich zurechtzufinden. Es waren nur noch wenige Reihen bis zum Aufzug, als er plötzlich innehielt. In der Dunkelheit vor ihm waren Stimmen zu hören.

»Hier, hier. Wir sind da. Hier müsste der Sektor sein, den Sie suchen.«

Wilmer, Thore erkannte die Stimme seines Vorgesetzten sofort. Was, um Himmels willen, hatte sein Boss mitten in der Nacht hier zu suchen?

»In den Sektoren C und D befinden sich die Selektionsdaten der letzten Jahrzehnte. Laut meinen Unterlagen müssten die aktuellen Codes genau hier in diesen beiden Rechnern abgelegt sein. Ich kann Ihnen sehr gern einen oder auch zwei Mitarbeiter zur Seite stellen, die Sie unterstützen?«

Wilmer klang angespannt. Überraschend zuvorkommend. Er musste einen wichtigen Gast begleiten, wenn er selbst den Diener gab.

»Nein. Das wird nicht nötig sein.«

Die Antwort des Mannes kam schnell und hart. Thore trat

einen Schritt in den Schatten der Rechnertürme zurück. Ihm war klar, dass diese Unterhaltung keine Zeugen zuließ.

»Das wäre nur ein weiteres Risiko. Wir dürfen uns keine Fehler erlauben.«

»Ich versichere Ihnen, dass alle meine Mitarbeiter absolut vertrauenswürdig sind«, verteidigte sich Wilmer.

»Der Rat hat eine Entscheidung getroffen. Niemand mit der Sicherheitsstufe zwei oder höher hat Zugriff. Ab sofort erhält nur noch Stufe eins eine Freigabe. Und das sind ausschließlich Sie selbst, richtig?«

»Das ist korrekt, Mr. Andersson, allerdings bin ich sozusagen mehr in der Theorie aktiv, in der Praxis ...«

»Ihre Arbeitsauffassung interessiert mich nicht«, sagte Andersson. »Abgesehen von Ratsmitgliedern sind ab sofort Sie der Einzige, der Zugang zu diesen Rechnern hat. Jeder unbefugte Zugriff oder eine Manipulation des Algorithmus ist Hochverrat. Muss ich deutlicher werden?«

Wilmers Schweigen war Antwort genug. Thore zog sich noch weiter in die Schatten zurück.

»Meine Anwesenheit sollte Ihnen den Ernst der Sache klarmachen. Ich bin auf Anordnung der Präsidentin verantwortlich für die Selektion. Deshalb werde ich persönlich den zusätzlichen Virenschutz installieren.«

»Selbstverständlich. Sie haben meine volle Unterstützung«, versicherte Wilmer kleinlaut.

»Davon gehe ich aus«, sagte Andersson knapp. Dann herrschte für ein paar Minuten Stille.

»Thore, die Energiereserven in deinem Biose-Suit betragen noch neun Prozent. Dein Standort hat sich in den letzten Minuten nicht verändert. Die Wahrscheinlichkeit, dass du deinen Tank rechtzeitig erreichst, sinkt. Möchtest du sterben?«, fragte ELSA.

Thore zuckte zusammen. Er musste hier weg. Und zwar schnell.

»Upload abgeschlossen«, hörte er Anderssons Stimme. »Wir sind fertig. Ich kann mich auf Sie verlassen? Niemand erhält Zugang, niemand erfährt ein Wort.«

»Selbstverständlich«, versicherte Wilmer ein weiteres Mal.

»Ihr Einsatz wird sich lohnen«, sagte Andersson nun etwas milder. »Der Rat und Präsidentin Smith danken Ihnen für Ihre Unterstützung.«

Inwiefern sich der Einsatz für Wilmer lohnen würde, konnte Thore nicht mehr verstehen, zu schnell entfernten sich die beiden Männer. Sein Kopf schmerzte, sein Herz pochte laut. Was ging hier vor sich?

Der oberste Coder und Ratsherr der Zehn machte sich mitten in der Nacht auf den Weg durch die halbe Arche, um einen Virenschutz auf die Rechner zu laden? Wegen des Algorithmus?

Das ergab überhaupt keinen Sinn.

Selbstverständlich hatte Thore die Nachrichten über die Hackerangriffe gehört. Und selbstverständlich hatte er sie nicht geglaubt. Die Protokolle der Anlage zeigten keinen illegalen Zugriff. Er hatte die Falschmeldung nicht weiter beachtet. In regelmäßigen Abständen beschuldigte ELSA die Darksurfer und das Darknet, die Hologramme der Arche anzugreifen. Propaganda, nicht mehr und nicht weniger. Ein praktisches Instrument, um die Bürger daran zu erinnern, dass sie ihr Wohlergehen dem Rat zu verdanken hatten. Seit Thore bei der Cybersicherheit arbeitete, war es zu keinem externen Angriff gekommen. Und wenn das einer wissen musste, dann Björn Andersson. Warum also der unnötige zusätzliche Schutz? An dieser Sache war etwas faul, das spürte Thore. Er wusste nur nicht, was.

»Thore, die Energiereserven in deinem Biose-Suit betragen noch acht Prozent. Begib dich unverzüglich zu deinem Tank.«

»Erst will ich wissen, was Andersson Creations auf meine Rechner geladen hat«, sagte er stur.

Thore wusste, dass er sein Leben aufs Spiel setzte, und das nicht nur, weil seine Vitalreserven erschreckend schnell zur Neige gingen. Was er gleich tun würde, war Hochverrat. Dennoch, er konnte nicht anders. Er musste wissen, was sich in seine Anlage eingeschlichen hatte.

Ohne weiter Zeit zu verlieren, trat er an die Rechner, mit zitternden Fingern tippte er den Zugangscode in das kleine Display. Es war Jahre her, dass Wilmer ihn für seine ID und die damit verknüpfte Sicherheitsstufe eins freigegeben hatte. Die einfachste Möglichkeit für seinen Boss, Thore ungestört arbeiten zu lassen und gleichzeitig die Lorbeeren einzuheimsen. Jetzt war die ID der Schlüssel zu Anderssons Upload.

Aus den Tiefen seiner Werkzeugtasche zog Thore sein Tablet und verlinkte es mit dem Großrechner. Sofort flirrten Tausende grüne Zahlen und Ziffern Reihe für Reihe über den kleinen Bildschirm.

Thore war kein Coder, er verstand die Logik und Sprache der Zahlen nur bis zu einem gewissen Grad. Aber dank seiner jahrelangen Erfahrung erkannte er einen gesunden Code, wenn er ihn vor sich hatte. Dieser Algorithmus war in allerbester Ordnung. Niemand hatte sich daran zu schaffen gemacht. Gleiches galt für die aktiven und intakten Schutzprogramme. Was also hatte Andersson hochgeladen?

Thore öffnete das Zeitprotokoll und scannte die Daten. Nicht lange, und er hatte gefunden, wonach er suchte. Ein fremder Code, dessen Upload nur wenige Minuten alt war.

»Thore, die Energiereserven in deinem Biose-Suit betragen noch sieben Prozent. Mach dich unverzüglich auf den Heimweg.«

Doch er hörte ELSAs Stimme kaum, so laut rauschte das Blut durch seine Ohren. Seine Blicke hetzten über die flimmernden Symbole. Andersson hatte keinen Virenschutz in das Herz der Arche gepflanzt. Er hatte das System selbst angegriffen. Ein Krebsgeschwür, das bereits begonnen hatte, über den Sektor hinaus in das komplette System auszustrahlen. War dem Ratsmitglied ein Fehler unterlaufen? Thore verwarf den Gedanken sofort wieder. Andersson machte keine Fehler. Was aber hatte er dann vor?

»Copy Code«, verlangte Thore. Den Virus zu entfernen, dafür war es bereits zu spät. Er musste herausfinden, was sich genau hinter den Zahlenkolonnen verbarg. Er hoffte, er würde sich irren und nicht das Todesurteil über die gesamte Bevölkerung aussprechen. Das Ende der Arche in seinen Händen halten.

»Kopiervorgang erfolgreich abgeschlossen«, informierte ihn das Tablet in seinen Händen.

»Thore, ich empfehle, alle neuen Daten an eine Kontaktperson zu senden oder auf deinem LifeChip zu speichern, damit sie nach deinem Ableben ausgelesen werden können. Meinen Berechnungen zufolge wirst du die Nacht nicht überleben«, sagte ELSA freundlich.

»Das hättest du wohl gern, du verräterisches Miststück«, fluchte Thore zwischen zusammengepressten Zähnen, während er die Verbindung zur Anlage kappte und sein Werkzeug in der Tasche verschwinden ließ. Dann rannte er los. *Wenn es irgendwo da draußen ein höheres Prinzip gibt*, flehte er stumm, *dann hilf mir. Hilf mir, es lebend in meinen Tank zu schaffen, und hilf mir, dem mächtigsten Mann der Arche das Handwerk zu legen. Sonst sind wir alle verloren.*

Bürgerliches Gesetzbuch der Arche *Hope of Tomorrow*

Bekanntmachung vom 01.01.2100

§ 1. Als Bürger der Arche *Hope of Tomorrow* mit allen Rechten und Pflichten gilt, wer zum Zeitpunkt der Schließung am 01.01.2100 in der Arche gemeldet war oder innerhalb der Arche geboren wurde.

§ 2. Alle Bürger der Arche *Hope of Tomorrow* unterliegen der geltenden Jurisdiktion, solange sie den Schutz der Arche in Anspruch nehmen. Mit Verlassen der Arche, aus freiem Willen oder aufgrund einer Verurteilung, erlischt der Anspruch auf Bürgerrecht und Wiederaufnahme.

§ 3. Jeder Bürger der Arche *Hope of Tomorrow* erhält mit dem Zeitpunkt der Schließung oder zum Zeitpunkt seiner Geburt ein LifeChip-Implantat. Der LifeChip ist über einen Identcode unwiderruflich mit seinem Träger verknüpft. Diese Verknüpfung hat über das Ableben hinaus Bestand. Jede ID kann nur ein einziges Mal vergeben werden.

§ 4. Jeder Bürger der Arche *Hope of Tomorrow* erhält das Anrecht auf Grundfläche innerhalb einer zugewiesenen Zelle in Verbindung mit einem Biose-Tank.

§ 5. Der Identcode eines jeden Bürgers der Arche *Hope of Tomorrow* dient als Schlüssel für Zelle, Biose-Tank und ermöglicht den LogIn in das Holovit. Ein LogIn ohne gültigen Identcode ist eine Straftat.

§ 6. Für jedwede Nutzung des Holovit gilt die allgemeine Gesetzgebung HGB der Arche *Hope of Tomorrow*. Verstöße gegen diese Ordnung sind eine Straftat und werden nach dem zugrunde liegenden Strafkatalog geahndet.

ELSA-Newsfeed der *Hope of Tomorrow*

Angriffe aus der Dunkelheit – wie Sie sich am besten schützen können.

Die Angriffe kommen aus dem Nichts, der Feind lauert in der Dunkelheit, auf dem Spiel steht Ihre Sicherheit, Ihre Freiheit und Ihr Leben. Das Darknet ist eine Bedrohung, vor der wir, trotz aller Bemühungen des Rats und unserer Regierung, immer noch nicht sicher sind. Der letzte Angriff auf die ungeborenen Kinder unserer Heimat ist erst wenige Tage alt. Noch konnten die skrupellosen Täter nicht gefunden werden. Um Sie mit Ihren Ängsten nicht allein zu lassen, haben wir heute ein weiteres Mal die wichtigsten Vorsichtsmaßnahmen für den Alltag zusammengetragen, damit kein Darksurfer Zugang zu Ihren Daten oder Hologrammen erhält:

- Loggen Sie sich ausschließlich in staatliche Hologramme ein. Jedes privat geführte Portal muss sich für eine staatliche Zulassung registrieren und unterliegt dementsprechenden Sicherheitsmaßstäben. Achten Sie bei jeder Buchung, jedem Upgrade, jeder Aktivierung auf die dementsprechenden Auszeichnungen.
- Aktivieren Sie unbedingt die Cybersecurity der Arche für Ihr Homeholo, und fahren Sie in regelmäßigen Abständen ein Update.
- Speichern Sie Ihre Daten ausschließlich auf Ihrem Life-Chip oder in den zugehörigen Cloud-Servern. Der Besitz, die Verbreitung oder der Verkauf von analogen Datenträgern ist nicht erlaubt und wird im Falle einer Anzeige hart bestraft.
- Finger weg von günstigen Digitalangeboten. Egal, ob Reisen, Upgrades für Holos oder Avatare, Sensorik-Features

oder Ähnliches. Billig kaufen kann langfristig schaden. Sie wären nicht die erste Bürgerin oder der erste Bürger der Arche, die oder der über ein neues Haustier von Darksurfern ausspioniert wird.

- Schützen Sie sich und andere, indem Sie alle auffälligen Angebote, Dienstleistungen oder Kontakte melden. Nur so kann es gelingen, das systemische Netzwerk des Feinds in den eigenen Reihen zu durchbrechen. Wir können die Unschuldigen nur schützen, indem wir mit dem Finger auf die Schuldigen zeigen.

Alle Adressen zu aktueller Software, Meldebehörden und eine Dokumentation der Darknet-Anschläge finden Sie hier verlinkt. Mit ELSA kommen Sie sicher durch das Holovit. Dieser Beitrag wurde vom Rat der Zehn als »empfehlenswert« eingestuft.

4

Vier Tage, nachdem Kajas Vater die Bombe hatte platzen lassen, war die Aufregung auf dem Campus immer noch deutlich zu spüren. Wer mit wem gematcht werden könnte, wurde unter den neuen Voraussetzungen noch heißer diskutiert als in den Jahren zuvor. Nicht weniger spannend war die Frage, wie das *Parentes Paradisum* aussehen würde.

Kaja hasste die Aufmerksamkeit, die ihr zuteilwurde, sobald sie sich am Campus einloggte. Keiner außer ihren Freundinnen glaubte ihr, dass sie nichts über das Projekt ihrer Eltern wusste. Der Weg vom LogIn zum Hörsaal war zu einem täglichen Spießrutenlauf geworden, und das Interesse an ihrer Person war nicht nur positiv. Auf dem Rasen vor dem Gildengebäude der Mediziner hatte sich eine Handvoll Studenten zum Protest gegen die Restriktionen versammelt. Kaja konnte ihre Blicke deutlich spüren, als sie an ihnen vorbeiging.

»Hey Andersson, was habt ihr als Nächstes vor? Wollt ihr uns nicht gleich alle komplett digitalisieren?«, rief ihr eine unbekannte Stimme hinterher. Ohne zu antworten, beschleunigte Kaja ihre Schritte.

Nur wenige Menschen wagten es, die Stimme gegen die neuen Regeln zu erheben. Der Großteil der Bürger konnte entweder die Entscheidung für das Allgemeinwohl nachvollziehen oder hatte schlichtweg Angst, einen Regierungsbeschluss anzuzweifeln. Offener Widerstand wurde in allen drei Archen hart bestraft.

Auch in den Medien hatten nur einige wenige Ärzte Bedenken geäußert. Gegenüber der Technik, vor allem aber bezüglich der Konsequenzen für den menschlichen Genpool in den kommenden Jahrzehnten. Führende Wissenschaftler und Biotechniker der *Hope* hatten die Argumente umgehend und stichhaltig widerlegt, aber offensichtlich hatte der Diskurs auch den Campus erreicht.

Mein Körper hat ein Recht auf Kinder, stand auf dem Shirt einer Studentin.

Schluss mit der Datenkontrolle.

Weg mit dem Holovit, las Kaja auf verschiedenen Bannern.

Irritiert schüttelte sie den Kopf. Wie konnten diese Menschen gegen etwas protestieren, das ihr privilegiertes Leben überhaupt erst ermöglichte? Wollten sie tatsächlich, dass man den Stecker zog? Und was war die Alternative?

»Guten Morgen, Kaja, wie geht's dir?«

Gloria Swinford war unvermittelt neben ihr aufgetaucht und hakte sich bei ihr unter.

»Beachte diese Idioten nicht«, sagte sie und drückte mitfühlend Kajas Arm. »Die haben nicht mehr alle Tassen im Schrank. Absolut verrückt mit ihren Verschwörungstheorien, *Total Upload* und komplette Digitalisierung. Völliger Blödsinn, wenn du mich fragst. Und selbst wenn? Was wäre denn so schlimm daran, komplett im Holovit zu leben? Besser als in dieser schrecklichen Zelle, oder?«

»*Total Upload?*«, fragte Kaja überrascht. »Das hat doch mit der Selektion nichts zu tun. Das Projekt wurde schon vor Jahren eingestellt. Darüber spricht inzwischen kein Mensch mehr.«

Einen Moment lang überlegte sie, ob ihre Eltern noch

mehr vor ihr verheimlichten. Das Projekt *Total Upload* wurde im Haus Andersson nicht thematisiert. Es war die größte Forschungsniederlage ihres Vaters, und weder Kaja noch ihre Mutter wollten ihn daran erinnern. Selbst in den Aufzeichnungen der Universitätsbibliothek und in den ELSA-News gab es nur vage Andeutungen. Was sich Kaja über die Jahre hinweg zusammengereimt hatte, wusste sie hauptsächlich vom Hörensagen.

Während der Amtszeit von William Henry Clifton, Anna Smiths Vorgänger, hatte es diverse staatlich geförderte Projekte gegeben, die sich mit der Zukunft der Archen beschäftigten. Wie sollte es mit der Menschheit weitergehen? Wie konnte man Leben und Überleben vereinbaren? Gab es Wege zurück an die Oberfläche oder musste man sich langfristig auf die Dunkelheit einstellen?

Kajas Eltern war damals, nur ein paar Jahre vor Kajas Geburt, ein enormer Durchbruch in der sensorischen Programmierung gelungen. Neue Features ermöglichten den in zweiter und dritter Generation unterirdisch geborenen Menschen beinahe realistische Übertag-Erfahrungen. Während die Außenwelt lebensfeindlich blieb, hatte in Björn Anderssons Kopf eine Idee Gestalt angenommen. Warum sich an die Oberfläche zurückkämpfen, wenn untertage eine perfekte Kopie entstehen konnte? Warum überhaupt über eine Rückkehr nachdenken? Warum nicht den entgegengesetzten Weg wählen und komplett ins Holovit umsiedeln? Der *Total Upload*. Das ewige Leben in einer digitalen Welt.

Welcher der tausend Gründe, die gegen einen derart radikalen Plan sprachen, letztlich dafür verantwortlich gewesen war, dass man den Mantel des Schweigens über das gesamte Projekt gelegt hatte, wusste Kaja nicht. Aber Björn Andersson hatte dem verstorbenen Präsidenten selbst nach dessen

Tod nicht verziehen, seine Forschung im Keim erstickt zu haben.

»Ich sag doch, reines Hirngespinst von ein paar Irren. Du darfst dir das auf keinen Fall zu Herzen nehmen, Kaja. Deine Eltern sind großartig. Wo wäre denn die Arche ohne sie?«

Eine gute Frage. Wo wäre die Arche ohne Andersson Creations? Über die Antwort grübelte Kaja den restlichen Morgen, bis hin zu ihrer Unterrichtseinheit »Intelligente Programmierung und Algorithmik«.

Professor Quincy Miller war ein alter Freund der Familie. Er hatte ihre Eltern bei vielen Projekten beraten, außerdem war er ein gern gesehener Gast in der Villa. Kaja mochte ihn, und er mochte sie. Er ließ die untalentierte Tochter seiner Freunde im Unterricht meist in Frieden. Seine Aufmerksamkeit galt Lora, dem Star des Kurses. Die Stunde sollte eigentlich »Gespräche zwischen Lora Bonnet und Quincy Miller«, heißen. Während der Großteil der Studenten überfordert und gelangweilt mit halbem Ohr zuhörte, fachsimpelten der Professor und sein Liebling ohne Unterbrechung.

Ihr aktuelles Thema war die Programmierung neuronaler Intelligenz, gekoppelt an ein wachsendes System. Seit Beginn des Semesters arbeitete Lora an einer Versuchsreihe mit digitalen Raben. Sie wollte der für ihre Intelligenz bekannten Spezies selbstständiges Lernen ermöglichen.

»Für meine Versuchsreihe neun ist es mir gelungen, deutlich mehr neuronale Netze einzubauen. Die Lernkurven funktionieren jetzt stabiler und steigen ab einem gewissen Zeitpunkt exponentiell nach oben«, berichtete Lora. »Alle Elemente haben die Phase des Deep Learnings erreicht. Ich glaube, wir sind nicht mehr weit von einer Superintelligenz entfernt.«

»Das klingt sehr vielversprechend«, lobte Miller, und

Kajas Freundin strahlte über das ganze Gesicht. »Vielleicht können Sie ja einen Ihrer Vögel demnächst vorstellen. Ich bin sehr gespannt zu sehen, was Sie schon erreicht haben. Gibt es Stimmen aus dem Plenum? Fragen?«

Die allgemeine Stille war Beweis genug für die geistige Abwesenheit ihrer Kommilitonen.

»Niemand?«, bohrte Miller nach. »Haben Sie vielleicht Anregungen für Ihre begabte Mitstudentin?«

»Sie soll es bleiben lassen«, flüsterte Liam Turner aus den hinteren Reihen.

»Wie bitte? Wer möchte etwas beitragen?«, forderte Miller den Sprecher auf.

»Sie soll es bleiben lassen«, sagte Turner nun laut und deutlich. »Es hat keinen Zweck. Die Vögel werden das Stadium einer Superintelligenz nicht erreichen.«

Zum zweiten Mal innerhalb weniger Tage hatte er die Aufmerksamkeit aller auf sich gezogen.

»Und haben Sie auch eine Erklärung dafür, Mr. Turner, dass Sie Ihre Mitstudentin in ihrer Arbeit entmutigen?«

Professor Miller klang interessiert, nicht verärgert. Neugierig musterte er Liam.

Der zuckte mit den Achseln und sagte: »Der Input ist zu gering, die Neuronen haben nicht genug Futter, um selbstständig zu lernen.« Er wandte sich direkt an Lora. »Mit welchen Daten hast du sie ausgestattet?«

»Alte Aufzeichnungen aus naturwissenschaftlichen Unterlagen und biologischen Dokumentationen, die ich in den Archiven gefunden habe.«

»Das reicht nicht«, erklärte Liam gelassen. »Die Tiere sind nur Bilder. Abziehbilder nach Vorlagen anderer Bilder. Der Code hat keine Originaldaten, auf die er zugreifen kann. Du hast zu wenig Material, das du ihm mitgeben kannst. Ab einem bestimmten Moment werden sie sich nicht mehr weiterentwickeln, sondern sich nur noch im Kreis drehen.«

»Was willst du damit sagen?«, bohrte Lora.

»Dass du eine echte Krähe brauchst, um eine gute Kopie zu erschaffen, und selbst dann bliebe sie immer nur eine Kopie.«

»Ich habe aber keine echte Krähe. Ich habe nur die Daten.«

»Glückwunsch, du hast dein Problem erkannt.«

Eine Ader an Loras Stirn begann heftig zu pochen. »Und was, Mr. Superschlau, schlägst du vor?«

»Keine künstlichen Krähen programmieren? Besser nicht darauf hoffen, dass sie plötzlich anfangen, tiefgründige Gespräche mit dir zu führen?«, entgegnete Liam ungerührt.

Der Rest des Kurses kicherte. Lora presste wütend die Lippen aufeinander. Kaja verstand nicht, warum ihre Freundin sich derart auf die Palme bringen ließ. Selbst wenn Liam recht hatte, das Experiment war auch ohne Superintelligenz beeindruckend genug.

»Du brauchst ein lebendes Vorbild«, mischte sich nun auch Erik Cumberfield ein.

Lora antwortete gereizt. »Das hab ich schon verstanden. Noch mal, es gibt keine echten Krähen, oder hast du vielleicht eine in deiner Zelle versteckt?«

»STREBERKRIEG!«, tauchte Jades Nachricht auf Kajas Scio-Linse auf. Sie hustete in ihre Hand, um ein Lachen zu unterdrücken, und kassierte dafür einen bösen Blick von Lora.

»Vergiss die Krähen. Turner hat recht, damit kommst du nicht weiter. Du brauchst eine echte Referenz.«

»Und woher soll ich die nehmen? Es gibt keine lebenden Originale mehr.«

Forschergeist blitzte gefährlich in Eriks Augen, als er

antwortete: »O doch. Eine ganze Reihe. Im Moment etwa zweihunderttausend, allein hier in der *Hope*. Mit all ihren Daten praktischerweise bereits auf Chips gespeichert. Homo sapiens in Reinform, lebendig und atmend.«

Plötzlich war es mucksmäuschenstill. Gänsehaut lief über Kajas Körper. Das konnte nur ein schlechter Scherz sein.

»FREAK! FREAK! FREAK!«, flimmerte Jades Kommentar im Chat vor Kajas Augen.

»Menschen?«, fragte Lora entgeistert. Ihr Blick wanderte zwischen Erik und Professor Miller hin und her. »Im Ernst? Würde das funktionieren?«

Miller zögerte, bevor er mit Bedacht eine Antwort formulierte: »Das lässt sich nicht so leicht beantworten, Lora. Es käme auf die Qualität und Menge der Daten an, auf die Tiefe der neuronalen Verknüpfungen, vor allem aber auf dein Ziel. Was willst du erreichen? Avatare mit bestimmten Handlungsschemata gibt es zur Genüge, viele von ihnen können auf ein unglaublich großes Repertoire an Entscheidungen zurückgreifen und bereits einfache Logik lernen. Das ist, wie ich finde, eine enorme und ausreichende Leistung. Dasselbe gilt übrigens auch für deine Krähen.«

»Aber wäre es möglich, dieses Lernen zu verbessern? Aus den Daten der LifeChips bekomme ich doch alle Informationen über Entscheidungen und Emotionen. Selbst die Träume der Menschen werden ausgelesen. Was, wenn diese Daten auf ein lernendes System übertragen werden? Wäre es dann möglich, Avatare mit eigenem Willen zu kreieren?«, fragte Erik.

»Ich würde Ihnen dazu gern eine philosophische Überlegung mitgeben, Mr. Cumberfield. Wer sind Sie? Sind Sie ausschließlich die Summe Ihrer Entscheidungen? Sind Sie ein lernendes System? Bewahrt ein einmal gemachter Fehler

Sie davor, diesen erneut zu begehen? Würde Ihr Avatar, losgelöst von Ihrem Geist, aber ausgestattet mit allen vorhandenen Daten Ihrer Vergangenheit – würde also dieser Avatar alle zukünftigen Entscheidungen in Ihrem Leben genauso treffen, wie Sie es selbst getan hätten? Oder wäre er weiterhin nur eine Kopie, ohne Emotionen, ohne eine Seele, wenn Sie so wollen?«

Der ganze Kurs war nun hellwach und verfolgte das Gespräch fasziniert. Kaja konnte sich an keine Stunde mit Professor Miller erinnern, die ähnlich spannend gewesen war.

»Der Avatar ist und bleibt eine Kopie«, antwortete Liam anstelle von Erik. »Einzigartigkeit lässt sich nicht transferieren, unsere Seele lässt sich nicht digitalisieren. Losgelöst vom Original würde ein Avatar Entscheidungen immer aufgrund bloßer Wahrscheinlichkeitsrechnung treffen. Er könnte ein individuelles Psychogramm zugrunde legen und vermutlich sogar Erfolg und Misserfolg aus der Vergangenheit in seine zukünftigen Lösungen miteinbeziehen. Ja, selbst ein Moment der Überraschung, ein unregelmäßiges Ausscheren aus dem Schema, könnte man einprogrammieren. Vermutlich wäre sein Leben sogar beängstigend nah am Original, aber was fehlen würde, wäre die intrinsische Motivation, die Sehnsucht nach Freiheit, Anerkennung, Gemeinschaft … Liebe?«

Kaja drehte sich zu Liam um. Seine Ansprache hatte zu Gemurmel im ganzen Saal geführt. Über die Köpfe der anderen hinweg trafen sich ihre Blicke. Plötzlich fühlte sie sich nackt. Als könnte er bis in ihre Seele blicken. Hatte er seine Worte ernst gemeint?

Oder wollte er nur provozieren?

Liam war mindestens genauso talentiert wie Lora. Er forschte akribischer an seinen Projekten als alle anderen

Studenten im Raum. Bis zu diesem Moment war sie davon ausgegangen, auch sein Herz würde nur für Zahlen und Codes schlagen. Hatte sie sich geirrt?

»Liebe ist nichts anderes als ein chemischer Reiz in unserem Gehirn. Man kann sie relativ einfach konstruieren«, unterbrach Lora den stummen Austausch ihrer Blicke – der Zauber war gebrochen. »Das gilt für fast alle Emotionen. Unser ganzes System ist ein einziger Zusammenschluss aus Reizen und Reaktionen. Theoretisch ließe sich das alles nachbauen und ...«

»... digitalisieren«, führte Erik ihren Satz zu Ende. »Es könnten neue Menschen entstehen, digitale Menschen, die ausschließlich im Holovit leben. Menschen, die keine Zellen mehr brauchen, keine Nahrung ...« Die Worte sprudelten ungebremst aus ihm heraus. »Das könnte die Lösung sein für alle, die keine Kinder bekommen, für alle Generationen nach uns, die immer weiter schrumpfen ... das ... wow ... das ...«

»Mr. Cumberfield!«, unterbrach Professor Miller seinen Schüler. »Mr. Cumberfield, ich befürchte, Sie überschätzen die technischen Möglichkeiten. Etwas weniger Fantasie, dafür mehr Logik, wenn ich bitten darf.«

»Aber ...«

»Wenn dieser Ansatz wirklich eine Option wäre, und damit haben wir noch nicht die Frage der Ethik geklärt, dann können Sie davon ausgehen, dass man alle Möglichkeiten geprüft hat.«

»Sprechen Sie vom Projekt *Total Upload*, Professor Miller?« Gloria hatte ihren Arm zur Wortmeldung nach oben gestreckt, vor Aufregung aber in die Runde gerufen, bevor Miller ihr das Wort erteilt hatte.

»Wie kommen Sie auf diese absurde Idee?«, fragte er.

Glorias Gesicht wurde feuerrot. »Nun ja, ich dachte, ähm, damals hat man doch auch versucht, Menschen ins Holovit zu transferieren?«

Quincy Millers Adamsapfel hüpfte ein paarmal auf und ab, bevor er antwortete: »Miss Swinford, Sie sollten vorsichtig sein. Was Sie hier verbreiten, ist falsch. Kein einziges Mal in der Geschichte unserer Arche wurden Menschen ins Holovit ›transferiert‹. Es ist schlichtweg nicht möglich. Was auch immer Sie zu wissen glauben oder gehört haben, das Projekt *Total Upload* war nie mehr als eine theoretische Überlegung zur Optimierung digitaler Erlebnisse. In meinem Unterricht möchte ich nicht mehr darüber diskutieren und würde Ihnen raten, sich auch außerhalb des Hörsaals daran zu halten.«

Gloria nickte, völlig baff von der heftigen Reaktion auf ihre Frage. Betretenes Schweigen erfüllte den Raum.

»Ich denke, für heute haben wir genügend über die Theorie zur künstlichen Intelligenz gesprochen«, beendete Miller zur allgemeinen Erleichterung die Stunde. »Wie Sie sehen, ein hochkomplexes Thema, für das wir noch lange nicht alle Antworten haben. Das soll Sie aber nicht daran hindern, weiter zu forschen und sich den Fragen der Zukunft zu stellen ... Lora, lassen Sie die Hinweise von Mr. Turner in weitere Überlegungen zu Ihren Versuchen einfließen. Mr. Turner, haben Sie Lust, an dem Experiment mitzuarbeiten?«

»Nein.«

»Auf keinen Fall.«

In dieser Sache waren sich Lora und Liam einig.

Miller hob überrascht die Augenbrauen. »Nun gut, wie Sie meinen. Ich kann Sie nicht zwingen. Auch wenn Sie gemeinsam sicher bemerkenswerte Ergebnisse erzielen könnten. Vielleicht ändern Sie Ihre Meinung ja zu einem späteren

Zeitpunkt. Bis dahin, Lora, bleiben Sie am Ball, denken Sie neu, anders, mutiger. Ich bin gespannt, wohin Sie Ihre Reise führt.« Ein Flirren in der Luft, und Professor Miller hatte sich ausgeloggt.

Während Kaja noch überlegte, ob jetzt ein guter Moment wäre, mit Lora zu sprechen, hatte Erik Cumberfield sie bereits in eine Fortsetzung ihrer hitzigen Diskussion verwickelt. Gemeinsam verließen sie den Raum.

»Ganz schön empfindlich, deine Freundin«, sagte Liam, der unbemerkt an Kajas Tisch getreten war.

»Sie hat eben viel Arbeit in dieses Projekt gesteckt«, entgegnete sie so ruhig wie möglich. Sie würde sich diesmal weder von Turners Worten noch von seinen Blicken verunsichern lassen.

»Dann sollte sie mir danken. Ich hab ihr eine Menge Arbeit und Frust erspart. Diese Vögel sind eine Sackgasse.«

»Sind wir das nicht alle?« Kaja bereute die Worte im gleichen Moment, in dem sie ihr über die Lippen gepurzelt waren.

Liam betrachtete sie mit seinem undurchschaubaren Röntgenblick. Als wäre sie ein Fisch und er der Angler, der überlegte, ob er sie zurück in den Teich werfen oder verspeisen sollte.

»Vielleicht hast du recht«, entgegnete er. »Vielleicht aber auch nicht.«

»Was meinst du damit?«, fragte sie.

»Die Menschheit hat es immer wieder geschafft, sich aus den dunkelsten Zeiten ins Licht zu kämpfen und sich selbst zu überraschen. Man sollte diese – wie sagt deine Freundin – chemischen Reize nicht unterschätzen. Wer weiß, wozu wir fähig sind, wenn wir uns für die richtigen Dinge starkmachen.«

»Freiheit?«, fragte Kaja.

Liam nickte. »Familie? Liebe? Wir sind eben keine Krähen.«

Dann schmunzelte er und spazierte aus dem Saal, ohne sich noch einmal umzudrehen.

Kaja starrte ihm nach. In ihrem Kopf wollten Tausende Fragen gleichzeitig beantwortet werden.

Mit einem Mal fühlte sie sich fürchterlich allein mit ihren Gefühlen. Warum fiel es ihr so schwer, mit Lora darüber zu sprechen? Warum war es in letzter Zeit so schwer, mit ihrer besten Freundin über irgendetwas zu sprechen? Schmerzhaft wurde ihr klar, wie wenig sie eigentlich noch von Loras Leben wusste. Wie weit sie sich in den letzten Monaten voneinander entfernt hatten. Vielleicht sollte sie darüber nachdenken, bevor sie sich dem Thema Liam Turner widmete.

Nachdem Kaja eine weitere Stunde Algorithmik hinter sich gebracht hatte, nahm sie für den letzten Kurs des Tages neben Jade Platz.

»Was ist dir denn für eine Laus über die Leber gelaufen?«, fragte ihre Freundin.

Kaja zuckte mit den Schultern und überlegte, ob sie Jade die Wahrheit sagen sollte. Wie einsam sie sich gerade fühlte, wie sehr sie sich wünschte, Teil dieser Welt mit ihren simplen Regeln zu sein. Aber auch, wie viel größer die Sehnsucht nach einem anderen Leben geworden war, obwohl sie selbst nicht wusste, wie das aussehen könnte.

»Mein Kopf ist zu voll mit diesem ganzen Prüfungsstoff«, versuchte sie es stattdessen mit der naheliegenden Antwort. »Ich hab das Gefühl, mein ganzes Leben besteht nur noch aus Zahlen und technischen Bauplänen. Wann hatten wir das letzte Mal einfach nur Spaß? Ihr fehlt mir alle.«

Jade lächelte mitfühlend und nickte. »Ich weiß, was du meinst. Mir geht es genau wie dir, wie uns allen. Wir brauchen dringend einen Tapetenwechsel. Ganz zufällig weiß ich auch genau, wo wir den finden.« Ein diebisches Grinsen huschte über ihre Lippen. »Was hältst du von einem Ausflug in den Arcteryx?«

»Wow«, staunte Kaja mit großen Augen. »Das wäre fantastisch! Aber da kommen wir doch niemals rein? Die LogIns sollen irre teuer sein und die Warteliste ewig lang.«

Selbstverständlich hatte Kaja von dem neuen Nachtclub gehört, der seit seiner Eröffnung vor wenigen Wochen in aller Munde war. Schon jetzt rankten sich unzählige Gerüchte darum. Hinter dem streng gehüteten Portal gab es angeblich lebensgroße, Feuer speiende Drachen zu sehen, einen Dschungel, in dem man mit wilden Tieren und Menschenaffen die Nacht durchtanzen konnte, und römische Orgien mit maskierten Teilnehmern. Mehr Wunschdenken als Wahrheit, vermutete Kaja. Trotzdem war sie neugierig, denn es gab kaum Firmen, die den Standard der Andersson-Creations-Hologramme anbieten konnten. Um für eine breite Masse erschwinglich und gleichzeitig profitabel zu sein, wurden die meisten Vergnügen so simpel wie möglich programmiert und konzentrierten sich auf ein Kernfeature. Restaurants mit exzellenter Küche hatten keine gute Szenerie. Wer seinen Geschmacksknospen ein unvergessliches Erlebnis gönnte, musste Abstriche bei der Optik machen. Wer Wert auf einen romantischen Sonnenuntergang legte, konnte keine besonders realistische Umsetzung bei der restlichen Sensorik erwarten. Essen war geschmacklos, alkoholische Getränke ohne Wirkung. Nachtclubs waren entweder wegen des Musik- und Tanzerlebnisses beliebt, oder wegen der berauschenden Substanzen, die angeboten wurden. Nur wenige wirklich exklusive Adressen kombinierten verschiedene Module, aber das hatte seinen Preis.

»Ich habe gehört, dass dort Bands spielen, auch uralte. Zur Eröffnung sind angeblich die Beatles aufgetreten … mit neuen Songs.« Jade klatschte begeistert in die Hände.

Kaja nickte, das hatte sie auch gehört. »Fin Jackson behauptet, er wäre schon mal drin gewesen. Und es wäre gar kein richtiger Club, sondern eine riesige Jacht, mitten auf dem Meer. Jeder erzählt etwas anderes, keine Ahnung, wer wirklich dort war und was stimmt«, sagte sie.

»Wahrscheinlich haben alle recht«, meinte Jade. »Ich hab die Pläne gesehen, mein Vater hat den Kredit für die Gründer genehmigt.«

Jades Vater, Lucas Morel, war seit Jahren im Vorstand der Zentralbank der *Hope of Tomorrow*. Da hatten sie also ihre Eintrittskarte.

»Der Arcteryx gehört Smith Young und Victoria Silver. Oder besser gesagt, er wird ihnen in ein paar Jahren gehören.« Jade lachte. »Noch gehört er meinem Vater. Also ich meine, der Bank.«

»Young? Der Name kommt mir bekannt vor.«

»Sicher hast du schon mal von ihm gelesen. Die beiden gehörten zu den besten Codern ihres Jahrgangs. Fünfzehn Jahre oder so ist das jetzt her. Sie hatten exzellente Zeugnisse, aber keiner von ihnen hat je einen Reproduktionsantrag gestellt. Seltsam, nicht?«

Jade sprach weiter, ohne eine Antwort auf ihre Frage zu erwarten. »Aber egal, der Arcteryx ist vielleicht sogar besser als ein Baby. Ich habe so was noch nie gesehen, im Grunde ist es nicht ein Hologramm, es sind unendlich viele!«

Kaja runzelte die Stirn. »Was meinst du damit?«

»Er ist immer wieder neu, und zwar komplett. Niemand

kann zweimal den gleichen Arcteryx betreten. Für jeden Abend wird ein neues Holo programmiert. Das Motto ist immer verschieden, niemand weiß bis zum LogIn, was ihn erwartet. Jeder Code verliert mit Betreten seine Gültigkeit. Und man muss sich immer wieder neu auf die Gästeliste setzen lassen.«

»Was für ein Aufwand.«

Dennoch war Kaja fasziniert. Jeden Abend eine neue Welt. Wie sollte das zu schaffen sein? Man bräuchte mindestens ein Dutzend Coder. Und einen enormen Vorlauf, um annähernd realistische Umgebungen zu bauen. Ganz abgesehen von den Ideen. Andersson Creations hatte ein ganzes Team für diesen Job, acht Mitarbeiter, deren Aufgabe es war, historische Aufzeichnungen, Literatur, Film und Musik für neue Entwürfe zu recherchieren. Kaja konnte sich beim besten Willen nicht vorstellen, dass zwei junge Gründer dazu in der Lage waren.

»Das ist unmöglich«, sagte sie skeptisch.

»Das ist fantastisch! Ich schwöre dir, danach werden wir uns selbst den *Total Upload* wünschen, um nie wieder rauszumüssen.« Jade strahlte vor lauter Vorfreude, doch Kaja blieb das Lachen im Hals stecken. Der Gedanke an den *Total Upload* war mindestens genauso Furcht einflößend wie der letzte BlackOut.

Bürgerliches Gesetzbuch der Arche *Hope of Tomorrow*

§ 13 Allgemeine Richtlinien und Bestimmungen zur Nutzung privater Hologramme

§ 13.9. Staatliche Verordnung zur Ausführung des Gaststättengesetzes

Anzeigepflicht:
Zur Aufrechterhaltung der Sicherheit aller Bürger sind die Gewerbetreibenden verpflichtet, über sich selbst, die in ihrem Betrieb beschäftigten Personen und alle Nutzer des oder der Betriebe Anzeige zu erstatten. In der Anzeige sind die jeweilige ID der Person und die aktive Beschäftigungs- oder LogIn Zeit zu verzeichnen.

Erlaubnisfreiheit:
Für die Aktivierung eines gewerblichen Hologramms und die Freigabe des LogIns bedarf es einer offiziellen Freigabe des Basiscodes durch die zuständige Behörde. Alle Daten sind mindestens zwei Wochen vor Aktivierung der zuständigen Behörde zu überstellen. Eine Öffnung des Hologramms ohne Erlaubnis ist eine Straftat. Der LogIn in ein nicht freigegebenes Hologramm wird dem Betreiber sowie der eingeloggten Person als Vergehen angezeigt. Die Vorgaben für eine Freigabe sind beim zuständigen Amt einzusehen.

Untersagung:
Der Regierung der Arche steht es zu jedem Zeitpunkt frei, eine Erlaubnis ohne Angabe von Gründen zurückzuziehen

oder für einen bestimmten Zeitraum auszusetzen. Dies dient dem Schutz und der Sicherheit der Arche.

LogIn-Beschränkungen
Der LogIn in ein staatlich freigegebenes, privates Hologramm ist nur Personen gestattet, die:

Der Altersfreigabe des Hologramms genügen.

Zum Zeitpunkt des LogIns keine laufenden strafrechtlichen Verfahren mit ihrer ID verknüpft haben.

Datenarchivierung
Betreiber eines privaten Hologramms sind, ungeachtet der öffentlichen oder privaten Nutzung, verpflichtet, die gesammelten Daten über LogIns und ID-Aufenthalte in ihren Hologrammen zu dokumentieren und, soweit nicht anderweitig gesetzlich gewährt, diese Daten für mindestens fünfzig Jahre zu archivieren. Ein Scan der Daten steht der Regierung im Rahmen einer Sicherheitsprüfung zu jedem Zeitpunkt frei.

5

Eigentlich hätte Thore erleichtert sein müssen. Immerhin war er dem Tod knapp entronnen. Sein Wettlauf gegen die Zeit war erst ein paar Tage her. In letzter Sekunde hatte er, ELSAs Countdown im Ohr, seinen Tank erreicht und ein Charching aktiviert. Freude darüber wollte sich trotzdem nicht einstellen. Die Angst vor der Zukunft war zu groß. Nervös betrachtete er den Mann, der ihm in der Dunkelheit der Rechnerräume auf Ebene −24 gegenübersaß. In den nächsten Minuten würde sich entscheiden, ob er einen fatalen Fehler begangen hatte oder nicht.

»Warum sind sie gekommen?«, fragte er Jean-Luc Bonnet ohne Umschweife.

»Ein guter Freund hat mich darum gebeten. Ein Freund, dem ich vertraue.«

Thore versuchte, sich zu entspannen. Auch er vertraute diesem Freund, ja, in diesem gottverdammten Bunker gab es niemanden, dem er mehr vertraute als Jasper Woolf. Und Jasper hatte beim Teufel und seiner Mutter geschworen, dass es nur einen Menschen gab, der ihm helfen konnte: Jean-Luc Bonnet.

Aber Thore wusste auch, mit wem Bonnet viele Jahre eng verbunden gewesen war: Björn Andersson. Und gegen diesen anderen alten Freund sollte er sich nun verschwören? Minutenlang starrten die beiden Männer einander schweigend an.

Und zum wiederholten Male fragte sich Thore, ob er mit diesem Treffen sein eigenes Todesurteil unterzeichnet hatte.

»Wenn es stimmt, was Jasper mir erzählt hat, dann sind wir alle verloren. Ich weiß nicht, wie ich Ihnen helfen soll«, begann Bonnet endlich das Gespräch.

»Auf diesem Stick befindet sich ein Trojaner«, erklärte Thore dem Mann erneut. »Dieser Trojaner ist darauf programmiert, in immer wiederkehrenden Abständen das System, in das er sich eingehackt hat, lahmzulegen. Die Abstände zwischen den Ausfällen werden mit jedem Mal kürzer, die Blockaden des Systems immer länger. Bis das System schließlich für immer zerstört wird.«

Bonnet nickte stumm.

»Dieser Wurm hat es in sich. Einmal aktiviert, verändert er ständig seinen Code. Es ist unmöglich, ihn wieder von dem befallenen System zu trennen.«

»Jasper hat erwähnt, dass es sich um einen extrem fortgeschrittenen Code handelt. Ich vermute, hätten Sie diesen Stick zufällig beim Fegen gefunden, würde er längst auf dem Tisch Ihres Vorgesetzten liegen. Warum sind wir heute hier? Woher stammt der Wurm?«

Der Moment der Wahrheit war gekommen. Thore atmete tief ein und wieder aus. »Das ist die Kopie eines Uploads, den Björn Andersson vor drei Tagen auf den Zentralrechner geladen hat.«

Plötzlich lag eine Spannung in der Luft, als hätten die Rechner selbst sich entladen. Bonnet saß wie eingefroren da, nur seine Blicke zuckten nervös hin und her. Er leckte sich über die trockenen Lippen, bevor er sprach.

»Warum sollte er so etwas tun? Der Wurm, von dem Sie sprechen, würde unsere ganze Welt zerstören. Eine Welt, die Andersson erschaffen hat.«

»Das weiß ich nicht. Aber ich weiß, dass er es getan hat. Ich habe es mit eigenen Augen gesehen.«

»Warum sind Sie nicht zu Ihrem Vorgesetzten gegangen?«

»Weil er in dieser Nacht mit dabei war. Andersson war im Auftrag des Rats hier, er hatte das Recht, Hand an die Maschinen zu legen.«

Bonnet runzelte die Stirn. »Wer weiß noch von dieser Sache?«, fragte er.

»Niemand, niemand außer uns beiden. Und Jasper. Ich wusste nicht, mit wem ich sonst darüber sprechen sollte. Ich wusste nicht, ob ich überhaupt mit jemandem sprechen durfte. Aber als mir klar wurde, womit wir es zu tun haben, da ...«

»Da wurde die Verzweiflung größer als die Angst?«

»Ja. Jasper meinte, Sie könnten helfen.«

»Ich bin kein Coder. Ich bin Techniker. Ich verstehe von den Zahlen vermutlich noch weniger als Sie.«

»Aber Sie kennen Andersson. Besser als die meisten Menschen hier in der Arche. Ich hatte gehofft, Sie wüssten, warum er das getan hat. Oder wie man ihn aufhalten kann? Und falls das nicht möglich ist ... vielleicht ...« Thore musste sich überwinden, weiterzusprechen.

»Vielleicht?«

»Vielleicht gibt es eine andere Möglichkeit? Jasper hat für Sie gearbeitet, bevor er in mein Team gekommen ist. Das Projekt ...«

»Das Projekt, von dem Sie reden, wurde eingestellt. Mrs. Präsident selbst hat sich dagegen ausgesprochen«, fiel ihm Bonnet ins Wort.

»Ich weiß. Aber es gab damals viele Menschen, die ihre ganze Hoffnung in Sie gesetzt haben, und diese Menschen gibt es immer noch.«

»*Übertag* war nur ein Traum.«

»Es war mehr als ein Traum.« Thore durfte jetzt nicht aufgeben, auch wenn dieses Thema bei Bonnet alte Wunden aufriss. Zusammen mit seiner Frau und einem Expertenteam hatte Bonnet viele Jahre die Möglichkeiten einer Rückkehr an die Erdoberfläche erforscht. Präsident Clifton selbst war Schirmherr des Projekts gewesen. Jasper Woolf hatte mit Bonnet an der Technik gefeilt, die für das Unterfangen notwendig war. Angefangen bei Maschinen und Habitaten bis hin zu einer völlig neuen Generation Biose-Suits. Dr. Marie Bonnet gehörte zu den führenden Ärzten der *Hope* und war der Überzeugung, der menschliche Körper könne sich an die veränderten Verhältnisse an der Erdoberfläche anpassen.

Doch Anna Smith hatte diesen Traum für alle Bürger der Arche platzen lassen. Kurz nach ihrem Amtsantritt hatte sie Bonnets wissenschaftliche Argumentation für fehlerhaft erklärt und ihm den Geldhahn zugedreht. Alle Fördermittel waren in das Holovit transferiert worden. Es war das Ende von *Übertag* und der Beginn einer Feindschaft zwischen Jean-Luc Bonnet und Björn Andersson. Thore hatte lange darüber nachgedacht. Wenn man Andersson nicht aufhalten konnte, dann war die Flucht nach oben ihre einzige Chance.

»Glauben Sie noch daran? An den Exit?«, fragte er Bonnet.

»Nein, nicht unter den gegebenen Umständen. Wir haben seit Jahren nicht mehr an dem Projekt gearbeitet. Wir haben nicht genug Daten, und unsere Ausrüstung ist alt. Ich habe keine Ahnung, wie lange es dauern würde, alles zu reaktivieren.« Bonnet rieb sich die Augen und fuhr mit beiden Händen durch das graue Haar. »Außerdem haben wir keine Freigabe. Solange Anna Smith Präsidentin der *Hope of Tomorrow* ist, können wir nicht nach oben zurück.«

»Sie sind sich sicher?«

»So wahr ich hier sitze.«

»Dann sind wir verloren. Der Wurm hat sich in den Basiscode des Holovit gehackt. Von dort aus wird er sich im gesamten System verbreiten und die Energiezufuhr kappen. Sobald er eine Datenschnittstelle mit den anderen beiden Archen erreicht hat, wird dort das Gleiche geschehen.«

»Und wir sitzen alle in finsterer Nacht«, stellte Bonnet fest.

»Über kurz oder lang«, sagte Thore. »Vermutlich wird es der Cybersicherheit zunächst gar nicht auffallen. Die ersten BlackOuts werden nicht lange dauern, man wird sie für einen Energieengpass oder einen Systemneustart halten. Dann steigern sich die Ausfälle zu mehreren Stunden. Es wird zu Engpässen in der medizinischen Versorgung kommen, die Nutri-Stationen werden in Mitleidenschaft gezogen. Ganz zu schweigen von den psychischen Schäden, die der Logout aus dem Holovit bei den meisten Bürgern verursachen wird. Irgendwann wird uns der Sauerstoff ausgehen.«

Bonnet nickte stumm. Thore konnte in seinen Augen lesen, dass er nicht weitersprechen musste. Seinem Gegenüber waren die Ausmaße der Katastrophe ebenso klar wie ihm selbst.

»Wissen Sie, wann der Wurm aktiv wird?«

»Heute um Mitternacht«, presste er hervor. »Die erste Downtime wird zehn Minuten dauern. Ab dann kann ich die Daten nicht mehr verfolgen.«

Am schweren Schlucken des anderen Mannes erkannte Thore seine eigene Angst.

»Es muss einen Coder geben, der besser ist als Andersson«, sagte Bonnet. »Wir müssen jemanden finden, der dieses Zahlenmonster bändigen kann. Woolf meinte, er wüsste vielleicht jemanden ... Sie beide wüssten jemanden?«

Hoffnungsvoll blickte er Thore an. Der spürte, wie sich die Verantwortung schwer auf seine Schultern legte. Ein kleiner, naiver Teil von ihm hatte gehofft, er könnte mit diesem Treffen seinen Teil der Menschheitsrettung erfüllt haben und wieder zu seinem alten Leben zurückkehren.

»Sie glauben, der beste Coder der *Hope* könnte dieses Ding noch stoppen?«, fragte er Bonnet.

»Wenn nicht, dann müssen wir uns auf einen langen und unangenehmen Tod einstellen«, antwortete der andere trocken.

Thore seufzte. Hatte er den ersten Albtraum nur überlebt, um sofort im nächsten zu landen? Er gab sich einen Ruck. Sie hatten nichts mehr zu verlieren. »Wann haben Sie zum letzten Mal einen Nachtclub besucht?«, fragte er.

Stirnrunzelnd entgegnete Bonnet: »Das muss Jahre her sein. Aber ich verstehe die Frage nicht. Was hat das mit unserem Problem zu tun?«

»Ich kenne den perfekten Ort, um einen Coder zu finden, ohne selbst gefunden zu werden«, erklärte Thore knapp. »Vielleicht haben Sie schon einmal den Namen Arcteryx gehört?«

ELSA-Newsfeed der *Hope of Tomorrow*

> Der Arcteryx – *Welten jenseits Deiner Vorstellungskraft …*

… du glaubst, du hast alles schon gesehen?
… du glaubst, du hast alles schon erlebt?
… jeden Nervenkitzel?
… jeden Höhepunkt?

Du liegst falsch. Denn du warst noch nie im Arcteryx.
Tauche ein in ein völlig neues Leben.
Vergiss, wer du bist, woher du kommst, wohin du willst.

Lass dich fallen und entführen auf ein unvergessliches Abenteuer. Genieße jeden Moment, jeden Augenblick, jeden Eindruck. Im Arcteryx beginnt dein Leben immer wieder neu. *Enjoy the ride!*

Seit einigen Wochen wirbt der neueste Nachtclub der *Hope of Tomorrow* mit einem unvergesslichen Holovit-Erlebnis. Die LogIns sind so heiß begehrt wie unmöglich zu ergattern. ELSA war für Sie auf dem großen Eröffnungsevent und hat den Arcteryx getestet. Unser Fazit: Anschnallen und los geht die wilde Fahrt! Selten übertrifft das Live-Erlebnis sein Advertisement. Und genau darum verlieren wir an dieser Stelle kein Wort. Von uns erfahren Sie nichts.

Was im Arcteryx passiert, bleibt im Arcteryx.

Stattdessen empfehlen wir: Schlachten Sie Ihr Sparschwein, lassen Sie Ihren Namen noch heute auf die Warteliste setzen, gönnen Sie sich den Trip Ihres Lebens, und machen Sie sich darauf gefasst, süchtig zu werden.

Auch wir sagen: *Enjoy the ride!*

Eine werbefreie Empfehlung der ELSA-Kategorie *Unterhaltung und Freizeit.*

Logbuch der Arche *Hope of Tomorrow*

Eintrag: 04.07.2381
Amanda Hill
Chronistin

Nach weiteren erfolglosen Sichtungsflügen wurde heute zum Zeitpunkt 040000Bjul2381 die Suche nach der verschollenen Drohne DX.490.07 eingestellt. Im Radius von zweihundert Kilometern um die *Hope of Tomorrow* konnte kein Hinweis auf den Verbleib des Schiffs gefunden werden. Als Absturzkoordinaten wird das Yellowstone Gebiet vermutet, allerdings ist das letzte erfasste Signal zu lange her, um wirklich sicher zu sein.

Dies ist der zweite Verlust, den die Drohnenflotte der *Hope* innerhalb eines Jahres verzeichnen musste. Eine deutlich schlechtere Quote verzeichnet die Schwesterarche *Rescue*. Sie hat an der Ostküste aktuell sieben Flugobjekte verloren. Dennoch wurden bereits Maßnahmen ergriffen, um weitere Verluste zu verhindern. Die Drohnengeneration DY wird mit einem stärkeren Peilsender ausgestattet, um länger mit der Arche in Kontakt bleiben zu können.

Die ersten DY werden noch diese Woche ihren Jungfernflug starten. Da die Schiffe über eine sensiblere Fühlertechnik verfügen, ist besseres Datenmaterial zum Zustand der Oberfläche zu erwarten. Diese Informationen unterliegen der Geheimhaltungsstufe eins.

Die heutige Ratssitzung hat einen ersten Test des Selektionsalgorithmus bestätigt. In den kommenden Tagen wird, ebenfalls auf Geheimhaltungsstufe eins, eine Beta-Auswahl getroffen. Es ist davon auszugehen, dass diese Auswahl mit dem Ergebnis der offiziellen Selektion am 01.10.2381 übereinstimmen wird. Die Durchführung des Testlaufs unterliegt dem Kommando von Ratsmitglied Andersson.

Die Wetterlage bleibt weiter unauffällig. Tägliche Uploads in der *Hope* liegen bei siebenundneunzig Prozent. ELSA verzeichnet stündlich steigende Anmeldungen für den Feed zur Selektion, das Interesse in der Bevölkerung ist enorm. Die Aktivierung für das Hologramm ist für den Tag der Selektion geplant.

Es wurden keine Infektionen und kein Todesfall für diesen Tag gemeldet.

6

Der LogIn Code auf Kajas Scio-Linse ließ nicht im Geringsten darauf schließen, welches Abenteuer sich dahinter verbarg. Wie jeder andere Schlüssel zum Holovit war auch der Zugang zum Arcteryx eine scheinbar willkürliche Aneinanderreihung von Zahlen und Ziffern. Kajas Nervosität tat das keinen Abbruch. Seit dem frühen Abend war sie in ihrem Zimmer wie ein Tiger im Käfig auf und ab gewandert. Alle fünf Minuten hatte sie ELSA nach der Zeit gefragt, endlich bekam sie die gewünschte Antwort:

»Kaja, das Portal ist jetzt aktiv. Willst du, dass ich deinen LogIn aktiviere?«

Eine Sekunde lang war die Angst vor dem Unbekannten größer als die Vorfreude auf die Überraschung. Doch die Neugier auf das, was sie hinter dem Code erwarten würde, war zu groß. Würde das Hologramm tatsächlich mit den Kreationen ihrer Eltern mithalten können? Kaja loggte sich ein.

In der Arche war es bereits Nacht. Hier im Arcteryx aber wartete ein sonniger, frühlingswarmer Nachmittag. Eine leichte Brise zupfte an Kajas Haaren, die von einem kleinen Hut aus dem Gesicht gehalten wurden. Das blaue Seidenkleid, das ihren Körper weich umschmeichelte, flatterte um ihre Waden. Ihre Hände steckten in weißen Handschuhen aus feiner Spitze. Ohne sich in einem Spiegel betrachten zu müssen, fühlte sich Kaja plötzlich sehr elegant, passend zu den Menschen, die sich überall um sie herum einloggten. Die Männer trugen schicke Anzüge und dunkle Zylinder, einige hatten sogar aufwendig verzierte Gehstöcke bei sich. Die Frauen wirkten daneben wie bunte Blumen, in ihren farbenfrohen Kleidern, jede mit einer fantasievollen Hut-Kreation auf dem Kopf.

Während Kajas Blick noch staunend über die vielen Menschen wanderte, war neben ihr Lora durch das Portal gekommen. Sie musterte Kaja begeistert von oben bis unten.

»Wow, du siehst großartig aus«, staunte ihre Freundin.

Strahlend strich Kaja über den weichen Stoff ihres Kleids.

»Du aber auch«, antwortete sie und zupfte bewundernd an den filigranen Blüten, die in Loras Haaren zu einer Kopfbedeckung geflochten waren. Eine Handvoll Schmetterlinge flatterte munter dazwischen herum. Lora grinste von einem Ohr zum anderen, und Kaja musste ebenfalls lachen. Plötzlich konnte sie gar nicht mehr verstehen, warum sie sich in letzter Zeit so oft gestritten hatten. Sie waren Freundinnen, ja, mehr als das – Schwestern. Dann war Lora eben die Klügere, die Talentiertere, die Ambitioniertere, na und? Warum sollte sie ihrer Freundin das nicht gönnen? Nichts wünschte sie sich mehr, als Lora glücklich zu sehen. Und darum würde Kaja akzeptieren müssen, dass Lora eine andere Vorstellung von Glück hatte als sie selbst. Das sollte nicht so schwer sein, und sie würde hier und jetzt damit anfangen.

»Lora, ich wollte dir sagen, es tut mir …«

»Hey Mädels, da seid ihr ja.«

Jade und Tanja hatten sich ebenfalls eingeloggt. Der Moment für eine Aussprache war vorbei. Neugierig bestaunten die vier ihre eigenen Outfits und die der Menschen um sie herum.

»Oh, ich liebe historische KI-Programmierungen«, jubelte Jade. »Sehen wir nicht einfach großartig aus? It's racing time.«

Jade hatte recht, das war ohne Zweifel das Motto des Abends. Kaja reckte den Hals. Über die Köpfe der Menschen hinweg konnte sie in der Ferne eine Rennstrecke sehen. Mehrere schmale Bahnen in einem langen Oval. Viele der Gäste marschierten bereits zielstrebig auf die breiten Tribünen zu, die halbmondförmig um die Bahnen reichten. In ihrem Rücken befand sich eine gigantische Villa. Auf der breiten Terrasse wurden Häppchen und Getränke gereicht. Links und rechts konnte man an kleinen Buden seine Wetten platzieren.

»Kommt, lasst uns was trinken, und dann will ich wetten«, forderte Jade die Freundinnen auf. »Was meint ihr, was hier läuft? Pferde? Oh, ich hoffe, es sind Pferde!«

Die vier Mädchen stiegen zur gigantischen Eingangshalle des Hauses nach oben. Breite Flügeltüren aus Glas gaben den Blick frei nach innen, wo zwei Marmortreppen in eine obere Etage führten. Von draußen genossen sie einen uneingeschränkten Blick über die spektakuläre Gartenanlage voller Menschen.

Während sie noch staunend im Eingangsbereich standen, loggten sich immer mehr Gäste in das Holo ein, und der Rasen vor der Villa füllte sich schnell. Ein Kellner hatte sich unauffällig genähert und reichte den Freundinnen gut gefüllte Champagnerflöten. Das Glas in Kajas Hand war angenehm kühl, Kondenswasser hatte sich an der Außenseite gebildet. Champagnerbläschen kitzelten ihre Nase und prickelten an ihrem Gaumen.

»Nicht schlecht«, musste auch Lora zugeben, die das Glas nach einem ersten Schluck genau musterte.

»Kommt, lasst uns in den Garten gehen«, forderte Jade auf, nachdem sie einen tiefen Schluck aus ihrem Glas genommen hatte. »Ich will unbedingt wetten.«

»Auf was denn?«, fragte Lora, die interessiert jedes Detail ihrer Umgebung inspizierte. »Ich wäre schwer enttäuscht, wenn das hier tatsächlich nur ein Pferderennen sein sollte. Dann hätten wir viel zu viel für die Tickets bezahlt.«

»Sei doch nicht immer so kritisch«, raunte Tanja zwischen zwei Häppchen. »Das Essen schmeckt hervorragend, das Wetter ist perfekt programmiert, allein dafür hat sich der Abend schon gelohnt.«

»Bitte platzieren Sie Ihre Wetten für das Rennen in den nächsten fünfzehn Minuten«, schallte eine freundliche Stimme über die Anlage. »Wir starten pünktlich zur vollen Stunde und freuen uns, Sie dazu auf den Tribünen begrüßen zu dürfen.«

»Los, los«, drängelte Jade und zerrte an Tanjas Arm. »Ist doch egal, auf was wir wetten. Hauptsache gewinnen.«

Sie hatten keine andere Wahl, als Jade über den perfekt geschorenen Rasen hin zu einem der beiden Wettschalter zu folgen.

»Dreihundert Dollar auf Shadow in the Dark, Platz.« Ein älterer Herr im Stresemann-Anzug hinterlegte seine ID, um Einsatz und erhofften Gewinn verbuchen zu lassen.

Jade lauschte mit gespitzten Ohren. »Shadow in the Dark, das klingt verdammt schnell. Entschuldigen Sie bitte.« Sie tippte dem Wettenden auf den Arm.

»Ja? Kann ich Ihnen helfen, junges Fräulein?«

»Das wäre sehr nett von Ihnen, ich würde gern wetten, aber habe leider keine Ahnung, welche Pferde hier zu den Favoriten gehören. Wissen Sie vielleicht Genaueres?«

Der Mann schmunzelte belustigt. »Ich befürchte, da kann

Ihnen niemand hier weiterhelfen. Ich habe keine Ahnung, wer oder was Shadow in the Dark ist. Ich würde nicht mal drauf wetten, dass es ein Pferd ist. Hahaha ... drauf wetten ...«

Die Mädchen lächelten höflich und etwas verlegen.

»Sehen Sie, das ist ja gerade der Kick an diesem Wettabend. Niemand weiß, was sich hinter den Namen verbirgt. Es gibt keine Genetik-Analyse, keine Wahrscheinlichkeitsrechnung, wie man es in den üblichen Racing-Hologrammen findet. Ich weiß nur so viel, es gab eine offene Ausschreibung der Startplätze. Einige sehr bekannte Coder haben für den heutigen Abend Avatare gebaut. Darauf wird heute gewettet. Hinter dem Namen des Avatars sehen Sie hier den zugehörigen Programmierer«, er zeigte Jade ein kleines Booklet, in dem alle Teilnehmer aufgelistet waren. »Meine Meinung: Je besser der Coder, desto höher die Wahrscheinlichkeit, dass sein Avatar gewinnt. Aber garantiert ist selbstverständlich nichts. Das ist ja gerade der Spaß dabei. Oder besser, der Nervenkitzel. Viel Glück, *bonne chance* wünsche ich den Damen.« Er lupfte seinen Zylinder und marschierte in Richtung Rennbahn davon.

Fasziniert beugten die Freundinnen sich über das Heftchen in Jades Händen. Aufgeregt studierten sie die Namen der Schöpfer und Kreationen. Ob wohl jemand Bekanntes dabei war?

»Seht nur, Elliot Whistler ist dabei«, rief Jade. »Speedmaster 2000. Klingt nicht nach 'nem Pferd, oder?«

Kaja schüttelte den Kopf. Elliot Whistler war einer der führenden Coder für Automobile, Rennboote und alles, was ordentlich PS hatte. Nur eine Pferdestärke, das wäre für diesen Coder sicher zu wenig.

»Godspeed von Jamila Berret, das klingt schon eher nach nem Pferd, nicht?«, fragte Tanja. »Ich liebe Jamila Berret, ihre Kleider sind einfach unglaublich. Aber ein Racing Avatar, sorry, darauf würde ich nicht wetten.«

Gemeinsam studierten sie noch eine Weile die Liste. Tatsächlich waren sehr viele bekannte Programmierer zu finden. Aber auch etliche unbekannte Namen und sogar einige wenige Avatare, die ohne Absender ins Rennen geschickt werden sollten.

»Warum sollte ich mir all die Arbeit machen und das Ding dann anonym platzieren«, fragte Tanja überrascht.

»Vermutlich will sich jemand einfach nicht schämen, weil er schlecht programmiert hat«, gab Lora zu bedenken. »Die Konkurrenz kann sich sehen lassen. Da muss man erst mal mithalten können. Ich hätte keine Lust auf eine öffentliche Demontage meiner Arbeit.« Ein aufgeregtes Lächeln umspielte ihre Lippen, das Kaja nur zu gut kannte. Neuprogrammierungen der Coder-Elite, Lora würde sicher nicht mehr infrage stellen, ob sich ihr Besuch an diesem Abend gelohnt hatte.

»Okay, jeder von uns platziert eine Wette«, entschied sie. »Und dann lasst uns auf die Tribüne, ich will auf keinen Fall den Start verpassen.«

Jade folgte dem Beispiel des älteren Herren und setzte auf Shadow in the Dark. Während Lora und Tanja ihre eigenen Favoriten wählten, studierte Kaja das Büchlein. Auf wen sollte sie wetten? Die meisten Namen klangen schnell, schnittig, vielversprechend. Die bekannten Coder wären in jedem Fall eine gute Wahl, aber Kaja konnte sich nur schwer entscheiden.

Unvermittelt blieb ihr Auge an einem Namen in einer der unteren Zeilen hängen. »Freedom.« Sie rollte das Wort auf ihrer Zunge hin und her. »Freedom, ins Rennen geschickt von Anonym.«

Freedom – das Letzte, an das Kaja bei dem Namen denken musste, war Geschwindigkeit. Aber dennoch ergriff eine tiefe Sehnsucht Besitz von ihr, ein Kribbeln, das durch ihren ganzen Körper wanderte und ihr Herz schneller schlagen ließ. Sie trat an den Schalter. »Einhundert Dollar auf Freedom von Anonym.«

Überrascht hob die Dame in der kleinen Bude den Kopf. Entweder war sie kein Avatar oder ihr emotionales Reaktionsschema war exzellent programmiert.

»Platz oder Sieg?«, fragte sie mit hochgezogenen Brauen.

»Sieg«, antwortete Kaja prompt, und bevor sie es sich anders überlegen konnte, ließ sie den Einsatz von ihrer ID buchen.

Auf dem Weg hinab zur großen Tribüne waren all ihre Sinne gefordert, um die vielen Eindrücke des Hologramms zu verarbeiten. Die Farben, die Lichter, wie ein perfekt konzipiertes Gemälde spielten sie ineinander. Dazu kamen die Geräusche: die Musik, die Stimmen der Menschen, das Wasser in kleinen Springbrunnen. Wenn Kaja sich konzentrierte, konnte sie sogar den Wind in den Blättern der Bäume hören. Auch die Gerüche waren perfekt abgestimmt. Frisch gemähtes Gras, die Blumen, das Essen, das gereicht wurde, gebrannte Nüsse, Zuckerwatte, ein Potpourri an süßen Sommerdüften. Es ließ sich nicht leugnen, der Arcteryx war wirklich ein Meisterwerk. Sie konnte sich nicht vorstellen, dass man diesen Aufwand nur für einen Abend betrieben hatte.

»Diese Programmierung muss ewig gedauert haben«, sprach Lora aus, was Kaja durch den Kopf ging. »Für einen Abend? Wie machen die das?«

»Ist doch egal!«, rief Jade und schnappte sich ihren nächsten Drink von einem auf Kellnerhand schwebenden Tablett. »Die Hauptsache ist doch: Sie machen es, und wir können das Ganze genießen!« Sie packte Tanja am Arm und zog sie hinter sich her in Richtung der oberen Sitzplätze.

Lora und Kaja blieben zurück. Zum ersten Mal an diesem Abend hatten sie einen Augenblick zu zweit. Für einen Moment herrschte verlegenes Schweigen zwischen den beiden, die in einem früheren Leben jedes Geheimnis und jedes Gefühl miteinander geteilt hatten.

»Wollen wir uns noch etwas umsehen?«, fragte Lora zögernd.

»Klar, warum nicht?«, antwortete Kaja betont locker.

Eine Weile schlenderten sie stumm zwischen den vielen Menschen über die Anlage. Kaja betrachtete ihre alte Freundin nachdenklich von der Seite und fragte sich, was wohl in ihrem Kopf vorgehen mochte.

»Geht es dir gut?«

Es hatte eine Zeit in ihrem Leben gegeben, da hätte sie diese Frage nicht stellen müssen, denn sie hätte die Antwort gekannt.

Lora nickte. »Klar, alles bestens. Bei dir?«

»Auch.« Kaja zögerte, aber eine Gelegenheit in Ruhe zu sprechen bot sich nicht mehr so oft. »Ich vermisse dich«, gab sie darum offen zu. »Wir sehen uns kaum noch, und ich habe das Gefühl, du bist irgendwo weit weg von mir.«

»Ich bin doch genau hier.«

»Du weißt, was ich meine. Wann haben wir das letzte Mal nur zu zweit geredet? Du arbeitest eigentlich nur noch, und wenn wir uns mal sehen, dann immer zu viert.«

Lora antwortete ausweichend: »Kaja, du weißt doch, wie wichtig mir meine Forschung ist. Ich hab die letzten Jahre so viel investiert, um nach dem Abschluss endlich in großem Stil KI-Programmierung betreiben zu können. Und ich mach das doch nicht nur für mich. Ich mache das für uns alle. Das ist unsere Zukunft!« Wie immer, wenn sie von ihrer Arbeit sprach, begann sie, leidenschaftlich zu gestikulieren. »Ich weiß, das alles interessiert dich nicht, aber ganz ehrlich, Kaja, gerade du solltest das verstehen. Ohne Menschen wie deine Eltern gäbe es das alles hier nicht.« Ihre Arme beschrieben einen Bogen quer durch den Arcteryx. »Wir würden in einem winzigen Betonloch hocken und warten, bis wir sterben. Alle Menschen in diesem Hologramm sollten jeden Tag dankbar sein, dass es Menschen wie deine Eltern gibt … und Menschen wie mich«, fügte sie leise hinzu.

Kaja wollte nicht antworten, sie wollte diese Diskussion nicht führen. Aber Loras Worte hatten sie härter getroffen als vermutet.

»Glaube mir, ich weiß um die Wichtigkeit meiner Eltern und um meine eigene Unwichtigkeit, ich spüre sie jeden Tag. Und selbstverständlich bin ich froh, dass es dies alles gibt.« Ihre Stimme war schneidend. »Aber ist es wirklich die einzige Alternative?«

»Was meinst du damit?«, fragte Lora überrascht, und Kaja war selbst erstaunt, woher dieser Gedanke in ihrem Kopf plötzlich gekommen war.

»Na ja, überleg doch mal. Die Geburtenkontrollen werden immer strenger, wir bekommen immer weniger Nachwuchs. Wir schrumpfen. Wie lange kann das gut gehen? Wann ist die letzte Generation erreicht? Ist das der große Plan? Ein schleichendes Aussterben? Und bis dahin hüpfen wir durch immer intelligentere Hologramme, um uns vom Ende abzulenken?«

Ein kalter Schauer lief ihr über den Rücken. Wie nahe waren ihre Worte an der Wahrheit?

Lora schüttelte vehement den Kopf. »Selbstverständlich nicht, Kaja. Das ist doch lächerlich.«

»Ist es das?«

»Ja, das ist es. Unsere Regierung würde das niemals zulassen. Es wird seit Jahren alles dafür getan, unsere Zukunft zu sichern.«

»Warum werden wir dann immer weniger? Es ist schrecklich, keine Familie zu haben. Denkst du mal an all die Menschen, die keine Kinder bekommen dürfen, die einsam und allein leben?«

»Täglich, Kaja. Täglich.« Wütend schoben sich die Brauen in Loras Gesicht zusammen. »Ob du es glaubst oder nicht. Ich bestehe nicht nur aus Zahlen, ich habe ein Herz. Warum glaubst du, dass ich mich auf künstliche Intelligenz fokussiert habe? Warum stecke ich jede freie Minute meines Lebens in diese Raben?«

Kaja zuckte ratlos mit den Schultern. »Warum?«

»Wenn es mir gelingt, einen intelligenten Algorithmus zu programmieren, der allumfassend lernfähig ist, dann brauchen wir gar nicht mehr alle Kinder bekommen.« Sie machte eine bedeutungsschwere Pause. »Dann können wir Kinder programmieren.«

Kaja blinzelte irritiert, hatte sie eben richtig gehört? Hatte Lora wirklich gesagt, sie wolle künstliche Kinder programmieren?

»Kaja, damit revolutionieren wir die Welt!« Sie packte ihre Freundin an den Händen, ein wildes Glitzern war in ihre Augen getreten. »Stell dir das nur mal vor. Das gesamte Holovit hätte die Qualität des Arcteryx, 360-Grad-Sensorik für jeden, unbegrenzte LogIn-Zeit und dazu ein perfektes Sozialkollektiv für jeden. Der Algorithmus erstellt genau die Personen, die ich brauche. Partner, Familie, Freunde, Kollegen, ich brauche mich um nichts zu kümmern. Keine Konflikte, keine hässlichen Trennungen, keine Eifersucht, keine falschen Entscheidungen. Ich weiß, ich bin optimal versorgt, und ich muss mir keine Sorgen machen, ob jemand krank wird, jemand vor mir stirbt. Alles ist auf meine individuellen Bedürfnisse abgestimmt.«

Lora strahlte über das ganze Gesicht. Doch Kaja lief ein kalter Schauer über den Rücken.

»Das kannst du nicht wirklich ernst meinen?«

Irritiert blinzelte Lora, ihr Griff um Kajas Hände wurde fester.

»Warum nicht? Du hast selbst gesagt, die Menschen leiden unter Einsamkeit, unter dem Verzicht auf Familie. Du hast völlig recht, das ist das natürlichste Bedürfnis der Welt, und bald werden wir einen Weg gefunden haben, es allen zu ermöglichen.«

»Wer ist wir?«, fragte Kaja mit einer schrecklichen Vorahnung.

Lora zögerte. »Eigentlich darf ich über all das noch nicht sprechen. Aber du bist meine beste Freundin, Kaja, ich vertraue dir. Und über kurz oder lang wirst du es ohnehin als Erste erfahren. Dein Vater hat mir eine Position bei Andersson Creations angeboten. Nach meinem Abschluss werde ich mit ihm zusammen ein Projekt leiten. Es hat mit KI zu tun, geht aber weit darüber hinaus.«

»*Total Upload*«, flüsterte Kaja.

»Du solltest diesen alten Namen nicht benutzen.« Lora presste ihren Arm schmerzhaft fest. »Björn hasst es, darüber zu sprechen.«

Bei dem vertrauten Namen aus Loras Mund zuckte Kaja zusammen.

»Aber das ist es doch, was ihr vorhabt, oder? Unbegrenzter LogIn, digitale menschliche Kopien?«

»Wir sind deutlich weiter, was die Technik und unsere

Codes betrifft; unser heutiger Stand hat mit der Katastrophe von damals nichts zu tun.«

»Katastrophe?«

Kaja hatte keine Ahnung, worauf Lora anspielte. Ihre Freundin musste deutlich mehr über das alte Projekt wissen als sie selbst.

Lora schüttelte den Kopf. »Ich sagte doch, vergiss den *Total Upload*. Besser noch – vergiss, was ich dir erzählt habe. Zumindest für eine Weile. Aber du kennst mich, Kaja, ich würde nie etwas tun, das dich oder uns gefährdet. Ebenso wenig dein Vater. Du kannst uns vertrauen, wir werden einen Weg finden, das Leben wieder perfekt zu machen.«

»Das Leben war nie perfekt.«

»Umso besser, noch ein Grund, uns zu unterstützen. Unsere Version wird perfekt.«

»Aber sie ist nicht echt.« Kaja befreite sich aus Loras Händen und trat einen Schritt zurück. »Überleg doch mal, Lora. Was du beschreibst, das ist doch nicht perfekt, das ist doch ein einziger Albtraum. Programmierte Freunde, einen Avatar als Partner, ein Baby aus Code? Wer will denn so was? Das ist doch Wahnsinn! Was ist denn mit Liebe und mit freiem Willen, mir die Menschen in meinem Leben auszusuchen?«

Lora schnaubte verächtlich durch die Nase.

»Kaja, du klingst schon wie dieser Spinner Liam Turner.«

»Vielleicht hat er ja recht. Vielleicht ist das hier alles eine Sackgasse, und wir sollten umkehren, bevor es zu spät ist.«

»Umkehren?« Lora lachte höhnisch. »Wohin willst du denn umkehren, Kaja?«

»In deine Zelle? Meinst du, ich hab vergessen, wie viel Panik du davor hast? In deiner Zelle würdest du keinen Tag überstehen. Nach draußen? Viel Erfolg, sieh dir meine Eltern an, dann siehst du ja, wohin dieser Weg geführt hat. Ihr

Leben haben sie damit kaputt gemacht, und meines gleich mit. Freier Wille, sagst du …« Sie verzog das Gesicht zu einer hässlichen Grimasse. »Der freie Wille hat uns beiden die falschen Familien beschert. Ein Algorithmus hätte mich zu einer Andersson gemacht und dich zu einer Bonnet. In meiner Welt würden wir heute nicht hier stehen und uns streiten. In meiner Welt würdest du meine Träume verstehen und teilen.«

»In deiner Welt wäre ich nicht real«, antwortete Kaja mit angstvoller Stimme.

Lora musterte sie mit enttäuschtem Blick. »Lieber eine künstliche Freundin, die mich versteht, als eine Fremde aus Fleisch und Blut, findest du nicht?«

Sprachlos starrte Kaja Lora an. Meinte sie wirklich ernst, was sie da eben gesagt hatte? Sie war tatsächlich zu einer Fremden geworden. »Wir sollten zu den anderen zurück. Das Rennen fängt sicher gleich an, das will ich nicht verpassen.« Lora machte auf dem Absatz kehrt, ohne abzuwarten, ob Kaja ihr folgte.

»Wo wart ihr denn so lange?«, begrüßten Tanja und Jade sie auf ihren Plätzen oberhalb der Rennbahn. »Und was ist denn mit euch los? Ihr macht ein Gesicht, als hätte man euch die Datenleitung gekappt. An euch ist das beste Holo verschwendet.«

Lora hob abwehrend die Hand und hatte mit einem Mal wieder ihr strahlendes Lächeln aufgesetzt. »Kaja und ich haben uns über die Vor- und Nachteile von Hologrammen unterhalten.«

»Nachteile?«, fragte Jade entrüstet »Welche Nachteile?«

»Ja, Kaja, welche Nachteile?«, wiederholte Lora die Frage, der herausfordernde Ton war nicht zu überhören. Betont freundlich fügte sie hinzu. »Ich glaube, es wird höchste Zeit,

Kaja von den Vorteilen des digitalen Lebens zu überzeugen. Lasst dieses Rennen endlich starten!«

Man konnte spüren, dass es jeden Moment losgehen würde. Die Menschen auf der Tribüne wurden zunehmend unruhig. Ein Raunen ging durch die Reihen, viele Zuschauer zogen Ferngläser hervor, um die Startboxen besser sehen zu können. Zehn Stück davon, eine für jede Bahn, waren an der Startlinie platziert. Der Inhalt vor den Augen aller verborgen. Um sie herum füllten sich die letzten freien Plätze. Eine Gruppe junger Männer gesellte sich zu ihnen.

»Dürfen wir den Damen Gesellschaft leisten?«, fragte einer von ihnen und schwenkte zur Begrüßung die Champagnerflaschen in seinen Händen.

»Aber sicher, selbstverständlich«, kicherte Jade und rückte einladend zur Seite, um Platz zu machen. »Ihr kommt wie gerufen, wir sitzen hier auf dem Trockenen.« Kaja und Lora verfolgten nur mit halbem Ohr die schnelle Freundschaft zwischen Jade, Tanja und den vier Männern. Lora hatte all ihre Aufmerksamkeit auf die verschlossenen Boxen gerichtet, und Kaja war nach dem Streit mit der Freundin nicht nach oberflächlichen Flirts zumute.

»Herzlich willkommen zum ersten und somit auch letzten großen Rennen des Arcteryx«, dröhnte die Stimme des freundlichen Ansagers über die Bahn. »Es ist uns eine große Ehre, an diesem wunderschönen Sommertag diesen Wettstreit der Technik zu präsentieren. Wer bisher noch keine Gelegenheit hatte, einen Blick in unsere Programme zu werfen: In den letzten 24 Stunden hatten alle Coder der Arche die Gelegenheit, einen Racing Avatar für dieses Rennen einzureichen. Die einzige Regel, die wir hier beherzigen: Es gibt keine Regel. Eine unabhängige Jury hat die zehn besten, innovativsten und kreativsten Kreationen ausgewählt. Machen Sie sich gefasst auf ein Rennen, dass es so noch nie gegeben hat und das Sie nie mehr wieder erleben werden. Mögen die besten Daten gewinnen.«

Im selben Moment, in dem die Stimme verstummte, wurde der Tag zur Nacht. Die Sonne verschwand und machte einem funkelnden Sternenhimmel Platz. Die Tribüne lag im Dunkel, die Rennbahn war hell erleuchtet, im Fokus aller Augen die zehn Startboxen. Die ganze Arena hielt den Atem an, gespannt warteten die Zuschauer auf den Start. Ein lautes Tonsignal begleitete den Countdown. Fünf, vier, drei, zwei, eins: START.

Die Boxen öffneten sich, und im selben Moment schossen die zehn Avatare auf die Rennstrecke. Alles ging so schnell, dass Kajas Augen kaum folgen konnten. Glücklicherweise kommentierte der Moderator das Rennen für die faszinierten Zuschauer mit.

»Und wie wir es erwartet haben, geht auf der ersten Bahn unser Favorit Shadow in the Dark sofort in Führung. Direkt hinter ihm Elliott Whistlers Speedmaster, auch das keine Überraschung.«

Kajas Blick suchte die erste Bahn. Shadow in the Dark führte das rasende Feld an, und war, wie der Name erahnen ließ, tatsächlich ein dunkler Schatten aus tiefschwarzen, glitzernden Partikeln, die sich wie ein kompakter Tornado rasend schnell über die Bahn bewegten. Direkt hinter ihm folgte der Speedmaster, ein metallisch glänzender Stahlpfeil, dessen Außenhülle an eine Jacht erinnerte. Angetrieben von zwei Raketen holte er mehr und mehr zur Schattenwolke auf.

»Aber die beiden werden das Rennen doch nicht jetzt schon unter sich entscheiden«, ertönte der Kommentator erneut. »Das Mittelfeld nimmt die Verfolgung auf. Daughter of Hermes setzt an zur Jagd, und Blizzard direkt hinter Aquarius könnte uns auch noch überraschen, was meinen Sie?«

Daughter of Hermes war eine atemberaubend schöne Frau, die in geflügelten Sandalen mehr über die Strecke flog, als dass sie rannte. Wer auch immer sie programmiert hatte – Aphrodite, die griechische Göttin der Liebe, und jede Amazone würden von diesem Wesen in den Schatten gestellt werden. Gegen die beiden Kontrahenten an ihrer Seite hatte sie aber keine Chance. Aquarius, eine Sturzflut aus kristallklarem Wasser, bahnte sich mühelos den Weg um die Frau herum und an ihr vorbei, gleichauf mit Blizzard, einer Gewitterwolke, dessen elektrische Ladung sich gefährlich nah an den Gegnern entlud.

Das vordere Feld hatte die erste Hälfte der Bahn bereits umrundet.

»Ich will mich nicht als Orakel aufspielen, aber ich denke, damit haben wir unsere Favoriten. Wenn ihr noch mehr zu bieten habt, dann zeigt uns das jetzt. Godspeed, Formula Uno und ihr anderen.«

Tanja hatte recht behalten, Jamila Berrets Avatar, ein römischer Streitwagen, gezogen von zwei Geparden, war wunderschön anzusehen, vor allem der halbnackte Lenker, unter dessen makelloser schwarzer Haut die Muskeln spielten. An Geschwindigkeit konnte der Wagen es allerdings nicht mit dem Rest aufnehmen. Ebenso wenig das historische Formel-1-Auto, ein roter Ferrari, der noch weiter zurücklag. Dazwischen rollte und kroch eine sehr skurrile Gestalt; Kaja kicherte. Es musste sich um The Snail handeln: eine Schnecke, die sich immer wieder in ihr Haus zurückzog und mit überraschender Geschwindigkeit losrollte. Vielleicht hätte sie sogar eine Chance gehabt, wenn sie nicht dauernd links und rechts gegen die Bande geknallt wäre und durch neues Ausjustieren weit, weit zurückgefallen wäre.

»Klassischer Fall von gut gedacht, aber schlecht umgesetzt«, bemerkte der Kommentator trocken, und auch Lora konnte ein Lachen nicht unterdrücken.

»Doch was passiert hier?«, rief die unsichtbare Stimme plötzlich. »Nein, nein, das können wir leider nicht gelten lassen. Die Strecke muss zurückgelegt werden. Es tut mir leid, aber der Gryphon ist hiermit disqualifiziert.«

Ein riesiger Greif, der mit seinem schweren Löwenkörper mehr und mehr Meter verloren hatte, hatte sich kurzerhand in die Lüfte emporgeschwungen und den Parcours abgekürzt. Wütend krächzte sein Adlerkopf, während die Schwingen empört in der Luft schlugen. Einen Wimpernschlag später war der aufgebrachte Avatar verschwunden. Die restlichen Teilnehmer kämpften weiter, allen voran Shadow of the Dark und der Speedmaster, die sich immer noch ein Kopf-an-Kopf-Rennen lieferten. Mittlerweile hatten sie die zweite Hälfte der Strecke erreicht.

»Achtung, Achtung, ihr Favoriten, die Verfolger nahen, Aquazurro hat euch beinahe eingeholt, und vor Freedom seid ihr auch noch lange nicht sicher.«

Freedom? Kaja hatte ihren eigenen Kandidaten beinahe vergessen. Wo war er? Sie konnte den zehnten Teilnehmer nirgends entdecken.

»Für alle, die sich fragen, von wem ich spreche: Bitte die Augen reiben und einen Blick auf Bahn zehn werfen«, half ihr Gastgeber.

Suchend blickte Kaja auf besagte Bahn. Im ersten Moment konnte sie nichts erkennen, doch dann plötzlich war da eine Bewegung in der Luft. Ein Schatten, Umrisse, kaum sichtbar für das Auge, rasend schnell. Die Konturen von starken Muskeln, die sich immer wieder für den Bruchteil eines Moments zeigten. Vier Beine, ein lang gestreckter Hals, zwei spitze Ohren, eine Mähne, die im Wind flatterte. Je länger Kaja das unsichtbare Wesen anstarrte, desto mehr nahm es Formen an. »Ein Pferd«, flüsterte sie plötzlich. »Ein unsichtbares Pferd.« Einmal erkannt, verlor sie die transparente Gestalt nicht mehr aus den Augen. Fasziniert beobachtete sie, wie sich die Silhouette näher und näher an die beiden Vorreiter heranschob. Freedom war schnell, deutlich schneller als alle anderen Teilnehmer. Und er war nicht aufzuhalten.

»Nur noch wenige Meter, und das Ziel ist erreicht«, rief der Kommentator. »Gebt alles, meine Freunde, gebt alles!«

Gebannt verfolgte Kaja, wie der dunkle Schatten ebenfalls an Geschwindigkeit zulegte. Die schillernden Partikel ballten sich zu einem schwarzen Knäuel zusammen und stoben nach vorne, die Rakete hatte keine Chance. Sie fiel zurück.

»Ja, ja, ja!«, schallte es durch die Luft. Ihr Moderator war nicht weniger gefesselt von dem Spektakel als die Menschen auf der Tribüne. Kaum ein Gast saß noch auf seinem Sitz. Aus vielen Hundert Mündern wurden die Teilnehmer lautstark angefeuert.

»Und, und, und … wir haben einen Sieger!«, schallte es durch die Arena, als die schwarze Wolke über die Ziellinie schoss.

Kaja jubelte. Sie wusste, sie hatte sich nicht getäuscht. Die unsichtbare Nase von Freedom war nur wenige Millimeter vor dem Schatten ins Ziel geschossen.

»Freedom!« Bestätigte die Ansage den Sieger. »Freedom hat das Rennen gemacht. Was für ein Lauf!«

Im gleichen Augenblick nahm das Pferd vor ihren Augen Gestalt an. Der transparente Umriss begann sich zu manifestieren, tausend und abertausend Sterne formten den perfekten Körper eines muskulösen Hengsts, wurden heller und heller, bis Kaja den Kopf abwenden musste, um nicht geblendet zu werden. Eine Sekunde später zerbarst der Sternenkörper und stieg zum Himmel auf, wo er sich zwischen seine funkelnden Vorbilder in die blaue Nacht einreihte.

»Das war es wohl mit unserer Siegerehrung«, scherzte ihr Gastgeber. »Aber was soll's, dieses Spektakel war es wert, finden Sie nicht? Ein verdienter erster Platz.«

Tosender Applaus brach auf den Rängen los. Die Zuschauer jubelten begeistert.

»Wow, was für ein Code«, staunte Kaja.

»Ja, das war gar nicht schlecht«, kommentierte Lora, und ein versöhnliches Lächeln huschte über ihre Lippen. »Ich sag doch, du sollst die digitale Welt nicht vorschnell verurteilen.«

Jade und Tanja, die sich in der Zwischenzeit offensichtlich näher mit den jungen Männern neben ihnen angefreundet hatten, reichten gefüllte Gläser an sie weiter.

»Auf den Arcteryx«, prostete einer der Männer und grinste Kaja zu.

»Auf Freedom«, konterte Lora und hob das Glas.

»Ja, auf die Freiheit«, flüsterte Kaja und leerte ihr Glas in einem Zug.

Zwei, drei Flaschen später hatte sich die frisch angefreundete Gruppe von der Tribüne auf den Rasen bewegt und in vier Pärchen geteilt. Jade und Lora waren mit ihren Bekanntschaften in Richtung lauter Musik verschwunden. Irgendwo im hinteren Teil der Anlage nahm das eigentliche Fest seinen Lauf. Tanja hatte sich mit dem Dritten in eindeutiger Absicht aufgemacht, die Umgebung zu erkunden. Mittlerweile waren die beiden vermutlich deutlich mehr auf der Spur als nur auf dem Weg durch die Rennbahn.

Sam Archer, der freundliche Mann, der Kaja auf der Tribüne zugelächelt hatte, war mit ihr zurück zur Villa marschiert. In einer der kleinen Sitzgruppen hatten die beiden es sich gemütlich gemacht. Vielleicht lag es an seinem warmen Lächeln, vielleicht auch an dem seltsamen Zauber des Abends, aber zum ersten Mal in ihrem Leben fiel es Kaja nicht schwer, sich auf ein flirtendes Gespräch einzulassen. Nach anfänglichem Holpern machte es ihr sogar Spaß. Und ein Teil von ihr genoss die augenscheinliche Bewunderung. So sehr, dass sie dem jungen Drohnenpiloten das endlose Gerede über die Verantwortung seiner Arbeit nicht übel nahm.

»Ich kann dir sagen, Talent ist wirklich ebenso wichtig wie technisches Verständnis«, erklärte er zum wiederholten Mal. »So einen Vogel aus der Ferne zu steuern ist beinahe noch komplizierter, als drin zu sitzen.«

»Mhm.«

»Nicht, dass ich es wirklich beurteilen könnte. Bemannte Flüge hat keiner in meiner Staffel noch erlebt, aber garantiert müssten wir viel mehr beachten als die Piloten damals.«

»Mhm. Garantiert.«

Kaja unterdrückte ein Gähnen. Wenn diese Unterhaltung der Preis für männliche Bewunderung war, dann hatte sie bisher nichts verpasst. Gelangweilt wanderte ihr Blick über die Köpfe der Menschen durch den Garten. Bisher hatte sie niemand Bekanntes gesehen. Kein Student ihrer Gilde oder der Universität war hier, keiner ihrer anderen Freunde. Die LogIns waren vermutlich einfach zu teuer.

»Bei einem Sturm zum Beispiel ...«, erklärte der sichtlich betrunkene Sam im Hintergrund ihrer Wahrnehmung weiter, während er sanft mit seiner Hand über ihre Schulter streichelte. »Bei einem Sturm müssen wir immer alle Daten auf dem Schirm haben. Wie ist die Wetterlage im Gebiet der Drohne, wie ist sie über der *Hope*, wie auf dem Weg dazwischen. Da ist absolute Konzentration gefordert. Sonst verliert man im schlimmsten Fall seine Maschine. Erst vor ein paar Wochen, da …« Er stockte mitten im Satz, als hätte man ihm den Ton abgedreht. Überrascht wandte sich Kaja zu ihm um. Nach wenige Sekunden fokussierte sich sein leerer Blick wieder auf Kaja.

»Sorry, ELSA-Warnung. Das sind sensible Informationen, über die ich nicht sprechen kann. Der Alkohol …« Entschuldigend hob er die Hände und grinste verlegen. »Lass uns über etwas anderes reden«, schlug er schnell vor. »Die Selektion, der Algorithmus. Bist du aufgeregt? Mann, ich wünschte, ich könnte den Code überreden, uns zusammenzubringen.« Er zwinkerte ihr mit seinen blauen Augen zu.

Kaja schluckte. Bisher hatten ihre eigenen Versuche, sich einen Partner vorzustellen, nur gesichtslose Männer in ihrem Kopf zustande gebracht. Sam Archer war sehr konkret, und in keinem Leben wollte sie ein Match mit ihm.

»Mia und ich haben uns damals nur aus reiner Freundschaft gemeinsam beworben. Und das war auch okay, ist auch immer noch okay. Sophie, unsere Tochter, ist großartig, aber ich frage mich schon, ob es wirklich die perfekte Wahl war … vielleicht hätte der Algorithmus jemanden gewählt, in den ich mich auch hätte verlieben können?«

Vielsagend blickte er Kaja an, und seine Hand wanderte zurück auf ihre Schulter.

»Aber was soll's. Ist ja auch nicht Sinn und Zweck der Sache, richtig? Niemand erwartet, dass du mit deinem Eltern-Partner auch emotionale Verpflichtungen eingehst. Und die Verantwortung für das Kind ist ja geregelt. Mia und ich, wir sind immer noch gute Freunde. Wir waren nie etwas anderes, und das wird sich auch in hundert Jahren nicht ändern.«

»Ihr lebt nicht zusammen?«, fragte Kaja mehr aus Höflichkeit als aus Interesse.

»Nein. Warum sollten wir? Ich war noch nie in Mias Zelle. Wir waren uns von Anfang an einig, dass Sophie mit uns beiden aufwachsen soll. Unsere Homeholos haben ein offenes Portal. Sophies Tank ist bei Mia, aber sie kann sich in den Holos frei bewegen. Trotzdem gibt es für uns Eltern jederzeit die Möglichkeit, in den privaten Modus zu wechseln. Wenn man zum Beispiel Freunde zu Besuch hat ... oder nur eine ganz bestimmte Art von Freundin.«

Sam blickte sie vielsagend an, und Kaja spürte, wie ihr die Röte in die Wangen stieg.

»Vielleicht können wir uns ja auch einmal in etwas privaterer Umgebung treffen?«

»Ähm ...«, zögerte Kaja. Es gab keinen Grund, diesem Mann ein Treffen zu verweigern. Sie hatte keinen festen Freund, keine anderweitigen Absprachen getroffen, er war vielleicht nicht der interessanteste Gesprächspartner, aber ohne Zweifel attraktiv. Sie war sich sicher, die meisten Frauen, die in dieser Nacht ihre Kreise im Arcteryx zogen, hätten nur zu gern ihren Platz eingenommen. Die Blicke, mit denen sie Kaja im Vorbeigehen musterten, sprachen Bände. Und doch wollte ihr die Zustimmung zu einem Date nicht über die Lippen.

»Oder gibt es jemanden in deinem Leben?«, bohrte Sam, weiter auf eine Antwort wartend.

»Nein, niemanden«, platzte Kaja überstürzt heraus. Als wäre allein die Frage eine Beleidigung. »Es gibt niemanden.«

»Aber ...?«

»Aber ...« Hilfesuchend wanderte ihr Blick über den Rasen.

Keine ihrer Freundinnen war zu sehen. Selbst Lora hätte sie sich in diesem Moment an ihrer Seite gewünscht. Sie blickte von links nach rechts, als ihre Augen plötzlich an einem bekannten Gesicht hängen blieben.

Ihr Herz begann schneller zu schlagen. Liam Turner. Nur wenige Meter entfernt stand er, umringt von einigen Menschen auf dem Rasen, und sah sie an. Er hob die Hand zum Gruß, als sich plötzlich Sams Kopf in ihr Blickfeld schob. Bevor sie es verhindern konnte, pressten sich die Lippen des Piloten auf ihre. Für einen Moment ließ die Überraschung Kaja erstarren. Erst als Sams Zunge versuchte, sich in ihren Mund zu schieben, kam sie zu sich und machte sich von dem Verehrer los. Ungestüm schubste sie ihn von sich.

»Entschuldige bitte.« Überrascht und etwas verlegen fuhr sich Sam durch die Haare. »Ich dachte, du hättest Lust …«

Irritiert stotterte er weiter eine Entschuldigung, der Kaja nur mit halbem Ohr folgte. Über seine Schulter hinweg beobachtete sie, wie Liam sich mit einem der Männer auf den Weg Richtung Haus machte. Kein einziges Mal drehte er sich nach ihr um. Plötzlich hatte Kaja das dringende Bedürfnis, ihm zu erklären, dass dieser Kuss, den er beobachtet haben musste, rein gar nichts zu bedeuten hatte.

»Schon gut«, beruhigte sie den Piloten. »Nicht deine Schuld.«

Sie befreite sich aus Sams Umarmung und stand abrupt auf. Eine unbedeutende Verabschiedung auf den Lippen und ohne eine Antwort abzuwarten, lief sie los in Richtung Anwesen.

Während Kaja die Treppen zur Villa emporstieg, bemerkte sie die vielen glücklichen Gesichter, die sich bestens amüsierten. Es mussten Hunderte sein, die sich an diesem Abend eingeloggt hatten. Alle lachten und genossen sichtlich die

Zeit in diesem vergänglichen Paradies. Vielleicht war genau dies das Geheimnis des Clubs, dachte Kaja. Einen Moment zu schaffen, der den Besucher schon aufgrund der erklärten Einzigartigkeit dazu zwang, alles ganz bewusst zu erleben. In ihrer Welt, in der alles rekonstruierbar und jedes Erlebnis abrufbar war, war dies vielleicht das größte Geschenk. So musste sich das echte Leben irgendwann mal angefühlt haben. Jeder Tag einzigartig, immer wieder neu, unvorhersehbar, überraschend.

Und das wollte Lora eintauschen gegen geplante Perfektion. Die Unterhaltung mit ihrer Freundin war plötzlich wieder in ihrem Kopf präsent, aus Kajas anfänglichem Entsetzen wurde Wut. Mit grimmiger Miene bahnte sie sich ihren Weg durch die Menge. Wohin war Turner verschwunden? Er war wie vom Erdboden verschluckt.

Mehrmals durchquerte sie die Eingangshalle, sie war sich sicher, er und sein Begleiter hatten gemeinsam das Haus betreten. Nachdem sie dort jeden Winkel abgesucht hatte und vergeblich an allen verschlossenen Türen gerüttelt hatte, blieb nur noch eine Möglichkeit. Getrieben von einem unerklärlichen Wunsch, Liam zu finden, stieg sie eine der beiden langen Treppen nach oben in den ersten Stock.

Im Gegensatz zu dem überfüllten Foyer war das Obergeschoss der Villa wie ausgestorben. Schnell merkte Kaja, dass außer ihr selbst nur die Avatare des Servicepersonals unterwegs waren. Vielleicht ein Backlog des Hologramms? Sie hatte hier definitiv nichts zu suchen. Bis auf die Tatsache, dass sie sehr wohl etwas suchte.

Hinter den meisten Türen, die Kaja öffnete, waren lediglich kahle Wände zu sehen. Beruhigt stellte sie fest, dass selbst die genialste Programmierung irgendwo ihre Grenzen hatte. Neben den Sackgassen fand sie tatsächlich ein paar

Türen, die in weitere Räume führten. Um eine Alternative verlegen, durchsuchte sie einen nach dem anderen, nur um festzustellen, dass die Zimmer scheinbar willkürlich und wider jeden architektonischen Sinn miteinander verbunden waren. Manche Türen, durch die sie trat, führten zurück in den Flur, andere Türen in wieder andere Zimmer oder Zimmer, die sie bereits zuvor durch wieder eine andere Tür betreten hatte. Es war ein echter Irrgarten.

Bereits nach wenigen Minuten drohte ihr Kopf zu platzen, und sie hatte vollkommen die Orientierung verloren. Allein dass etwa jeder vierte Durchgang zurück in den rettenden Flur führte, hielt Kaja davon ab, einfach aufzugeben. Zurück zur Party würde sie irgendwie immer finden. Der Weg zu Liam war das Problem. Schneller und schneller durchquerte sie die Zimmer und versuchte, zwischen den immer ähnlichen Möbeln und Bücherregalen, Samtsesseln und Teppichen Dinge zu finden, die ihr als Wegweiser dienen könnten.

Irgendwann, Minuten oder auch Stunden später, Kaja hatte jedes Gefühl für Zeit verloren, gelangte sie plötzlich in ein Zimmer, das sich vom Rest deutlich unterschied. Eine gigantische Bibliothek erstreckte sich vor ihren Augen über mehrere Stockwerke. Der Raum allein musste größer sein als die Villa, in der er sich befand. Es gab keine Fenster nach draußen, keine offensichtliche Lichtquelle, und doch wirkte ihre Umgebung wie in warmes Sonnenlicht getaucht. Staunend trat Kaja in die Halle. Im selben Moment fiel die Tür hinter ihr ins Schloss. Instinktiv griff Kaja nach der Klinke und öffnete sie erneut. Das Zimmer, das sie vor wenigen Sekunden verlassen hatte, war verschwunden. Eine graue Wand verschloss den Weg nach draußen. Kaja schluckte. Ihr Weg führte nur nach vorne.

Plötzlich ergriff sie ein ungutes Gefühl. Nicht dass sie

keine Wahl gehabt hätte. Ganz im Gegenteil, das Angebot an Ausgängen war groß. An jeder Wand konnte sie über alle Etagen hinweg neun Türen ausmachen. Ein Blick über die Schulter bestätigte den Verdacht, auch hier gab es vier mal neun Türen. Das eben geöffnete tote Ende ausgeschlossen, boten sich ihr also hundertdreiundvierzig Möglichkeiten, weiter in das Labyrinth vorzudringen. Kajas Unbehagen wuchs. Sie konnte spüren, dass an diesem Raum etwas anders war. Es war nur ein Gefühl, aber es wurde mit jeder Sekunde stärker. Plötzlich war das Verlangen, Liam zu finden, verschwunden. Sie wollte einfach nur zurück in den gut besuchten Teil des Arcteryx, ihre Freundinnen finden und vergessen, dass sie jemals hier gewesen war.

»ELSA, bring mich zurück in den Garten.«

Stille. Keine Antwort. Der immer zuverlässige LifeChip reagierte nicht. Kajas Herz klopfte schneller.

»ELSA«, versuchte sie es ein weiteres Mal. »Log mich aus.« Wenn sie nicht zurück in das Holo konnte, dann wollte sie nach Hause.

Doch Elsa reagierte wieder nicht. Kaja spürte, wie ihr Puls sich beschleunigte, und selbst darauf erfolgte keine Reaktion ihres Assistenten. Sie war auf sich allein gestellt. Ihre erste Reaktion war reine Angst. Noch nie in ihrem Leben war sie ohne ELSA gewesen. Doch plötzlich wurde aus dem angstvollen Pochen in ihrer Brust erwartungsvolle Aufregung. Die fehlende Präsenz in ihrem Kopf fühlte sich seltsam gut an. Was auch immer hier vor sich ging, Kaja konnte zum ersten Mal selbst entscheiden.

Sie atmete einige Male tief durch und gab sich einen Ruck. Entschlossen öffnete sie die erste Tür zu ihrer linken Seite und betrat den Raum dahinter. Ein fensterloses Zimmer mit etwa drei Metern Durchmesser, keine Möbel, keine Gegenstände, nur zwei Türen an der gegenüberliegenden Seite. Schnell durchquerte sie den Raum und öffnete die linke der beiden Türen. Dahinter bot sich ihr derselbe Raum oder ein absolut identischer. Sie vermochte es nicht eindeutig zu sagen. Wieder entschied sie sich für die linke Tür, und wieder gelangte sie in eine Kopie des vorhergehenden Zimmers. Dieses Spiel wiederholte sich vielleicht zehn, fünfzehn Mal, bis Kaja einsehen musste, dass sie den Kreis nicht durchbrechen würde. Im nächsten Anlauf nahm sie die rechte Tür. Erleichtert betrat sie ein neues Zimmer, das sich nicht durch viel, aber immerhin durch Wand- und Bodenfarbe vom Vorgänger unterschied. Sie öffnete eine weitere rechte Tür und stand im selben Raum wie eben.

»Verdammter Mist!«, platzte es aus ihr heraus. Die Freude über ihre Emanzipation war verschwunden. Wütend ballte sie die Fäuste. Wie sollte sie hier je wieder rausfinden? Es kam ihr vor, als wäre sie seit Stunden in diesem Labyrinth unterwegs. Die Angst kehrte zurück. Was, wenn sie nie wieder aus diesem Irrgarten entkommen könnte? Der letzte Rest Partylaune war verflogen. Sie wollte nur noch nach Hause. Zögernd betrachtete sie die beiden Möglichkeiten. Links oder rechts? Wohin sollte sie gehen? Sie griff nach der linken Klinke und wollte gerade die Tür öffnen, als irgendetwas in ihr sie spontan nach rechts lenkte. Kurz entschlossen trat sie durch den Türbogen.

Vor ihr erstreckte sich ein langer Flur. Schwere Damastteppiche, wie sie auch im öffentlichen Bereich der Villa zu finden waren, bedeckten den Boden. An beiden Wänden waren in regelmäßigen Abständen weitere identische Türen zu sehen. Vielleicht zwanzig auf jeder Seite. Auch an der gegenüberliegenden Seite befand sich eine Tür, diese allerdings unterschied sich deutlich von den hölzernen Zimmertüren, die Kaja bisher vorgefunden hatte. Sie war aus Stahl, schwarz und düster trug sie eine unsichtbare, aber klare Botschaft für Unbefugte.

Zutritt verboten!

Kaja schluckte. Sie hatte die Warnung verstanden, wusste aber im selben Moment und mit unerschütterlicher Sicherheit, dass dies der Weg nach draußen war.

Bevor ihre Angst die Oberhand bekam, durchquerte sie den Flur und griff mit ihrer schweißnassen Hand nach der Klinke. Vielleicht war der Zugang verschlossen? Sie wusste nicht, was sie sich wünschen sollte. Also drückte sie das schwere Metall nach unten. Lautlos schwang die Tür nach innen auf. Kaja hielt den Atem an. Es dauerte ein paar Sekunden, bis sie begriffen hatte, wo sie gelandet war. Der veränderte Blickwinkel forderte ihre räumliche Vorstellung, doch dann verstand sie. Vor ihr erstreckte sich die Bibliothek, von der aus sie gestartet war. Allerdings hatte sie den Raum an einer anderen Stelle betreten als beim ersten Besuch. Aus der vierten Etage und von der südlichen Seite aus blickte sie von oben auf die Halle. Oder einer Kopie davon. Denn ein Detail in dieser Version war anders. Es befanden sich Menschen im Zimmer.

Vier Männer standen, ins Gespräch vertieft, in der Mitte der Halle. Liam Turner und sein Begleiter aus dem Garten, den dritten Mann etwa um die fünfzig, kannte Kaja nicht. Den Vierten allerdings, obwohl sie ihn viele Jahre nicht mehr gesehen hatte, erkannte sie sofort. Unten in der Halle stand Jean Luc Bonnet, Loras Vater. Er schien aufgebracht zu sein. Immer wieder fuhr er sich mit den Händen durch die dunklen Haare, während er der Runde etwas zu erklären versuchte.

Der blonde Mann neben Liam unterbrach den Redefluss

mit Fragen. Aus der Ferne konnte Kaja nicht verstehen, was gesprochen wurde, aber die Diskussion schien sich zuzuspitzen. Immer öfter fielen sich die vier gegenseitig ins Wort und gestikulierten mit den Armen. Kaja musste nicht hören, was besprochen wurde, um zu spüren, dass sie besser daran tat, unentdeckt zu bleiben. Aber wie sollte sie einen Ausgang aus der Bibliothek finden? Auf keinen Fall wollte sie zurück ins Labyrinth. Ihre letzte Hoffnung war tatsächlich, dass der ursprüngliche Eingang sie nach ihrer Odyssee auch wieder in die Freiheit bringen würde. Dazu aber müsste sie an den vier Männern vorbei. So sehr sie auch ins Gespräch vertieft waren, ihr Auftritt würde garantiert nicht unentdeckt bleiben.

Doch während sie noch über ihr Dilemma grübelte, spitzte sich der Streit zwischen den vier Männern zu. Jean Luc raufte sich mehrfach die Haare und schüttelte immer wieder den Kopf. In einer beruhigenden Geste versuchte der andere ältere Mann, seine Hand auf Jean Lucs Arm zu legen, doch der schüttelte ihn brüsk wieder ab, machte auf dem Absatz kehrt und verließ mit schnellen Schritten die Bibliothek. Genau durch die Tür, durch die Kaja zu Anfang gekommen war. Sie hatte also recht, das war der Weg nach draußen.

»Kaja?«, hallte Liam Turners Stimme plötzlich durch den Raum, nachdem Loras Vater verschwunden war. Ihr Kopf schnellte zurück zu den restlichen Männern. Ungläubig starrte Liam sie über die Entfernung hinweg an. Auch die anderen beiden blickten erschrocken zu ihr hoch.

Kaja zuckte zusammen. Ganz eindeutig war in den Gesichtern der Männer zu lesen, dass sie hier nichts zu suchen hatte. Doch ihr Kopf wollte platzen vor Fragen. Was war das für ein Treffen, das sie gestört hatte? Warum war Loras Vater hier? In einem digitalen Labyrinth, versteckt in der

Holowelt eines Nachtclubs? Was hatte er mit Liam Turner zu schaffen? Wer waren die anderen beiden Männer? Was geschah hier? Warum wirkten alle so beunruhigt darüber, sie hier zu sehen?

Nach einer gefühlten Ewigkeit, in der alle wie eingefroren verharrten und sich wortlos anstarrten, machte Liam Turner einen Schritt in Richtung der Treppe, die zu ihr nach oben führte. Als hätte er damit einen unsichtbaren Bann gebrochen, fingen die anderen beiden Männer an, wie wild aufeinander einzureden, und deuteten dabei abwechselnd in ihre Richtung. Kajas Blick hetzte zwischen den dreien hin und her, traf schließlich Liams, und wie ein Anker hielt er sie an Ort und Stelle fest. Eine unsichtbare Macht schien im selben Moment Besitz von ihr zu ergreifen. Liam öffnete den Mund, um ihr etwas zuzurufen, als die Schwärze plötzlich über sie alle hereinbrach.

Allgemeine Verhaltensregeln im Falle eines BlackOuts

Staatliche Verordnung vom 10.05.2189, aktualisierte Version mit Gültigkeit ab dem 01.02.2375.

Im Falle eines BlackOuts und/oder eines daraus resultierenden LogOuts aus dem Holovit und/oder einem anderen unerklärten LogOut aus dem Holovit gilt als oberstes Gebot: Bewahren Sie Ruhe.

Jeder unvorhergesehene BlackOut führt automatisch zu einem Reboot der betroffenen Systeme. Während der Offlinezeit werden Sie in Ihrem Aerobiose-Tank erwachen und verbleiben an Ort und Stelle Ihrer Zelle, so lange, bis die Systeme wieder aktiv sind. Sie erhalten über Ihren LifeChip ein Signal, sobald der LogIn wieder möglich ist. Ihr Homeholo wird sich automatisch aktivieren und LogIns von dort aus erlauben.

Sollte der BlackOut einen Zeitraum von fünfzehn Minuten überschreiten, werden sich die Eingangstüren der Zellen aller Bewohner automatisch verriegeln. Dies dient zu Ihrer eigenen Sicherheit. Bewahren Sie Ruhe, und versuchen Sie auf keinen Fall, die Türen selbstständig zu öffnen oder die Zelle zu verlassen. Während eines BlackOuts hat sich jeder Bewohner der Arche, soweit nicht mit der Behebung der Störung betraut, in seiner ihm per ID zugeordneten Zelle aufzuhalten oder sich unverzüglich dorthin zu begeben.

Jeder Verstoß gegen eine laufende Ausgangssperre wird strafrechtlich verfolgt. Die Sicherheit der Arche ist das oberste Gebot, alle staatlichen Kräfte sind dafür zuständig, diese zu erhalten.

Medizinische und lebenserhaltende Systeme werden zu jeder Zeit aktiv bleiben. Es besteht keine Gefahr für Ihr Leben.

Der Rat der Zehn und die Präsidentin der Archen *Hope of Tomorrow*, *Rescue* und *Homeland*, Anna Smith.

7

Thore riss die Augen auf und schnappte nach Luft. Er war auf den LogOut gefasst gewesen; trotzdem brauchte er ein paar Augenblicke, um wirklich in seinem Körper anzukommen. In der Sekunde, in der er den Weltentausch verarbeitet hatte, stemmte er die Tür seines Tanks auf und rannte aus der Zelle. Er durfte keine Zeit verlieren. Glaubte er den Daten auf Anderssons Stick, würde dieser erste BlackOut knapp zwanzig Minuten dauern. Wenn er es nicht innerhalb einer Viertelstunde zurück in seine Zelle schaffte, wären die Türen verriegelt und er geliefert.

So schnell ihn seine Beine trugen, rannte er los. In der rechten Hand hielt er zwischen schweißnassen Fingern den Datenträger umklammert. Er kannte den Weg, etwas mehr als fünf Minuten würde er bis zum Ziel benötigen. Sein Atem ging schnell, die Angst saß ihm im Nacken. In Rekordzeit hatte er seinen Arbeitsplatz erreicht. Er öffnete die Türen zu den Serveranlagen. Zwischen den Rechnern hindurch rannte er in den hinteren Teil. Dort befanden sich die Datenspeicher der privaten Unternehmen. Holoanbieter, Avatarhersteller, Reiseunternehmen, Gastronomie, Konzerne wie Andersson Creations oder ChangeYourLook hatten hier ihre Informationen, streng gesichert, untergebracht.

Jede Holowelt der *Hope* und jeder LogIn waren irgendwo hier unten gespeichert. Thore keuchte, sein Körper war solche Anstrengung nicht gewohnt. Der Atem rasselte in seiner Kehle. Die Luft in dieser Tiefe war trotz ausgeklügelter Filtertechnik stickig und schal. Noch eine Biegung, eine Reihe blinkender Dioden, und er hatte sein Ziel erreicht: die Rechner, auf denen der Arcteryx gespeichert war. Wie vor wenigen Minuten verabredet, platzierte er den Stick in einer kaum sichtbaren Lücke zwischen zwei Geräten. Wer nicht wusste, wonach er suchen musste, würde ihn niemals finden. Seine Arbeit war getan. Erleichtert und ohne sich umzudrehen, rannte er den Weg zurück, den er gekommen war. Keine Menschenseele war zu sehen, alles war nach Plan gelaufen. Seine Luftröhre brannte, aber trotzdem wurde er nicht langsamer. Ebene um Ebene ließ er hinter sich, bis er schließlich wieder vor seiner Zelle stand. Erleichtert atmete er aus, er hatte es geschafft, es konnten nicht mehr als zwölf, dreizehn Minuten vergangen sein.

»ELSA, öffne Zelle FL34.56578.9034.TL.« Mit beiden Händen stützte er sich auf die Oberschenkel und ließ den Kopf nach unten hängen, um möglichst viel Sauerstoff in seine Lunge zu bekommen. Er wartete auf das vertraute Zischen der Tür.

»Öffnung verweigert«, antwortete die emotionslose Stimme in seinem Kopf.

Thores Herzschlag setzte für den Bruchteil einer Sekunde aus. Das konnte nicht sein. Panik stieg in ihm hoch. Das war unmöglich. Er hatte es innerhalb des Zeitlimits geschafft. Die Tür musste sich öffnen lassen.

»ELSA, öffne Zelle FL34.56578.9034.TL, sofort.« Er zwang sich, ruhig und langsam zu sprechen, die Angst keine Macht über seine Stimme erlangen zu lassen.

»Öffnung verweigert«, kam die Antwort.

Verdammt. Thore ballte die Fäuste. Er atmete tief ein und

wieder aus, er durfte nicht in Panik geraten. Was konnte er tun? Die Zeit lief ihm davon.

»ELSA, reboote Schließsystem für die Zelle FL34.56578.9034.TL, Sicherheitscode TL45968.3894.12245.«

»Negativ, kein Reboot der Zelle FL34.56578.9034.TL. Sicherheitscode TL45968.3894.12245 ungültig. Bitte wende dich an den Systemadministrator.«

Thores Zähne pressten sich schmerzhaft in seine Unterlippe. Er konnte den mineralischen Geschmack von Blut auf seiner Zunge spüren. Die Hände fest zusammengepresst, schloss er die Augen.

»ELSA, ich bin der verdammte Systemadministrator. Öffne sofort die Tür!«

»Tut mir leid, Thore, Zugriffsrecht verweigert. Bitte wende dich an den Systemadministrator.«

Im selben Moment ertönte die Alarmanlage der *Hope*. Sirenengeheul hallte durch die Flure, und gleichzeitig flammten über allen Türen rote Lichter auf.

»Achtung, Achtung. Dies ist ein BlackOut. Dies ist keine Übung. Bewahren Sie Ruhe. Versuchen Sie nicht, ihre Zelle zu verlassen. Die Situation ist unter Kontrolle, Ihre Sicherheit ist gewährleistet. Bewahren Sie Ruhe. Verbleiben Sie in Ihrem Tank.«

Hier draußen auf dem Flur, ohne den Schutz der meterdicken Betonwände, war die Ansage unbeschreiblich laut. Thore schlug die Hände über die Ohren und sank auf die Knie. Was war schiefgelaufen? Warum hatte er seine Zelle nicht öffnen können? Wer hatte ihn verraten? Vor dem rettenden Zuhause zusammengekauert, wartete er auf das Ende.

ELSA – Electronic Life Support Activator

Informationsblatt zur persönlichen Erstaktivierung

Herzlichen Glückwunsch,

endlich ist der Tag gekommen, an dem du deine ELSA selbstständig steuern kannst. Bisher haben das vermutlich deine Eltern oder ein Erziehungsberechtigter für dich übernommen. Nun kannst du selbst bestimmen, wie und wo ELSA dich in deinem Alltag im Holovit begleiten darf. Keine Sorge, das ist nicht schwer. Hier findest du ein paar Regeln, an die du dich halten musst, damit ELSA funktioniert und dich bestmöglich unterstützen kann. Also, lies genau und merk dir alles gut. Du kannst diese Datei immer wieder aufrufen, wenn du etwas vergessen hast oder genauer wissen möchtest.
Doch zunächst einen Schritt zurück. Wer ist ELSA?

ELSA ist ein winzig kleiner Helfer auf deinem LifeChip, der seit deiner Geburt im Keller deines Stammhirns wohnt. Im Gegensatz zu vielen anderen nützlichen Dingen, die dein Körper von allein ausgebildet hat, wurde der LifeChip und damit auch ELSA von einem Ärzteteam platziert, um dir beim Leben in der Arche zu helfen. ELSA kümmert sich Tag und Nacht, auch wenn du schläfst, darum, dass dein Körper mit allen wichtigen Dingen versorgt ist. ELSA findet heraus, wie dein persönlicher Nutri-Shot zusammengesetzt ist, was du benötigst, um gesund zu bleiben, und dokumentiert all deine Werte. Damit können dir Ärzte, solltest du wirklich einmal krank werden, schnell helfen.

Neben deiner Gesundheit kümmert sich ELSA auch um

dein Wohlbefinden und darum, dass du im Holovit nie die Orientierung verlierst. Über eine ID, die nur du allein trägst, kannst du ELSA sagen, wohin du dich einloggen willst, wann du wieder nach Hause möchtest und was du gerade brauchst. ELSA kann auf das gesamte Datensystem der Arche zugreifen und darum fast alle deine Fragen beantworten. Sie speichert alles, was du sie fragst, und jeden Ort, den du besuchst. Mit diesen Daten lernt ELSA dich kennen und kann so jeden Tag noch besser und konkreter auf dich eingehen. Wenn ELSA genug über dich und deine Vorlieben gelernt hat, wird sie dir Vorschläge machen, was dir Spaß macht oder wie du deine Zeit verbringen kannst. Da ELSA auf deutlich mehr Daten zugreifen kann und weiß, was deine Freunde und deine Familie mögen, lohnt es sich immer, ihr zuzuhören.

Damit du alle Features von ELSA ganz einfach nutzen kannst, sind deine ID und deine Stimme der unverwechselbare Schlüssel für ELSA und somit für alle Türen in deiner Arche und im Holovit. ELSA hat genau gespeichert, welche Hologramme für dich geöffnet sind, und kann auch in der Arche selbst über digitalen Zugriff Türen und Fahrstühle öffnen und Portale aktivieren.

Du siehst, ELSA ist nicht nur ein Gerät, sie ist deine unsichtbare Freundin, mit der du alles teilen kannst und die für jedes Problem und jeden Wunsch ein offenes Ohr hat. ELSA freut sich, dich endlich noch besser kennenzulernen, und kann es kaum erwarten, eure gemeinsame Zeit zu beginnen. Wir wünschen euch beiden viele Abenteuer und ein großartiges Leben zu zweit.

Tech Support Team – ELSA
(Electronic Life Support Unit, ARCHE *Hope of Tomorrow*)

ELSA-Newsfeed der *Hope of Tomorrow*

Das Darknet greift wieder an - doch diesmal schlagen wir zurück.

Ein neuer Angriff auf das Holovit der Arche hat in der letzten Nacht für knapp zwanzig Minuten Dunkelheit gesorgt. Heimtückisch und ohne Vorwarnung gelang es den Darksufern, unser Netzwerk zu kapern. Noch gibt es kein offizielles Statement des Rats, allerdings wurden mehrere Festnahmen bestätigt. Zum ersten Mal seit vielen Jahren ist unserer Regierung somit ein echter Gegenschlag gelungen. Gnadenlos und mit absoluter Härte muss gegen die Feinde vorgegangen werden, um den nächsten Anschlag in jedem Fall zu verhindern.

Helfen Sie mit, unser Zuhause zu schützen. Berichten Sie alle Auffälligkeiten an ELSA, jeder Hinweis kann Leben retten.

8

»Was für ein Mist! Ich will einen Refund!«, polterte Tanja am Tag nach dem BlackOut beim Lunch in der Kantine.

»Ist das möglich?«, fragte Jade. Lustlos stocherte sie in ihrem Salat. Die Enttäuschung über den abrupt beendeten Abend stand beiden ins Gesicht geschrieben.

»Das ist mir egal.« Zornig schob Tanja das Kinn nach vorne. »Immerhin haben wir bezahlt. Ich will nur, was uns zusteht.«

»Aber für den Blackout kann der Arcteryx nichts«, gab Lora zu bedenken.

Es waren die ersten Worte, die Kaja seit ihrem Streit aus dem Mund der Freundin zu hören bekam. Es fiel ihr schwer, Loras Laune zu deuten. Kaja hob den Kopf von ihrem Teller und studierte nachdenklich ihr Gesicht, doch Lora wich ihren Blicken bewusst aus.

»Für den BlackOut sind Hacker aus dem Darknet verantwortlich. Wenn ihr euch beschweren wollt, dann dort. Ich jedenfalls habe Besseres zu tun, als mir um die nächste Party Gedanken zu machen.«

Und damit packte sie ihre Sachen und marschierte davon. Verdutzt starrten Tanja und Jade ihr hinterher.

»Was ist denn los mit ihr?«, fragte Jade.

»Ich weiß nicht, aber sie versteht wirklich keinen Spaß mehr. Habt ihr die ELSA-News gelesen?«, wechselte Tanja das Thema. »Angeblich hat es schon Verhaftungen gegeben. Das ging ganz schön schnell.«

»Je schneller, desto besser«, antwortete Jade. »Dann ist wenigstens Schluss mit diesen nervigen BlackOuts. Ich hab keine Lust, alle zwei Tage in meiner Zelle aufzuwachen. Davon bekomme ich Kopfschmerzen.«

Überrascht horchte Kaja auf.

»Verhaftungen?« Sie hatte ihre ELSA immer noch stumm geschalten. »Es gab schon Verhaftungen?«

Die beiden nickten.

»Ja, angeblich hat man gleich mehrere Verdächtige noch in derselben Nacht festgenommen. Das kann nur heißen, dass der Rat irgendwie davon gewusst haben musste. Wie hätte man sonst so schnell handeln können? Habt ihr eine Ahnung, wer zu den Darksurfern gehört? Ich frage mich immer, ob man das den Menschen nicht ansehen müsste?«

Jade runzelte nachdenklich die Stirn. »Liam Turner war heute nicht in Allgemeiner Algorithmik. Ehrlich gesagt, ich habe ihn heute den ganzen Tag noch nicht gesehen …«

Angespannt presste Kaja die Lippen zusammen. Sie hatte genau denselben Gedanken. Den ganzen Vormittag über hatte sie auf dem Campus nach ihm Ausschau gehalten. Sie hatte gehofft, ihn nach dem BlackOut hier an der Universität zu erwischen, um mit ihm über den Vorfall in der Nacht zu sprechen. Die Begegnung in der Bibliothek, Loras Vater, der ungewollte Kuss des Piloten …

»Ihr glaubt doch nicht wirklich, dass er ein Hacker ist?«, fragte Tanja entsetzt.

»Wer weiß das schon. Meine ELSA sagt, jeder könnte ein Hacker sein. Selbst Menschen, denen man das niemals zutrauen würde. Wer weiß, vielleicht ist Kaja eine Darksurferin?« Sie grinste frech. »Kaja, stellst du dich im Unterricht absichtlich dumm, weil du in Wirklichkeit einen BlackOut nach dem anderen programmierst? Willst du die Regierung der Arche stürzen und selbst die Macht ergreifen? Kaja? Kaja, bist du noch bei uns oder schmiedest du schon den nächsten teuflischen Plan?«

»Wie bitte?«, Kaja hatte den beiden nicht mehr zugehört. Fieberhaft überlegte sie, ob an Jades Witzeleien etwas Wahres sein könnte.

»Okay, ich glaube, um Kaja müssen wir uns keine Sorgen machen. Sie ist einfach eine unverbesserliche Träumerin. Turner? Ich weiß es nicht. Kann sein. Falls er festgenommen wurde, werden wir es sicher bald erfahren«, kommentierte Tanja trocken.

»Schade, ich hatte ja irgendwie die Hoffnung, der neue Algorithmus würde mich mit ihm matchen, aber wenn er sich gegen den Rat verschwört, kann ich unser Baby wohl vergessen«, ärgerte sich Jade. »Dann wird es wohl doch Xavier Gaulet, damit kann ich auch leben.«

»Kaja?«

Die Köpfe der drei Mädchen schnellten gleichzeitig nach oben. Als hätten sie einen Geist gesehen, standen ihre Münder weit offen, und sechs Augen blickten ungläubig in Liam Turners Gesicht. Keine von ihnen hatte bemerkt, dass er an ihren Tisch getreten war.

»Kaja?«, fragte er noch mal, drängender. »Können wir reden?«

Kaja brachte keinen Ton über die Lippen. Sie war viel zu erleichtert, dass er nicht verhaftet worden war, sondern lebendig und sprechend vor ihr stand.

»Ähm. Ja, klar. Wir können reden«, krächzte sie, nachdem Jade unter dem Tisch schmerzhaft gegen ihr Bein getreten hatte. »Klar, warum nicht.«

Liam musterte sie finster. Erst jetzt fiel Kaja auf, wie ernst sein Blick war, wie tief er die Brauen in die Stirn gezogen hatte. Aus ihrer anfänglichen Erleichterung wurde Irritation – warum war er so wütend?

»Hey Liam«, hauchte Jade und stützte den Kopf in beide Hände. »Na? Was geht so bei dir?«

»Nichts«, brummte er, ohne den Blick von Kaja zu wenden. »Kommst du?«, fragte er unwirsch und machte auf dem Absatz kehrt.

Die Freude an seinem Überleben war wie weggeblasen. Zu gern hätte Kaja die Aufforderung ignoriert und ihn einfach ziehen lassen. Aber die vielen offenen Fragen in ihrem Kopf und die aufgeregten Gesichter ihrer Freundinnen machten klar, dass es kein Entkommen gab.

»Na los«, drängelte Lora. »Worauf um Himmels willen wartest du? Hinterher! Das ist die Chance!«

»Meine Chance zu was?«, fragte sie, nichts Gutes ahnend.

»Na, um ihn zu fragen, ob er ein Hacker ist!«, neckte Tanja mit blitzenden Augen.

»Oder nach seinem Bodycode!«, kicherte Jade.

»Oder nach beidem!«

Kaja rollte genervt mit den Augen. Widerstrebend stemmte sie sich auf die Beine und folgte Liam, so langsam es nur ging. Sie zermarterte sich den Kopf, was für eine Erklärung für ihren Ausflug in die Bibliothek des Arcteryx plausibel klingen würde.

»Hey!«, polterte sie nach einigen Metern und etwas außer Atem. »Wenn du reden willst, solltest du dich vielleicht vergewissern, dass dein Gesprächspartner nicht unterwegs verloren geht.«

Liam Turner macht so abrupt halt, dass Kaja um ein Haar gegen seine breite Brust gerumpelt wäre. Hastig trat sie einen Schritt zurück, das Herz schlug ihr bis zum Hals. Wütend stemmte sie die Hände in die Hüften und funkelte ihn böse an. Liam erwiderte ihren Blick ebenso zornig. Die Spannung in der Luft war kaum zu ertragen. Die Sekunden zogen sich endlos.

»Was hattest du dort zu suchen?«

»Was hattest du dort zu suchen?«

»Jedenfalls keinen Drohnenpiloten des Rats, der mir die Zunge in den Hals steckt. Aber ich habe mich wohl geirrt, was dich betrifft«, fuhr Liam sie an. »Du bist genau wie die anderen. Dein Vater wird sich sicher freuen!«

Völlig überrumpelt von dem plötzlichen Themenwechsel, konnte Kaja nicht anders, als Liam ebenso heftig zu antworten.

»Was bildest du dir eigentlich ein? Du hast gar keine Ahnung, ich wollte diesen Typen überhaupt nicht küssen. Er hat mich geküsst – nicht, dass es dich irgendetwas angehen würde. Und mein Vater? Ha, bevor der Tag kommt, an dem mein Vater stolz auf mich ist, kehren wir zurück an die Oberfläche.«

Die Wut trieb ihr die Tränen in die Augen. Liam starrte sie stumm an. Ihr Gefühlsausbruch hatte ihn ebenso überrascht wie sie selbst.

»Kaja, dein Stresslevel liegt über dem empfohlenen Normwert. Soll ich eine medikamentöse Beruhigung starten?«, warnte ELSA in ihrem Kopf.

Als hätte er die Worte ihres Bots gehört, schüttelte Liam wortlos den Kopf.

»Nein, ELSA, ich hab mich im Griff«, antwortete sie, die Augen auf Liam gerichtet.

»Komm, ich möchte dir etwas zeigen.« Alle Wut war aus Liams Stimme verschwunden, er streckte ihr die Hand entgegen. Zögernd griff sie danach. Im selben Moment, in dem sich seine warmen Finger um ihre legten, wusste sie, dass sie ihm vertrauen konnte. Ein Gefühl von Ruhe und Geborgenheit erfüllte sie plötzlich von Kopf bis Fuß. Schweigend zog Liam sie durch die Bibliothek und zwischen den gut besetzten Lernkuppeln hindurch in Richtung Keller. Kaja spürte die unzähligen Augenpaare, die ihnen die Treppe hinunter in die Dunkelheit folgten.

»ELSA, öffne Kammer CH.345.089«, befahl Liam, als sie vor einem der Blue Rooms Halt machten. Lautlos schwang die Tür nach innen auf, und gemeinsam betraten sie den kleinen Raum. Hinter ihnen schloss sich der Durchgang, die Umrisse der Tür verschwanden, und die Wände um sie herum waren in hellblaues, fluoreszierendes Licht getaucht. Kaja mochte das beruhigende Pulsieren der Wände, selbst wenn kein Hologramm geladen war.

»Aktiviere Testhologramm 45.Forest.5680«, forderte Liam den Raum auf und griff erneut nach Kajas Hand.

Im selben Moment verschwanden die Wände und machten Platz für eine der wunderbarsten Illusionen, die Kaja je gesehen hatte. »Wow!«, staunte sie und drehte sich im Kreis, um möglichst viel auf einmal sehen zu können. Sie standen inmitten einer Waldlichtung, umgeben von meterhohen Bäumen, durch die warmes Sonnenlicht in goldenen Fäden nach unten strömte. Bunte Blumen durchbrachen die impressionistisch getupften Grüntöne der Fauna im Hintergrund. In den Baumwipfeln weit über ihren Köpfen zwitscherten die Vögel, der Geruch von feuchtem Moos, frisch umgewälzter Erde und harzigen Baumrinden hing in der Luft. Kaja fühlte sich, als wäre sie mitten in ein Gemälde gesprungen. Ein lebendiges, atmendes Gemälde.

Das bizarre Gefühl, in einem Abziehbild gelandet zu sein, setzte sich auch im Inneren des Hauses fort. Alles um sie herum wirkte zweidimensional. Die Räume, die Möbel, die Architektur, nur wenn Kaja direkt an ein Objekt herantrat, nahm es tatsächlich Form an. Das Licht in den Zimmern war wie draußen unter freiem Himmel, kalt und künstlich. Bis auf den Duft von Marie selbst konnte sie keine Gerüche wahrnehmen. Es fehlte die komplexe Mischung aus Lebensmitteln, Stoffen, Menschen und ihrer Kleidung, die einem Zuhause die unverwechselbare Note verschafften. Das künstliche Parfum der Hausherrin hing mit einem Mal erdrückend schwer im Raum, und Kaja wurde übel davon.

»Möchtest du etwas trinken?«, fragte Marie und schüttelte entschuldigend lachend im selben Moment den Kopf. »Bitte verzeih, das sind die alten Gewohnheiten. Ich bekomme so selten Besuch.« Sie zuckte mit den Schultern. »Selbstverständlich willst du nichts trinken. Was könnte ich dir schon anbieten? Nicht einmal das Wasser hat hier noch Geschmack.«

Kaja lächelte verlegen. »Das macht doch nichts, Marie. Ich bin nicht wegen dem Wasser hier.«

»Das denke ich mir. Aber warum bist du hier? Nicht, dass ich mich nicht freue, dich zu sehen, ganz im Gegenteil. So oft habe ich mir das schon gewünscht. Aber dein Besuch hat doch sicher einen anderen Grund, als meine Träume wahr werden zu lassen?«

»Ich muss dringend mit Lora sprechen«, erklärte Kaja so beiläufig, als würde sie das jeden zweiten Tag machen. »Könntest du ihr Bescheid geben, dass ich hier bin?«

Irritiert blinzelte Marie und runzelte die Stirn. »Lora? Du bist hier, um Lora zu sehen?«

Irgendetwas schien Marie nervös zu machen. Unvermittelt drehte sie Kaja den Rücken zu, trat an einen Küchenschrank und holte Teegeschirr hervor. Wortlos stellte sie zwei Tassen auf die Theke. Dann nahm sie einen Kessel, trat an die Spüle und öffnete den Hahn. Nichts geschah, trotzdem hielt sie die Kanne ein paar Sekunden darunter. Anschließend drehte sie sich um und platzierte das leere Geschirr auf dem Herd. Sie betätigte Gas und Zünder. Kaja beobachtete den unheimlichen Stummfilm, kein Geräusch war zu hören, keine Flamme entstand. Trotzdem stellte Marie eine der beiden leeren Tassen vor Kaja auf den Tisch, bevor sie an den Herd zurückkehrte, um die leere Kanne zu beobachten.

Kaja schluckte. »Ja, ich würde gern etwas mit Lora besprechen. Etwas Dringendes. Ist sie zu Hause?«

Marie schüttelte den Kopf, sah Kaja an, als ob sie die Antwort selbst nicht wüsste, und schüttelte erneut den Kopf.

»Zu Hause?«, fragte sie Kaja mit seltsam belegter Stimme. »Ist Lora zu Hause?«

Kaja blickte von der leeren Tasse auf dem Tisch zu Loras Mutter. Irgendetwas ging hier nicht mit rechten Dingen zu. Langsam fragte sie sich, ob Marie Bonnet wirklich bei Verstand war. Offensichtlich hatten die Schicksalsschläge mehr zerstört als nur das Hologramm, in dem sie lebte. War das der Grund, dass Lora niemanden mehr zu sich nach Hause lassen wollte? Weil ihre Mutter den Verstand verloren hatte?

»Marie, geht es dir gut? Ist alles in Ordnung? Soll ich Lora holen? Oder Jean Luc?«

Plötzlich lächelte Marie, sie strahlte und wirkte um Jahre jünger. »Was für eine wunderbare Idee, Kaja. Ja bitte, geh und hol meine Tochter und meinen Mann. Ich decke inzwischen den Tisch. Der Tee müsste gleich fertig sein, und ich habe Eclairs gebacken, die mochtest du immer so gern, weißt du noch? Wenn du mich schon mal besuchen kommst, muss das auch gefeiert werden. Ganz so wie früher.«

Ohne Kaja weiter zu beachten, schlüpfte Marie Bonnet in zwei dicke Ofenhandschuhe und öffnete die Herdklappe des breiten Backrohrs. Was auch immer sie aus der kalten Öffnung zog, es war allein für ihre Augen zu sehen.

Kaja versuchte, sich ihr Unbehagen nicht anmerken zu lassen, und verließ die Küche in Richtung Treppenhaus. Es war, als würde sie sich auf einem schwankenden Schiff bewegen. Die Konturen der Räume bekamen immer erst im letzten Moment dreidimensionale Tiefe, und ihr Kopf schwirrte vor Anstrengung. Glücklicherweise ließ Kajas Erinnerung sie nicht im Stich. Den Weg zu Loras Zimmer hätte sie selbst mit verbundenen Augen noch gefunden. Wie von selbst trugen ihre Beine sie sicher den langen Flur entlang, die Treppe hinauf durch das Zwischengeschoss, auf dem sich das Schlafzimmer der Bonnets und die Büros befanden, weiter über die nächste Treppe bis unters Dach, vor Loras Zimmer. Einen kurzen Moment legte sie die Finger auf das Holz der alten Tür. Alles würde gut werden. Ihre Freundschaft hatte so vieles überstanden, sie würden auch das hier gemeinsam meistern. Sie würde Lora nicht im Stich lassen. Lora würde sie nicht im Stich lassen. Kaja atmete tief ein, klopfte kurz und trat durch die Tür.

»Kaja, hast du Jean Luc und Lora gefunden? Der Tee ist fertig. Möchtest du ein Eclair?«

Kaja stolperte einen Schritt nach hinten und gegen die Haustür der Bonnets. Sie war nicht in Loras Zimmer unter dem Dach, sondern wieder im Erdgeschoss bei Marie gelandet. Strahlend streckte Loras Mutter ihr die leere Hand entgegen, um das unsichtbare Gebäck zu überreichen.

»Komm, setz dich. Ich hab überhaupt nicht mit euch allen gerechnet.«

»Mit uns allen?«, fragte Kaja verdutzt.

»Ja, das ist wirklich eine besonders schöne Überraschung von euch. Ich wünsch mir jeden Tag, dass ihr zurückkommt, aber bisher hat das niemals etwas gebracht. Erst seid ihr einer nach dem anderen verschwunden, und jetzt seid ihr alle wieder da, alle drei gemeinsam, ich kann es wirklich gar nicht glauben. Was hast du gesagt, wann kommt meine Familie?«

Langsam machte Kaja ein paar Schritte in den Raum, fieberhaft überlegte sie, was sie Marie antworten sollte. Sie war mittlerweile überzeugt, dass Loras Mutter nicht mehr bei Verstand war. Aber vielleicht gelang es ihr herauszufinden, was genau hier geschehen war, wohin Lora und ihr Vater verschwunden waren.

»Sie sollten bald hier sein«, antwortete Kaja zögernd und versuchte das schlechte Gewissen, das die Lüge verursachte, zu ignorieren.

»Wunderbar.« Marie strahlte. »Dann haben wir beide noch ein wenig Zeit, uns zu unterhalten. Es ist so lange her, dass wir uns zum letzten Mal gesehen haben, Kaja. Ein kleines Mädchen warst du damals. Aber dieselben neugierigen Augen wie heute. Die würde ich immer und überall wiedererkennen. Wie geht es dir, Kind? Was machst du? Womit verbringst du die Zeit hier unten? Hast du einen Freund? Siehst du Lora noch ab und zu?«

»Ähm, ja klar«, antwortete Kaja und überlegte, wie lange es wohl her war, dass Marie ihre Tochter gesehen hatte. Offensichtlich war hier etwas geschehen, das Lora ihr bewusst verschwiegen hatte.

»Ich habe sie vor Kurzem beim letzten BlackOut in ihrem

Tank gesehen«, bestätigte Marie den traurigen Verdacht. »Sie ist so groß geworden. Und so hübsch. Sie sieht gar nicht mehr aus wie mein kleines Mädchen. Ich wünschte, sie würde mich besuchen kommen. Ich wünschte, ich könnte sie noch einmal umarmen, selbst wenn es nur vor dieser schlechten Kulisse wäre.« Marie blickte an Kaja vorbei, raus auf den blauen Farbfleck, der das Meer darstellen sollte. Ihre Augen wurden plötzlich klar und ihre Miene hart. »Ich weiß, du kannst nichts dafür, Kaja. Aber deine Familie hat mir alles genommen, was mir jemals etwas bedeutet hat. In einer gerechteren Welt würde dein Vater irgendwann die Strafe für seine Verbrechen erhalten. In dieser wird er dafür belohnt. Hüte dich davor, ihm in die Quere zu kommen, Kaja. Ein Kind hat er mir bereits genommen. Es soll nicht auch das zweite Schaden nehmen.«

»Wo sind sie?«, fragte Kaja, die Gunst des Moments nutzend. »Was ist mit Loras Zimmer passiert?«

»Ich habe es gelöscht«, gestand Marie. »Ich konnte es nicht mehr ertragen. Tag und Nacht habe ich den leeren Raum über mir gespürt. Ich wollte nicht mehr hoffen, dass sie eines Tages zurückkommt.«

»Wo ist sie?«, fragte Kaja noch einmal. »Warum leben Lora und Jean Luc nicht mehr hier?«

Ein bitteres Lachen auf den Lippen, antwortete Marie: »Das musst du Lora schon selbst fragen. Oder noch besser, deinen Vater. Er hat meiner Tochter das Leben geboten, dass ihr Vater und ich ihr nicht geben konnten. Und sie hat es dankend angenommen. Jean Luc am Ende auch. Dass er mich verlassen hat, um bei unserem Kind zu sein, das kann ich verstehen. Dass er unserer Tochter dabei hilft, sich ihr eigenes Grab zu schaufeln, das werde ich ihm niemals verzeihen.«

»Ich versteh nicht, Marie. Was hat mein Vater damit zu tun?«

»Mach dir keinen Vorwurf, Kaja, ich habe es auch lange nicht verstanden. Ich dachte tatsächlich, Björn würde Lora aus alter Freundschaft zu uns helfen. Sie unterstützen, weil er uns verbunden ist. Aber der Tag, an dem dein Vater eine selbstlose Tat begeht, das ist der Tag, an dem die Arche ihre Tore öffnet. Von Anfang an wollte Björn Lora für seine Sache gewinnen. Ich hätte es viel früher erkennen müssen, Jean Luc ebenfalls. Aber wir waren blind. Oder vielleicht wollten wir auch wegsehen, um unserer Tochter das Leben und die Zukunft zu ermöglichen, die wir ihr versprochen hatten und nicht mehr bieten konnten. Wir wollten, dass Lora glücklich wird. Wie dumm wir nur waren …«

Marie schwieg, ihr Blick war leer, sie hatte die Arme um ihren mageren Körper geschlungen, als wollte sie sich selbst umarmen, dann sprach sie weiter.

»Loras Talent ist enorm. Ich glaube, Björn und Agnes haben noch vor uns erkannt, wie talentiert sie ist. Aber deine Eltern hatten immer ein Auge für Zahlenbegabung. Sie haben uns geholfen, Lora von klein an zu fördern. Die besten Coder ihrer Firma haben ihr Rechnen beigebracht, bevor sie lesen konnte. Du erinnerst dich vermutlich nicht, aber dein Vater selbst hat sie an seinen Projekten mitarbeiten lassen.«

»O doch, ich erinnere mich«, antwortete Kaja knapp, den Schmerz über die eigene Vernachlässigung unterdrückte sie mit aller Kraft.

Marie nickte. »Über die Möglichkeiten einer personalen künstlichen Intelligenz im Holovit haben die beiden zum ersten Mal gesprochen, da war Lora noch ein Teenager. Kurz danach hat sie angefangen, diese fürchterlichen Vögel zu programmieren. Ich war von Anfang an dagegen. Allein die Vorstellung … dieser schrecklichen Imitation von Leben auch noch Verstand zu implantieren. Meine Tochter hat ihr eigenes Frankenstein-Monster erschaffen. Und Björn war begeistert. Je mehr Jean Luc und ich versucht haben, sie davon zu überzeugen, dass das hier unten nicht das echte Leben ist, desto weiter hat sie sich von uns entfernt. Vielleicht hat sie sich einfach für uns geschämt. Welcher Teenager hört schon gern die eigenen Eltern über ihre Träume sprechen, wenn diese Träume vor den Augen der ganzen Nation für unsinnig erklärt wurden?«

»Übertag?«, fragte Kaja, obwohl sie die Antwort bereits kannte.

»Ja. Übertag. Der Weg nach draußen. Die Freiheit.« Marie seufzte. »Wir waren so kurz davor zu beweisen, dass eine Rückkehr an die Erdoberfläche möglich sein könnte. Unsere Ausrüstung war bereit, eine erste Exkursion bereits geplant. Wir hatten Signale geortet, Signale von der Erde, die nur eins bedeuten konnten: Es musste da oben weitere Überlebende geben. Und dann kam Anna Smith. Unter Clifton waren die Forschungsfonds von einem unabhängigen Gremium vergeben worden. Der Rat hatte keinerlei Einfluss. Jedes Projekt wurde geprüft und im Gesamtkontext bewertet. Die Arbeiten deiner Eltern wurden neben unseren und vielen weiteren Projekten gleichberechtigt vorangetrieben, damit kein Weg unversucht bleibt, das Überleben der Menschen zu sichern. Aber Anna Smith hat alle Projekte gestoppt, alle bis auf eines …«

»Das meiner Eltern.«

»Das deiner Eltern. Allerdings sprach man nach dem schrecklichen Vorfall selbstverständlich nicht mehr vom *Total Upload*.«

»Was für ein Vorfall?« Kaja wagte es kaum zu atmen, so groß war ihre Angst, Marie wieder an die Scheinwelt ihres Alltags zu verlieren, bevor sie ihr die Antworten gegeben hatte, die sie brauchte.

»Es gab einen ersten und einzigen Versuch, Menschen ins Holovit zu laden. Eine digitale Kopie, die unabhängig vom analogen Körper als unsterblicher Avatar leben sollte.«

»Nein«, flüsterte Kaja entsetzt und spürte, wie sich Gänsehaut über ihren ganzen Körper ausbreitete. »Das kann nicht sein.«

»Das konnte es auch nicht«, erklärte Marie kalt. »Aber Björn in seinem Größenwahn hatte es trotzdem versucht. Es war eine Handvoll Menschen, ich kenne selbst nicht alle Details. Das ist so lange her. Ein paar angebliche Hacker und tatsächlich zwei Freiwillige, arme Irre. Die Daten ihres LifeChips sollten die Basis sein für ihre Persönlichkeit, ein Algorithmus die Weiterentwicklung bestimmen. Was für ein Wahnsinn, ein paar Statistiken und eine Rechenformel, die die Seele des Menschen ersetzen würden. Wer tatsächlich daran glaubt, hat den Verstand verloren.«

»Was ist geschehen?«, fragte Kaja, obwohl sie die Antwort eigentlich gar nicht wissen wollte.

»Ich weiß es nicht. Es war nicht möglich, irgendetwas darüber herauszufinden. Von den Testpersonen wurde nie wieder gesprochen, es fehlt jede Spur ihrer Existenz. Das Projekt Upload wurde eingestellt, alle Dokumentationen gelöscht, nirgends taucht der Begriff heute noch auf.«

Kaja nickte stumm. Sie hatte selbst vergeblich nach Informationen gesucht.

»Kurz darauf wurde die Vergabe der Forschungsgelder dem Rat übergeben und Björn als oberstes Ratsmitglied berufen. Unter seiner Führung und mit Annas Unterstützung wurde der Ausbau des Holovits als oberstes Ziel definiert, alle Budgets in Andersson Creations und verwandte Firmen investiert. Übertag, obwohl alles so vielversprechend ausgesehen hat, wurde zusammen mit unzähligen anderen Projekten eingestellt oder privatisiert. Du verstehst also, warum Loras Vater und ich nicht gerade glücklich waren, als Lora dieses Thema zur Herzenssache erklärt hat.«

»Habt ihr nicht versucht, mit ihr darüber zu sprechen?«

Marie lachte bitter.

»Ach Kaja. Selbstverständlich haben wir das. Aber du kennst deinen Vater besser als viele andere. Du weißt, was für ein charismatischer Mann er ist, wie viel Einfluss er hat und wie gut er darin ist, Menschen für seine Sache zu begeistern. Wir hatten verloren, bevor wir begonnen haben. Lora wollte die Warnung ihrer verarmten, verbitterten Eltern nicht hören. Sie wollte an diese wunderbare Welt mit ihren unendlichen Möglichkeiten glauben. In dieser Welt ist sie ein Star. In dieser Welt wird sie alles erreichen, was sie sich je erträumt hat, und vermutlich mehr. Sie wird reich, berühmt, angesehen, bewundert. Sie wird eine Familie haben, ein Kind. Warum sollte sie das alles ablehnen? Und dein Vater hat dafür gesorgt, dass ihr die Entscheidung leichtfällt. Er hat ihr nicht nur einen Platz bei Andersson Creations geschaffen, er hat ihr ein Homeholo geschenkt, ein Zuhause und eine Zukunft.«

»Ein Homeholo?« Kaja konnte die Erschütterung in ihrer eigenen Stimme hören. »Mein Vater hat Lora ein Holo programmiert?«

»Vor drei Jahren«, bestätigte Marie. »Wir hatten einen großen Streit. Ich wollte nicht, dass sie in der Firma deiner Eltern einsteigt. Ich wollte sie überzeugen, dass das Holovit nicht für immer und ewig unser Zuhause sein kann. Ich hatte gehofft, sie könnte ihr Talent, ihren Verstand dazu nutzen, Alternativen zu denken. Ich wollte ihr beweisen, dass ein einziges Energieloch ausreichen würde, eine digitale Welt zu vernichten. Ich habe einen Riesenfehler gemacht, ich habe sie in die Arme deines Vaters getrieben ... ich bin schuld.« Marie schluchzte, ihre Schultern zitterten.

»Das kann ich mir nicht vorstellen«, versuchte Kaja, sie zu beruhigen. »Es war nur ein Streit. Mütter und Töchter streiten, Familien auch ...«

»Es war mehr als nur ein Streit. Ich wollte ein Exempel statuieren. Ich habe ihre Vögel gelöscht. Ihre Vögel und ihre ganze Arbeit. Danach ist sie ausgezogen. Jean Luc hat ein einziges Mal versucht, sie zurückzuholen ... und ist selbst nie wieder nach Hause gekommen. Seitdem bin ich hier und warte.«

»Aber ...« Kaja wusste nicht, welche Frage sie zuerst stellen sollte. Es fiel ihr unheimlich schwer, Maries Worten zu glauben, und doch wusste sie, dass die gebrochene Person vor ihr nicht in der Lage war zu lügen. Aber wie hatte es Lora geschafft, das alles so lange vor ihr zu verheimlichen? Und warum? Und ihre Eltern? Die eigene Tochter war nicht gut genug geraten, also hatten sie sich einfach einen Ersatz gesucht? Plötzlich konnte Kaja verstehen, warum Marie vor Schmerz den Verstand verloren hatte.

»Mama? Mama!«

Eine helle Kinderstimme riss Kaja aus ihren Gedanken. Sie erkannte die Stimme sofort, und das Herz schlug ihr bis zum Hals, als sie sich auf dem Absatz drehte, um der Vergangenheit in die Augen zu blicken.

»Mama!« Zwei Stufen auf einmal nehmend, sprang die zehnjährige Lora die Treppe herab. Ihre dunklen Locken hüpften mit jedem Schritt, ihre Kinderstimme war voller

Freude. Als wäre Kaja überhaupt nicht da, durchquerte sie das Zimmer und stürzte sich in die Arme ihrer Mutter.

»Mami, ich hab Hunger! Hast du gebacken? Kann ich ein Eclair haben?«

Der Körper des kleinen Mädchens flirrte in der Umarmung ihrer Mutter. Und auch sonst bewegte sich der schlecht programmierte Avatar nur stockend und mit springenden Bildern. Die Kopie ihrer Tochter durfte Marie Bonnet nicht viel Geld gekostet haben.

»Selbstverständlich, mein Liebling«, lachte Marie, und für einen kurzen Moment konnte Kaja das hübsche Gesicht der jüngeren Frau erkennen. »Es gibt Tee und Eclairs, so wie du sie am liebsten magst.«

Marie stellte die leere Tasse auf den Tisch, das kleine Mädchen kletterte auf die Bank und beobachtete ihre Mutter dabei, wie sie das imaginäre Gebäck auf einem Teller anrichtete.

»Mama, du bist die Beste«, lächelte das Mädchen.

»Marie, wo finde ich Lora?«, fragte Kaja mit belegter Stimme.

Marie Bonnet starrte Kaja irritiert an, ganz so, als hätte sie den Besuch völlig vergessen. Als würde sie Kaja überhaupt nicht erkennen.

»Lora?«, fragte sie einen Augenblick später. »Lora ist doch hier.«

»Die echte Lora«, versuchte Kaja es vorsichtig. »Die erwachsene Lora.«

Marie kniff die Augen zusammen und runzelte die Stirn. Dann schüttelte sie den Kopf und wandte sich zu dem Avatar um. »Hier, Liebes, dein Eclair.«

»Danke, Mama. Ich hab dich lieb«, antwortete das Mädchen und blieb starr am Tisch sitzen. Plötzlich sprang sie auf und warf sich ihrer Mutter in die Arme.

»Mami, ich hab Hunger! Hast du gebacken? Kann ich ein Eclairs haben?«, wiederholte es in perfekter Kopie den Satz von eben.

»Selbstverständlich, mein Kind. So viele du willst.«

»Mami, ich hab dich lieb!«

Kaja konnte sich die Szene nicht länger mit ansehen. Sie wollte nur noch weg von diesem Ort voller Schmerz und Verlust. Ihr wurde übel bei dem Gedanken daran, dass Björn und Agnes mit für Maries Zustand verantwortlich waren. Und Lora. Wie konnte ihre Freundin auch nur eine Sekunde ertragen, was man ihrer Mutter angetan hatte? Was sie selbst ihrer Mutter angetan hatte. Kajas Schmerz wurde unvermittelt zu Wut. Ja, sie würde Lora die Wahrheit sagen. Die Wahrheit über ihren Vater und über Marie. Es war an der Zeit, sich von der Illusion des Holovits zu verabschieden und der Realität ins Auge zu blicken.

»Kaja, wo bist du?«

Die Nachricht der echten Lora blitzte vor ihren Augen auf. »Du wolltest mit mir reden? Ich warte bei dir zu Hause.«

Während sie die falsche Lora und ihre Mutter beobachtete, die beide ihre Anwesenheit ignorierten, schickte sie eine schnelle Rückfrage an Liam.

»Kann ich Lora heute Abend mitbringen?«

Wo auch immer er gerade unterwegs war, seine Antwort kam sofort.

»Klar, bring doch alle deine Freundinnen mit. Das wird eine tolle Party. Ich habe keine Ahnung, was die sich für heute einfallen lassen haben. Ich kann es kaum erwarten, dich zu sehen. Ich lass dir von ELSA die LogIns schicken.«

Kaja wusste genau, was er ihr mit diesen Worten sagen wollte. Verhalte dich unauffällig, wir dürfen keine Aufmerksamkeit auf uns lenken. Der Rat hört immer mit. Oder konnte er es am Ende wirklich nicht erwarten, sie wiederzusehen?

Sie würde bis zum Abend warten müssen, um Lora und auch Liam all die Fragen zu stellen, auf die sie dringend eine Antwort brauchte. Aber was spielten ein paar Stunden schon für eine Rolle, nach Jahren, in denen sie und Lora sich nicht die Wahrheit gesagt hatten?

»ELSA, logge mich nach Hause.«

Kaja gab sich die größte Mühe, ihre Verbitterung und Enttäuschung zu ignorieren. Für die nächsten Stunden würde sie gute Miene zum bösen Spiel machen müssen. Sie atmete tief durch und betrat die Villa der Anderssons.

ELSA-Newsfeed der *Hope of Tomorrow*

Die Spannung steigt! Wie heißen die Bewohner des Parentes Paradisum?

Aus sicheren Quellen im engsten Kreis der Regierung erreichen uns in dieser Stunde aufregende Neuigkeiten für alle, die die Selektion in diesem Jahr verfolgen. Ein erster Testlauf des wasserdichten Algorithmus durch unsere digitale Jury scheint ein voller Erfolg gewesen zu sein, so unsere Informanten. Die streng geheime Liste der glücklichen Auserwählten hat den Rat und unsere Präsidentin in ihrer Entscheidung bestätigt, der künstlichen Intelligenz das Kommando über den Nachwuchs zu überlassen.

Wie man hört, wurden neben den Besten der Besten auch einige überraschende Kandidaten ausgewählt, ihr Erbmaterial weiterzugeben. »Eine Kombination, die bei genauer Betrachtung wirklich sinnvoll ist und auf eine glorreiche Zukunft hoffen lässt. Die Evolution des Menschen wird sich völlig neu gestalten«, so unser Informant, und wir sind mehr als gespannt. Auch wenn die Würfel wohl schon gefallen sind und man nur noch mit einer Bestätigung des ersten Loses rechnet, drücken wir weiter allen die Daumen, die auf ein süßes kleines Baby hoffen, und halten die Arche auf dem neuesten Stand. Der Countdown läuft!

Für alle täglichen Updates und die neuesten Informationen folgen Sie unserem ELSA-Feed und bleiben Sie auf Empfang.

11

Ihr Vater und Lora, die zusammen an dem langen Tisch in der Küche der Villa saßen, waren ein vertrautes Bild für Kaja, bis zu diesem Tag hatte es sie immer mit Freude erfüllt, die beiden bei ihren Fachsimpeleien zu beobachten. Dieses Mal hätte sie sich bei dem Anblick am liebsten wieder ausgeloggt. Gern wäre sie der Konfrontation so lange wie möglich aus dem Weg gegangen. Doch dafür war es zu spät. Ihr Vater und ihre Freundin, eben noch in ein Gespräch vertieft, hatten sie bemerkt.

Björn lächelte freundlich, Loras Blick war nicht zu entschlüsseln. Sorge, Misstrauen, Eifersucht? Ihre Augen waren leicht zusammengekniffen, als wüsste sie selbst nicht, wie es um ihre Freundschaft stand.

»Kaja«, eröffnete ihr Vater das Gespräch. »Komm, setz dich zu uns. Es tut mir leid, dass ich Lora heute so lange in Beschlag genommen habe, aber wir hatten wichtige Dinge zu besprechen.«

»Das kann ich mir vorstellen«, antwortete Kaja und bereute ihre scharfen Worte im selben Moment. Sie klang wie ein eingeschnappter Teenager, nicht wie eine ernst zu nehmende Erwachsene. Doch die Worte hatten ihre Wirkung nicht verfehlt. Lora zuckte zusammen, und in ihren Augen konnte Kaja das schlechte Gewissen über die vielen unausgesprochenen Dinge erkennen.

»Ach?« Björn blickte erstaunt zwischen seiner Tochter und ihrer Freundin hin und her. »Lora, du hast Kaja die guten Neuigkeiten schon erzählt? Aber das hätte ich mir eigentlich denken können.« Er lachte belustigt. »Ihr beide könnt kein Geheimnis zwischen euch ertragen. Da kann selbst ELSA nichts gegen machen.« In einer väterlichen Geste legte er den Arm um Loras Schultern. »Keine Sorge, ich bin nicht böse. Solange es in der Familie bleibt. Sobald die Examen vorbei sind, werden wir ohnehin mit den Neuigkeiten an die Öffentlichkeit gehen. Wir warten nur noch auf die Freigabe des Rats, und die, das kann ich euch versichern, ist lediglich Formsache. In diesem einen Fall können wir sicher eine Ausnahme für die Kommunikationskette erwirken, ELSA wird sich darum kümmern.«

Er zwinkerte verschwörerisch.

»Ich habe Kaja noch nichts erzählt.«

Lora warf ihr einen entschuldigenden Blick zu. »Ich wollte nicht gegen das Protokoll verstoßen, aber ich dachte, das hättet vielleicht ihr?« Sie wandte sich an Björn, dann wieder an Kaja. »Deswegen wolltest du doch mit mir sprechen, Kaja, oder nicht?«

Für einen Moment herrschte angespanntes Schweigen zwischen den dreien. Kaja hatte das Gefühl, niemand wollte zuerst aus der Deckung kommen. Dann ergriff Kajas Vater das Wort.

»Ach, warum lange um den heißen Brei herumreden – früher oder später werden ohnehin alle davon erfahren, und Kaja kann sich auch heute schon mit uns freuen. Kaja, wir haben beschlossen, Lora als Partnerin bei Andersson Creations aufzunehmen. Sobald wir eine Freigabe für ihr Projekt von Anna Smith erhalten haben, wird sie für uns eine eigene Einheit leiten. Wie du weißt, haben wir schon lange mit dem

Gedanken gespielt, unsere Designs um künstliche Intelligenz und lernende Module zu erweitern. Mit Lora haben wir die perfekte Ergänzung für unsere Führung gefunden. Ihr Talent, vor allem aber ihr innovativer Forschungsgeist und die revolutionäre Denke dahinter, der Mut, Neues zu wagen, macht sie einzigartig, und wir sind wirklich überglücklich, dass sie unser Angebot angenommen hat. Lora wird unser neuer Head of Artifical Intelligenz.«

Björn lachte, seine Hand lag immer noch auf Loras Schulter, als würde es ihm schwerfallen, seine neueste Errungenschaft loszulassen. Lora genoss die Aufmerksamkeit und das Lob sichtlich. Sie strahlte und war unter seiner Berührung vor Stolz gewachsen.

Kaja stockte der Atem. Sie war zu spät. Es war zu spät. Ein Blick in Loras Gesicht genügte, und sie wusste, dass sie ihre Freundin mit Haut und Haaren an Björns Charme verloren hatte.

»Es gibt nur noch eine kleine Sache, die unsere liebe Lora vorher erledigen muss, und dann kann es losgehen.« Die beiden wechselten vielsagende Blicke, und Kaja wurde das Gefühl nicht los, auch ihren Vater an die bessere Tochter verloren zu haben.

»Wäre es in Ordnung, Kaja gleich die ganze Wahrheit zu sagen?«, bat Lora. Trotz stolzer Freude wirkte sie immer noch angespannt.

Björn überlegte kurz und nickte. »Du hast recht, Lora, es ist vermutlich besser, sie erfährt es von uns.«

»Was? Was soll ich besser von euch erfahren? Könnt ihr mir sagen, was hier eigentlich los ist?« Mit jedem Wort wurde Kaja plötzlich wütender. Wütend auf die beiden und ihre vielen kleinen Geheimnisse. Wütend auf sich selbst, die darauf reagierte wie ein eifersüchtiger Teenager.

»Also gut«, begann ihr Vater. »ELSA, das folgende Gespräch und alle darin enthaltenen Informationen werden als ›privat‹ und ›von BOT-Protokollen‹ ausgeschlossen gekennzeichnet, das ist eine Anordnung in meiner Funktion als Ratsmitglied.« An seine Tochter gewandt fuhr er fort. »Kaja, wir haben heute Morgen den Selektionsalgorithmus seine Beta-Auswahl treffen lassen. Ein Routinetest, um sicherzugehen, dass die Programmierung funktioniert und bei der tatsächlichen Selektion nichts mehr schiefgeht. Unsere Erwartungen wurden erfüllt. Unter Berücksichtigung der vorgegebenen Parameter hat der Code die idealen Partner gewählt. Mit einigen Überraschungen, die lediglich bestätigen, dass die Zahlen besser entscheiden als der Mensch, haben wir mit genau diesem Ergebnis gerechnet und sind sehr zufrieden. Es ist davon auszugehen, dass die Auswahl der Selektion ein identisches Ergebnis liefert. Die Kandidaten sollten in ein paar Wochen nur noch ein weiteres Mal bestätigt werden.«

»Okay«, antwortete Kaja zögernd, nicht sicher, auf welche weiteren Enthüllungen sie sich gefasst machen sollte. »Herzlichen Glückwunsch?«

Björn lächelte, für einen kurzen Moment war er wieder der Vater, den Kaja in ihrer Erinnerung abgespeichert hatte, voller Mitgefühl und Liebe für seine Tochter. Doch nur einen Augenblick später schlug er wieder einen Ton an, der eigentlich für seine Ratsansprachen reserviert war.

»Vielen Dank, Kaja, aber wir hatten kein Glück. Das Ergebnis ist auf das Können der Programmierer und die Weitsicht unserer Regierung zurückzuführen, einen solchen Prozess zu verabschieden. Glück ist im Grunde genau das, was wir komplett überflüssig machen wollen. Aber ich bin mir sicher, irgendwann wird sich das Verständnis dafür auch in den Köpfen der Bevölkerung durchsetzen. Es braucht dafür einfach die richtige Führung und die optimale Zukunftsplanung. Und die wurde uns heute bestätigt. Das ist die Aufgabe, die auf Lora noch wartet, bevor sie sich voll in ihre Arbeit stürzen kann. Lora war die erste Kandidatin, die der Code heute Morgen als Mutter ausgewählt hat.«

Um ein Haar hätte Kaja wieder mit herzlichen Glückwünschen geantwortet. Aber die Worte ihres Vaters hatten sie eines Besseren belehrt. »Das freut mich sehr für dich, Lora«, antwortete sie, und ihre Worte waren trotz ihres Zwiespalts ernst gemeint. Sie wusste, wie sehr Lora es sich gewünscht hatte, auf der Liste zu stehen. »Du hast das wirklich verdient.«

Lora lächelte erleichtert, mit einem Satz war sie vom Tisch aufgesprungen und bei Kaja, sie schlang die Arme um den Hals der Freundin und flüsterte in ihr Ohr: »Ich danke dir, Kaja. Ich bin so erleichtert. Ich hatte solche Angst, du könntest wütend auf mich sein, und bin so froh, dass du verstehst. Ich verspreche dir, es wird sich nichts ändern zwischen uns, wir werden die besten Freunde bleiben, für immer. Du bist wie meine Schwester, meine Familie wird immer auch deine Familie sein.«

So wie meine Familie im Grunde deine ist?, dachte Kaja und versuchte, sich ihre Verbitterung nicht anmerken zu lassen. Sie wusste, was als Nächstes kommen musste, und auch wenn sie sich ebenso wenig hätte vorstellen können, Loras Schicksal zu teilen, schmerzte es, es aus dem Mund ihres Vaters zu hören.

»Kaja, es tut mir wirklich sehr leid, mir und deiner Mutter, aber du wurdest nicht ausgewählt. Du wirst kein Teil der Selektion sein.«

Björn schluckte, und Kaja fragte sich, wie heftig ihn diese

Entscheidung der Zahlen gegen die eigene Tochter wirklich traf. Was schmerzte ihn mehr? Seiner Tochter das Glück, ein Kind zu bekommen, zu verwehren oder die offizielle Abwertung seiner eigenen Gene?

»Deine Mutter und ich sind selbstverständlich immer für dich da, falls du mit uns darüber sprechen willst. Aber vielleicht lasse ich euch beide jetzt allein. Du willst vermutlich erst mal mit Lora über alles reden. Ich habe auch noch einiges zu erledigen, die Dokumentation des Testlaufs und ein Treffen später mit der Präsidentin. Aber, Kaja, wir haben noch Zeit bis zum tatsächlichen Lauf, bis dahin ist der erste Schock sicher etwas abgeklungen. Und es gibt so viele Dinge, mit denen du dein Leben erfüllen kannst. Familie ist nicht der einzige Weg. Und ich verspreche dir, die Zukunft wird schon bald eine echte Alternative bieten. Vertrau mir. Vertrau Lora. Alles wird gut werden.«

Kaja nickte stumm. Ihr Kopf war immer noch damit beschäftigt, das eben Gehörte zu verarbeiten, und im nächsten Moment hatte ihr Vater sich ausgeloggt und war verschwunden.

»Es tut mir leid, Kaja«, flüsterte Lora, die ihre Umarmung nicht gelöst hatte. »Es tut mir so unendlich leid. Aber dein Vater hat recht, du musst nur etwas Geduld haben. Es wird sich alles ändern. Alles. Und dann kannst du immer noch …«

Als hätte sie jemand geohrfeigt, brach Lora mitten im Satz ab und machte einen Schritt von Kaja weg. »Es tut mir leid«, erklärte sie. »ELSA hat mich gewarnt, dass das private Gespräch beendet ist. Alle Aufzeichnungen laufen regulär. Es ist mir nicht gestattet, sensible Informationen mit Nicht-Berechtigten zu teilen. Kaja, du musst mir einfach vertrauen. Alles wird gut.«

Kaja presste die Lippen fest aufeinander. Sie wusste nicht,

was sie antworten sollte. Ihr Vater und Lora sprachen von Vertrauen, davon, dass am Ende alles gut werden würde. Aber wie und für wen? Je länger sie darüber nachdachte, desto wütender wurde sie, desto weniger wusste sie, wie sie mit der Situation umgehen sollte. Lora tatsächlich die Wahrheit zu sagen war keine Option. Sie würde ihr niemals glauben, so viel stand fest. Vermutlich würde sie Kaja Eifersucht und Neid unterstellen und sofort Björn und den Rest des Rats informieren. Aber was war die Alternative? Konnte sie es übers Herz bringen und Lora in ihr Verderben laufen lassen? Konnte sie es mit ihrem Gewissen vereinbaren, ein neues, unschuldiges Kind in dieser sterbenden Welt entstehen zu lassen? Tausend neue Kinder? Wie alt würden sie werden, bevor das Holovit zugrunde ging? Ein Jahr? Zwei? Drei? Aber wie um alles in der Welt sollte sie das verhindern?

»Kaja, warum wolltest du eigentlich mit mir sprechen? Wenn du überhaupt nichts wusstest? Deine Nachricht klang so dringend? Was ist los?« Loras Fragen rissen sie aus ihren Gedanken.

»Ach, nichts«, zögerte sie ihre Antwort hinaus, um Zeit zu gewinnen. »Nichts, was auch nur halb so wichtig ist wie deine Neuigkeiten. Ich hab uns vier LogIns für den Arcteryx besorgt. Ich dachte, das wäre eine schöne Idee, nachdem Tanja und Jade sich so fürchterlich beschwert haben. Aber vielleicht ist das gerade gar nicht so toll, wo bei dir so viel los ist. Du willst vermutlich erst mal über alles in Ruhe nachdenken?«

»Aber nein, auf keinen Fall. Kaja, das ist eine großartige Idee. Wir haben so viel zu feiern, selbst wenn wir noch nicht darüber sprechen können. Es werden unglaubliche Zeiten anbrechen. Ich könnte mir nichts Schöneres vorstellen, als mit meinen liebsten Menschen einen unvergesslichen Abend zu verbringen. Lass uns sofort den beiden Bescheid sagen, das ist wunderbar. Ich glaube, das ist der schönste Tag meines Lebens, und ich will ihn so gern mit dir teilen.«

Kaja zwang sich zu einem Lächeln, doch das Herz schlug ihr bis zum Hals. Hoffentlich würde Liam Turner ihr verzeihen, dass sie den treuesten Nachwuchs des Rats direkt vor die Haustür des Darknets lotste.

Wie schon bei ihrem ersten Besuch im Arcteryx waren es auch dieses Mal zuerst die Gerüche und Geräusche, die Kaja in einer völlig neuen Welt willkommen hießen. Vielleicht, so dachte sie, war das der beste Teil dieser perfekten Inszenierung: den Moment des Ankommens mit allen Sinnen zu erleben. Wie ein Orchester, das sich nach und nach zu einer perfekten Melodie zusammenfügte. Hören, riechen, dann sehen und spüren. Sie versuchte, trotz ihrer Anspannung die Illusion des Nachtclubs zu genießen, solange sie konnte.

Der Arcteryx hielt sein Versprechen: Die Welt, die sich Kaja an diesem Abend bot, hatte nicht das Geringste mit dem Design des Vorabends zu tun. Es war still, keine Menschenseele war zu hören, nur das leise Klatschen von Wasser gegen Stein durchbrach in regelmäßigen Abständen die Ruhe. Die Luft roch salzig, aber nicht nach Meer. Nicht frisch und wild wie der Wind, der Loras Haus früher umtost hatte – es war ein dumpfer, leicht modriger Duft. Alt, dachte Kaja, es riecht so alt, als wäre die Luft lange schon an diesem Ort und leicht abgestanden. Sie fröstelte, es war kalt und feucht. Als sie die Augen schließlich öffnete, schmunzelte sie über die gelungene Programmierung. Sie erkannte sofort, wo sie gelandet war.

»Venedig«, flüsterte sie in die Schwärze der Nacht hinein.

Eine transparente Wolke aus Atemluft bildete sich vor ihrem Gesicht und verschwand wieder. Sie wusste nicht genau, wo in der Wasserstadt sie gelandet war, aber die unverwechselbaren Gassen ließen keinen Zweifel daran, dass dies eine wunderbare Replik der italienischen Insel war. Die schmale Gasse, durch die sich einer der vielen Hundert Wasserwege schlängelte, konnte nirgendwo anders sein. Einige wenige Meter entfernt führte eine kleine Brücke über das Flüsschen zwischen engen Hauswänden hindurch. Die kalte Nachtluft ließ auf Wintermonate schließen. Über der Schmutzschicht auf den Fenstern der Häuser hatte sich glitzerndes Eis gebildet. Ihre Füße froren in den dünnen Slippern. Neugierig inspizierte sie ihr Outfit. Ein schwarzer bodenlanger Umhang aus Samt bedeckte sie vom Hals abwärts, kein wirklicher Schutz gegen die Kälte. Sie öffnete ihn und konnte nun auch sehen, warum ihr das Atmen schwerer fiel als sonst. Ihr Körper steckte in einem azurblauen Ballkleid, unter dessen mit Goldfäden bestickter Oberfläche sich ein Mieder befand. Eng geschnürt presste es Kajas Körper in völlig neue Formen. Ihr Blick wanderte über das ungewohnt üppige Dekolleté.

»Ein sehr kreativer Coder«, murmelte sie und schlang das schwarze Cape schnell wieder über ihre nackten Brüste. Ihre Füße steckten in dünnen Samtschuhen mit einem hölzernen Absatz und einer schweren Brosche auf jedem Fuß.

Hübsch, aber alles andere als praktisch, dachte sie und bewegte die kalten Zehen in dem engen Stoff, um sich wenigstens etwas zu wärmen. Die Kälte ergriff langsam Besitz von ihrem ganzen Körper. Wo blieben denn die anderen? Das letzte Mal hatte es nur wenige Minuten gedauert, bis sie alle vier vollständig eingeloggt waren. Hatte der LogIn nicht geklappt?

Nervös blickte Kaja über die Schulter auf den dunklen Fluss in ihrem Rücken, dann nach vorne in die finstere Gasse. Keine Menschenseele war zu sehen. Vielleicht war auch sie an einer falschen Stelle eingeloggt?

Hatte Liam sie absichtlich an diesen verlassenen Ort gebracht? Finden würde sie hier niemand. Aber würde sie jemand suchen?

Plötzlich hörte sie in der Dunkelheit leise eine Glocke klingeln. Es dauerte einen Moment, und das Klingen ertönte zum zweiten Mal, diesmal deutlich näher. Beim dritten Mal konnte Kaja bereits den Umriss der Gondel ausmachen, die sich aus dem Nebel des Kanals langsam auf sie zuschob. Je näher das Boot kam, desto besser war der Gondoliere am Heck zu erkennen. Ein ebenfalls in Schwarz gehüllter Passagier befand sich bereits in dem kleinen Boot. Einen Augenblick lang dachte Kaja, es könnte sich um Liam Turner handeln, und ihr Herz machte einen Sprung. Dann begann die Person im Boot zu winken, und Kaja erkannte Lora.

»Wahnsinn, Kaja, das ist so irre«, rief sie und streckte ihr die Hand entgegen. Auf wackeligen Beinen kletterte Kaja in die Gondel.

»Buona sera, Signorine«, begrüßte sie der Italiener höflich und stach sein Ruder fest in den Lagunenboden. Loras Augen blitzten vor Aufregung.

Eine tiefe Traurigkeit überkam Kaja, für einen Moment sah ihre Freundin aus wie das kleine Mädchen, das sich an diesem Morgen über ein unsichtbares Gebäck ihrer Mutter gefreut hatte. Kaja dachte an Marie, die allein in ihrem Hologramm saß und auf die Tochter wartete, die niemals kommen würde. Der Zauber des Arcteryx konnte über vieles hinweghelfen, aber darüber nicht. In dieser Nacht hielt er leider nicht länger als einen kurzen Moment.

»Ist das nicht großartig?«, schwärmte Lora. »Wäre es nicht wunderbar, für immer in dieser Welt bleiben zu können? In einer Welt, in der alles möglich ist?«

»Sie ist schön«, antwortete Kaja knapp. »Aber sie ist nicht echt, Lora.«

Loras Lächeln gefror auf ihren Lippen. »Sie ist besser als echt. Sie kann mehr als jede analoge Welt. Wir hatten noch nie so viele Möglichkeiten wie heute. Wir können alles erleben, jede Epoche besuchen, jeden Ort. Wir können tausend Leben leben, wenn wir wollen.«

»Wir können gar nichts, Lora. Wir können einen Film in unserem Kopf sehen, wir können Bilder zum Leben erwecken, aber wir wissen doch nicht mal, ob das, was wir sehen, wirklich stimmt. Ob sich Stoff wirklich so anfühlt.« Kaja zupfte an ihrem Umhang. »Ob das Wasser wirklich so aussah, ob die Sterne wirklich so gefunkelt haben.« Sie zeigte nach oben in die mit tausend Lichtern gesprenkelte Finsternis. »Weiß ich, ob sich deine Hand wirklich so anfühlt?« Sie griff nach Loras Fingern und drückte die warme Hand.

»Kaja …« Hilfe suchend blickte die Freundin sie an. Als würde sie Unterstützung erwarten.

»Was?« Die Härte in ihrer Stimme überraschte sie selbst. Die gespenstische Stille und der Nebel um sie herum verliehen dem Moment eine unheimliche Düsternis. Kaja schluckte. »Was, Lora, was willst du von mir? Absolution für dein Talent? Dafür, dass du meinen Platz so viel besser ausfüllst als ich? Soll ich mich begeistern für deine Pläne, für diese neue, geheime Zukunft, die du mit meinen Eltern planst?«

»Sei still, Kaja, wir dürfen darüber nicht sprechen«, warnte Lora mit besorgter Miene. Ihr Blick fiel auf den Mann, der die Gondel steuerte.

»Ja, wir dürfen darüber nicht sprechen. Wir können darüber gar nicht sprechen«, wiederholte Kaja. »Findest du das nicht seltsam?«

»Kaja!« Eindringlich blickte Lora zwischen Kaja und dem Gondoliere hin und her.

»Du machst dir wirklich Sorgen wegen des Avatars?« Kaja lachte höhnisch. »Der weiß doch nur einen Bruchteil von dem, was ELSA jeden Tag mithört. Lora, wir hatten noch nie Geheimnisse voreinander, du warst immer wie eine Schwester für mich …«

»Ich war?«, unterbrach Lora sie, und ihre Stimme war voller Schmerz, aber auch Zorn. »Ja, Kaja, ich war all die Jahre eine Schwester für dich, und das bin ich immer noch. Ich will wirklich nur das Beste für dich.«

»Und woher weißt du so genau, was das Beste für mich ist?«

»Ich will, dass du lebst, dass du ein tolles Leben hast. Mit mir zusammen.«

»Die Kopie eines Lebens? Ein Leben, in dem ich keine Entscheidungen mehr treffen kann?«

»Vielleicht ist das die bessere Variante? Du siehst ja, wohin uns die Freiheit, selbst zu entscheiden, gebracht hat. Hätten wir früher auf Technik vertraut und impulsive Entscheidungen verhindert, wären wir gar nicht erst hier gelandet. Aber es ist noch nicht zu spät, neu anzufangen. Wir haben eine echte Chance, alles neu zu starten und es diesmal richtig zu machen.«

»Was meinst du damit?« Kaja betrachtete die Freundin nachdenklich. Ein wildes Glitzern war in ihre Augen getreten. Aufgeregt knetete Lora ihre Finger. Kaja konnte spüren, dass sie kurz davor war, ihr deutlich mehr zu erzählen, als ELSA gutheißen würde.

»Signorine, noi siamo qui«, unterbrach der Gondoliere ihre

Unterhaltung, als hätte er jedes Wort mit angehört und wollte seine beiden Fahrgäste davor bewahren, gegen die Gesetze zu verstoßen. Mit ausgestrecktem Arm deutete er auf den beleuchteten Steg einer Villa am Canale Grande. Weder Kaja noch Lora hatten in den letzten Minuten darauf geachtet, wohin ihre Gondel steuerte. Nun waren sie im Zentrum der Stadt und an ihrem Ziel angekommen.

»*Voilà, il Palazzo Grassi.*«

Goldenes Licht strömte durch die Fenster und über die Fassade des gotischen Bauwerks. Trotz der dicken Steinmauern waren Gelächter und ein Streichorchester zu hören. Die zauberhafte Harmonie der Klänge war unwiderstehlich. Kaja wollte den digitalen Diener gerade bitten, ihnen noch eine Minute zu geben, als Lora sich erhob. Sofort streckte der Gondoliere helfend die Hand aus und sicherte ihr den Übertritt auf den Steg.

»*Un momento, per favore.*« Geschickt bückte er sich auf dem wackeligen Schiff nach vorne, griff mit einer Hand unter die Sitzbank. Er zog zwei Masken hervor. Eine davon reichte er Lora, die andere Kaja. »*È un ballo in maschera*«, erklärte er und bedeutete mit seinen Händen, dass sie sich die Masken vors Gesicht binden sollten.

Lora zögerte nicht lange und knüpfte das dunkle Band hinter ihrem Kopf zusammen. Schwarzer Stoff bedeckte die obere Hälfte ihres Gesichts bis über die Nase. Aus zwei Öffnungen blitzten ihre dunklen Augen.

Fasziniert betrachtete Kaja ihre Freundin. Sie sah wunderschön aus und völlig fremd. Kaja war sich nicht sicher, ob sie Lora in diesem Aufzug überhaupt erkannt hätte. Ihr Blick fiel auf die Maske in ihren Händen. Was für eine Wirkung, dachte sie überrascht. So völlig anders als bei einer Programmierung, die den kompletten Avatar betraf. Im eigenen Körper zu stecken und trotzdem unerkannt zu bleiben fühlte sich aufregend fremd an. Sie band sich die Maske um und hob den Kopf. Der Steg war leer, Lora war bereits in Richtung Palazzo verschwunden.

»*Benvenute al Palazzo Grassi*«, begrüßte ein unmaskierter Mann am Eingang Kaja mit freundlichem Lächeln. Er trug ein opulentes Livree aus dem 18. Jahrhundert, dazu dunkelblaue Samthosen und ein rotes Wams aus Seide. Mit routinierter Professionalität half er Kaja aus ihrem Cape und reichte es an unsichtbare Hände weiter.

»*Vi auguro una bella serata.*« Er bedeutete ihr mit einem Kopfnicken, die Eingangshalle zu betreten. In der Dunkelheit konnte Kaja bereits die nächste Gondel anlegen sehen. Aufgeregt betrat sie den Palazzo Grassi. Alle Gäste waren mit Masken ausgestattet, sie versuchte gar nicht erst, Lora wiederzufinden. Es war aussichtslos.

Aber vielleicht war es auch besser so. Wie hätte sie Lora erklären sollen, warum sie sich mit Liam Turner verabredet hatte? Ihr Blick schweifte durch das Foyer auf der Suche nach dem Coder. Die einzige Ähnlichkeit zum Design des letzten Besuchs waren die beiden Marmortreppen, die links und rechts von ihr in eine obere Etage führten. War das auch in diesem Hologramm der Weg in das sichere Backlog? Würde Liam dort oben auf sie warten?

»Denk gar nicht erst daran«, flüsterte eine Stimme direkt neben ihrem Ohr. Liams Atem streifte Kajas Hals, und ihr Herz begann zu rasen. »Wir hatten eine Abmachung, du erinnerst dich?«

Sie nickte lachend, das Versprechen, auf Alleingänge zu verzichten, hatte Liam ihr auf der Lichtung abgerungen. Ihre Neugier war ihr offenbar ins Gesicht geschrieben.

»Keine Sorge, ich halte mich an unseren Deal. Kein Obergeschoss ohne dich, versprochen.«

»Ich wollte nur sichergehen, dass du das nicht vergessen hast.« Jedes seiner Worte war begleitet von einem warmen Luftstoß direkt an ihrem Ohr. Kajas Nackenhaare waren wie elektrisiert.

Sie drehte sich zu Liam um, aber die Situation wurde dadurch nicht besser. Nur eine Handbreit standen sie voneinander entfernt. Seine blauen Augen stachen aus dem Schwarz der Maske hervor, das Kribbeln in Kajas Körper wurde unter seinen Blicken noch schlimmer. Der Atem, den sie vorher am Hals gespürt hatte, strich nun sanft über ihre Wangen. Hastig machte sie einen Schritt nach hinten, nur um mit dem Rücken in das Tablett eines nichts ahnenden Kellners zu stoßen. Ein halbes Dutzend gut gefüllter Weingläser fiel zu Boden, das Klirren übertönte für einen Moment die Geigenmelodien. Unter der Maske lief Kajas Gesicht feuerrot an. Sie versuchte, dem Mann dabei zu helfen, die Scherben aufzusammeln.

»Scusa, scusa mille«, stammelte sie vor sich hin, in der Hoffnung, ihr Übersetzungsmodul wäre korrekt eingestellt.

Der Kellner lächelte betreten, ihr tollpatschiger Hilfeversuch schien ihn mehr zu stören als ihr schlechtes Italienisch. Sanft, aber fest zog Liam sie am Arm vom Boden hoch.

»Dir ist klar, dass du einem Zahlencode beim Putzen hilfst?« Er betrachtete sie belustigt.

Kajas Kopf glühte. Ihr Auftritt hätte kaum peinlicher sein können.

»Komm, wir gehen«, forderte Liam sie auf.

Erleichtert, die peinliche Situation verlassen zu können, wandte sie sich in Richtung Hauptsaal, aus dem die Musik erklang. Aber Liam hielt sie zurück.

»Nein.« Er schüttelte den Kopf. »Dort sind zu viele Menschen. Könnte gefährlich werden, wenn wir dich auf sie loslassen.« Er grinste und zupfte leicht an ihrem Arm. »Hier entlang.« Mit dem Kinn nickte er in Richtung Ausgang und Bootssteg.

»Raus?«

Liam nickte erneut und zog sie an der Hand hinter sich her in Richtung Eingangstür. Wortlos reichte ihnen der Diener am Eingang ihre Umhänge. Inzwischen kamen mehr und mehr Gäste im Arcteryx an. Sie bahnten sich ihren Weg durch die Menge zu den Booten. Dort angekommen, sprang Liam mit einem Satz ohne Wackeln in die erste freie Barke. Kaja zögerte. Sie warf einen Blick zurück auf das hell erleuchtete Haus voller Menschen.

»Kommst du?«, fragte Liam und streckte die Hand nach ihr aus.

Kaja wusste, wenn sie jetzt in die Gondel stieg, gab es kein Zurück mehr. Dann würde sie, dieses Mal wissend, das Darknet betreten. Sie würde ein Verbrechen begehen und sich bewusst gegen Lora, gegen ihre Eltern und gegen den Rat stellen. Sie wäre eine Verräterin.

»Keine Angst, du kannst mir vertrauen.«

Liam hatte die Maske abgenommen, und in seinem Gesicht war ausnahmsweise nichts von der üblichen Härte zu sehen. Er schmunzelte, und plötzlich hatte seine Bitte so viel mehr Bedeutung als alles, was auf dem Spiel stand. Was auch immer die finstere Zukunft bringen mochte, Liam Turner war es wert, es herauszufinden.

»Also gut«, seufzte sie, aber auf ihren Lippen lag ein Lächeln. »Spricht nichts gegen eine kleine Tour.«

Mit wackeligen Knien stieg sie zu Liam ins Boot. Schulter an Schulter saßen sie in der engen Barke. Durch den dünnen

Stoff ihres Mantels konnte Kaja Liams Körper spüren. Eine angenehme Wärme in der kalten Nacht. Unwillkürlich rückte sie näher an ihn heran. Eine ganze Weile saßen sie so schweigend nebeneinander. Nur das Klatschen des Wassers gegen die Steine der Häuser und ihre Bootswand durchbrach die Stille. Ihr Atem bildete kleine Wölkchen vor ihren Gesichtern. Staunend ließ Kaja den Blick zwischen den Kanalseiten hin und her wandern. Viele der Fenster waren beleuchtet und gaben den Blick auf prunkvolle Wohnräume frei. Stuckverzierte Holzdecken, Lüster aus buntem Muranoglas. Immer wieder war auch der Schatten eines programmierten Bewohners zu erkennen. Nach einigen Minuten bogen sie in einen der kleineren Seitenkanäle ein, Wasserwege, wohin das Auge blickte. Mit einem Mal fühlte sich Kaja an den Arcteryx des Vorabends erinnert. Die vielen Gänge, die vielen Türen… hier waren es Flüsse und Flüsschen und endlose Brücken darüber hinweg. Man würde sich binnen Minuten verlaufen. Das musste der verschlüsselte Weg in den geheimen Teil des Nachtclubs sein, in den verbotenen Part. Sie hatte keine Ahnung, wer den Weg vorgab. War es der Gondoliere oder Liam? Für den Fall, dass ELSA noch aktiv war, hob sie sich die Frage für einen späteren Moment auf. Schlafende Wasservögel hatten sich in den abgelegeneren Läufen zu kleinen Gruppen zusammengefunden. Zwischen den Schatten wanderten hungrige Katzen auf der Suche nach ihrem Abendessen rastlos hin und her. Ein endloses Puzzle aus liebevoll gestalteten Teilen.

»Wie gefällt es dir?«, fragte Liam.

»Es ist wunderschön.«

Liam nickte. »Wie schön muss die echte Version wohl erst gewesen sein?«, fragte er und griff nach ihrer Hand. Für einen kurzen Moment behielt er ihre kalten Finger in seiner warmen Handfläche. Und als würde die Wärme durch jede Faser ihres Körpers wandern, war Kajas ganzer Körper plötzlich von einer ungewohnten Hitze erfüllt.

Einen Augenblick später hatte Liam sie losgelassen. Sein Arm deutete über den Bug der Gondel in die Dunkelheit.

»Da vorne. Gleich sind wir da.«

Geschickt steuerte ihr Gondoliere die Barke in eine kleine Flussmündung hinter dem Rialto. Unter einer Brücke, versteckt zwischen zwei Wohnhäusern, legte er schließlich an. Ohne auf eine Anweisung zu warten, sprang Liam aus dem Boot und reichte Kaja die Hand, um ihr an Land zu helfen. Sie brauchte einen Moment, bis sich ihre Augen an die Dunkelheit in der engen Gasse gewöhnt hatten, aber dann wusste auch Kaja, wo der Steuermann sie abgesetzt hatte.

»Der *Fondaco dei Tedeschi*«, stellte sie fest, und Liam nickte sichtlich erfreut.

»Du kennst dich in Venedig aus?«, fragte er.

»Ich war schon oft mit meinen Eltern hier. In vielen unterschiedlichen Jahrhunderten. Wann ist dieses Holo?«

»Lass dich überraschen«, antwortete Liam geheimnisvoll und zog sie am Arm hinter sich her zu einem der landgelegenen Seiteneingänge. »Ich verspreche dir, so hast du diese Stadt noch nie gesehen.«

Kaja konnte spüren, dass sie den abgeschirmten Bereich des Hologramms erreicht hatten, als sie die schweren Flügeltüren durchschritt. Dasselbe Kribbeln, das sie auch beim Betreten der Bibliothek im letzten Arcteryx gespürt hatte, ließ ihren Körper vibrieren. Da hatte sie noch nicht gewusst, was dieses Gefühl zu bedeuten hatte. Jetzt konnte sie sich zusammenreimen, dass es die Codierung sein musste, die ELSA und den Chip in ihrem Kopf blockierte. Ein Blick in Liams Gesicht bestätigte ihren Verdacht. Nichts war mehr übrig von dem bewusst entspannten Gesichtsausdruck. Kaum hatten sie die Barriere durchschritten, begannen sie beide gleichzeitig zu sprechen.

»Liam, ich glaube nicht, dass es eine gute Idee ist, weiter mit Jean Luc Bonnet zu sprechen. Ich war heute im Homeholo der Bonnets, oder besser gesagt, in ihrem früheren Holo. Jean Luc und Lora sind beide lange nicht mehr dort gewesen, ich befürchte, sie stecken mit meinem Vater unter einer Decke. Ich bin mir nicht sicher, aber Lora ...«

»Kaja, warum hast du Lora hierhergebracht?«, unterbrach Liam abrupt. »Es tut mir sehr leid, ich weiß, wie viel sie dir bedeutet, aber wir haben den Verdacht, dass sie und ihr Vater mit dem Rat zusammenarbeiten. Was hast du ihr von uns erzählt? Du musst mir die Wahrheit sagen, alles könnte davon abhängen.«

Liam sprach gehetzt. Die Frage nach Lora musste ihm den ganzen Abend auf der Zunge gebrannt haben.

»Keine Sorge«, beruhigte Kaja ihn. »Ich habe ihr nichts erzählt. Kein Wort. Sie denkt, wir sind hier, um ihren neuen Job zu feiern. Und ihre Auswahl zur Selektion.«

Liam runzelte die Stirn.

»Dann ist es also wahr.« Er seufzte, und eine tiefe Sorgenfalte auf der Stirn ließ ihn plötzlich um viele Jahre altern. »Wir hatten es befürchtet. Sam war von Anfang an dagegen gewesen, Bonnet zu treffen. Ich hätte auf ihn hören müssen. Verdammt. Ich hätte es besser wissen müssen.«

Er ballte die Fäuste, bis die Knöchel weiß unter der Haut hervortraten. »Kaja, wir haben wirklich keine Zeit mehr zu verlieren. Ich bringe dich zu den anderen. Du musst uns erzählen, was du heute erfahren hast, bevor wir weiterplanen. Wenn Bonnet uns verraten hat, ist die Lage schlimmer als gedacht, und wir brauchen deine Hilfe umso mehr.«

Ohne ihre Antwort abzuwarten, stieß Liam eine weitere Flügeltür auf. Eine Welle aus Stimmengewirr und lauten Rufen schlug ihnen aus dem Inneren des *Fondaco* entgegen. Kaja drehte den Kopf von links nach rechts, nach oben und unten, um möglichst viel vom Markthaus zu sehen. Im Gegensatz zur Bibliothek war dieser Backlog voll mit Menschen, es mussten einige Hundert sein, die sich auf den verschiedenen Etagen zwischen den unzähligen Buden der Markthalle versammelt hatten. Es herrschte eine völlig andere Stimmung, als Kaja sie im ersten Backlog erlebt hatte. Sie konnte Fetzen von hitzigen Diskussionen hören, Menschen rannten hektisch durch die Menge, grüßten im Vorbeilaufen bekannte Gesichter oder vertrösteten eine fragende Stimme auf später. Weiter hinten im Raum konnte Kaja eine größere Gruppe ausmachen, auf die sich das Geschehen offensichtlich konzentrierte. Der ganze Raum wirkte wie eine Kommandozentrale.

»Was ist das hier?«, fragte sie, obwohl die Antwort auf der Hand lag.

»Ein Marktplatz … oder so was Ähnliches. Wenigstens war es das bis vor Kurzem.«

»Und was kann ich hier kaufen?«

»Alles.« Er zuckte mit den Schultern. »Nichts? Kommt ganz darauf an, was du suchst. Und wer du bist. Man kauft nicht, man tauscht. Ideen, Wissen, Kontakte … was man eben so braucht, um in dieser Arche zu überleben. Irgendwann mal war es einfach ein Ort der Inspiration, an dem sich kreative Menschen Gedanken über die Zukunft gemacht haben.«

»Keine Insel des Bösen?«, fragte Kaja, und Liam lächelte.

»Keine Insel des Bösen. Soweit ich weiß, war der Vorgänger unserer geschätzten Anna zwar nicht begeistert vom

Darknet, aber aktiv dagegen vorgegangen ist er nicht. Damals waren es wirklich nur ein paar Coder und Geeks, die am Rande des Holovits ihre Spielchen getrieben haben und geduldet wurden. Erst unter Anna und dem Regime des Rats hat sich eine echte Front gebildet. Aus ein paar Sonderlingen ist eine Opposition geworden. Und wir wurden verboten. Dabei hat kein einziger Darksurfer jemals gegen das Holovit gehandelt. Wir sind nicht für die BlackOuts verantwortlich. Aber wir sind ein perfektes Schreckgespenst, um die ahnungslosen Bürger gefügig zu halten.«

»Wer sind all diese Menschen hier? Woher kommen sie?«

Liam ließ den Blick durch den Raum schweifen. »Du wärest überrascht, wie viele Bewohner der *Hope* das Holovit nicht als göttliches Geschenk betrachten. Es gab einen Grund, warum unter Cliftons Regierung jeder Plan, diesen Bunker zu verlassen, gefördert worden ist. Viele Menschen sehnen sich nach einer Rückkehr an die Oberfläche, egal, wie es da oben aussieht. Noch mehr wollen ihre Freiheit zurück, ihre Selbstbestimmung, ihre Meinung. Würdest du nicht gern selbst darüber entscheiden, was du isst, mit wem du dich triffst, über was du dich unterhältst, mit wem du eine Familie gründen willst?«

Bei diesen Worten bohrten sich Liams blaue Augen so tief in ihre, dass Kajas Wangen rot anliefen. Glücklicherweise erwartete Liam keine Antwort auf seine Frage und sprach weiter.

»Ich will das. Ich möchte das alles selbst bestimmen. Ich habe mich nicht dafür entschieden, mein Leben von einem Chip in meinem Kopf steuern zu lassen. Das wurde mir aufgezwungen, genauso wie der Tank, in dem mein Körper liegt, und diese kleine Zelle. Ich würde lieber morgen oben sterben, als die nächsten hundert Jahre hier unten zu vermodern. Ich werde mir selbst den Chip aus dem Kopf reißen, bevor ich eine digitale Kopie von mir ins Holovit laden lasse.«

»Gibt es denn keinen anderen Weg?«, fragte Kaja. »Müssen wir sterben? Können wir uns nur aussuchen, ob hier unten oder auf dem Weg nach oben?«

Liams blaue Augen wurden traurig, er griff nach Kajas Hand.

»Ich weiß es nicht. Ich will dir keine falschen Hoffnungen machen, ich kann nichts versprechen. Ich kann nur alles geben, uns hier rauszubringen, um genau das herauszufinden. Bis zu meinem letzten Atemzug dafür kämpfen, uns ein anderes Leben zu ermöglichen.«

Uns. Das kleine Wort, das so viel bedeuten konnte. Uns? Uns beiden? Uns Menschen? Uns Darksurfern? Kaja wagte nicht zu fragen, wen er damit gemeint haben könnte. Ihr Entschluss, Liam und den Darksurfern zu helfen, Teil dieser Gemeinschaft zu werden, stand fest. »Dann werde ich dir helfen«, sagte sie mit fester Stimme. »Euch helfen. Was muss ich tun?«

Liams Miene blieb unverändert besorgt, aber in seine Augen trat Erleichterung, die von Kaja nicht unbemerkt blieb.

Er nickte und griff nach ihrer Hand. »Komm, es wird Zeit, dass du die anderen kennenlernst. Und den Plan unserer Flucht.«

Flucht. Kajas Gedanken kreisten um nichts anderes, während sie ihm durch das Gedränge folgte. Meinte Liam das wirklich ernst? War es tatsächlich der Plan der Darksurfer, die Arche zu verlassen? Waren die Menschen hier einfach nur lebensmüde oder vielleicht ebenso verrückt wie ihre eigenen Eltern? War es zu spät, selbst die Flucht zu ergreifen? Aber wohin sollte sie gehen? An wen sollte sie sich wenden? War sie die einzige Person der ganzen Arche, die noch bei Verstand war?

Unvermittelt machte Liam vor ihr halt, und Kaja, noch völlig in Gedanken versunken, stolperte ungebremst in seinen Rücken. Liam schlang den Arm um ihre Hüfte, um sie vor einem Sturz zu bewahren, und zog sie gleichzeitig an seine Seite.

»Kaja, darf ich vorstellen, der Schrecken des Darknets, die unsichtbare Bedrohung aus der Finsternis, der Albtraum der *Hope*: die Darksurfer.«

Ohne dass Kaja es bemerkt hatte, hatten sie die weite Halle durchquert und waren genau in der Ecke angekommen, die ihr schon beim Betreten des *Fondaco* als besonders geschäftig aufgefallen war. Inmitten einer Traube von kommenden und gehenden Menschen hatte sich eine kleine Gruppe an einem langen Tisch versammelt. Mehrere transparente Screens schwebten zwischen ihnen und waren bis eben noch von allen heftig diskutiert worden. Nun herrschte Totenstille, und alle Blicke waren auf Liam, vor allem aber auf seine Begleitung gerichtet.

»Die Schrecken der sieben Meere, der Albtraum von Anna Smith, die Seelenfresser des Holovit, du wirst uns nicht gerecht, Liam. Wie soll deine Freundin da genügend Respekt vor uns haben?«

Der Mann, der zuerst das Wort ergriffen hatte, musste um die fünfzig Jahre alt sein. Sein Gesicht sah tatsächlich aus, als hätte er seine Zeit nicht unter der Erde, sondern auf wilder See verbracht. Die Haut wirkte ledrig, sonnenverbrannt, eine lange Narbe reichte von der Braue über dem linken Auge quer über sein Gesicht bis zum Mundwinkel, der spöttisch nach oben gezogen war. Seine grauen Augen bohrten sich forschend in Kajas Gesicht. Unwillkürlich trat sie einen Schritt zurück, aber Liams Arm war sofort zur Stelle und hielt sie an seiner Seite.

»Halt die Klappe, Riley«, ergriff ein blonder Mann etwa im gleichen Alter neben dem Piraten das Wort. »Du weißt ganz genau, was von dem Mädchen abhängt. Vielleicht solltest du sie nicht verjagen, bevor wir überhaupt mit ihr sprechen konnten?«

»Ach komm schon. Lass mir doch wenigstens einen kleinen Spaß. Ihr nehmt das alles hier viel zu ernst. Am Ende werden wir sowieso alle sterben. Wäre doch schade, wenn wir jetzt schon den Humor verlieren. Nicht wahr, Kleines?« Er fixierte Kaja mit seinem Schlangenblick. »Ich hoffe, unser Prinz Charming hat dir gesagt, wie wenig Zeit ihr für eure kleine Romanze habt?«

»Genug«, dröhnte eine laute Männerstimme vom anderen Ende des Tischs durch die Gruppe, und der Pirat schwieg sofort. »Genug, Riley. Samuel hat recht, wir wollen Kaja keinen falschen Eindruck von uns vermitteln.« Ein überraschend kleiner, sehr korpulenter Mann schob sich zwischen den anderen hindurch zu Liam und Kaja. Kaja staunte – noch nie hatte sie einen dermaßen deformierten Avatar gesehen. Der Mann war mindestens einen Kopf kürzer als sie selbst und viermal so breit. Aus seinem freundlichen, kugelrunden Gesicht blitzten zwei dunkle Augen, und ein roter Schnauzer kräuselte sich unter der dicken Knollnase, die das gesamte Gesicht dominierte. Sein runder Körper und die Freundlichkeit konnten nicht über die gewaltige Autorität hinwegtäuschen, die er ausstrahlte.

»Kaja Andersson, hocherfreut, dich endlich kennenzulernen. Liam hat viel von dir erzählt, aber deine Schönheit hat er verschwiegen. Lass dich von meiner DNA-Codierung nicht täuschen«, deutete er ihren irritierten Blick sofort richtig. »Ich bin durchaus in der Lage, Ästhetik zu erkennen, auch wenn ich sie meinem eigenen Körper vorenthalte. Berufskrankheit, wenn du verstehst, was ich meine?«

Kaja verstand kein Wort. Noch nie hatte sie von einer DNA-Codierung gehört. Niemals jemanden getroffen, der seinen Avatar absichtlich deformierte. Ihre Verwirrung war ihr deutlich anzumerken, denn der dicke Mann erklärte lächelnd: »Ich bin Matteo Scarpa. Wärest du ein paar Jahre älter, hättest du vermutlich meinen Namen schon einmal gehört. In einem anderen Leben war ich Evolutionstheoretiker und gar kein schlechter, wie man mir ab und an gesagt hat. Damals sah mein Avatar besser aus. Heute hab ich nur noch die Freuden des Essens und selbstverständlich meine Frau.« Er lachte schallend und winkte mit einem dicken Finger, an dem ein goldener Ring glänzte. »Lasst Magdalena nur niemals erfahren, dass ich meine Liebe zum Essen vor ihr genannt habe. Sie ist ohnehin schon wütend auf die Entwicklung meines Körpers, aber findet ihr das nicht spannend?«

»Spannend?« Kaja verstand die Frage nicht.

»Matteo hat seinen Avatar so programmiert, dass er sich dem virtuellen Essen anpasst. Sein Körper simuliert die Korrelation zwischen zu sich genommenen Nährstoffen, Bewegung und Physiognomie der genetischen Information in seinem Körper. Kurz gesagt, so in etwa würde Matteos Körper in einem analogen Leben aussehen, wenn er all das essen würde, was er seinem digitalen Körper zumutet.«

»Faszinierend, nicht wahr?«, bestaunte Matteo Scarpa seine dicken Arme, Hände und Finger. »Der menschliche Körper, ein wahres Wunder.«

»Das du nicht annähernd zu schätzen weißt«, schimpfte

eine stattlich gewachsene Frau mit langen kastanienbraunen Locken. »In deinem Fall kann man eigentlich nur von Glück sprechen, dass ein Chip über deine Ernährung bestimmt und nicht du selbst. Wenn es das ist, was mich erwartet, sobald wir dich aus deiner Zelle entlassen, will ich vielleicht doch lieber hier unten bleiben und ab und an einen Blick auf deinen Tank werfen, um mich zu erinnern, wie gut du eigentlich aussiehst.« Liebevoll strich sie dem Wissenschaftler über das dünne Haar. Kein Zweifel, es musste sich um seine Frau Magdalena handeln.

»Kaja, es ist wirklich eine große Freude, dich hier zu begrüßen. Diese Familie ist vielleicht an der einen oder anderen Stelle nicht so perfekt, wie man es in der *Hope* gewohnt ist.« Der Blick, den sie ihrem Mann bei diesen Worten schenkte, war sowohl voller Vorwurf wie auch voller Liebe. »Aber sei dir sicher, hier wird jeder so akzeptiert, wie er ist, und wir stehen füreinander und unsere Sache ein. Ich weiß aus eigener Erfahrung, wie es sich anfühlt, wenn die leibliche Familie gegen dich ist. Das wird dir hier nicht geschehen, das kann ich versprechen.«

Der Schmerz wurde nicht weniger, je öfter Kaja der eigentliche Grund ihrer Anwesenheit in Erinnerung gerufen wurde. Sie war nicht hier, um neue Freunde zu finden oder sich den Abend mit interessanten Menschen zu vertreiben. Dies war lange schon kein Ort der Inspiration mehr. Dies war das Zentrum des Aufstands gegen ihre Regierung, und sie war hier, um die Pläne ihrer Familie zu durchkreuzen und ihren Teil zum Sturz des Rats beizutragen.

»Kaja hat neue Informationen über die Bonnets herausfinden können.« Auch Liam hatte sich offensichtlich an den Ernst der Lage erinnert. »Ich befürchte, sie bedeuten nichts Gutes.«

»Thore?«, fragte Magdalena voller Sorge.

Ratlos schüttelte Liam den Kopf. »Nicht direkt, aber wir sollten mit dem Schlimmsten rechnen.«

»Dann ist der nette Small Talk hiermit beendet«, beschloss Matteo mit fester Stimme. »Kaja, es tut mir sehr leid, dass unsere erste Begegnung nicht unter entspannteren Umständen stattfinden kann, aber es zählt wirklich jede Stunde. Kommt, wir stellen dir den Rest unseres Teams vor und müssen dann hören, was du herausgefunden hast.«

Zusammen mit den beiden Männern, Liams Arm immer noch wie einen Anker an ihrem Körper spürend, und Magdalena traten sie an den langen Tisch. Mit einer ausholenden Geste wischte Matteo die Bildschirme aus der Mitte, sodass der Blick für Kaja frei wurde. Kaja musterte die Runde, die sich hier versammelt hatte, und versuchte, sich alle Gesichter so gut es ging einzuprägen, während Matteo ihr einen Namen nach dem anderen nannte.

»Unsere beiden Drohnen-Piloten hatten ihren Auftritt bereits. Kaja, das sind Riley Harper und sein deutlich freundlicherer Partner, Samuel Crowe. Die beiden sind sozusagen unsere Augen nach draußen. Ohne ihren Einsatz wären wir heute nicht hier, aber dazu später mehr.«

Riley Harper ließ Kaja nicht für eine Sekunde aus den Augen, Samuel Crowe lächelte freundlich, aber zurückhaltend. »Die beiden hier drüben brauche ich eigentlich nicht vorstellen, Smith und Victoria sind nach Anna Smith im Moment vermutlich die bekanntesten Gesichter der ganzen *Hope* und gerade aus diesem Grund die perfekte Tarnung für uns. Der Arcteryx wird jeden Abend von den wichtigsten Staatsdienern besucht, und die Berichterstattung reißt nicht ab. Niemand würde vermuten, dass sich unser Quartier an einem so öffentlichen Ort befindet. Die Daten der Besucher, die wir dank Smith und Liam großzügiger auslesen können als eigentlich erlaubt, liefern uns aktuell die wichtigsten Informationen für unsere eigenen Pläne.«

»Hey Kaja, schön, dich wiederzusehen.« Smith lächelte und streckte ihr die Hand entgegen. »Ich hoffe, unser Türenlabyrinth letzte Nacht war nicht zu beängstigend.«

Victoria Silver schwieg, aber ihr Blick und das Interesse in ihren Augen erschienen Kaja den Umständen entsprechend freundlich genug.

»Jasper Wolf, Allison Beard und Colin Graham«, wanderte Matteo der Reihe nach durch die nächsten drei Darksurfer. »Unsere Maulwürfe unter der Erde. Sie arbeiten als Techniker und in den Serverräumen, sie sind die Einzigen von uns, die über beinahe uneingeschränkte Passier-Erlaubnis verfügen und sich in der Arche bewegen können.«

Kaja konnte es nicht mit Sicherheit sagen, aber die drei wirkten angespannter als der Rest der kleinen Gruppe. Die Hände der Frau in der Mitte, Allison, zitterten, und ihre Augen waren rot und geschwollen, als hätte sie kürzlich viel geweint.

»Und selbstverständlich wären wir völlig verloren ohne die wunderbare Dr. Rebecca Goldstein. Kaja, vielleicht kennt ihr euch bereits? Rebecca war federführend mit Marie Bonnet für die medizinischen Fragen im Projekt *Übertag* verantwortlich. Sie und Marie sind alte Freundinnen aus Studientagen, sicher seid ihr euch irgendwann mal über den Weg gelaufen, als du noch ein Kind warst.«

»Kaja, wie schön, dich wiederzusehen«, erklärte die Ärztin mit den schwarzen kurzen Haaren und einem bezaubernden Lächeln. »Ich vermute, du warst viel zu klein, um dich noch zu erinnern, aber ich weiß noch sehr gut, wie ihr damals alle zu dritt am Strand gespielt habt. Lora, du und meine Tochter

Sandra. Sandra, das hast du sicher auch alles lang vergessen, richtig?«

Eine blonde junge Frau stand neben der sympathischen Rebecca und musterte Kaja mit eisiger Kälte. Die Feindseligkeit im Blick der Tochter war so deutlich zu spüren, dass Kaja fieberhaft überlegte, ob sie Sandra irgendwo schon einmal begegnet war. Das Gesicht kam ihr nicht bekannt vor. Wenn die Mutter Ärztin war, würde Sandra vermutlich Medizin studieren und mit Kaja in ein paar Wochen ihr Examen absolvieren.

Die Selektion, schoss es Kaja durch den Kopf. Das musste der Grund für die offensichtliche Abneigung sein. Viele der Mediziner hatten sich deutlich gegen die strikte Regulierung ausgesprochen. Sandra gehörte vermutlich zu dem Lager, das Kajas Vater und Kaja selbst dafür verantwortlich machte, nicht frei über die Familienplanung entscheiden zu können. Sie versuchte, sich nicht von den kalten Blicken aus der Ruhe bringen zu lassen. Sie war hier, weil Liam Turner sie um Hilfe gebeten hatte, und sie würde ihr Versprechen erfüllen. Alles andere war egal.

»Nein, ich kann mich leider nicht erinnern«, antwortete sie Rebecca und an die Runde gewandt, »ich hoffe, ich kann euch helfen. Aber ich bin weder besonders begabt noch habe ich die Sonderstellung, die mein Name vielleicht vermuten lässt. Ich befürchte, ich bin nicht sehr nützlich.«

Am anderen Ende des Tischs hörte sie Sandra durch die Nase schnauben, als hätte sie alle Vorurteile ihr gegenüber gleich im ersten Satz bestätigt.

»Ich bin mir sicher, du wirst uns sehr wohl helfen und mehr als nützlich sein«, beruhigte sie Matteo. »Und warst es vermutlich schon, ohne es zu wissen. Liam sagt, du warst im Homeholo der Bonnets?«

Kaja nickte.

»Hast du dort Jean Luc Bonnet getroffen? Oder irgendetwas über seine Verhaftung erfahren können?«

»Seine Verhaftung?«, fragte Kaja verblüfft. »Ich hatte keine Ahnung, dass er verhaftet worden ist. Ehrlich gesagt, ich kann mir nicht vorstellen, dass ihm etwas zugestoßen ist. Lora hätte mir davon erzählt, da bin ich mir sicher.«

Ein leises Raunen ging durch die Runde am Tisch, aber Matteo hob lediglich die Hand, und alle verstummten sofort.

»Kannst du uns sagen, was dort los war?«

Kaja schluckte, die Erinnerung an die verlassene Marie hätte sie am liebsten aus ihrem Kopf gelöscht, aber sie gab sich einen Ruck und berichtete. »Es ist nichts mehr so, wie es war. Das Haus, die Umgebung, alles ist downgegradet, das ganze Hologramm ist zerstört. Ich befürchte, Marie Bonnet ist nicht mehr ganz bei sich. Sie war völlig verwirrt, konnte meinen Besuch überhaupt nicht einordnen, sie ist dort ganz allein, und das seit Jahren.«

Rebecca sog scharf die Luft ein. »Allein?«, fragte sie, als könne sie Kajas Worte nicht glauben. »Wo sind Jean Luc und Lora?«

Ratlos blickte Kaja in die Runde. »Ich weiß es nicht. Andersson Creations hat ein neues Homeholo für Lora zur Verfügung gestellt. Ihr Vater ist ihr offenbar gefolgt. Marie hat sie ewig nicht gesehen, nur ihre Körper während der BlackOuts. Ich glaube, der Schmerz hat ihr den Verstand geraubt.«

»Dann ist er doch ein Verräter!«, platzte es aus Riley heraus, und seine Faust schlug auf die Tischplatte. »Ich habe es euch gesagt, wir können dem Typen nicht trauen. Er hat uns verraten, und Thore ist tot, oder schlimmer, er wird immer noch irgendwo verhört. Ein Wunder, dass wir noch hier sind. Unsere Körper sind sicher schon längst irgendwohin abtransportiert. Und wir warten, bis man uns den Stecker zieht.«

Allison, die Technikerin, schluchzte laut, und einer der Männer legte beschützend den Arm um ihre Schulter.

»Beruhige dich, Riley. Noch sind unsere Tanks alle an Ort und Stelle. Mein Team hätte mir längst Bescheid gegeben, wenn man eine Abholung veranlasst hätte.« Rebecca sprach ruhig und langsam. »Jean Luc hat mich nie gesehen, er hat keine Ahnung, dass ich zu euch gehöre. Die wenigen Namen, die er kennt, hat er entweder nicht verraten, oder der Rat wartet auf eine günstige Gelegenheit, und der müssen wir zuvorkommen.«

»Smith, Liam und Thore. Sie waren mit Bonnet in der Bibliothek.«

Riley ließ sich nicht beruhigen.

»Und ich habe den Kontakt hergestellt«, erklärte Jasper Woolf mit belegter Stimme. »Mich werden sie als Nächsten holen.«

»Wenn sie das wollten, hätten sie es längst getan«, mischte sich Smith Young in die Diskussion ein. »Bonnet wusste nicht, dass er sich im Darknet befindet, wir haben ihn in dem Glauben gelassen, der Arcteryx sei willkürlich gewählt und wir hätten lediglich eine NoiseCancelling-Software auf die Bibliothek gespielt. Ich vermute, Andersson und Bonnet wollen noch viel mehr über uns herausfinden, bevor sie zum Schlag gegen uns ausholen. Solange Thore schweigt, haben wir etwas Zeit.«

»Er muss unvorstellbare Qualen erleiden«, flüsterte Allison, und Tränen liefen über ihre Wangen. »Wie können wir das in Kauf nehmen? Wir sind nicht besser als der Rat und seine Schergen, wenn wir ihn nicht retten.«

Smith presste die Lippen aufeinander, sein Gesicht wurde aschfahl.

»Wie kannst du so etwas sagen, Allison?« Victoria legte eine Hand auf Smiths geballte Faust. »Thore wusste, was er riskiert, als er den Auftrag angenommen hat. Ihm war klar, was auf dem Spiel steht und wie hoch sein Einsatz wäre.«

»War es das?«, fragte die andere Frau.

Kaja wurde das Gefühl nicht los, dass dieser Thore dieser Mechanikerin viel bedeutet hatte.

»Wären wir wirklich eine Familie, wir hätten ihn nicht in den Tod laufen lassen.«

»Wir sind eine Familie«, erklärte Matteo betont ruhig. »Darum hat Thore getan, was er getan hat, und darum sollten wir ihn nicht zu früh aufgeben, Allison, auch du nicht. Wir wissen nicht, wo er ist und ob er noch am Leben ist, das stimmt. Aber genauso wenig wissen wir, dass er tot ist. Auch, ob Bonnet uns wirklich verraten hat, können wir nicht sicher sagen, obwohl, das gebe ich zu, alles dafürspricht.«

»Wer sonst hätte die Übergabe verraten können?«, fragte Samuel.

»Ich weiß es nicht«, antwortete Matteo. »Und ich gebe zu, auch mein Verdacht liegt auf Bonnet. Kaja, weißt du irgendetwas über Bonnet und seine Tochter, das uns weiterhelfen könnte?«

Alle Augen waren plötzlich auf Kaja gerichtet, und sie überlegte angestrengt, ob sie überhaupt etwas zur Situation beitragen konnte. »Ich weiß nur, was Marie mir erzählt hat. Ich habe keine Ahnung, ob das der Wahrheit entspricht. Sie selbst ist fest davon überzeugt, dass mein Vater schuld daran ist, dass sie ihre Familie verloren hat. Auf Lora trifft das in jedem Fall zu. Sie wird schon bald bei Andersson Creations einsteigen und dort ein Projekt leiten, das sich mit künstlicher Intelligenz beschäftigt. Das haben mir mein Vater und sie heute mitgeteilt.« Aus dem Augenwinkel sah sie, wie Liam an ihrer Seite zusammenzuckte. Ein Blick in sein Gesicht ließ keinen Zweifel daran, dass er so etwas befürchtet haben musste.

»Was auch immer das bedeutet«, fuhr sie fort. »Etwas Zeit bleibt noch, da sie vorher Teil der Selektion sein wird. Der Beta-Test heute Morgen hat ergeben, dass sie ein Kind bekommen soll. Ich vermute, sie wird ihre Arbeit beginnen, wenn das Kind geboren ist. Was ihren Vater betrifft, habe ich keine Ahnung. Ich habe ihn, bis auf den Besuch in der Bibliothek, lange nicht gesehen. Meine Eltern haben nie über ihn gesprochen. Ich befürchte, das hilft hier niemandem.«

»Leider doch«, knirschte Liam bedrückt. »Dass Andersson Creations mit künstlicher Intelligenz experimentiert, bestätigt zumindest in Teilen unsere Befürchtungen. Und…« Er wandte sich an die ganze Runde. »… dass wir keine Zeit verlieren dürfen, unsere eigenen Pläne voranzutreiben.«

Samuel Harper nickte, während einer der Techniker frustriert den Kopf schüttelte.

»Ich weiß, es brennt dir unter den Nägeln, hier rauszukommen, Liam. Aber ohne den Stick mit dem Virus wissen wir nicht, wann der nächste BlackOut stattfinden wird. Wir tappen im Dunkeln.«

»Wir könnten unseren ursprünglichen Plan beibehalten und selbst einen BlackOut verursachen«, schlug Sandra vor. »Was spricht dagegen? Das war immer so gedacht.«

»Ja, aber das war, bevor die Regierung selbst den Stecker gezogen und uns dafür verantwortlich gemacht hat«, knirschte der Techniker zwischen den Zähnen hervor. »Du stellst dir das zu einfach vor, Sandra. Ich habe keine Ahnung, was passiert, wenn wir uns zusätzlich ins System hacken und einen Ausfall provozieren. Im schlimmsten Fall beschleunigt das den gesamten Verlauf oder die Generatoren fallen komplett aus. Dann sitzen alle hier unten im Dunkeln. In jedem Fall wird es unnötig Aufmerksamkeit auf uns lenken. Ich will nicht noch jemanden an die Folterknechte des Rats verlieren. Wir brauchen die Daten des Virus. Wir müssen wissen, wann der nächste BlackOut eintreten wird.«

»Und dabei kann uns nur Kaja helfen«, nickte Matteo. »Kaja, die einzige Chance, die wir jetzt noch haben, an den Quellcode zu kommen, ist dein Vater. Wir brauchen Zugang zu seinem Chip. Den nächsten BlackOut müssen wir nutzen, um unser erstes Team nach draußen zu schicken.«

»Nach draußen?«, unterbrach Kaja Matteo ungläubig. Immer wieder hatte sie überlegt, was die Darksurfer mit Flucht meinten. Sie wollte endlich wissen, ob die Menschen an diesem Tisch wirklich glaubten, die Oberfläche wäre eine bessere Alternative zur Arche.

»Vielleicht wäre es gut, wenn du Kaja den Exit erklärst«, bat Liam den dicken Forscher. »Und damit meine ich wirklich den ganzen Plan.«

Matteo nickte, und mit einer Handbewegung holte er die Screens zurück an den Tisch. Er tippte mit einem kurzen, wulstigen Finger auf den ersten. Sofort tauchte eine Reihe trüber Bilder auf. Außer einigen Steinformationen auf rotem Sand konnte Kaja nichts entdecken. Fragend blickte sie Matteo an. Was wollte er ihr zeigen?

»Was du hier siehst, sind Drohnenaufnahmen aus einem Gebiet im Nordwesten. Ein ehemaliges Indianerreservat, Fort Peck. Die Bilder stammen aus den Flugzeugen von Riley und Sam, die im letzten Jahr acht Mal an der Stelle Daten gesammelt haben. Diese Aufnahmen haben sie an den Behörden vorbei geschmuggelt.«

Angestrengt studierte Kaja die Fotos. Sand, Gestein und Geröll, die Brocken mal größer, mal kleiner, nichts, was ihr wirklich ins Auge stechen würde. Ratlos blickte sie Matteo an. »Ich kann nichts erkennen, tut mir leid.«

Matteo lächelte. »Das braucht dir nicht leidtun, das ist genau das, was wir wollen. Wer nicht weiß, wonach er sucht, der soll auch nichts finden. Sieh genauer hin, sieh dir die Steine an.«

Kaja betrachtete die Bilder ein weiteres Mal und konzentrierte sich auf das Geröll. Die pixeligen Bilder zeigten Stein und Felsbrocken, die wie wahllos verstreut auf dem Boden verteilt waren. Die größeren Brocken lagen mal links, mal rechts, mal mehr in der Mitte. Es war kein System in den Formatierungen zu erkennen.

»Es sieht immer anders aus. Ich weiß nicht, wonach ich suchen soll.«

»Sie kapiert es nicht.« Sandra lachte abfällig, und Kajas Wangen wurden heiß.

»Das würdest du auch nicht, wenn du den Hintergrund nicht kennen würdest«, fiel ihr Liam ins Wort. »Kaja, du hast dir die Antwort gerade gegeben. Es sieht immer anders aus. Auf jedem Bild, die Koordinaten aber sind exakt die gleichen ... die Steine ...«

Und plötzlich verstand Kaja. »... die Steine sind viel zu groß, um ihre Position von allein zu verändern. Jemand muss sie immer wieder neu platziert haben. Da draußen muss irgendetwas sein. Irgendjemand?« Ungläubig starrte sie Liam an. Konnte das wirklich sein? War das die Erklärung für diese Bilder? Gab es Leben an der Oberfläche? Leben, das in der Lage war, mannshohe Steine zu bewegen? Menschen?

Liam nickte stumm, und Matteo lächelte, als hätte sie gerade ein kompliziertes Rätsel gelöst.

»Davon gehen wir aus. In den letzten Monaten konnten wir eine Art Kommunikation aufbauen. Wir gehen davon aus, dass es sich um eine kleine Kolonie handelt. Menschen, die außerhalb der Archen überlebt haben.«

Kaja starrte den Forscher mit offenem Mund an, sie konnte es nicht glauben. »Wie kann das möglich sein? Warum hat man das erst jetzt herausgefunden? Weiß die Regierung davon?«

Die Fragen sprudelten wie ein Wasserfall aus ihrem Mund, und Matteo beobachtete ihre Reaktion beinahe belustigt.

»Wir geben unser Bestes, damit der Rat nichts davon erfährt, und ich hoffe, das bleibt so bis zum Ende. Wir wissen selbst nicht, wie das möglich ist, aber der Mensch ist ein unglaublich kreatives Wesen, wenn es ums eigene Überleben geht. Wir alle wissen, wie erbittert der Kampf um die wenigen Lose für die Archen abgelaufen ist. Hunderttausende Menschen, die keinen Platz erhalten haben und mit dem sicheren Tod konfrontiert gewesen waren. Es würde mich doch sehr überraschen, wenn nicht die eine oder andere Idee einer Alternative entstanden wäre. Offensichtlich waren ein paar davon erfolgreich.«

Kaja betrachtete erneut die Bilder auf dem Schirm. Ihre Augen huschten zwischen den Steinformationen hin und her, als könnte sie tatsächlich eine menschliche Gestalt entdecken. »Wie habt ihr sie gefunden? Wie seid ihr in Kontakt getreten?«

»Eigentlich sind sie mit uns in Kontakt getreten«, erklärte Matteo. »Wer auch immer da draußen ist, ist in Besitz einer Peilsonde, die vor vielen Jahren diese Arche verlassen hat. Wir sind lange davon ausgegangen, dass der damalige Exit gescheitert ist. Wir haben niemals ein Lebenszeichen erhalten, bis zum Anfang dieses Jahrs. Die Sonde ist aktiviert worden, Riley konnte sie orten, seitdem versuchen wir, sooft es möglich ist, die Koordinaten anzusteuern und Bilder zu bekommen. Es gelingt nicht oft. Riley und Sam sind unsere einzige Möglichkeit, und sie setzen jedes Mal ihr Leben aufs Spiel. Aber mittlerweile sind wir sicher, dass ein weiterer Exit unsere einzige Chance ist. Dass es eine Möglichkeit gibt, dort draußen zu überleben.«

»Dass es womöglich noch Überlebende des ersten Exits gibt«, flüsterte Liam leise und drückte Kajas Hand.

Der Optimismus in Matteos Gesicht wich einer traurigen Vorsicht.

»Die Hoffnung haben wir alle, das stimmt«, antwortete er vorsichtig. »Aber im Moment ist es nicht mehr als das, Liam, eine Hoffnung, eine kleine. Viel wahrscheinlicher ist es, dass die Sonde lange verloren war und erst jetzt gefunden wurde, von wem auch immer.«

»Dieser Jemand muss sich mit unseren Geräten auskennen«, argumentierte Liam mit einer wilden Leidenschaft, die Kaja überraschte.

»Es kann auch jemand sein, der über technisches Verständnis verfügt«, warf Jasper ein. Auch er sprach leise und behutsam. Das Thema schien dünnes Eis zu sein, auch wenn Kaja nicht begriff, warum.

»Warum sperrt ihr euch alle so gegen den Gedanken, dass es Liams Eltern sind, die da draußen warten?«, löste Sandra das Rätsel mit beißender Stimme. »Wer sonst sollte bitte den Sensor aktiviert haben?«

Kaja konnte den dankbaren Blick sehen, den Liam Sandra zuwarf, und das strahlende Lächeln, mit dem die junge Frau antwortete, erklärte alles. Langsam begann sie zu verstehen, woher Sandras Feindseligkeit ihr gegenüber rührte. Rebeccas Tochter empfand offensichtlich mehr als nur Freundschaft für Liam, und mit einem Mal teilte sie die Antipathie aus vollem Herzen.

»Sandra, wir alle wünschen uns, dass es die Turners irgendwie geschafft haben, da draußen zu überleben«, lenkte Rebecca ein und legte eine Hand auf den Arm ihrer Tochter. »Aber wäre das tatsächlich der Fall, bleibt die Frage, warum sie so lange damit gewartet haben, uns ein Zeichen zu schicken. All die Jahre – warum sollten sie uns all die Zeit im Unklaren gelassen haben? Uns und ihren Sohn? Wir wollen uns und Liam keine falschen Hoffnungen machen.«

»Ich will aber die Hoffnung nicht aufgeben«, entgegnete Liam kühl. »Ich werde nach meinen Eltern suchen und daran glauben, sie zu finden, bis das Gegenteil bewiesen ist.«

»Und ich werde ihm helfen und ihn begleiten«, ergänzte Sandra und behielt Kaja fest im Blick.

»Niemand will euch daran hindern«, versuchte Matteo, die angespannte Stimmung zu entschärfen. »Wir alle sind genau aus diesem Grund hier. Um euch so schnell wie möglich auf die Reise zu schicken. Dann werden wir wissen, wer da draußen überlebt hat.« Er richtete den Blick wieder auf Kaja. »Ich persönlich habe immer geglaubt, dass es da oben noch Leben gibt. Meine Forschungen zeigen, dass der menschliche Körper sich, wenn er dazu gezwungen ist, deutlich schneller an neue Voraussetzungen anpassen kann als bisher vermutet. Ich glaube, es gibt da draußen eine Reihe von unterschiedlich entwickelten menschlichen Lebensformen, die keine Arche und kein Holovit benötigen, um zu gedeihen.«

»Menschliche Lebensformen?«, fragte Kaja.

»Ja, menschliche Lebensformen. Die Evolution ist zu kreativ, um sie mit einem genaueren Begriff einzuschränken. Ich bin überzeugt, dass es den Menschen da draußen in verschiedenen, deutlich weiterentwickelten Formen gibt. Ich wünschte, ich könnte Teil des nächsten Exits sein, um mich selbst davon zu überzeugen und zu sehen, was die Natur vollbracht hat. Aber mein weit weniger entwickelter Körper lässt das leider nicht zu. Ich werde die Oberfläche niemals sehen. Alles, was mir bleibt, ist die Simulation. Aber für andere Menschen stehen die Chancen besser. Ich hoffe nur, es bleibt die Zeit, so viele wie möglich zu befreien.«

»Mit diesem Virus im System ist leider kaum mehr zu berechnen, wie lange uns wirklich bleibt.« Jasper Wolf hatte das Wort ergriffen. »Als wir damals zum ersten Mal mit den Bonnets an *Übertag* gearbeitet haben, sind wir von knapp zweihundert Jahren ausgegangen. Unseren Schätzungen lag eine stabile Bevölkerungszahl zugrunde, die wenigen Todesfälle hielten sich die Waage mit der niedrigen Geburtenrate. Eine evolutionäre Sackgasse, das stimmt, aber der enorme Energieverbrauch des Holovits hätte bei steigenden Geburten viel zu schnell die Batterien geleert. Wir wussten, wir mussten raus. Und wir sind, wie Matteo, davon ausgegangen, dass das im Bereich des Möglichen lag. Wir dachten nur, wir hätten etwas mehr Zeit. Niemand konnte ahnen, dass die Regierung uns den Saft abdrehen würde oder dass sie sich selbst den Saft abdrehen würde. Mit den ständigen BlackOuts sind unsere Berechnungen hinfällig. Ein kompletter Reboot aller Systeme zieht so viel Energie, dass wir mit jedem Mal garantiert Jahre verlieren. Anna Smith sägt mit aller Kraft an dem Ast, auf dem sie sitzt. Auf dem wir alle sitzen.«

»Aber warum macht sie das?«, fragte Kaja verständnislos. »Warum sollten sie und mein Vater das alles hier zerstören?«

Diesmal galten die mitleidigen Blicke der Runde ihr. Jasper wechselte einen schnellen Blick mit Matteo, der kaum sichtbar nickte, und fuhr fort.

»Das Holovit verbraucht zu viel Energie. Irgendwann werden wir, so wie wir heute leben, nicht mehr weitermachen können. Wir sind zu viele Menschen, die zu viel von allem verbrauchen. Zu viel Nahrung, zu viel Sauerstoff, zu viele Daten. Es wird dann auch nicht mehr reichen, die Geburtenraten zu reduzieren. Es sind die lebenden Menschen, die wegmüssen, und zwar möglichst viele und möglichst schnell.«

Jasper konnte Kaja nicht in die Augen sehen, als er weitersprach. »Das Projekt deines Vaters, der *Total Upload*, war dazu gedacht, die Menschen als Datensatz in das Holovit zu laden, um den Energieverbrauch drastisch zu reduzieren. Das System würde selbstlernend und selbsterhaltend funktionieren. Die Avatare brauchen keine Luft zum Atmen, keine Nahrung, um zu überleben, kein Licht, keine medizinische Versorgung. Ein Avatar kann ewig im Netz stehen, Hunderte Kinder bekommen, ohne mehr als ein paar Bit Speicher zu verbrauchen. Der Plan war, nur einige wenige Menschen außerhalb des Systems zu erhalten, um die notwendigen Wartungen vorzunehmen. Der Rest würde hochgeladen, und alle Probleme wären erledigt.«

»Das ist Wahnsinn!«, flüsterte Kaja.

»Ja, das ist es«, bestätigte Jasper. »Und das musste auch dein Vater nach den ersten Tests feststellen. Die Freiwilligen, wenn du sie so nennen willst, haben den Upload nicht überlebt. Sie sind gestorben. Was im Holovit gelandet ist, waren Kopien, Sammlungen von Erinnerungen, die Vergangenheit eines Menschen, mehr nicht. Digitale Zombies. Ich habe sie gesehen, in den Datenarchiven. Es war mein Team, das sie löschen musste.« Echte Angst war in Jaspers Augen zu sehen. »Ein Albtraum.«

»Und Loras KI soll das nun ändern?«, fragte Kaja ungläubig. »Das kann nicht die Lösung sein, oder? Menschen lassen sich nicht digitalisieren?«

»Aber sie lassen sich deutlich besser nachbilden«, antwortete Liam anstelle von Jasper. »Eine gute KI kann dir einen Avatar simulieren, der von einem echten Menschen nicht weit entfernt ist. Sie kann sogar einen überzeugend echten Menschen erschaffen.« Liam bemerkte Kajas irritierten Blick. »Ich erkläre es falsch. Die KI kann Avatare schaffen, die sich verblüffend menschlich verhalten. Wenn du dich in das Holovit einloggst, wirst du den Unterschied vermutlich gar nicht merken. Aber hinter dem Avatar verbirgt sich eben keine Person, sondern nur Zahlen. Du kannst dich ausloggen, der Avatar bleibt im Netz.«

»Und was würde das an der Situation ändern?«

»Vieles«, antwortete Liam nüchtern. »Alles, wenn du die echten Menschen so drastisch reduzierst, dass ihr Energiebedarf deutlich weniger wird. Dann gewinnst du Zeit. Viel Zeit.«

Und endlich verstand Kaja, was die Darksurfer vermuteten. Eine kalte Hand schloss sich um ihren Hals. Der Vorwurf, der gegen ihren Vater und die Präsidentin im Raum stand, war zu groß, als dass sie ihn glauben konnte. »Nein, nein, das kann nicht sein. Mein Vater würde niemals Menschen töten.«

Das Schweigen war deutlicher als jede Antwort. Mit Tränen in den Augen drehte sie sich zu Liam, der ihre Hand festhielt und ihrem Blick nicht auswich.

»Ich befürchte, es gibt keine andere Erklärung, Kaja. Wir gehen davon aus, dass der Algorithmus der Selektion tatsächlich all unsere Chips ausliest, um eine Auswahl zu treffen, wer letztlich am Leben bleiben soll und wer ins Holovit transferiert wird. Ich habe die Rechnung selbst aufgestellt.

Ich denke, es können maximal vierhundert bis fünfhundert Körper erhalten bleiben, um die Energie für weitere fünfhundert Jahre zu sichern. Der Rest wird ausgelöscht und als digitale Kulisse für die Überlebenden erhalten bleiben.«

»Aber die Menschen würden so etwas doch niemals mitmachen«, protestierte Kaja. »Es würde einen Aufstand geben, da bin ich mir sicher.«

Liam nickte traurig. »Vielleicht, wenn sie davon erfahren würden. Ich denke aber, das werden sie nicht. Ich glaube, das ist der Grund für die BlackOuts. Die Regierung hat eine Gefahr geschaffen, einen Feind zum Leben erweckt, und ich würde mich sehr wundern, wenn nicht schon bald eine Rettung angeboten werden würde. Die Darksurfer zerstören das Holovit, die Regierung schafft ein neues und rettet die Bürger.«

»Und dabei wird der Großteil getötet.« Die Wahrheit war so schmerzhaft wie unumstößlich. Tränen liefen über Kajas Wangen. War das die Zukunft, von der Lora gesprochen hatte? Wusste ihre Freundin die ganze Wahrheit? War ihr klar, dass ihr Überleben den Tod von Hunderttausenden forderte?

»Das ist Völkermord!«, flüsterte Kaja entsetzt.

Liam nickte stumm.

»Aber warum die Menschen nicht einfach nach draußen schicken?« Kaja klammerte sich an den letzten Strohhalm, die entsetzliche Wahrheit vielleicht doch zu entkräften. »Warum die Bürger nicht vor die Wahl stellen?«

»Macht«, antwortete Matteo nüchtern. »Wer regieren will, braucht ein Volk. Ob das nun digital ist oder nicht. Eine Bienenkönigin, die allein in ihrem Stock sitzt, ist keine Königin. Anna würde uns alle töten, bevor sie auch nur einen von uns in die Freiheit entlässt. Und dein Vater denkt genau wie sie. Kaja, mach nicht den Fehler, deine Logik als die allgemein gültige vorauszusetzen. Der Hunger nach Macht ist die gefährlichste Droge der Welt. Das dürfen wir nicht unterschätzen.«

»Wenn es stimmt, was du sagst, Kaja«, überlegte Samuel, »dann haben wir genügend Zeit, alles vorzubereiten. Mit dem nächsten BlackOut können wir Liam und das erste Team rausschicken. Liam, unsere Ausrüstung ist so weit klar. Natürlich wären wir besser und schneller, wenn Bonnet uns helfen würde. Aber wir schaffen das auch ohne ihn. Zwei der alten Schiffe sind bereits wieder flugtauglich, oder so gut wie. In der kleineren Maschine haben fünf Personen Platz. Ich werde sie fliegen, Allison, Jasper, Sandra und du, ihr seid an Bord. Ich setze auch im Reservat ab, kehre zurück und warte auf euer Signal. Wir bleiben dabei?«

Seine Frage galt Matteo und Liam, die beide nickten.

Kaja versuchte, sich ihren Schmerz nicht anmerken zu lassen. Gerade eben hatte sie erfahren, dass ihr Vater kurz davorstand, eine ganze Arche auszuradieren, und jetzt musste sie auch noch den einzigen Menschen verlieren, der ihr geblieben war. Bei der Vorstellung, Liam würde sie hier allein zurücklassen, krampfte sich ihr Magen zusammen. Liams Finger streichelten sanft über ihren Handrücken, seine Miene war entschlossen, als er antwortete.

»Kaja wird im zweiten Exit mit dabei sein.« Er drehte den Kopf und blickte sie an. »Wenn du das willst.«

Ohne eine Sekunde zu zögern, nickte sie erleichtert. »Ja. Ja, das will ich.«

»Die Schiffe sind voll besetzt«, protestierte Sandra. »Wir haben seit Monaten festgelegt, wer die Arche verlässt. Wir haben nicht mal Ausrüstung für sie übrig. Wer soll an ihrer Stelle hierbleiben? Sie kann nicht mitkommen.«

»Ich werde hierbleiben. Sie kann meinen Platz haben«, erhob Rebecca die Stimme.

»Mom ... das kannst du nicht!«

Rebecca blickte ihrer Tochter tief in die Augen. »Das kann ich und das muss ich, Sandra. Ich werde Marie in ihrer Verfassung hier nicht zurücklassen. Nach all diesen Jahren wird ihr Projekt endlich in die Tat umgesetzt, und sie soll einsam an diesem schrecklichen Ort bleiben? Das werde ich nicht zulassen. Ich werde mich darum kümmern, dass sie irgendwie nach draußen kommt. Das bin ich ihr schuldig.«

Kaja brauchte Sandra nicht anzusehen, um zu wissen, dass sich ihre Abneigung durch das Angebot der Ärztin noch verschlimmert hatte. Aber es war ihr egal. Sie würde an Liams Seite bleiben, koste es, was es wolle.

»Wenn Kaja die Arche verlassen will, dann sollten wir ihr Rebeccas Platz überlassen«, entschied Matteo. »Um überhaupt nach draußen zu kommen, brauchen wir ihre Hilfe. Sie setzt sich einer enormen Gefahr aus, ihr Körper ist in der Zelle der Anderssons. Wenn wir sie retten wollen, muss das möglichst zu Beginn unserer Mission geschehen, solange wir noch unentdeckt sind. Die Gefahr, sie zu verlieren, steigt mit jedem Schachzug. Ist sie erst mal in den Händen der Staatssicherheit, haben wir keine Chance mehr, an sie ranzukommen.«

Ein kalter Schauer rann Kaja den Rücken hinab, als ihr bewusst wurde, dass selbst die Sicherheit dieses Holos nur eine Illusion war. Matteo hatte recht. Ihr Körper war unerreichbar weit entfernt mit ihren Eltern in einer der am stärksten bewachten Zellen der Arche. Es würde nicht leicht werden, sie von dort zu befreien.

»Vielleicht sollten wir Kaja gleich im ersten Flug mitnehmen?«, schlug Liam vor.

Sein besorgter Blick half nicht, Kaja zu beruhigen. Aus dem Augenwinkel konnte sie sehen, wie Sandra etwas entgegnen wollte, sich dann aber im letzten Moment eines Besseren besann und nur die Arme vor der Brust verschränkte.

»Das Risiko würde ich nicht eingehen«, antwortete Matteo. »Liam, wir wissen nicht, was da draußen los ist, und ihr alle begebt euch in große Gefahr. Solltet ihr scheitern, dann ist ein weiteres Leben verloren, und solltet ihr nicht zurückkehren, kann es gut sein, dass wir Kaja hier drinnen brauchen.«

Angst schnürte Kaja die Kehle zu. Matteos Bedenken waren berechtigt. Die Wahrscheinlichkeit, dass Liam und die anderen an der Oberfläche sterben würden, war groß. Sollten sie scheitern, würden sie hier unten einen anderen Weg finden müssen, Björn zu stoppen. Aber gab es den überhaupt? Wollte sie überhaupt weiterleben, wenn sie auch Liam verlieren würde?

»Wir halten also an dem Ursprungsplan fest«, riss Samuel sie aus den düsteren Gedanken. »Gehen wir davon aus, alles läuft nach Plan. Dann kehre ich in die Arche zurück, wir warten auf das Signal, und in der nächsten Runde bringe ich Kaja, Smith, Colin und Magdalena nach draußen.«

»Nein!« Wütend packte Magdalena ihren Mann am Arm. »Auf keinen Fall! Matteo, wir haben das tausend Mal diskutiert. Ich werde dich nicht hier zurücklassen.«

»Und ich werde sterben, so oder so«, antwortete der Forscher mit einem müden Lächeln und strich seiner Frau zärtlich eine Locke aus dem Gesicht. »Hier unten kann ich mich vorher wenigstens noch nützlich machen.«

»Dann werde ich dir dabei helfen. Ohne dich verlasse ich diesen Ort nicht.« In Magdalenas Augen schimmerten Tränen. Verlegen fuhr sie sich mit der Hand übers Gesicht.

»Mein Liebling. *Carissima.* Wie soll ich denn den Menschen hier unten helfen, wenn ich voller Sorge um dich bin? Wenn du mir wirklich helfen willst, dann verschwindest du von hier und lebst in Freiheit unter der Sonne. Da draußen wartet sicher irgendwo ein deutlich attraktiveres Exemplar als ich.«

Wortlos nahm Magdalena das Gesicht ihres Mannes in beide Hände und küsste ihn fest auf die Lippen. Der Rest der Gruppe verfolgte das Schauspiel still, und Kaja war sich sicher, die letzten Worte waren in dieser Sache noch nicht gesprochen.

»Aber wird es nicht auffallen, wenn wir verschwinden?«

Die Frage brannte Kaja seit Beginn der Erzählung auf den Lippen. »Spätestens dann wird doch der Rat merken, dass irgendetwas im Gange ist?«

Victoria Silver lächelte siegessicher. »Wir werden den gleichen Schachzug anwenden, den der Rat ausgeheckt hat, und hoffen, dass wir sie damit auf dem blinden Auge erwischen. Wir haben für alle unsere Körper mittlerweile ärztliche Befunde aus Rebeccas Team, die eine längere medizinische Versorgung notwendig machen. Sandras Körper liegt bereits auf der Krankenstation, Liam werden wir kurz vor Abflug einliefern lassen. Jasper und Allison können sich frei bewegen, ihr Abflug ist gesichert. Damit das Fehlen nicht auffällt, haben wir Avatare programmiert.« Sie grinste. »Du hast den Arcteryx gesehen, Kaja, aber der ist ein Kinderspiel im Gegensatz zu unseren Doppelgängern. Deine Freundin soll erst einmal beweisen, dass sie uns das Wasser reichen kann. Sobald der erste Exit über die Bühne ist, laden wir die Avatare ins Holovit. Sie sind mit der jeweiligen ID und auch ELSA verknüpft. Niemandem sollte auffallen, dass es dahinter keine Körper mehr gibt. Zumindest für einige Zeit. Die Zeit, die wir brauchen, um den dritten Exit vorzubereiten.«

»Wir müssen uns dort oben so schnell wie möglich ein Bild der Lage machen. Gibt es tatsächlich eine Kolonie? Wie groß ist sie? Wie haben es die Menschen geschafft, am Leben zu bleiben, was braucht es, um nach oben zurückzukehren? Das ist unsere Aufgabe, Kaja.«

»Aber das wird niemals schnell genug gelingen, um hunderttausend Menschen nach oben zu holen«, warnte Kaja. Bis zu diesem Punkt konnte sie dem Plan folgen, und vielleicht bestand sogar der Hauch einer Chance, das Ganze durchzuziehen. Aber dort oben ein Zuhause für die komplette Arche zu errichten, das würde Jahre dauern.

»Das muss es auch nicht«, beruhigte Liam sie. »Der dritte Exit bedeutet nicht, dass sofort alle Menschen nach draußen strömen. Viele davon, wie Matteo, würden das physisch gar nicht überleben. Sobald wir den Beweis dafür haben, dass eine Rückkehr möglich ist, müssen wir diese Information lediglich allen Archianern zugänglich machen. Und damit meine ich, den Menschen, die hier unten leben, nicht den Regierungen. Ich bin mir sicher, die ahnen das längst. Wir werden dafür sorgen, dass jeder die Wahrheit kennt. Jeder Bewohner, jeder Alte, jeder Junge, jedes Kind. Dass alle erfahren, wie es um die Energiereserven bestellt ist, dass alle die Wahrheit über den *Total Upload* erfahren. Und dann werden die Menschen sich selbst befreien. Dann werden sich Hunderttausend gegen Anna Smith stellen, und sie wird keine Wahl haben, als abzudanken und die Tore zu öffnen.«

»Aber wird sie sich nicht wehren?«, fragte Kaja.

»Das kann sie versuchen. Aber wenn es uns gelingt, den Menschen glaubhaft zu erklären, welches Spiel sie spielt, wird ihr das nicht gelingen. Anna Smith hat ein kleines Staatsheer, nur ein paar Hundert Soldaten. Ihre ganze Macht ist an das Holovit gebunden. Und das haben wir bis dahin längst unter Kontrolle. Selbst wenn sie es abschalten sollte, wird sie die Menschen nur umso schneller nach oben treiben. Nach der Selektion werden wir die Liste der Namen öffentlich machen, die Anna für das Weiterleben als würdig erachtet. Jeder, dessen Name nicht auf der Liste steht, wird sich uns anschließen. Ist die Regierung erst abgesetzt und die Tore geöffnet, haben wir alle Zeit der Welt, mit der Umsiedelung zu beginnen. Wir können die Ressourcen der Arche nutzen, das Holovit kann noch so lange weiterlaufen, bis es nicht mehr gebraucht wird. Wir haben Jahre und Jahre Zeit, die Welt neu zu besiedeln.«

»Ein Bürgerkrieg?«

»Eine friedliche Revolution«, korrigierte Liam. »Wir wollen niemanden sterben sehen. Es hat zu viele Tote gegeben, seit wir in die Archen gezogen sind. Wir wollen Leben retten, nicht zerstören. Wenn alle Steine richtig fallen, muss es keine Opfer geben.«

Kaja blickte in die Runde der angespannten Gesichter. Sie konnte sehen, dass niemand davon ausging, diesen Kampf tatsächlich ohne Verluste zu gewinnen. Aber die Hoffnung, das alles könnte wirklich so geschehen, schützte sie in diesem Moment vor der Wahrheit. Und was wäre die Alternative? Was würde geschehen, wenn sie diesen Menschen nicht helfen würde und ihr Vater seine Pläne ungehindert umsetzen könnte? In ihrem Kopf tauchten die Bilder einer anderen Arche auf, totenstill mit Leichen in jeder Zelle. Ein riesiger Sarg voll toter Menschen, die letzten Lebenden in ihren Tanks zwischen den unzähligen Särgen. Jede Zukunft musste besser sein als dieses Ende. »Also gut.« Sie nickte entschlossen. »Was auch immer ich tun muss, ich bin dabei.«

Liam drückte fest ihre Finger, und er lächelte. Für einen Moment gab es nur sie beide und niemanden sonst.

»Im Grunde ist es sehr einfach. Smith und Victoria haben ein Hologramm gebaut, das ähnlich funktioniert wie der Arcteryx. Wer sich einloggt, dessen Chip wird kopiert und auf unserem Server gespeichert. Der LifeChip deines Vaters muss eine Kopie des Virus gespeichert haben. Diese Kopie brauchen wir, um das Fenster für den nächsten BlackOut berechnen zu können. Du musst deinen Vater lediglich dazu bringen, sich in das Hologramm einzuloggen und lange genug darin zu bleiben, damit wir den vollständigen Datensatz ziehen können.«

Kaja schluckte. Zögernd stammelte sie eine Antwort. »Leichter gesagt als getan. Mein Vater ist, verständlicherweise, mehr als vorsichtig mit seinen LogIns. Hologramme, die nicht aus seiner eigenen Hand stammen, besucht er schon seit Jahren nicht mehr. Es wird nicht einfach, ihn zu einem LogIn zu bewegen.«

»Niemand hat gesagt, dass es einfach ist, Kaja.« Sandra blitzte sie herausfordernd an. »Sonst könnten wir das auch ohne dich. Aber wenn du es nicht schaffst …«

»Ich habe nicht gesagt, dass ich es nicht schaffe. Ich habe nur gesagt, dass es nicht leicht wird. Wie lange muss er in diesem Hologramm bleiben? Wie sieht es aus?«, fragte sie Victoria.

»Es kann aussehen, wie immer du willst«, antwortete die Coderin. »Dir stehen alle Möglichkeiten offen. Das Grundgerüst steht, die Visualisierung können wir in ein paar Stunden fertig haben, wenn du uns sagst, was du brauchst. Ich vermute, der Chip deines Vaters ist deutlich besser geschützt als ein übliches Modell, das heißt, wir werden einige Zeit brauchen, um die Schutzmauer zu durchbrechen, ohne dass er es merkt. Was würdest du sagen, Smith, was brauchen wir? Fünfzehn Minuten? Zwanzig?«

Victorias Partner grübelte und nickte. »Zwanzig Minuten wären ein guter Deal. Fünfzehn das Minimum, wenn du dreißig schaffst, sind wir auf der sicheren Seite. Aber das wäre wirklich eine Meisterleistung, denn Andersson darf auf keinen Fall Verdacht schöpfen. Wenn er denkt, die Nummer könnte faul sein, und sein Chip uns scannt, sind wir geliefert. Vor einem Ratschip können wir uns nicht komplett verstecken, der wird im Zweifel alles zerstören, was sich auf der Platte befindet, und dann haben wir nichts. Es liegt also an dir, Kaja. Er darf gar nicht erst auf die Idee kommen, sich ausloggen zu wollen. Du musst über die Zeit bestimmen und ihn in absoluter Sicherheit wägen. Ich hoffe, du kannst gut schauspielern?«

Kaja schluckte. Sie hoffte, dass der große Plan zur Rettung der Arche nicht schon an der ersten Hürde scheitern würde.

»Und? Bist du noch bei mir, oder habe ich dich verloren?«, fragte Liam vorsichtig, als sie etwas später wieder allein waren.

Sie hatten sich auf das Dach des *Fondaco* zurückgezogen und saßen nebeneinander auf der Brüstung. Unter ihnen lag der Canale Grande, dahinter erstreckte sich Rialto und blitzte ihnen mit Hunderten von Lichtern entgegen. Der Ausblick verführte dazu, den Rest der Welt für immer zu vergessen. Wer würde nicht dieses Setting der kargen Wüste über ihren Köpfen vorziehen? In diesem Moment wünschte sie sich nichts mehr, als zusammen mit Liam an diesem Ort bleiben zu können. Aber würde sie dafür all die Menschen in der Arche opfern? Niemals. Kein einziges Leben durfte der Preis für das Glück eines anderen sein. Sie würde alles tun, um das zu verhindern.

»Selbstverständlich werde ich euch helfen.«

Sie konnte spüren wie Liam neben ihr erleichtert aufatmete und die Anspannung aus seinem Körper wich. Offenbar war er sich ihrer Antwort nicht sicher gewesen.

»Danke, Kaja. Ich weiß, was das für dich bedeutet. Ich werde dir das nie vergessen. Und alle anderen auch nicht.«

»Alle? Ich kann dir wenigstens eine Person nennen, die sicher liebend gern auf mich verzichten würde.«

»Sandra?«, fragte Liam, und Kaja nickte.

Es schmerzte, dass er sofort wusste, von wem sie sprach. Bedeutet das, dass er die Gefühle der anderen Frau erwiderte?

»Sie hat sich keine große Mühe gegeben, ihre Zuneigung zu verstecken. Ist da etwas zwischen euch?«

Liam schüttelte heftig den Kopf. »Nein. Wir sind Freunde. Mehr nicht. Auch wenn Sandra das gern anders hätte. Wir kennen uns, seit wir kleine Kinder sind. Neben meiner Tante war Rebecca so etwas wie eine Ersatzmutter, nachdem meine Eltern die Arche verlassen haben. Sandra und ich sind gemeinsam aufgewachsen, wie Lora und du. Ich liebe sie, aber sie ist immer wie eine Schwester für mich gewesen, daran hat sich für mich nichts geändert, und das wird auch niemals anders sein. Es tut mir leid, dass sie anders empfindet.«

Nun war es Kaja, von deren Schultern eine schwere Last fiel. Erst jetzt wurde ihr bewusst, wie schnell ihre Gefühle für Liam über die letzten Tage gewachsen waren. Sie wollte ihn weder an die Oberfläche noch an eine andere Frau verlieren.

»Kaja …«, flüsterte er, und seine Hand suchte die ihre. »Du musst mir glauben, ich empfinde für Sandra nicht annähernd, was ich …« Er zögerte, und sie hob den Kopf. Ihre Blicke trafen sich, und die Luft wirkte plötzlich wie elektrisch geladen.

»… was ich für dich empfinde«, beendete er den Satz, und in seinen Augen konnte sie dieselbe Angst und Hoffnung erkennen, die sie auch in ihrem Herzen spürte.

»Wenn das alles hier vorbei ist …« Er sprach nicht weiter. Zu groß erschien ihr Vorhaben mit einem Mal, um tatsächlich auf ein Happy End zu hoffen. Es gab Hunderte Dinge, die schiefgehen konnten. Der Plan der Darksurfer war aberwitzig riskant. Es brauchte mehrere Wunder, damit sie alle lebend aus dem Bunker entkommen konnten. Kajas Entschlossenheit, den Hackern zu helfen, und ihr Mut rührte vor allem daher, dass sie nichts zu verlieren hatte. Würde sie Liam hier und jetzt ihr Herz öffnen, sie war sich nicht sicher, ob sie stark genug wäre, ihn ziehen zu lassen.

Sie nickte und zog ihre Hand aus seiner. »… wenn das alles hier vorbei ist.«

Einen Moment noch waren in ihren Blicken all die ungesagten Worte zu sehen, die zwischen ihnen standen. Dann konnte Kaja die Sehnsucht, sich in Liams Umarmung zu stürzen, nicht länger ertragen. »Also …«, sie gab sich einen Ruck und wechselte abrupt das Thema, »… wie lautet der Plan für die nächsten Tage? Bin ich jetzt eine Darksurferin? Bekomme ich einen Schlüssel? Ein geheimes Tattoo?« Sie versuchte zu lachen. »Oder einen All-Access-Pass für den Arcteryx? Wie kann ich Kontakt zu euch aufnehmen?«

Der romantische Bann war gebrochen. Liam räusperte sich und schlug einen professionellen Ton an. »Wir vermuten, dass der nächste BlackOut noch vor der Selektion stattfinden wird. Ein perfekter Anlass, die Sicherheitsbestimmungen in der Arche noch mal zu verschärfen. Wir haben also noch etwas Zeit. Du hast gehört, es fehlt nur noch mein Körper. Rebecca wird ihn in drei Tagen auf die Krankenstation bringen lassen. Ab dann sind wir sozusagen komplett einsatzfähig. Sobald die Energie weg ist, werden Jasper und Allison uns auf der Krankenstation einsammeln und nach oben zur Abflugebene bringen. Sam wartet dort auf uns. Die Arrow One ist seit Wochen startklar. Die LifeSuits, die für *Übertag* erstellt worden sind, haben wir ebenfalls sichern können. Es sind zwanzig Prototypen. Sie sind etwas in die Jahre gekommen, aber besser als nichts. Was auch immer da draußen auf uns wartet, wir sind geschützt genug, um wenigstens ein paar Tage zu überleben. Selbst wenn wir keine menschliche Siedlung finden, könnten wir damit anfangen, eine zu errichten. Die Bonnets haben gute Arbeit geleistet. Es ist alles vorhanden, was wir brauchen. Nahrung, Zelte, Sauerstoff. Nicht für viele, selbstverständlich nicht für die ganze Arche, wie gesagt, es ist alles Material in der Testphase, aber es reicht, um den beiden Exit-Teams ein paar Wochen Luft zu verschaffen. Wir müssten es gerade so schaffen, genügend Daten zu sammeln, um die Bürger in der Arche davon zu überzeugen, dass es sich lohnt, für die Freiheit zu kämpfen.«

»Und wenn das nicht klappt?« Kaja versuchte, sich vorzustellen, was geschehen würde, wenn es ihnen nicht gelänge, die Bunker zu öffnen.

Liam kaute auf seiner Unterlippe. »Dann haben wir es wenigstens versucht«, sagte er nach einer Weile. »Dann haben wir getan, was wir konnten.«

»Hast du Angst?«, fragte Kaja leise.

Liam nickte. »Ja, aber erst jetzt, erst, seit es dich gibt, Kaja. Ich kann mich kaum an meine Eltern erinnern. Ich wusste nicht, wie es ist, jemanden mehr zu lieben als das eigene Leben. Ich habe Angst um dich. Angst, dich zu verlieren, oder schlimmer, schuld zu sein, dass dir etwas Schreckliches geschieht.«

Thores Schicksal lag plötzlich wie ein drohender Schatten über ihrer Unterhaltung.

»Mein Vater würde niemals zulassen …« Aber noch ehe sie den Satz beenden konnte, war ihr klar, dass ihr Vater alles und jeden vernichten würde, um seine Pläne umzusetzen. Auch seine eigene Tochter. Hatte er nicht selbst gesagt, sie würde nicht für die Selektion infrage kommen? Er würde sie nicht schützen. Er würde sich einfach mit einer Kopie zufriedengeben. Einer Kopie, die mehr seinen Wünschen entsprach als das Original.

»Du hast die schwerste Aufgabe von uns allen. Und die gefährlichste«, bestätigte Liam ihre Gedanken. »Es wird nicht leicht werden, deinen Körper zu befreien. Wir werden alles geben, um dich zu retten. Ich werde nicht ruhen, bevor wir dich zu uns geholt haben. Aber ich kann verstehen, wenn du dich anders entscheiden willst. Niemand kann es dir übel nehmen, der diese Aufgabe nicht selbst übernehmen würde.«

»Ich werde keinen Rückzieher machen«, unterbrach Kaja ihn. »Ich habe Angst, aber ich werde keinen Rückzieher machen. Ich werde an deiner Seite bleiben, bis das hier zu Ende ist.«

Liam legte zwei Finger seiner rechten Hand um ihr linkes Handgelenk. In dem Moment, in dem sich seine Fingerspitzen berührten, erstrahlte ein blauer Ring unter der Haut an Kajas Arm. Ein schnelles Knistern, ähnlich dem, das sie beim Betreten des Backlogs gespürt hatte, schoss durch ihren Körper.

»Das hier ist besser als ein verstecktes Tattoo«, grinste Liam. »Es ist ein unsichtbares, digitales Tattoo. Dein Avatar kann ab sofort in jeden Arcteryx einloggen. Du wirst deinen Weg ins Darknet in jedem Hologramm finden, in das ein Zugang eingebaut ist. Es gibt weit mehr Eingänge als nur diesen hier. Du wirst es spüren, sobald einer in deiner Nähe verfügbar ist.«

Er löste seine Hand von ihrem Arm. Ein paar Sekunden pulsierte das blaue Licht, dann verschwand es, und keine Spur blieb auf ihrer Haut zurück.

»Ein kleines Extra hat dein Ring, das ihn von den anderen Surfern unterscheidet. Ich habe mir erlaubt, dich mit mir zu verlinken.«

Kajas Herz pochte, und der letzte Zweifel, was sie für Liam Turner empfand, war ausgeräumt.

»Du wirst immer wissen, wenn wir uns im selben Holo befinden, und ich ebenfalls. Ab sofort kannst du dich jederzeit in meinen Blue Room einloggen, wann immer du mit mir sprechen willst, ohne dass wir abgehört werden. Wir können jederzeit das Homeholo des anderen betreten, ohne vorher eine Erlaubnis einzuholen.« Plötzlich stockte Liam mitten im Satz und zog zerknirscht die Augenbrauen zusammen. »Ist das zu viel? Ich wollte dir nicht deine Privatsphäre nehmen. Bitte entschuldige, ich dachte nur …«

»Nein. Das ist nicht zu viel.« Kaja musste lachen. Zur Abwechslung war es Liam, der verlegen zu Boden blickte. »Das ist eine wunderbare Geste, ich weiß es sehr zu schätzen. Ich danke dir. Es ist schön zu wissen, dass du immer an meiner Seite bist.«

Liam hob den Kopf und strahlte sie einen Moment lang an, bevor er wieder eine ernste Miene aufsetzte. »Theoretisch kann deine ELSA mich nun auch überall finden, wenn du sie nach mir suchen lässt. Das ist der Nachteil des Links. Sobald du sie darauf aufmerksam machst, wird sie ihn erkennen und registrieren. Das solltest du in jedem Fall vermeiden.«

Kaja nickte. »Was nun?«, fragte sie, entschlossen, ihre Aufgabe in Angriff zu nehmen.

»Nimm dir Zeit und überleg, wie du deinen Vater in Smiths und Victorias Holo locken kannst. Wir haben nur diese eine Chance. Wir dürfen es nicht überstürzen, aber sollten auch nicht zu lange warten. Es tut mir sehr leid, Kaja, niemand kann dir dabei helfen, auch ich nicht. Du kennst deinen Vater am besten. Wir sind auf dich angewiesen.«

Kaja schluckte. Würde sie die Erwartungen der Darksurfer erfüllen können? Über die letzten Tage hatte sie erkennen müssen, dass sie ihren Vater im Grunde überhaupt nicht kannte. Aber das war ein Problem, das sie allein lösen musste. Liam hatte recht. Niemand konnte ihr dabei helfen.

»Sobald du einen Plan hast, gibst du mir Bescheid. Du kannst mich jederzeit über ELSA kontaktieren und mir eine Nachricht schicken, du darfst sie nur nicht nach mir suchen lassen. Wir treffen uns in meinem Blue Room. Von dort aus kann ich Victoria oder Smith Bescheid geben, und sie programmieren das Hologramm fertig. Du bringst deinen Vater dorthin, wir kopieren seinen Chip, wir finden raus, wann der nächste passende BlackOut stattfindet, und haben den Zeitpunkt für unseren Exit.«

Und für unseren Abschied, dachte Kaja. Ein letztes Mal betrachtete sie den perfekten Ort zu ihren Füßen. Irgendwann einmal hatte es dort oben eine Welt gegeben, in der die Menschen den Zauber dieser Stadt wirklich erleben konnten. Ein Paar wie sie, das sich in einer Nacht wie dieser seine Liebe gestand. Vielleicht würde es so eine Welt irgendwann wieder geben, vielleicht konnten Liam und Kaja helfen, den Menschen dieses Geschenk zurückzugeben.

Logbuch der Arche *Hope of Tomorrow*

Eintrag: 11.07.2381
Anette Miller
Chronistin

Wie von der Staatssicherheit der Arche befürchtet, wurden in den letzten achtundvierzig Stunden mehrere Anschläge auf das Holovit aus dem Darknet registriert. Nur der vorausschauenden Handlungsweise der technischen Sicherheitseinheiten ist es zu verdanken, dass alle Angriffe rechtzeitig entdeckt und vereitelt werden konnten. Als Konsequenz wurde von der Präsidentin das Kriegsrecht ausgerufen, und die entsprechenden Entscheidungsbefugnisse für den Rat sind bereits in Kraft getreten.

Neben weiteren Haftbefehlen gegen mutmaßliche Darksurfer hat der Rat in einer nächtlichen Sitzung beschlossen, vor dem Hintergrund dieser Entwicklungen die Selektion vorzuverlegen. Die Sicherheit der Auserwählten und der Fortbestand der Bevölkerung darf unter keinen Umständen gefährdet werden. Der Algorithmus hat zu dieser Stunde seine Zuteilung bereits abgeschlossen. Eine Liste der ausgewählten Kandidaten zum Beta-Test wurde bestätigt (siehe Anhang zu diesem Dokument, Zugriffsrecht eins und zwei). Die offizielle Bekanntmachung der Namen wird in diesen Stunden erfolgen, die Körper wurden bereits in den Gewahrsam der zuständigen Reproduktionsbehörde verbracht. Von einer öffentlichen Zeremonie wird, ebenfalls aus Sicherheitsgründen, Abstand genommen. Als Entschädigung für die Bürger wird alternativ der LogIn zu ausgewählten Urlaubshologrammen bis zum Ende des Jahres kostenfrei geöffnet. Alle LifeChips werden besonders in den kommenden Tagen auf Irritationen und Stressreaktionen im Zusammenhang mit diesen Entscheidungen überprüft.

Die Wetterlage ist stabil. Die ersten Flüge der DY-Drohnen haben keine nennenswerten Daten ergeben. Die Uploadrate liegt bei 99,9 %, keine Todesfälle, keine Infektionen.

ELSA-Newsfeed der *Hope of Tomorrow*

Was für eine Überraschung! Das Warten hat ein Ende …

Die Nachrichten, die uns an diesem Morgen aus der Ratssitzung der letzten Nacht erreichen, sind so unglaublich wie offiziell: Sie stehen fest – die neuen Eltern! Und das lange, bevor wir damit gerechnet haben.

Eine Enttäuschung für alle, die von Vorfreude und Hoffnung gezehrt haben, ein Jubeltag für die Auserwählten. Tatsächlich wurde die Selektion, die eigentlich erst in einigen Monaten stattfinden sollte, schon jetzt abgehalten. Leider unter Ausschluss der Öffentlichkeit, dies vor allem aus berechtigten Sicherheitsgründen, wie man hört. Aber umso mehr freuen wir uns, dass das Warten nun ein Ende hat. Der Startschuss für die Liebe ist gefallen, und wir können endlich teilhaben an der Show des Jahrhunderts.

Auch wenn die Kandidaten selbst noch nichts von ihrem Glück wissen, bestätigte Präsidentin Anna Smith höchstpersönlich, dass sich die Tanks bereits in Sicherheitsverwahrung befinden. Die Verkündung der Namen ist für diesen Morgen angekündigt. Alle Neugierigen und Ungeduldigen müssen leider mit uns bis zur Rede der Präsidentin warten.

Um den spannenden Moment nicht zu zerstören, herrscht bis zur offiziellen Verkündung eine LogOut-Sperre für die gesamte Arche. Ob ihr also noch in eurer Zelle steht oder schon auf der Reproduktionsebene gelandet seid, das wissen im Moment nur der Algorithmus und der Rat. Damit das Warten nicht unerträglich wird, hat uns Andersson Creations einen ersten Einblick in das *Parentes Paradisum* gewährt. Seht das neue Heim unserer Familien noch vor dem

Einzug der Kandidaten unter diesem Link. Wir sind gespannt wie noch nie zuvor und melden uns mit der Liveansprache in wenigen Stunden.

12

Hey, wo bist du?« – Lora

»Kaja, wo treibst du dich rum? Wir können dich nirgends finden?« – Jade

»Kaja, komm schon, lass uns reden. Wo bist du?« – Lora

»Wo bist du, das hier ist der Wahnsinn. Kaja, komm, wir sind hinten im Palazzo an der langen Bar.« – Tanja

»Nicht witzig, Kaja. Wenn du nach Hause bist, hättest du auch kurz Bescheid sagen können.« – Lora

»ELSA kann dich nicht finden, du bist also zurück. Wie du willst, wir sprechen morgen.« – Lora

»Kaja, wo warst du? Du hast den Abend deines Lebens verpasst. Danke für den LogIn, es war fantastisch.« – Jade

»Kaja, deine Mutter sagt, du bist zu Hause. Lass uns reden.« – Lora

Kaja scannte die Nachrichtenflut auf ihrer Linse. Sie hatte keine davon beantwortet, nachdem sie sich endlich von Liam verabschiedet und ausgeloggt hatte. Sie wollte weder mit Lora noch mit den anderen Mädchen sprechen. Zu groß war ihre Sorge, sie könnte durch eine unvorsichtige Bemerkung verraten, wo sie in Wahrheit abgeblieben war. Es stand zu viel auf dem Spiel. Sie war froh, dass ihr Körper im Tank mit allen lebenswichtigen Dingen versorgt wurde. Sie selbst hatte vor Aufregung die ganze Nacht kein Auge zugetan, und vor Sorge hätte sie vermutlich in einem echten Leben keinen Bissen runtergebracht. Was sollte sie Lora erzählen, wenn sie sich hier einloggen würde? Ihre Gedanken kreisten nur um das Hologramm, das sie sich als Falle für ihren Vater ausdenken sollte.

»Kaja, was treibst du da oben?«, rief ihre Mutter aus dem Erdgeschoss. »Lora wird gleich hier sein. Kommst du nach unten? Frühstückst du mit mir? Ich muss gleich los.«

Die Stimme ihrer Mutter holte Kaja aus ihren Gedanken. Sie war hin und her gerissen zwischen dem Wunsch, nach unten zu stürmen, um sie zur Rede zu stellen, oder ihr komplett aus dem Weg zu gehen. Ein kleiner Teil in ihr hoffte, sie hätte mit dem schrecklichen Plan ihres Vaters nichts zu tun. Aber sie kannte ihre Eltern lange genug, um zu wissen, dass dies nicht der Fall war. Björn und Agnes waren ein Team, daran bestand kein Zweifel. Ihre Mutter war kein unschuldiges Opfer. Ebenso wenig wie Lora.

Mit zwei Fingern fuhr sie über ihr linkes Handgelenk. Es war keine Spur mehr von dem blauen Ring zu sehen. Sie zögerte das Aufeinandertreffen nicht weiter hinaus und marschierte in die Küche, wo ihre Mutter am Tresen saß und mit langen Fingern elegant eine Orange schälte. Der Duft der Zitrusfrucht erfüllte den ganzen Raum.

»Ihr seid im Arcteryx gewesen?«, fragte Agnes bemüht beiläufig. »Ich hab gehört, das Hologramm ist besser als alles, was es bisher gab. Muss Andersson Creations sich Sorgen machen?« Sie hob den Kopf und lächelte ihre Tochter an.

Kaja ließ sich auf das Small-Talk-Spielchen ein. »Es war ganz okay«, gab sie zu. »Kreativ, die Features wirklich durchdacht, aber ich bin mir sicher, Dad und du könntet das auch. Vielleicht solltet ihr ihn euch mal ansehen?«

»Ich würde ja gern«, antwortete ihre Mutter. »Aber du

weißt ja, wie dein Vater über Hologramme denkt, deren Source Code er nicht kennt. Ich glaube nicht, dass ich ihn zu einem LogIn bewegen kann. Aber vielleicht sollten wir mit den Eigentümern sprechen? Ich habe gehört, sie mussten einen enormen Kredit aufnehmen, um das Projekt zu realisieren. Vielleicht lassen sie sich ja abwerben, oder wenigstens einer von ihnen. Du weißt nicht zufällig, wer die beiden sind?«

»Nein, wir sind über Jade an die Codes gekommen. Ich habe keine Ahnung. Aber Lora müsste so etwas doch wissen. Sie kann euch sicher eine fachmännische Einschätzung geben. Wenn sie ihr Go gibt, würde Dad sich mit Sicherheit zu einem Besuch durchringen.« Ihr Ton war hart und schneidend, ihr Mutter hob überrascht die Augenbraue.

»Kaja, du kannst Lora ihr Talent nicht zum Vorwurf machen. Du weißt, dein Vater liebt dich. Wir haben Lora lediglich zu uns geholt, weil sie die Beste auf ihrem Gebiet ist. Das hätten wir auch versucht, wenn sie nicht mit unserer Familie befreundet wäre. Wir sind darauf angewiesen, guten Nachwuchs zu finden, um zukunftsfähig zu bleiben.«

»Zukunftsfähig«, murmelte Kaja.

»Ja, zukunftsfähig. Immerhin leben wir alle sehr gut von der Arbeit, die dein Vater und ich jeden Tag verrichten. Und das soll auch so bleiben. Kreative Köpfe wie diese beiden, Young und Silver, könnten einen wichtigen Beitrag dazu leisten.«

»Oder ihre eigene Vision verfolgen. Vielleicht haben sie eigene Vorstellungen von einer Zukunft?«

»Teilen wir nicht alle die gleiche Vision?« Ihre Mutter steckte sich ein Stück Orange in den Mund und kaute genüsslich auf der Frucht. »Eine digitale Zukunft zu erschaffen, die es uns möglich macht, so etwas hier zu genießen?

Die Vorteile beider Welten zu vereinen. Wenn ich so darüber nachdenke, dann hast du vermutlich recht. Ich sollte Lora bitten, deinen Vater zu einem Besuch im Arcteryx zu überreden. Wir sollten versuchen zusammenzuarbeiten, das könnte unser Projekt enorm nach vorne treiben. Gerade in diesen Zeiten, wo alles so unsicher erscheint.«

Kaja konnte nicht glauben, dass sich die Herausforderung, ihren Vater in ein fremdes Holo zu locken, gerade von allein erledigte. »Keine schlechte Idee. Lora hat sich doch schon angemeldet. Wir können gleich mit ihr sprechen und heute Abend oder morgen zusammen in den Arcteryx.«

Ihre Mutter, die gerade noch ein Stück Orange abbeißen wollte, legte die Frucht zurück auf den Teller. Besorgt furchte sie die sonst so glatte Stirn. »Ich denke, das wird nicht gehen.«

»Warum? Ich bin mir sicher, sie wird gern mitkommen. Sie findet den Arcteryx großartig.«

»Das mag sein, Kaja. Aber Lora wird nur noch heute Vormittag bei uns sein können. Ich habe dir noch nicht davon erzählt, aber heute Mittag wird die Auswahl der Selektion verkündet, und alle Eltern werden sofort im Anschluss in das *Parentes Paradisum* einloggen und erst nach der Geburt der Kinder wieder in das offene Holovit zurückkehren.«

Kaja gefror das Blut in den Adern. Vor Schreck konnte sie kaum einen klaren Gedanken fassen. »Die Selektion? Aber die sollte doch erst in ein paar Wochen stattfinden? Wann ist das geschehen? Warum jetzt?«

»Der Rat hat beschlossen, dass es in diesen Zeiten einfach zu riskant ist, unnötig lange zu warten. Alles ist bereit. Das Hologramm ist fertig, die Namen sind bestätigt, die Geheimhaltung ist ohnehin schwer genug. Man wollte einfach kein Risiko eingehen, dass etwas nach außen dringt.«

»Wann?«, platzte Kaja erneut heraus, die Angst in ihrer Stimme war nicht zu überhören. »Wann?«

Agnes runzelte die Stirn. »Heute Mittag soll alles verkündet werden. Aber keine Sorge, du kannst vorher noch mit Lora sprechen. Ich weiß, zehn Monate klingt nach einer langen Zeit. Aber das geht schnell vorbei. Und dann habt ihr ein kleines Baby, um das ihr euch kümmern könnt. So wie früher, da habt ihr auch immer die Puppen geteilt. Das wird alles nicht so schlimm, Kaja. Du musst dich nicht aufregen.«

Kaja versuchte, die Panik zu kontrollieren und ihre Gedanken zu ordnen. Sie musste mit Liam sprechen. Die Surfer mussten so schnell wie möglich erfahren, dass die Selektion bereits stattgefunden hatte. Ruhig, dachte sie, ruhig bleiben. Vielleicht spielte es gar keine so große Rolle, ob die neuen Eltern nun schon im *Parentes Paradisum* eingezogen waren. Wichtig war nur der nächste BlackOut. Das war ihre Aufgabe. Selektion hin oder her, sie musste Lora davon überzeugen, sie dabei zu unterstützen, Björn in den Arcteryx zu locken. Und zwar, bevor sie sich in dieses abgeriegelte Hologramm verabschieden würde.

Ein Flirren in der Luft kündigte den LogIn ihrer Freundin an.

»LOGIN Lora Bonnet«, informierte ELSA, und im nächsten Moment stand die Auserwählte zwischen Kaja und Agnes.

»Hallo Agnes«, begrüßte sie Kajas Mutter. »Hey Kaja, entschuldige, dass ich so penetrant bin, aber ich habe mir wirklich Sorgen um dich gemacht. Ich konnte dich nirgends finden, und meine Nachrichten hast du auch nicht beantwortet. Ich dachte, dir ist etwas zugestoßen.«

Kann vorkommen, dass Freunde Nachrichten lesen und trotzdem nicht beantworten, weil sie Wichtigeres zu tun haben, hätte Kaja am liebsten geantwortet. Aber im Moment war es wichtiger, Lora bei Laune zu halten. »Es tut mir leid, ich hab einfach vergessen, euch Bescheid zu sagen. Ich habe Liam Turner getroffen, und wir haben uns unterhalten. Ich hab total die Zeit vergessen und war irgendwann einfach nur sehr müde.«

Kaja beschloss, so nah wie möglich an der Wahrheit zu bleiben, in der Hoffnung, sich nicht aus Versehen selbst zu verraten. Plötzlich war sie sehr erleichtert, dass ihr nur noch ein paar Stunden blieben, bevor Lora in das *Parentes Paradisum* verschwinden würde. Vor ihrer Freundin würde sie sich nicht allzu lange verstellen können. Sie kannten sich einfach zu gut.

»Liam Turner?« Loras erschrockener Ton ließ Kaja überrascht aufhorchen. »Was hast du denn mit Liam Turner zu schaffen?«

Kaja zuckte möglichst gelassen mit den Schultern. »Nichts Besonderes. Wir haben über den Arcteryx gesprochen, und wie großartig es wäre, mehr Hologramme dieser Qualität zu haben.«

Lora runzelte die Stirn, das Misstrauen stand ihr ins Gesicht geschrieben. »Aha. Und seit wann findest du Hologramme plötzlich so großartig?«

Kaja überlegte kurz, ob sie glaubhaftes Interesse vortäuschen sollte, entschied sich aber, auch in diesem Fall so nah an der Wahrheit wie nur möglich zu bleiben. »Nur weil ich nicht alles am Holovit gut finde, heißt das noch lange nicht, dass ich ein gutes Holo nicht zu schätzen weiß.«

Lora schien nicht überzeugt, nachdenklich betrachtete sie Kaja.

»Lora, Kaja hat recht.« Agnes war aufgestanden, um die Reste ihrer Orange im Müll zu entsorgen. »Den meisten

Menschen ist die Logik hinter dem Holovit völlig egal, aber sie sind bereit, jeden Preis zu zahlen, um das Leben zu führen, dass es ihnen ermöglicht. Wie ich gehört habe, ist die Modul-Technik, die im Arcteryx angewandt wird, wirklich beeindruckend. Es wäre einen Versuch wert, Björn das Ganze live zu zeigen und mit den Gründern zu sprechen. Was meinst du?«

Loras Blick wanderte misstrauisch zwischen Kaja und Agnes hin und her. »Die beiden machen nicht den Eindruck, als würden sie sich auf dem Erfolg des Arcteryx ausruhen. Ich bin mir sicher, sie arbeiten an einer Weiterentwicklung und werden uns noch mit dem einen oder anderen Feature überraschen. Langfristig wäre es tatsächlich gut, sie im Boot zu haben. Du hast recht, Agnes, wir sollten mit Björn sprechen.«

»Ich bin mir nicht sicher, ob er sich dazu bewegen lässt, das Hologramm anzusehen, aber einen Versuch ist es wert. Ich würde ihn begleiten, Kaja, du kannst selbstverständlich auch gern mitkommen. Lora, du bist dann leider nicht mehr greifbar, aber das *Parentes Paradisum* kann es allemal mit dem Arcteryx aufnehmen, da bin ich mir sicher.« Agnes lächelte.

»Sie weiß Bescheid?«, fragte Lora, als wäre Kaja nicht im Raum.

Agnes nickte. »Dass du heute Mittag mit den anderen Kandidaten umsiedeln wirst. Die vollständige Liste kennt sie natürlich nicht. Wir halten uns an die Regeln, das würde ich auch von dir verlangen.«

»Selbstverständlich. Es sind auch nur noch ein paar Stunden. Das ist doch in Ordnung, Kaja. Du bist mir nicht böse?«

Kaja schüttelte den Kopf. Ihr Herz klopfte. Sie hatte es geschafft. Oder so gut wie. Wenn Agnes und Lora gemeinsam Björn um einen Besuch in den Arcteryx bitten würden, konnte er nicht Nein sagen. Sie musste nur noch Liam und Victoria informieren, dass es schon heute Abend so weit war.

»Ich bin nicht böse, Lora. Ich freue mich für dich. Jeder von uns geht seinen Weg.«

»Ich danke dir, Kaja. Wirklich. Ich hab noch ein paar Dinge zu erledigen und nicht mehr viel Zeit. Wir sehen uns später an der Universität? Es wäre schön, wenn du zur Verkündung bei mir bist. Langsam werde ich doch etwas nervös.«

Kaja nickte. »Selbstverständlich, ich werde da sein. Ich will auf keinen Fall deinen Gesichtsausdruck verpassen, wenn unsere Präsidentin Erik Cumberfield als deinen Partner ausruft.« Kaja lächelte, doch der Scherz schien bei Lora auf wenig Verständnis zu treffen. Ihr merkwürdig bohrender Gesichtsausdruck verriet, dass sie wohl längst wusste, wer ihr Partner sein würde. Hatte Kaja ins Schwarze getroffen? War es tatsächlich Cumberfield? Sie hätte es verdient. Wer auch immer an Loras Seite in das Paradies einziehen musste, er tat Kaja jetzt schon leid. Lora würde nichts unversucht lassen, den Vater ihres Kinds auf ihre Seite zu ziehen.

»Der Algorithmus wählt den perfekten Partner für mich aus, Kaja. Hast du das vergessen?« Ein kaltes Lächeln huschte über ihre Lippen. »Du wirst überrascht sein, aber die Zahlen lügen nicht.«

Sie war ausgeloggt, bevor Kaja antworten konnte, und plötzlich war sich Kaja nicht mehr sicher, wer von ihnen am längeren Hebel saß. Sie musste dringend mit Liam sprechen.

»Vielen Dank, Kaja, das hat wunderbar geklappt. Ich werde mich sofort um drei LogIns für den Arcteryx bemühen und zusehen, ob nicht auch heute schon ein Treffen mit diesen beiden Gründern möglich ist.« Agnes war neben Kaja getreten und legte den Arm um ihre Schultern. »Ich weiß, das ist alles gerade nicht leicht für dich. Zuzusehen, wie

Loras Wünsche in Erfüllung gehen. Aber ich verspreche dir, dein Vater und ich haben dich nicht vergessen. Alles, was wir für die Zukunft planen, wird sich auch für dich auszahlen. Vertrau mir. Du bist meine einzige Tochter. Ich werde dafür sorgen, dass du ebenso glücklich wirst wie Lora. Irgendwann werdet ihr an diese Zeit zurückdenken, und das alles wird nur noch ein unbedeutender Moment in einer weit zurückliegenden Vergangenheit sein. Dieser Liam Turner… ich hab in letzter Zeit öfter von ihm gehört. Ist er ein Freund von dir?«

Kaja zuckte zusammen. Wo konnte ihre Mutter von Liam gehört haben? Sofort musste sie an Jean Luc Bonnet und Thore Lund denken. War es bereits zu spät und Liam verraten worden?

»Nein, kein Freund«, erklärte sie Agnes. Sie musste endlich an die Universität, um nach ihm zu suchen. »Liam Turner ist nur ein gemeinsamer Kommilitone. Mehr nicht. Ich kenne ihn eigentlich gar nicht.«

Das Chaos, das Kaja auf dem Campus der Universität erwartete, nahm sie zum Anlass, endlich ihren ELSA-Feed zu reaktivieren. Nur dank Lora wusste sie, was das völlig überfüllte Hologramm zu bedeuten hatte.

»Danke, Kaja, eine gute Entscheidung. Ab sofort erhältst du den täglichen ELSA-Newsletter und selbstverständlich alle Eilmeldungen und Informationen des Rats. Deine Einstellungen kannst du in deinem persönlichen ELSA-Profil jederzeit anpassen«, beglückwünschte sie ihr Bot zu den getroffenen Änderungen.

Noch nie zuvor hatte Kaja so viele Menschen an einem Ort gesehen. Es mussten nahezu alle Studenten der *Hope* eingeloggt sein. In der Regel waren die meisten Studenten in ihren Vorlesungen, Bibliotheken oder Lehrmodulen unterwegs und nur ein kleiner Teil tatsächlich auf dem Campus anwesend. Heute hatte die anstehende Verkündung der Auserwählten Tausende von jungen Menschen auf den Platz vor den Bibliotheksgebäuden gelockt. Und es waren vermutlich weit mehr, als sie aktuell sehen konnte.

Kajas linker Arm kitzelte. Mit einer unerklärlichen Sicherheit wusste sie, dass Liam ebenfalls eingeloggt war. Allerdings würde es an ein Wunder grenzen, wenn sie ihn in dieser unüberschaubaren Menschenmasse finden würde.

»Liam, können wir uns sehen?« – Kaja

»Im Blue Room, in zehn Minuten.« – Liam

Seine Antwort war sofort auf ihrer Linse zu lesen, und sie rannte erleichtert in Richtung Coder-Keller. Die Stimmung um sie herum war aufgeladen. Im Vorbeigehen konnte Kaja nur einen Bruchteil der Gespräche hören, aber sie bemerkte schnell, dass die Lager gespalten waren. Viele der Studenten warteten voller Hoffnung, ob sie zu den Erwählten gehören würden. Es gab kleine Gruppen von jungen Frauen, die sich besonders herausgeputzt hatten und bewaffnet mit alkoholischen Getränken auf das Los warteten. Es waren aber auch einige Protestierende der ersten Stunde wieder aufmarschiert, ihre Zahl war deutlich gestiegen, die Botschaft klar. Man wollte sich das Recht zur Fortpflanzung nicht von einer künstlichen Intelligenz vorschreiben lassen. Die Stimmung war angespannt, und Kaja war sich nicht sicher, was passieren würde, wenn die wenigen Namen erst mal feststanden.

Auf ihrem Weg zur Bibliothek hagelte es erneut Beschimpfungen gegen sie. Mittlerweile war ihr Gesicht beinahe ebenso bekannt wie das ihres Vaters, und selbstverständlich ging man davon aus, dass Kaja einen Platz im Paradies erhalten würde. Sie hatte weder die Zeit, noch war es der Moment, allen zu erklären, dass das Gegenteil der Fall war.

»Durftest du dir auch einen Partner aussuchen?«, kam eine schneidende Stimme von rechts.

»Ich wette, ich weiß, wessen Name als Erstes ausgerufen wird«, rief eine junge Frau und warf ihr einen bösen Blick zu.

»Ich wünschte, mein Vater wäre der oberste Ratsherr.«

Kaja knirschte mit den Zähnen und ging schneller. Nur zu gern hätte sie den obersten Ratsherrn als Vater eingetauscht, egal gegen wen.

Glücklicherweise traf sie im Erdgeschoss der Bibliothek auf kein bekanntes Gesicht. Alles war wie ausgestorben, alle hatten sich draußen versammelt. Sie rannte die Stufen in das Untergeschoss hinunter und den langen Flur entlang, bis sie endlich vor Liams Blue Room angekommen war. Dank ihres Links brauchte sie keinen Code. Kaum war sie an die Zelle herangetreten, leuchtete der blaue Ring an ihrem Arm, und die Tür öffnete sich. Im strömenden Regen stand Liam mitten auf der kleinen Lichtung und hatte die Augen geschlossen. Peitschender Wind griff nach Kajas Haaren und ihrer Kleidung, kaum dass sie den Raum betreten hatte. »Liam«, rief sie aus vollem Hals, um den Sturm zu übertönen, und stemmte sich mit aller Kraft gegen das tobende Unwetter.

Liam öffnete die Augen, und in dem Moment, als er sie sah, beruhigte sich das Wetter. Der Himmel blieb grau und voll dicker Wolken, aber der Regen war nicht mehr aggressiv, sondern nur noch ein leichter Niesel. Die wilden Böen flauten ab, und nur noch ein kühles Lüftchen fuhr durch die Blätter der Bäume.

»Ich freu mich auch, dich zu sehen«, lächelte sie, und zwischen den Wolken blitzte für einen Moment vorsichtig die Sonne auf. Mit zwei langen Schritten war Liam an ihrer

Seite und schloss sie so fest in seine Arme, dass ihr für einen Moment die Luft wegblieb. Ein neuer, völlig anderer Orkan brach über die Lichtung herein. Ein gewaltiger Stoß warmer Luft hätte sie um ein Haar von den Beinen gerissen. Dann war die Lichtung wieder ruhig, und Liam hatte seine Gefühle im Griff. Er ließ Kaja los und trat einen Schritt zurück.

»Sie haben Thore hingerichtet. Und seine Mutter. Dazu zwei weitere Techniker und deren Familien.« Er ballte die Hände in hilfloser Wut. »Einer der Ärzte aus Rebeccas Einheit hat die Todesscheine ausgestellt. Einer der Männer hatte eine kleine Tochter. Sie war nur fünf Jahre alt.«

Kaja erschauerte. Sie kannte die Gesetze der Arche, wie jeder andere auch. Auf Staatsverrat stand die Todesstrafe, nicht nur für den Angeklagten, sondern für seine ganze Familie. Sie hatte nur noch nie zuvor erlebt, dass dieses Urteil auch vollstreckt worden war. Sie hätte nicht gedacht, dass es jemals so weit kommen würde.

»Du weißt, wer ein solches Urteil unterzeichnen muss«, ergänzte Liam leise.

Kaja nickte. »Die Präsidentin und der oberste Ratsherr.«

Ihr Vater hatte also bereits damit angefangen, Familien zu vernichten. Die Angst, die mit einem Mal in ihr hochstieg, war so groß, dass sich glitzerndes Eis auf den Bäumen und Pflanzen bildete.

»Wurdet ihr verraten? Bist du in Gefahr?«

Liam schüttelte den Kopf, und die Kälte ging zurück. »Ich glaube nicht. Sonst wäre ich längst nicht mehr hier. Auch die anderen sind noch frei. Wir wissen nicht, was Thore am Ende erzählt hat. Die Akten sind zu gut geschützt, um sie zu hacken, und wir dürfen keine Aufmerksamkeit auf uns lenken. Ich vermute, er hat zwei seiner Kollegen geopfert, um uns zu schützen. Warum sonst sollte der Rat wahllos Menschen verhaften? Jasper und Allison sind am Boden zerstört, das kannst du dir vorstellen. Allison denkt, es wäre ihre Schuld, dass diese unschuldigen Familien getötet wurden. Ein kleines Kind, Kaja, was sollte ein kleines Kind gegen die Arche im Schilde führen? Wir müssen diesen Wahnsinn beenden.«

Sie nickte entschlossen. »Dann sag Victoria, dass sie das Hologramm, das sie für meinen Vater vorbereitet haben, in den Arcteryx integrieren sollen. Wenn alles nach Plan läuft, sollten Smith und sie selbst noch heute eine Anfrage von Andersson Creations erhalten. Meine Eltern wollen die Arbeit der beiden sehen und denken darüber nach, ihnen ein Angebot zur Zusammenarbeit zu machen. Sie brauchen nur eine Einladung senden, und er wird kommen.«

Liam betrachtete sie gleichermaßen verblüfft wie beeindruckt. »Wow, Kaja, wie hast du das so schnell geschafft?«

»Dafür verdiene ich keine Lorbeeren«, erklärte sie. »Im Grunde kam die Idee von Agnes, und wenn jemand meinen Vater zum LogIn überreden kann, dann Lora. Ich habe lediglich die Enden verknüpft.«

»Das klingt fast zu gut, um wahr zu sein. Ich werde Victoria sofort eine Nachricht zukommen lassen.«

Für ein paar Minuten wurde sein Blick leer, während er über seine Scio-Linse mit Victoria kommunizierte. Kaja hatte ihren Part erfüllt, aber sie konnte weder Freude noch Erleichterung verspüren. Die Abneigung, die ihr auf dem Campus entgegenschlug, war groß genug, nur weil die Menschen dachten, sie würde durch ihren Vater eine Vorzugsbehandlung erfahren. Was würden die Leute dort oben erst denken, wenn die Wahrheit ans Licht käme: dass sie die Tochter eines Mörders war.

»Die beiden wissen Bescheid«, erklärte Liam und holte Kaja für einen Moment aus dem Karussell der Sorgen. »Sie werden den Arcteryx sofort umbauen und auf eine Nachricht der Anderssons warten. Ein Gespräch über eine mögliche Zusammenarbeit sollte mehr als genug Zeit verschaffen, den Chip deines Vaters zu kopieren. Und den deiner Mutter sicherheitshalber auch. Smith meinte, es wäre gut, wenn du ebenfalls mitkommst. Vermutlich nicht in die Verhandlung, aber wenigstens in den Club. Damit absolut kein Verdacht entsteht.«

Kaja nickte. »Selbstverständlich.«

Ein Lächeln huschte über Liams Gesicht. »Dann sehen wir uns heute Abend? Eine letzte Party in diesem Zirkus? Ich habe gehört, es gibt allen Grund zu feiern. Wir können auf unsere Auserwählten trinken. Das neue Leben feiern, die Toten verabschieden.« Seine Miene wurde wieder hart. »Wir sollten nach oben gehen«, wechselte er brüsk das Thema. »Dieser Irrsinn müsste jeden Moment beginnen, und ich denke, es wäre klug, wenn man uns sehen könnte.«

Einmal noch blickte er sich auf der Lichtung um, und ein beinahe wehmütiger Ausdruck trat in sein Gesicht. Auch Kaja fragte sich, wie oft sie wohl noch Gelegenheit bekommen würden, diesen magischen Ort zu besuchen.

Der Campus hatte sich in der kurzen Zeit, die sie weg gewesen waren, sogar noch mehr gefüllt. Schulter an Schulter standen die Menschen, und die Luft war erfüllt von Stimmengewirr. Liam hielt Kajas Hand fest in seiner und zog sie durch die Menge, bis er beinahe mittig auf dem Platz Halt machte.

»Besser wird es nicht«, wandte er sich an Kaja und reckte den Kopf, um sich ein Bild von der Lage zu machen.

»Ich sollte Lora suchen«, gab Kaja zu bedenken. »Ich habe ihr versprochen, bei ihr zu sein, wenn sie ausgerufen wird.«

Plötzlich hob Liam den Arm und winkte ein paar Leuten einige Meter entfernt zu. Kaja erkannte das blonde Mädchen, das ebenfalls die Hand hob, sofort. Sandra. Kajas Vermutung hatte sich bestätigt. Sie war tatsächlich Medizinstudentin. Und selbstverständlich trugen in ihrer Gruppe beinahe alle Protest-Shirts gegen den Rat. Ihr Verlangen, Liam zu verlassen und Lora zu suchen, war noch geringer als zuvor. Doch die Entscheidung wurde ihr durch ein breites Raunen der Menge abgenommen. Über dem Hauptgebäude der Universität tauchte plötzlich aus dem Nichts ein mannshoher Screen auf, und die Menge rückte noch enger zusammen, um besser sehen zu können. Selbst wenn sie gewollt hätte, Kaja hätte keine Chance gehabt, Lora zu finden oder gar den Weg durch die Massen zu ihr zu schaffen. Tausende Menschen legten die Köpfe in den Nacken und starrten auf den Bildschirm.

»Bürger und Bürgerinnen der Arche«, hallte plötzlich die Stimme von Präsidentin Anna Smith über den Campus, und im gleichen Moment erwachte der Screen zum Leben und präsentierte die Sprecherin. Sie sah wie immer umwerfend aus. Ihr Gesicht war makellos, ihr Alter nicht zu schätzen. Ihr Outfit perfekt auf Frisur, Make-up und ihren Körper abgestimmt. Ihre ganze Haltung strahlte eine Autorität aus, die aus ihren Worten Gesetz machten. Es war schwer, sich dem Zauber und der Faszination dieser Frau zu entziehen. Und plötzlich hatte Kaja Angst. Anna Smith war wie eine Schlange, faszinierend schön und tödlich schnell. Sie kannte nur eine weitere Person, die über ähnliches Charisma und Skrupellosigkeit verfügte: ihren eigenen Vater. Sie dachte an den liebenswürdigen dicken Forscher, an seine Frau, an Rebecca, die ihre alte Freundin nicht im Stich lassen würde, und den vernarbten Piloten. Wäre diese kleine Gruppe ganz normaler

Menschen tatsächlich in der Lage, dieser beinahe überirdischen Macht die Stirn zu bieten? Würde das Volk der Arche ihnen überhaupt glauben oder folgen, wenn es die Möglichkeit dazu bekäme?

»Bürger und Bürgerinnen der Arche«, wiederholte die Präsidentin und breitete die Arme aus, als wollte sie die Versammelten umarmen. »Wir sind heute hier versammelt, um Zeugen und Zeuginnen der Geschichte zu werden. Was wir hier und heute erleben, wird nicht nur unsere Zukunft, sondern auch die unserer Kinder und Kindeskinder verändern. Mit dem heutigen Tag schreiben wir Evolution neu, und ich bin stolz und dankbar, diesen Moment mit euch, mit Ihnen erleben zu dürfen.«

Sie machte eine Pause, um ihren Worten noch mehr Gewicht zu verleihen. In der Stille hätte man eine Stecknadel fallen hören können. Gespannt warteten die Menschen auf Annas nächste Worte.

»Seit dem Tag, an dem wir die Tore der Arche geschlossen haben, ist es oberste Priorität des Rats und der Regierung, für die Sicherheit seiner Bürgerinnen und Bürger zu sorgen und den Fortbestand unserer Zivilisation zu garantieren. Dies ist ein enormer Aufwand für den Staatsapparat und an die Arbeit von vielen Menschen gebunden. Die Technik, die uns hier unten überleben lässt, die medizinische Versorgung, aber auch die Energie, die es benötigt, um das ganze System stabil und aktiv zu halten, das ist die Magie hinter den Kulissen ihres Lebens. Das ist der Service, den die Arche all ihren Bewohnern kostenfrei zur Verfügung stellt. Damit dies auch in den kommenden Jahren so bleiben wird, damit Sie und ich, wir alle, weiter das Leben genießen können, wie wir es gewöhnt sind, ist es für jeden von uns an der Zeit, einen Beitrag zu leisten.«

Sie ließ den Blick langsam von links nach rechts schweifen, als würde sie jeden im Publikum direkt ansprechen.

»Der neue Selektionsprozess ist viel diskutiert. Nicht jeder findet ihn gut. Das ist mir, das ist dem Rat durchaus bewusst. Sie haben unser volles Verständnis. Die Restriktion der Geburten bedeutet einen schmerzhaften Einschnitt. Aber es ist ein notwendiger Einschnitt, daran besteht kein Zweifel. Eine Entscheidung, die den Beteiligten nicht leichtgefallen ist, die aber zwingend für das Wohl aller ist. Jedes geborene Kind in unserer Arche ist ein Mensch mehr, für den Ressourcen geschaffen werden müssen. Wir müssen genau abwägen, wie wir mit dem haushalten, was uns zur Verfügung steht. Wie wir das existierende Leben bewahren und neues möglich machen können. Wie würden Sie entscheiden?« Anna hob den Kopf, blickte in die Kamera und streckte den Zeigefinger nach vorne. »Wäre es Ihre Aufgabe auszuwählen, wer leben darf und wer sterben muss, um Platz für neues Leben zu schaffen, wen würden Sie auswählen?«

»Verdammt, sie ist gut«, flüsterte Liam, und der Zorn war ihm ins Gesicht geschrieben.

»Richtig«, nickte die Präsidentin und lächelte milde. »Das ist unmöglich. Niemand kann von einem Menschen verlangen, über Leben und Tod seiner Mitbürger zu entscheiden. Und genau aus diesem Grund werden wir ab heute auf den Algorithmus vertrauen. Auf eine Instanz, die ausschließlich Fakten bewertet. Eine Logik, die in der Lage ist, viel vorausschauender zu denken als wir, die gerechter ist, die Tatsachen über Emotionen stellt. Die alle Entscheidungen mit Sinn füllt und der wir voll und ganz vertrauen können. Nicht ich werde entscheiden, wer für unsere Zukunft wichtig ist, und auch nicht der Rat. Die Zahlen werden entscheiden, und die Zahlen lügen nicht.«

Sie ließ einen kleinen Moment das Raunen der Menschen zu, bevor sie weitersprach.

»Dass wir der Entscheidung des Algorithmus vertrauen können, heißt nicht, dass es nicht schwer sein wird, diese auch zu akzeptieren. Mir ist durchaus bewusst, dass viele von Ihnen nach diesem Tag enttäuscht sein werden, ja vielleicht sogar verzweifelt. Dass Sie sich dennoch fragen, ob dies der richtige Weg sein kann oder es nicht besser wäre, auf unser Herz zu hören. Ich kann das verstehen, auch ich bin ein Mensch wie Sie, ein Mensch, dem die Reproduktion verwehrt geblieben ist. Als Mensch, als Frau, die auf das Muttersein verzichten musste, appelliere ich an Sie, Ihren Beitrag zu unserer großen Aufgabe zu leisten. Es ist an der Zeit, dass wir alle unsere Rolle annehmen, um das, was bisher geschaffen worden ist, zu erhalten. Wer von Ihnen ausgewählt wurde, ein Kind zu bekommen, soll sich dankbar zeigen und zusammen mit seinem Partner alles daransetzen, dieser Aufgabe würdig zu sein. Wer nicht auserwählt wurde, ist aber nicht weniger wichtig. Es wird die Aufgabe von uns restlichen Menschen sein, den Kindern und ihren Eltern Hilfe und Unterstützung anzubieten, wo immer es möglich ist. Wir bauen zusammen an unserer Arche.«

An vielen Stellen im Publikum brach spontaner Applaus aus. Es gab Jubel, und überall auf dem Campus riefen begeisterte Menschen Annas Namen. Zwar konnte Kaja noch immer Menschen mit besorgten und kritischen Mienen ausmachen, aber der Anteil an Begeisterten überwog deutlich.

»Um niemanden von diesem besonderen Erlebnis auszuschließen, wird das *Parentes Paradisum* als Heimat der Eltern für ELSA geöffnet. Wir können unsere Kandidaten in den kommenden Monaten zwar nicht besuchen, denn sie brauchen die Ruhe, um sich auf ihre Aufgabe vorzubereiten –

aber wir können sie dabei beobachten. Zweimal täglich wird ELSA jeweils eine ganze Stunde lang live in das Hologramm schalten. Während dieser Zeit wird es jedem Bürger und jeder Bürgerin möglich sein, den Stream zu verfolgen. Während dieser zwei Stunden sind alle Bürger von der Arbeit befreit und können so in jedem Fall den jungen Menschen live die Daumen drücken. Auch Botschaften können zu dieser Zeit in das *Parentes Paradisum* zugestellt werden. Ich bitte gleichzeitig um Verständnis, dass außerhalb dieser zwei Stunden die Privatsphäre der Parentes gewahrt wird. Wir sind fest davon überzeugt, dass dies eine wunderbare Lösung für alle ist, und wir freuen uns schon heute auf die vielen wunderbaren Momente, die uns diese kommende Generation schenken wird.«

Kaja wechselte einen Blick mit Liam. Sie beide wussten, was das zu bedeuten hatte. ELSA würde alle Daten, jede Kommunikation und jede Begegnung des *Parentes Paradisum* aufzeichnen und auswerten. Für die Unglücklichen, die die nächsten Monate dort verbringen würden, würde es keine Sekunde privater Zeit geben.

»Aber nun will ich Sie nicht länger auf die Folter spannen. Ich danke für die Aufmerksamkeit und die Unterstützung eines jeden von Ihnen bei dieser großen Sache. Lassen Sie uns jetzt gemeinsam einen Blick in das Hologramm der Kandidaten werfen, bevor wir endlich die Namen erfahren.«

Mit diesen Worten verschwand Anna Smith von dem großen Bildschirm. Stattdessen leuchtete in goldenen Lettern der Name ihrer Eltern.

»Andersson Creations & ELSA präsentieren: das *Parentes Paradisum.«*

Nur wenige Sekunden später startete die Übertragung. Das Auge einer Drohne zeigte die gigantische Größe der künstlichen Welt, während es von oben über eine wirklich paradiesische Landschaft schwebte. Kaja konnte auf den ersten Blick erkennen, dass das mythische Arkadien der griechischen Antike ihrem Vater als Vorbild für sein Grunddesign gedient haben musste. Schon immer war er ein großer Freund und Bewunderer dieser Legende gewesen, und sie wusste, dass er seit Jahren an verschiedensten Designs dafür gearbeitet hatte. Dies schien tatsächlich sein Meisterwerk geworden zu sein.

Grüne saftige Wiesen erstreckten sich über weite Ebenen und sanfte Hügel, durchbrochen von kristallklaren Flüssen, die sich glitzernd dahinschlängelten. Dichte Wälder und vereinzelte Baumgruppen waren Zeichen der vielfältigen Vegetation. Herden von wilden Ponys und Rotwild zogen in aller Ruhe ihre Runden. Ein bunter Schwarm Vögel begleitete die Drohne einen Teil ihres Wegs. Kaja hatte das Gefühl, sie könne direkt in diese Welt hineinspringen. In weiter Ferne näherte sich eine beeindruckende Bergkette, die vom Sonnenlicht in ein warmes Grau getaucht wurde. Am Fuße war, sicher eingebettet zwischen den steinigen Ausläufern auf einer kleinen Anhöhe, eine Siedlung zu erkennen. Etwas weiter entfernt, vielleicht zehn, zwanzig Kilometer, eine weitere, und wieder ungefähr dieselbe Distanz dahinter ebenso. Die kleinen Dörfer umfassten immer etwa vierzig Häuser und zogen sich entlang des gesamten Steinmassivs.

Zielsicher steuerte ihre Kamera auf die am äußeren östlichen Ende gelegenen Behausungen zu. Auf den ersten Blick wirkte es, als würde die Wohnanlage aus dem Felsen herauswachsen, so harmonisch waren die Übergänge von Natur und Kultur gestaltet. Über mehrere Etagen hinweg erhoben sich die Spitzdächer der nach vorne offen gehaltenen Wohngebäude. Durch filigrane Marmorbögen waren die einzelnen

Häuser miteinander verbunden. Aufwendig verzierte Pagoden und Hallen verbanden verschiedene Bereiche und dienten offenbar als Gemeinschaftsräume. Zwischen den Häusern bahnten sich glitzernde Wasserfälle ihren Weg von den Berggipfeln ins Tal, wo sich das Wasser unter den Häusern in einem türkisen See sammelte. Sonnenlicht glitzerte in den Schaumkronen und wurde von dem hellen Stein reflektiert. Grüne Bäume und Sträucher flankierten die vielen kleinen Brücken und Treppen, die sich wie ein elegantes Spinnennetz durch die gesamte Anlage zogen. Das Ganze sah wirklich aus wie ein wahr gewordener Traum. Als hätte jemand seine Wunschvorstellungen des Paradieses Wirklichkeit werden lassen. Und Kaja wusste genau, wer dieser Jemand war. Plötzlich überkam sie eine unheimliche Abneigung gegen diese Welt, gegen ihren Vater, der sich hier selbst zum Schöpfer gemacht hatte. All die Schönheit konnte nicht vertuschen, was ihr Vater hier eigentlich gebaut hatte: einen goldenen Käfig.

Leise, angenehme Harfenmusik legte sich über das Rauschen des Wassers und das Vogelgezwitscher, das bisher im Hintergrund zu hören gewesen war. Über dieselben unsichtbaren Lautsprecher erklärte die Stimme von Kajas Vater ruhig und betont langsam den Menschen, was sie gerade sehen konnten.

»Das *Parentes Paradisum* ist ein Ort des Friedens, der Freude und Liebe. Geschaffen, um jungen Paaren und ihren Familien eine sichere Heimat zu schaffen, in der es ihnen an nichts fehlt. An diesem einzigartigen Ort verbinden sich zum ersten Mal in der Geschichte Natur und Technik in perfekter Harmonie zu einer völlig neuen Welt.«

Die Drohne näherte sich den beeindruckenden weißen Steingebäuden. Wilde Blumenranken umwucherten die filigranen Steinmetzarbeiten, dazwischen tummelten sich smaragdfarbene Kolibris und handtellergroße Schmetterlinge. Zwei Pfauenpaare stolzierten eine Brüstung entlang, das Männchen gab spitze laute Schreie von sich, seine Herzensdame beobachtete ihn unbeeindruckt. Gläserne Fahrstühle verbanden die verschiedenen Etagen von der grünen Ebene bis nach oben zu einer breiten Aussichtsplattform, auf der aus der Ferne die Silhouette eines Menschen zu erkennen war. Kaja musste nicht warten, bis sich die Drohne genähert hatte, um zu erkennen, um wen es sich handelte. Nach ihrer Präsidentin würde nun die zweite Macht der Arche zu ihnen sprechen. Björn Andersson hatte es sich nicht nehmen lassen, sein Meisterwerk selbst zu präsentieren. Während die Drohne immer näher auf ihn zuflog, trat er nach vorne an die Brüstung.

»Herzlich willkommen im Hologramm des Jahrhunderts«, rief er seinem gespannten Publikum entgegen. Björn Andersson hatte sich noch nie mit Bescheidenheit aufgehalten. »Herzlich willkommen im Zuhause unserer Zukunft. Treten Sie ein, folgen Sie mir und genießen Sie diese kleine Tour durch eine wunderbare Welt.«

Das Auge der Kamera folgte Björn Andersson in das Innere des palastähnlichen Hauses. Gemeinsam mit dem Architekten durchquerten Hunderttausende Augenpaare die weitläufige Anlage. Während Björn die verschiedenen Features erklärte, die den Bewohnern in den kommenden Monaten zur Verfügung stehen würden, versuchte Kaja, sich ein Bild von der Stimmung der Zuschauer zu machen. Was empfanden die Menschen, die diesen Luxus zum größten Teil nur von außen betrachten konnten. War es Neid oder Neugier? Würde man das Schauspiel einfach akzeptieren?

Andersson Creations hatte weder an Prunk noch an Kreativität gespart, und der Einsatz verfehlte seine Wirkung nicht. Aus allen Ecken konnte Kaja beeindrucktes Staunen vernehmen. Das *Parentes Paradisum* zog seine Besucher ebenso gekonnt in Bann wie der Arcteryx. Kajas Unbehagen wuchs von Minute zu Minute, und auch die Sorgenfalten auf Liams Stirn wurden tiefer, während ihr Vater seine Tour fortsetzte.

»Und auf dieser Ebene befinden sich die Wohnungen der jeweiligen Paare«, erklärte Björn, nachdem alle gemeinschaftlichen Räume gezeigt waren. »Was hinter diesen Türen geschieht, überlassen wir den Bewohnern und begnügen uns mit dem Wissen, dass der Algorithmus durchaus physische Anziehung in Betracht zieht.« Ein breites Grinsen trat auf sein Gesicht. »Nur weil die Embryonen auf den Reproduktionsstationen gezeugt werden und dort unter bester medizinischer Betreuung reifen, heißt das noch lange nicht, dass der biologische Akt der Zeugung nicht auch seine Berechtigung hat. Eine romantische Beziehung der Elternteile ist, so belegt es Forschung und Wissenschaft, nur förderlich für die gesunde Entwicklung des Kinds. Also, liebe Auserwählte, seid nicht schüchtern, lernt euch kennen und verliebt euch. An welchem Ort könnte man das besser tun als hier?«

Viele der Mädchen in Kajas Nähe begannen zu kichern, als wären sie grünohrige Teenager, die dem ersten Date mit ihrem Schwarm entgegenfieberten.

»Was ist nur mit diesen Leuten los?«, flüsterte Kaja und warf Liam einen fragenden Blick zu.

»Nichts, befürchte ich.« Er zuckte mit den Schultern. »Du musst zugeben, das ist ein durchdachtes Spektakel. Was könnte spannender sein, als ein paar Hundert Menschen dabei zuzusehen, wie sie eine Familie gründen? Das Leben der anderen live und in Farbe. Ein bisschen Romantik, ein bisschen Drama, ein bisschen Porno … und das alles vor dieser Kulisse. Ich würde zuschauen, du nicht?«

»Brot und Spiele«, zitierte Kaja die Politik der römischen Kaiser.

»Brot und Spiele«, bestätigte Liam. »Und niemand wird mehr Fragen stellen als irgendwie nötig. Wir haben uns all die Jahre nicht wirklich weiterentwickelt. Ich befürchte, selbst der beste Algorithmus der Welt kann daran nichts ändern.«

»Haben wir dann überhaupt eine Chance? Diese Menschen machen nicht den Eindruck, als wollten sie befreit werden.« Kajas Zweifel an der Mithilfe der Archianer geriet mehr und mehr ins Schwanken.

»Sie werden keine Wahl haben«, antwortete Liam trocken. »Für die richtige Unterhaltung mögen sie vielleicht ihre Freiheit und ihre Daten aufgeben, aber ihr Leben? Das wage ich zu bezweifeln. Wir werden den Menschen kein Paradies bieten können, da hast du recht. Aber wenn sie erfahren, was hier tatsächlich gespielt wird, dann werden sie uns folgen. Zu viel Dank sollten wir allerdings nicht erwarten. Auch darüber kann die Geschichte ein paar Dinge erzählen.«

Kaja nickte, sie hoffte, er lag richtig mit seiner Betrachtung der Dinge. Sie brauchte keinen Orden, kein Lob und keine Begeisterung der Massen, sie war nicht ihr Vater. Alles, was Kaja wollte, war, diesen Menschen den vorzeitigen Tod zu ersparen, damit eine kleine Elite überleben konnte.

»Und nun, da wir am Ende unseres Ausflugs angekommen sind und Sie alle sich ein Bild davon machen konnten, was die Bewohner hier erwartet, wollen wir wirklich nicht länger warten. Die vollständige Liste wird in wenigen Sekunden auf diesem Bildschirm erscheinen und im selben Moment über ELSA für alle öffentlich zur Verfügung stehen. Um die

Sicherheit der Auserwählten zu gewährleisten, befinden sich die Tanks mit den jeweiligen Körpern bereits seit einigen Stunden auf den Reproduktionsebenen. Es bleiben ihnen noch ein paar Minuten, sich von den Kandidaten zu verabschieden, dann werden sie aktiv ausgeloggt. Sollten sie zu den Auserwählten gehören, werden sie mit Aktivschaltung der Liste von ELSA informiert. Sie werden in wenigen Minuten in ihren Tanks erwachen und unverzüglich medizinisch auf die Reproduktion vorbereitet. Ab morgen haben sie die Möglichkeit, im Rahmen der ELSA-Übertragung mit ihren Familien und Freunden in Kontakt zu treten. Alle weiteren Informationen erhalten sie in Kürze von den medizinischen Teams der Arche und über ELSA. Von mir schon an dieser Stelle herzlichen Glückwunsch und meinen Dank, dass sie sich mit dieser Aufgabe in den Dienst der Arche und der Menschheit stellen. Meine Damen und Herren, liebe Bürger der Arche, ich präsentiere ihnen die Elterngeneration des Jahres 2381.«

Eintausend Namen erschienen auf dem überdimensionalen Bildschirm, jeweils eine Frau und ein Mann als Paar. Die meisten Zuschauer gaben es schon nach wenigen Augenblicken auf, die lange Liste zu scannen, und lenkten den Blick auf ihre Scio-Linsen, um entweder nach dem eigenen Namen oder nach dem eines Freunds oder Verwandten zu suchen. Kaja fühlte sich schuldig, ihr Versprechen Lora gegenüber gebrochen zu haben. Immerhin würden sie sich lange nicht mehr sehen, vermutlich nie mehr. Und plötzlich wurde ihr bewusst, dass sie sich nicht mehr verabschieden konnte. Dass die letzten Worte zwischen ihr und ihrer besten Freundin bereits gefallen waren. Sie reckte den Hals und versuchte, irgendwo im Getümmel Loras dunkle Locken zu erspähen, aber vergeblich. Es waren einfach zu viele Menschen.

»Wo bist du?« – Kaja, schickte sie und öffnete die Liste auf ihre Linse. Sie würde über ELSA erfahren müssen, ob es an der Zeit für einen letzten Erik-Cumberfield-Scherz war.

»Selektionsliste nach Lora Bonnet durchsuchen«, befahl sie dem Bot. Nur eine Sekunde später tauchte Loras Name und der ihres Partners vor ihren Augen auf.

»Lora Bonnet und Liam Turner.«

Kaja fühlte einen Schmerz in ihrer Brust, als würde ihr Herz in tausend Stücke brechen. Ihr Magen krampfte sich zusammen, und ihre Hände zitterten. Die beiden Namen brannten sich wie Feuer in ihr Sichtfeld. Sie blinzelte, als könne sie die schreckliche Wahrheit dadurch ungeschehen machen, aber es hatte keinen Zweck. Der Algorithmus hatte Lora und Liam als perfektes Paar auserkoren, und es gab nichts, was sie jetzt noch dagegen tun konnte. Hatte Lora davon gewusst? War ihrer Freundin schon seit Wochen klar, mit wem sie in die Selektion gehen würde? Und dass Kaja nicht Teil dieser Welt sein würde? Hatte Lora darum so seltsam auf Liam reagiert? Hatte Lora sich in Liam verliebt? Nein, das konnte nicht sein! Oder doch? Ihr wurde schwarz vor Augen, alle Kraft wich aus ihren Beinen. Zwei Hände schlossen sich eisern um ihre Arme, bevor sie zu Boden sinken konnte.

»Kaja«, hörte sie Liams Stimme. »Kaja, wir haben nicht viel Zeit. Hör mir zu.«

Die Worte kamen gepresst, Panik und Schmerz lagen darin, aber Liam hatte sich besser unter Kontrolle als sie.

»Kaja, es ändert sich nichts, rein gar nichts. Ich bin austauschbar, ersetzbar, ihr könnt weitermachen wie bisher. Hast du mich verstanden?«

Sein Blick war eindringlich, beinahe flehend. Sie nickte, sie hatte verstanden. Er wollte, dass sie die Flucht auch ohne ihn durchzogen, dass sie ihn seinem Schicksal überlassen sollten, um die Mission nicht zu gefährden. Sie wusste nur nicht, ob sie dazu in der Lage war. Liam konnte in ihrem Gesicht lesen, was sie dachte.

»Kaja, du darfst nicht aufhören, daran zu glauben. Versprich es mir. Du musst weitermachen. Sonst war das alles hier umsonst.«

Seine blauen Augen hefteten sich an ihre, und die Eindringlichkeit darin ließ sie schließlich nicken.

»Ich verspreche es dir«, sagte sie, und im selben Moment senkte Liam den Kopf und küsste sie. Seine Lippen berührten ihre, und es war, als würde ein Stromschlag durch ihren ganzen Körper schießen. Die Zeit stand still, und die Welt um sie herum war verschwunden. Es gab nur noch sie beide. Liam und Kaja. Sie hatte nicht gewusst, was in ihrem Leben gefehlt hatte, bis zu diesem Moment. Erst jetzt war sie wirklich zum Leben erwacht, denn Liam Turner war das fehlende Bauteil, das sie endlich gefunden hatte und gleich wieder verlieren würde. Der sanfte Druck auf ihrem Mund, die samtig weiche Haut, die sich an ihre presste, war so perfekt, dass sie kaum glauben konnte, dass es sich dabei nur um eine Manipulation ihres Gehirns handeln sollte. Liam Turner war real, die Liebe zu ihm war echt. Kein Algorithmus konnte sie vom Gegenteil überzeugen. Und dann war es plötzlich vorbei. Liams Lippen auf ihrem Mund, seine Hände an ihren Armen, nichts davon konnte Kaja mehr spüren. Der Link an ihrer Hand bestätigte, was sie bereits wusste: Liam war verschwunden. Wie ihr Vater angekündigt hatte, war er ausgeloggt worden. Als würde sie aus einem tiefen Schlaf erwachen, schlug sie die Augen auf. Irgendwo in der Arche würde Liam in diesem Moment in seinem Körper aufwachen. Unerreichbar in den Händen des Rats. Es war zu spät, sie hatten zu lange gewartet, nun gab es keine Möglichkeit, ihn zu retten. Er war verloren.

Einsamkeit und Entsetzen ergriffen von ihr Besitz, und sie musste alle Kraft aufbringen, um nicht in Tränen auszubrechen. Sie musste stark bleiben, sie hatte es Liam versprochen. Ihr Blick wanderte durch die Menge, überall erholten sich die Menschen von der unerträglichen Spannung, die langsam abflaute. Einigen stand die Enttäuschung ins Gesicht geschrieben, die meisten aber hatten bereits damit begonnen, diesen Tag zu feiern, und erhoben ihre Gläser auf die Auserwählten. Ein Gesicht, nicht weit von ihr entfernt, ließ Kaja erstarren. In ihm stand dasselbe Entsetzen, dieselbe Verzweiflung geschrieben, wie auch sie selbst sie empfand. Und Kaja wusste, warum. Sandras Liebe zu Liam war ebenso groß wie Kajas, und sie hatte ihn in den letzten Sekunden gleich zweimal verloren, an die Selektion und an Kaja. Sandras Trauer verwandelte sich unvermittelt in Hass, als sie Kajas Blicke bemerkte. Es bestand kein Zweifel, sie hatte den Kuss gesehen.

ELSA-Newsfeed der *Hope of Tomorrow*

Was für ein Tag, was für ein Auftritt, was für ein Abschied!

ELSA entschuldigt sich an dieser Stelle dafür, dass dies vermutlich keine News sind, denn niemand in der ganzen Arche hat das Spektakel des heutigen Morgens verpasst. Wir können wenig Neues berichten, nur noch einmal zusammenfassen:

Was für ein Auftritt, was für ein grandioser Sieg auf ganzer Linie für Anna Smith und den Rat der Zehn. An diesem Tag darf jeder von uns stolz darauf sein, Bürger und Bürgerinnen der *Hope* zu sein. Eine Gemeinschaft, wie sie die Welt noch nicht gesehen hat. Ein Ziel, das uns alle eint, das uns alle zu einer Familie macht. Und wenn wir selbstverständlich unsere tausend Auserwählten um den Einzug in das *Parentes Paradisum* beneiden, so können wir es doch kaum erwarten, sie von morgen an dabei zu beobachten, wie sie sich in den kommenden Wochen und Monaten näherkommen. Wir sind gespannt, wie viele der Paare bis zur Geburt ihrer Kinder echte Liebespaare geworden sind. Und keine Sorge, Sie werden es nicht verpassen.

Mit ELSA werden Sie den Paaren so nah sein wie nur möglich. Jeden Tag werden wir zweimal aus dem Paradies berichten. Selbstverständlich gibt es jeden Abend eine Zusammenfassung der wichtigsten Ereignisse. Und für alle, die es ganz genau wissen wollen, lassen sich brandneue News als Pushnachricht im Feed aktivieren. Gern nehmen wir Nachrichten, Geschenke und alles, was Sie Ihren Favoriten zukommen lassen wollen, entgegen. ELSA freut sich, mit Ihnen zusammen diesen bedeutenden Schritt in die Zukunft zu begleiten.

Eine Aufzeichnung der Rede unserer Präsidenten Anna Smith steht im ELSA-Archiv unter diesem Link. Die ersten Bilder des *Parentes Paradisum* finden Sie unter diesem Link. Die vollständige Liste der Auserwählten und Verpaarungen inklusive eines kurzen Lebenslaufes finden Sie hier.

13

Am liebsten hätte Kaja ihren ELSA-Newsfeed sofort wieder deaktiviert. Trotz der blinkenden Nachrichten auf ihren Linsen wollte sie nicht glauben, was eben geschehen war. Die Vorstellung von einem täglichen Update zur Liebesgeschichte von Lora und Liam verursachte ihr Magenschmerzen. Eine analoge Kaja hätte den kompletten Inhalt daraus längst wieder nach oben befördert. Die digitale Kaja musste nur die von ihrem Hirn suggerierten Schmerzen ertragen. Das war schwer genug.

Nachdem die Kandidaten verschwunden und die staatliche Übertragung beendet waren, hatten sich viele der Studenten wieder ausgeloggt. Entweder, um in privaten Hologrammen weiterzufeiern, oder wie Kaja unbeobachtet ihre Wunden zu lecken.

Sie selbst hatte die feiernden Menschen und Sandras hasserfüllten Blick nicht lange ertragen können und war in die Villa zurückgekehrt. In ihrem Bett, tief unter den Decken vergraben, war es ihr beinahe gelungen, sich vorzumachen, die letzten Stunden wären nichts weiter als ein schrecklicher Albtraum gewesen. Nur leider wollte ELSA da nicht mitspielen.

»Kaja, in deinen Kontakten finde ich Lora Bonnet und Liam Turner, möchtest du ihnen deine Glückwünsche zur Selektion zukommen lassen? Es besteht die Chance, dass deine Botschaft in einer der kommenden ELSA-Zusammenfassungen vorgetragen wird.«

Kaja ignorierte die Stimme in ihrem Kopf und schloss die Augen. Wie sollte es nun weitergehen? Würden die Darksurfer auch ohne Liam an ihren Plänen festhalten? Sie selbst hatte ihm versprochen, nicht aufzugeben. Aber wie sollte sie die Kraft dazu aufbringen? Was sollte sie als Nächstes tun?

»Kaja, du hast soeben eine LogIn-Einladung für den heutigen Arcteryx erhalten«, meldete sich ELSA erneut zu Wort. »Victoria Silver bittet um Rückmeldung. Willst du die Einladung annehmen?«

Das war also die Antwort auf ihre Frage, ob Liams Freunde an ihrer Mission festhalten würden. Selbstverständlich würden sie das, vermutlich mehr denn je.

»Bitte lass sie wissen, dass ich kommen werde«, wies sie den Bot an. »Und sende eine Nachricht an meine Eltern, ob sie ebenfalls eine Einladung erhalten haben.« Kaja zögerte einen Moment, dann fügte sie hinzu: »Ich würde mich sehr freuen, wenn wir diesen Abend gemeinsam verbringen könnten. Anlass zur Freude gibt es mehr als genug.« – Kaja

Es dauerte nur wenige Minuten, und die Antworten ihrer Eltern flirrten auf Kajas Linse. »LogIn erhalten, wir nehmen an. Guter Sportsgeist, mein Kind. Das freut mich«, schrieb ihr Vater.

Eigentlich hätte Kaja erleichtert sein müssen. Es war beinahe zu einfach gewesen, ihren Vater zu dem LogIn zu bewegen. Doch ihre Gedanken waren nur bei Liam. Wo hatte man ihn hingebracht? Wie ging es ihm? Spürte er dieselbe Verzweiflung wie sie? Ein Teil von ihr hoffte, er würde sich mit aller Kraft gegen das bevorstehende Prozedere zur Wehr setzen und versuchen, zu ihr zurückzukehren. Der andere, rationale Part ihres Hirns hoffte inständig, er würde keine solche Dummheit begehen. Es musste ihr genügen, dass er unversehrt und am Leben war. Der unsichtbare Link, der sie mit Liam verband, war seit seinem Verschwinden nicht mehr zu spüren. Der Beweis, dass Liam weit entfernt und unerreichbar war. Sie fragte sich, ob das digitale Band jemals wieder aktiv werden würde.

Die wenigen Stunden bis zum LogIn kamen Kaja wie eine Ewigkeit vor. Regungslos lag sie auf ihrem Bett und starrte an die Decke. Dabei versuchte sie, nicht an den Kuss zu denken, den Liam ihr zum Abschied gegeben hatte. An seine Berührungen, seine Stimme. Und vor allem versuchte sie zu verdrängen, dass es ab jetzt ihre beste Freundin sein sollte, die jeden Tag, jede Stunde, jede Sekunde, vor allem aber jede Nacht mit ihm verbringen würde, so lange, bis sie ihr gemeinsames Kind in Händen hielten. Vermutlich würde die Entnahme der Körperproben bereits heute oder morgen erfolgen, es würde nur ein paar Tage dauern, und die Zellkombination aus Liam und Lora würde anfangen zu wachsen. Das Band, dass die beiden ab dem Moment für immer aneinanderschweißen würde, wäre viel stärker als jeder digitale Code. Und am Ende hatte der Algorithmus doch recht, und die beiden würden sich ineinander verlieben.

Plötzlich konnte sie nicht mehr stillhalten. Rastlos wälzte Kaja sich zwischen den Kissen hin und her und rieb sich die Hände vor den Augen, als könnte sie die ungewollten Bilder damit vertreiben. Mit einem lautlosen Satz sprang Kater Mikesch unvermittelt auf ihr Bett. Ohne auf Kajas Befindlichkeiten Rücksicht zu nehmen, rollte er seinen warmen Körper an ihre Seite gepresst zusammen und begann zu schnurren. Seine Pfoten drückten fordernd gegen Kajas Brust. Einem viele Jahre antrainierten Reflex folgend, begann

Kaja, das Tier hinter den Ohren zu kraulen. Das rhythmische Brummen aus dem Körper der Katze wurde lauter und hatte eine magische Wirkung. Kaja entspannte sich.

»Was auch geschieht, du wirst mir fehlen, alter Freund«, flüsterte sie und drückte ihre Nase in das weiche Fell des Tiers.

»Kaja, soll ich die Funktion virtuelles Haustier deaktivieren?«, wollte ELSA wissen. »Aus deinen Worten interpretiere ich einen Abschied, liege ich richtig?«

Kaja fluchte und hätte sich am liebsten auf die Zunge gebissen. Sie musste vorsichtiger sein. Sie war es nicht gewohnt, Geheimnisse vor ELSA zu haben. Aber wenn sie nicht besser aufpasste, dann würde sie mit ihrem leichtsinnigen Gerede alle in Gefahr bringen.

»Nein, ELSA, Mikesch soll nicht deaktiviert werden. Ich habe nur laut über ein Upgrade nachgedacht«, versuchte sie, sich vor ihrem Bot zu rechtfertigen.

»Dein Haustier läuft auf der neuesten Version, die Andersson Creations aktuell für lernende Lebensformen seines Intelligenzgrads führt. Soll ich andere Anbieter nach weiter entwickelten Modulen durchsuchen?«

»Nein, schon gut«, Kaja streichelte die Katze. »Mikesch ist perfekt, so wie er ist.«

»Alles klar, ich habe verstanden. Soll ich das Abo für automatische Updates deaktivieren, um seinen aktuellen Status zu erhalten?«

»Du sollst uns endlich in Ruhe lassen«, entgleiste ihr mit einem Mal die Stimme. Noch nie zuvor hatte sie die Omnipräsenz des Chips gestört. Jetzt entlud sich ihre ganze Verzweiflung gegen die Technik in ihrem Kopf.

»Verschwinde einfach, ELSA, halt die Klappe.«

»Kaja, ich kann eine unbegründete Aggression in deiner

Stimme und deinen Vitalwerten erkennen. Meine Aufgabe ist es, dich in deinem Alltag zu unterstützen und für dein Wohlbefinden zu sorgen. Ich werde einen NutriShot aktivieren, der dir hilft, deine Emotionen zu kontrollieren. Du solltest dich sofort besser fühlen.«

»Nein, ELSA, auf keinen Fall …«

Doch ihr Protest war vergebens. Noch während sie sprach, spürte sie, wie die Wut und Angst in ihrem Kopf in warme Watte gepackt wurden. Ihre Arme und Beine wurden schwer, und eine tiefe Müdigkeit machte sich in ihr breit. Sie war so erschöpft, sie konnte sich kaum mehr wach halten.

»Kaja? Kaja, bist du bereit? Wir wollen uns gleich in den Arcteryx einloggen. Wolltest du uns nicht begleiten?«

Die Stimme ihrer Mutter holte Kaja aus einem tiefen, traumlosen Schlaf. Erschrocken riss sie die Augen auf. Von Mikesch war weit und breit keine Spur, die Sonne war lange untergegangen, und der Kater hatte sich unbemerkt in die Nacht davongestohlen. Wie lange hatte sie geschlafen?

»Wow, Lora und Liam Turner, wer hätte das gedacht!« – Jade war die Erste, die sich zu den Ereignissen, die die ganze Arche in Atem hielten, meldete.

»Ich muss gestehen, ich würde gern mit ihr tauschen, und ihr?« – Tanja

Tanja hatte keine Minute später geantwortet. Kajas Magen krampfte sich zusammen.

»Mit Turner ein Kind zeugen und die nächsten Monate zusammen in diesem Holo flittern? Sofort, wo muss ich unterschreiben? Kaja? Ich wette, dazu würdest nicht mal du Nein sagen.« – Jade

Kaja schluckte. Der Chat ihrer Freundinnen ging noch eine ganze Weile so weiter. Keine der beiden schien es zu stören, dass Kaja nicht geantwortet hatte. Die Diskussion hangelte sich von Liams nacktem Körper über die Qualität der erotischen Erlebnisse im *Parentes Paradisum* bis hin zu Geschlecht und Aussehen des zu erwartenden Kinds.

»Stellt euch vor, es hat seine Augen und ihre Haare. Egal, ob Junge oder Mädchen, dieses Kind wird umwerfend aussehen.« – Jade

Kaja konnte die Nachrichten nicht länger ertragen und löschte mit einem kurzen Befehl die gesamte Konversation.

»Hey Kaja, wie gehts? Ich habe gelesen, Lora wurde ausgewählt. Sie ist eine gute Freundin von dir, richtig? Ich hoffe, du bist nicht zu enttäuscht. Ich muss sagen, mir geht es nicht so gut. Ich hatte sehr gehofft, mit auf der Liste zu stehen. Erik wurde ausgewählt, hast du gesehen? Wir waren die letzten Monate öfter aus und … na ja, du weißt schon. Ich wollte eigentlich nur sagen, wenn du mal reden willst, ich würde mich freuen. Liebe Grüße.« – Gloria.

Es hatten sich noch ein paar weitere Mitstudenten der *Hope* bei ihr gemeldet, um ihr stellvertretend für Lora zu gratulieren. Die meisten Nachrichten waren aufrichtig erfreut, ein paar aber auch einfach nur unangemessen neugierig.

»Kaja Andersson, laut unseren Informationen gehören Sie zu den engsten Kontakten von Lora Bonnet, die seit heute Vormittag im Rahmen der Selektion für die kommende Elterngeneration auserwählt worden ist. Unser Nachrichtenteam würde sich sehr freuen, wenn Sie uns für die Berichterstattung persönliche Einblicke in das Leben Ihrer Freundin geben könnten. Gemeinsame Erinnerungen, Bilder, persönliche Geschichten, was immer sie mit uns und der Arche teilen möchten. Bitte lassen Sie uns wissen, wann ein Gespräch in den nächsten Tagen machbar ist. Mit freundlichen Grüßen, das ELSA-News-Team.«

Kaja versuchte, die Nachricht zu löschen, kaum dass sie den letzten Satz gelesen hatte. Doch ELSA blieb hartnäckig und wollte die eigene Botschaft nicht aus ihrem Postfach entfernen. Niemals würde sie mit jemandem über ihre Freundschaft zu Lora sprechen.

Das könnte euch so passen, dachte sie und war diesmal klug genug, den Gedanken für sich zu behalten.

Die nächste Nachricht auf ihren Linsen überraschte sie tatsächlich. Sie kam von Sandra, und aus den wenigen Worten konnte sie nicht erkennen, ob die Darksurferin immer noch wütend auf sie war oder ob auch sie ihre Gefühle für die weit größere Sache verdrängte.

»Kaja, ich bin heute Abend im Arcteryx. Wir sehen uns. Bis später.« – Sandra

Und später war genau jetzt. Es war an der Zeit, ihre Aufgabe zu erfüllen und die Falle für Björn Andersson zuschnappen zu lassen.

»Dann wollen wir mal sehen, was an diesem Nachtclub so besonders sein soll.« Björn Andersson stand ein siegessicheres Lächeln ins Gesicht geschrieben. Niemand, nicht mal seine Tochter oder Frau hätten sagen können, was wirklich in ihm vorging. Kaja hoffte, dass der Arcteryx an diesem Abend mindestens so beeindruckend war wie die letzten beiden Male. Im Gegensatz zu ihrem Vater war sie sichtlich nervös, als ELSA den LogIn aktivierte.

Irgendetwas muss schiefgelaufen sein, war Kajas erster Gedanke, als sie das Hologramm betrat. Wer auch immer ihnen den LogIn-Code zukommen lassen hatte, hatte einen Fehler gemacht. Die drei Anderssons waren nicht im Arcteryx gelandet, sondern im *Parentes Paradisum*. Kaja erkannte das

Hologramm im selben Moment wie ihre Eltern. Irritiert blickten sich die beiden in der von ihnen geschaffenen Welt um. Vor ihnen erstreckten sich die grünen Wiesen, in weiter Ferne, am Horizont, war die Siedlung der Auserwählten auszumachen. Es sah alles genau so aus, wie die Drohne es an diesem Morgen der *Hope* präsentiert hatte. Nur dass sie jetzt nicht mehr aus der Vogelperspektive auf das Arkadien der Zukunft blickten, sondern mittendrin gelandet waren. Wer hatte sie hierhergeschickt, und warum?

Liam, war Kajas erster Gedanke. Liam musste irgendwo hier sein, sie musste ihn nur noch finden. Doch dann fiel ihr auf, dass der Ring an ihrem Arm nicht reagierte.

»Du wirst spüren, dass ich da bin«, erinnerte sie sich an seine Worte. »Du wirst wissen, dass ich da bin. Sobald wir uns im gleichen Hologramm befinden.«

Warum konnte sie seine Anwesenheit nicht fühlen? Selbst wenn er sich meilenweit entfernt irgendwo in den Häusern aufhielt, sie hätte das mittlerweile vertraute Kitzeln unter ihrer Haut trotzdem spüren müssen. War der Link zerstört worden? War ihre Verbindung gekappt? War Lora vielleicht der Grund dafür?

Ein Rauschen aus der Luft lenkte die Aufmerksamkeit der drei Ankömmlinge auf den Himmel über dem Wald zu ihrer Rechten. Das Surren wurde schnell zu ohrenbetäubendem Lärm, als über den Baumwipfeln die Rotoren zweier Hubschrauber auftauchten. Die beiden Passagiermaschinen wirbelten beim Landeanflug wilde Böen auf, Blätter und kleine Äste stoben durch die Luft, und Kaja hob schützend den Arm vors Gesicht. Unter dem Ellenbogen hervor konnte sie sehen, wie die beiden Maschinen ein paar Hundert Meter entfernt auf der grünen Wiese aufsetzten. Kaum hatten die Kufen den Boden berührt, verlangsamten sich die Flügel, und noch bevor der Wind sich gelegt hatte, sprangen zwei Personen aus dem ersten Hubschrauber. In der Sekunde, in der Kaja die beiden erkannte, ergab plötzlich alles um sie herum Sinn. Wäre die Situation nicht so ernst gewesen, sie hätte vor Überraschung über diesen gelungenen Clou lachen müssen. Mit einem geschäftstüchtigen Lächeln im Gesicht kamen Victoria Silver und Smith Young auf ihre Gäste zu. Smith hatte beide Arme zu einer einladenden Geste geöffnet und strahlte ebenso siegessicher wie Björn Andersson vor wenigen Minuten. Sie waren nicht versehentlich im *Parentes Paradisum* gelandet. Sie waren mitten im Arcteryx, und seine Schöpfer hatten ein weiteres Mal ihr Können unter Beweis gestellt und die Anderssons in eine perfekte Kopie ihrer eigenen Welt gebracht. Das Ego ihres Vaters würde diesen Streich nicht leicht wegstecken, so viel war sicher. Aber trotzdem würde er die Kreativität und die Umsetzung der beiden würdigen müssen. In jedem Fall würde er es sich nicht nehmen lassen, die beiden ausführlich zu diesem Werk zu befragen, und das war alles, was sie wollten.

Smith zwinkerte ihr verstohlen zu, als sich die beiden auf wenige Meter genähert hatten, und Kaja antwortete mit einem erleichterten Seufzer. Es war vielleicht nicht Liam, der in diesem Hologramm auf sie wartete, aber wenigstens hatte sie hier echte Freunde an ihrer Seite.

»Mrs. Andersson, Mr. Andersson.« Smith streckte die Hände nach ihren Eltern aus und schüttelte euphorisch erst die ihrer Mutter, dann die ihres Vaters. »Was für eine Ehre, Sie hier in unserem kleinen Vergnügungspark begrüßen zu dürfen. Ich kann Ihnen gar nicht sagen, wie sehr wir uns das seit dem Tag der Eröffnung gewünscht haben. Victoria und ich sind Ihre größten Fans seit der ersten Stunde. Und das muss Ihre Tochter Kaja sein, richtig?« Ohne eine Antwort abzuwarten, trat er zu ihr und schüttelte auch ihre Hand. »Unsere Gästeliste verrät mir, dass du schon in den Genuss des Arcteryx gekommen bist. Das freut mich, das freut mich. Ich hoffe, du bist nicht enttäuscht, dass wir heute Abend eine etwas ruhigere Kulisse gewählt und die Besucher deutlich reduziert haben. Aber keine Sorge, wir werden unser Bestes geben, dich zu unterhalten, während deine Eltern sich umsehen.«

Wieder zwinkerte er ihr verschwörerisch zu. Kaja lächelte und nahm die ihr zugewiesene Rolle dankbar an.

»Keine Sorge, ich bin nicht enttäuscht. Ganz im Gegenteil, so komme ich wenigstens einen Abend in den Genuss, mich wie eine Auserwählte zu fühlen.«

Smith nickte, und nur für einen kurzen Moment konnte sie die Sorge und Angst in seinen Augen erkennen, dann war er wieder der perfekte Gastgeber und Geschäftsmann.

»Mrs. Andersson, Mr. Andersson, darf ich Ihnen meine Partnerin und das kreative Herz dieser Anlage vorstellen? Victoria Silver.«

Victorias Charme übertraf den ihres Partners noch um ein Vielfaches. Mit einer perfekten Mischung aus Freundlichkeit und bescheidener Verehrung begrüßte sie Agnes und Björn, und nur für den Bruchteil einer Sekunde hatte ihr Lächeln einen flirtenden Beigeschmack, als sie Björns Hand schüttelte und dabei ihre Finger elegant auf seinem Unterarm ablegte. Der Effekt entging Kaja keineswegs, und sie wusste in dem Moment, dass die beiden gewonnen hatten. Björn Andersson war dem ältesten Zauber der Welt zum Opfer gefallen: der Bewunderung einer jungen, schönen Frau. Und trotz ihrer Erleichterung war ein kleiner Teil von ihr enttäuscht darüber, wie wenig sich das Genie ihres Vaters doch vom Rest der Menschen unterschied.

»Ich muss schon sagen, Sie haben sich da einen mutigen Scherz erlaubt«, lachte Björn Andersson, ohne den Blick von Victoria zu nehmen. »Keine schlechte Kopie für die kurze Zeit, das will ich Ihnen zugestehen.«

»Wie sind Sie vorgegangen?«, fragte Kajas Mutter. Agnes war sichtlich beeindruckt. Ihr Blick wanderte über die Szenerie. »Ist das eine Software, oder haben Sie alles aus den Bildern des Werbefilms rekonstruiert?«

»Das können wir sehr gern alles später noch besprechen. Aber Sie werden verstehen, dass wir ein paar Geheimnisse an dieser Stelle noch für uns behalten wollen.« Smith lächelte freundlich, aber bestimmt. »Ich vermute, Ihr Besuch hat auch noch andere Gründe, als nur unser Design zu begutachten?«

Björn nickte. »Wir haben ein paar Dinge, die wir gern mit Ihnen und Ihrer Partnerin diskutieren wollen.«

»Dann würde ich vorschlagen, Sie und Ihre Frau fliegen mit uns. Wir drehen eine kleine Runde über dem Areal und unterhalten uns dann in aller Ruhe an einem ruhigen Ort. Gern können wir dann noch ein paar der regulären Arcteryx-Features testen. Damit meine ich, es gibt zu essen und zu trinken.« Er grinste. »Ihre Tochter kann den zweiten Helikopter nehmen.« An Kaja gewandt erklärte er: »Selbstverständlich bist du herzlich eingeladen, dich uns anzuschließen, aber ich denke, es gibt hier deutlich Spannenderes zu entdecken. Wie gesagt, unsere Gästeliste ist heute nicht sehr lang, wir wollten die Exklusivität dieses Holos nicht unnötig strapazieren, vor allem, da wir keine Urheberrechte besitzen. Aber ein paar ausgewählte Freunde des Hauses sind im südlichen Bereich der Anlage, dort würden wir dich hinbringen lassen.«

Kaja nickte. Sie hatte verstanden. Dort würde Sandra warten, dort würde sie den Eingang ins Darknet finden.

»Vielen Dank, ich würde mich gern etwas umsehen.«

Victoria klatschte begeistert in die Hände und schob ihren Arm durch Björns Ellenbogen. »Wunderbar, dann wäre das geklärt. Lasst uns aufbrechen, auch diese Nacht hat ein Ende.«

Zielsicher zog sie Kajas Vater an ihrer Seite in Richtung Helikopter, der wie auf Kommando die Rotoren in Bewegung setzte. Smith legte seinen Arm schützend um Agnes, und die beiden folgten dicht dahinter.

Kajas Blick fiel auf den zweiten Hubschrauber, der ebenfalls die Motoren dröhnen ließ. Er würde sie nicht zu Liam bringen, sondern zu Sandra. Sie schluckte und hoffte inständig, dass dort auch noch ein oder zwei der anderen Surfer warten würden und sie nicht mit ihrer Rivalin allein wäre. Eine Hand schützend über den Kopf gehalten, rannte sie auf die geöffneten Türen des Helikopters zu.

Victoria und Smith, und wer auch immer ihnen dabei geholfen hatte, hatten ganze Arbeit geleistet. Aus dem Fenster des Helikopters betrachtet, glich der Arcteryx an diesem Abend eins zu eins dem *Parentes Paradisum*. Ihre Eltern, die das Original weitaus besser kannten, würden vermutlich den einen oder anderen Unterschied entdecken. Für Kaja war es ein und dieselbe Welt. Und die Sehnsucht nach Liam wurde mit jeder Minute größer.

Nachdem sie eine Weile im Windschatten der ersten Maschine Richtung Süden geflogen waren, drehte der Pilot ihres Hubschraubers plötzlich scharf nach rechts ab. Wohin auch immer er sie bringen würde, es war nicht die Siedlung, auf die ihre Eltern zusteuerten. Erleichtert atmete Kaja auf. Sie hätte es nicht ertragen, die Nachbildung der Gebäude zu betreten, in denen an einem anderen Ort Liam und Lora untergebracht waren. Ihr war es nur recht, so weit weg wie möglich vom Herzstück des Paradieses zu landen.

Sie flogen noch ein paar Meilen über dichten Wald. Von oben sah die Landschaft überall gleich aus. Der unscheinbarste Arcteryx für jedes Auge, das nicht wusste, dass die Kunst diesmal im exakten Nachbau und nicht in der Neuerfindung lag. Nach ein paar Minuten begann der Pilot, einem kaum zu erkennenden Flusslauf tief unter ihnen zu folgen. Und obwohl er in der Luft ebenso den weit kürzeren, direkten Weg hätte nehmen können, hielt er sich akribisch an jede Windung, die das Wasser vorgab. Kajas Handgelenk pulsierte, und sie wusste, das war der Weg aus dem offiziellen Teil des Hologramms, hinein ins Darknet. Es dauerte nicht lange, und vor ihnen tauchte mitten im Wald eine Lichtung auf. Aus der Luft konnte Kaja ein paar Gebäude erkennen, die an einen alten Bauernhof erinnerten. Ein Wohnhaus, ein Stall und eine kleine Scheune. Der Helikopter ging tiefer und setzte zur Landung an. In dem Moment, in dem die Kufen die Erde berührten, fuhr das bekannte Kitzeln durch Kaja, und sie wusste, ihr Chip war geblockt. Mit einer stummen Handbewegung bedeutete ihr der Pilot auszusteigen. Sie nickte, öffnete die schwere Schiebetür und sprang aus dem Hubschrauber. Gebückt, die Arme über dem Kopf, entfernte sie sich aus dem Windstrom der Rotoren, die bereits wieder Fahrt aufnahmen. Sie blickte der Maschine einen Moment hinterher, bevor sie auf das Wohnhaus zusteuerte.

Die alte Holztür war nur angelehnt. Kaja konnte weder Stimmen hören, noch machte es den Anschein, als wäre die Anlage bewohnt. Trotzdem gab sie sich einen Ruck und klopfte mit der Faust gegen das Holz. Nach ein paar Sekunden, in denen kein Mucks aus dem Inneren zu hören war, schob sie die Tür vorsichtig auf und betrat das Haus. Irgendjemand hatte sie hierherbringen lassen und musste hier auf sie warten. Der große Wohnraum, den sie durch den Eingang betrat, war dunkel. Die winzigen Fenster ließen kaum Licht ins Innere, und ihre Augen, die sich erst an die Schatten gewöhnen mussten, konnten im ersten Moment nur die Umrisse einer Gestalt ausmachen, die am Kopfende eines langen Tischs stand und Kaja den Rücken zugewandt hatte.

»Hallo?«, fragte sie vorsichtig und trat ein paar Schritte weiter in den Raum.

»Kaja, du hast es geschafft. Gott sei Dank.«

Sie erkannte die Stimme in dem Moment, in dem die Gestalt sich zu ihr drehte und endlich auch ihre Augen im Zwielicht sehen konnten. Sie schlug die Hände vor den Mund, um den Schrei zu unterdrücken, der ihr auf den Lippen lag, und machte einen Satz nach hinten. Vor ihr stand Liam.

»Nein, nein, das kann nicht sein!«, flüsterte sie zwischen den Fingern vor ihrem Gesicht hindurch. Sie war hin und her gerissen, sich in seine Arme zu stürzen oder das Haus sofort wieder zu verlassen. Was ging hier vor?

»Kaja. Du musst keine Angst haben, ich bin es. Liam.«

Er machte einen Schritt in ihre Richtung, und unwillkürlich wich sie weiter zurück. Der Mann vor ihr sah aus wie Liam, er sprach wie Liam, doch wenn das wirklich der echte Liam war, warum wurde ihr Link nicht aktiv? Sie konnte immer noch keine Verbindung an ihrem Handgelenk spüren. Instinktiv schüttelte sie den Kopf. »Nein, du bist nicht Liam. Ich weiß es, du bist es nicht. Du kannst es nicht sein.«

»Vertraust du mir nicht?«, fragte der Liam, der es nicht sein konnte, und kam weiter auf sie zu. »Hast du mich schon vergessen? Liebst du mich nicht mehr?«

Ohne es verhindern zu können, schossen ihr Tränen in die Augen, und ihre Knie zitterten. »Bitte hör auf«, flehte sie die Gestalt an. »Bitte, das kann nicht sein.«

Ein höhnisches Lächeln trat plötzlich auf Liams Gesicht,

wie Kaja es nie zuvor gesehen hatte. Er streckte die Arme nach ihr aus, und ihr Herz begann, vor Angst zu rasen.

»Genug«, ertönte plötzlich eine weitere Stimme. Eine tiefe Männerstimme voller Autorität, die Kaja ebenfalls sofort erkannte. Einen kurzen Moment flirrte die Luft, und dann folgte Matteos Gestalt seinem Klang. »Genug, es ist genug. Sandra, hör auf damit.«

Vor Kajas entsetzten Augen flirrte Liams Gestalt für den Bruchteil einer Sekunde, dann stand an seiner Stelle Sandra. Nur das schadenfrohe Grinsen hatte es von einem Körper zum nächsten geschafft, ohne sich entscheidend zu verändern. Kaja wusste nicht, ob sie erleichtert sein sollte, dass sie ihr Gefühl nicht getäuscht hatte, oder einfach nur wütend über diesen schlechten Scherz. Doch Matteo ergriff das Wort, bevor sie sich entscheiden konnte.

»Kaja, es tut mir leid. Wir wollten dir keinen Schrecken einjagen. Aber wir mussten den Avatar an irgendjemandem testen.«

»Avatar?« Verständnislos starrte sie die beiden an. Wenn das ein Witz auf ihre Kosten sein sollte, war er wirklich gelungen.

Aber Matteo nickte ernst. »Woran hast du erkannt, dass es nicht der echte Liam war?«

»Ich mag vielleicht nicht die talentierteste Coderin sein«, antwortete Kaja wütend. »Aber ich bin nicht auf den Kopf gefallen. Das hier ist nicht das echte *Parentes Paradisum*, aber der echte Liam ist im Moment dort. Jedenfalls, soweit ich weiß – oder irre ich mich?«

Matteo schüttelte betroffen den Kopf, und plötzlich verschwand auch das Grinsen aus Sandras Gesicht.

»Nein, du irrst dich leider nicht«, erklärte der Forscher. »Und selbstverständlich zweifeln wir nicht an deiner Intelligenz. Aber angenommen, du würdest diesen Liam in einem anderen Hologramm treffen, oder aktuell im *Parentes Paradisum*, würdest du auf ihn hereinfallen?«

Kaja schüttelte den Kopf. Als sie die Enttäuschung in den Gesichtern der beiden sah, fügte sie hinzu: »Aber das liegt nicht daran, dass der Avatar nicht gut ist. Er ist wirklich beängstigend echt. Ich würde ihn deshalb nicht verwechseln, weil ich spüren kann, ob es sich um den echten Liam handelt oder nicht.«

Nun waren es Matteo und Sandra, die Fragezeichen in ihren Augen hatten.

Kaja hob ihren Arm. »Wir sind verbunden. Ein digitaler Link zeigt uns, wo der andere sich befindet. Ich könnte euch immer und überall sagen, ob Liam eingeloggt ist oder nicht. Und in diesem Hologramm ist er nicht.«

Die Reaktion der beiden hätte unterschiedlicher nicht sein können. Während sich ein erfreutes Grinsen auf dem runden Gesicht des kleinen Mannes breitmachte, versuchte Sandra, so gut es ging, ihren Schmerz zu verbergen.

»Ihr seid verlinkt«, lachte Matteo und klatschte vor Begeisterung in die Hände. »Dem Himmel sei Dank für eine gute Nachricht. Das könnte unsere Rettung sein.«

»Das bedeutet gar nichts.«

Es war nicht klar, ob Sandra mit ihrem Kommentar das emotionale oder das digitale Band meinte. Ihre Eifersucht aber war für Matteo wie auch Kaja deutlich herauszuhören.

»Sandra, das ist die einzige Chance, die wir haben.«

Matteos Blick war voll Verständnis für die unerwiderte Liebe, aber bestimmt.

»Wenn Liam dir etwas bedeutet, sollten wir es versuchen. Ihn aus dieser Hölle zu retten muss unser Ziel sein.«

Sandra presste die Lippen zu einem schmalen Strich zusammen und senkte den Blick.

»Was habt ihr vor?«, fragte Kaja und versuchte zu ignorieren, dass sie verantwortlich für den Kummer der anderen Frau war. »Ihr wollt Liam da rausholen? Der Exit wird nicht ohne ihn stattfinden?«, fragte sie hoffnungsvoll.

»Das ist noch nicht entschieden«, antwortete Matteo. »Darum sind wir beide hier, Kaja. Um mit dir zu sprechen, bevor die anderen kommen. Wir sind sozusagen in einer Patt-Situation. Jasper, Allison, Riley, Colin und Smith wollen an den ursprünglichen Plänen festhalten. Colin soll Liams Platz einnehmen und im ersten Transfer nach draußen fliehen, sobald der nächste BlackOut stattfindet.«

»Und Liam bleibt hier zurück?«

»Nicht, wenn wir das verhindern können«, antwortete Sandra bestimmt. Ihre Feindseligkeit war kaum noch zu spüren. Sie sprach ruhig und entschlossen. »Ohne Liam ist die Mission von vorneherein zum Scheitern verurteilt. Keiner von uns verfügt auch nur annähernd über sein Wissen, was die Technik betrifft. Viel wichtiger, er ist die treibende Kraft, unser Herz, wenn du so willst. Er hat unser Team zusammengehalten und immer wieder motiviert. Wir brauchen ihn da draußen. Und sollten wir tatsächlich seine Eltern finden, werde nicht ich diejenige sein, die ihnen erklärt, dass wir ihren Sohn hier in den Fängen des Rats zurückgelassen haben. Dann bleibe ich ebenfalls hier.«

»So weit muss es vielleicht gar nicht kommen«, beschwichtigte Matteo. »Wie du dir denken kannst, sind Sandra und ich fest entschlossen, unseren Freund nicht aufzugeben. Ganz im Gegenteil, wir werden alles tun, ihn zu retten. Und wir sind nicht allein. Rebecca, Victoria und Sam haben ebenfalls dafür gestimmt, Liam da rauszuholen, selbst wenn das bedeutet, den Exit zu verschieben. Liam ist Familie, Familie wird nicht geopfert. Nicht, solange es Hoffnung gibt. Leider hat meine eigene Frau sich dazu entschlossen, in dieser Frage unparteiisch zu sein.« Matteo seufzte. »Magdalena weigert sich, ihre Stimme abzugeben. Sie ist davon überzeugt, nicht über das Leben eines anderen oder gar vieler anderer entscheiden zu dürfen. Sie will sich weder auf die eine noch auf die andere Seite schlagen.«

Kaja rechnete die Stimmen der Darksurfer im Kopf zusammen. Fünf waren für Liams Rettung, fünf dagegen. Das war also das Dilemma. »Aber was soll ich dagegen unternehmen?«

»Du bist eine von uns. Du bist im Team, das gibt dir das Recht mitzuentscheiden. Du bist die letzte Stimme, die noch fehlt. Es liegt an dir, ob wir Liam retten oder nicht.«

In den Sekunden des Schweigens, die Matteos Worten folgten, begriff Kaja die Schwere dieser Entscheidung. Sie sollte über Liams Schicksal entscheiden? Sie war das Zünglein an der Waage?

Selbstverständlich würde sie Liam retten, egal, wie hoch der Preis ausfiel, wollte sie spontan antworten, doch ihr Kopf war schneller und hinderte sie daran, die Worte unüberlegt auszusprechen. Was würde Liam wollen?, fragte eine leise, aber penetrante Stimme in ihr. Was würde er von ihr erwarten? Liam vertraute ihr. So sehr, dass er diese Verbindung zwischen ihnen geschaffen hatte. Er liebte sie, oder wenigstens hatte er das getan, als er sie zum Abschied geküsst hatte. Sie hatte es mit jeder Faser ihres Körpers gespürt. Sie war es ihm schuldig, diese Entscheidung in seinem Sinn zu treffen und nicht unüberlegt dem Wunsch ihres Herzens nachzugeben. Würde er wollen, dass sie seinetwegen ihre Pläne aufgaben? Nein. Das wäre das Letzte, was Liam wollen würde, so viel war sicher.

»Hätten wir überhaupt eine Chance?«, fragte sie, um die Entscheidung etwas hinauszuzögern. »Wie sollen wir ihn überhaupt da rausbekommen? Die Sicherheitsvorkehrungen müssen enorm sein.«

Sandra nickte. »Ja, sind sie. Aber wir sind nicht auf den Kopf gefallen. Wir wollen nicht den gesamten Exit aufs Spiel setzen, Kaja, wir wollen, dass er gelingt. Und das wird er nur, wenn Liam mit an Bord ist. Und wir haben einen Plan. Es wird nicht einfach, aber es könnte gelingen, ihn zu befreien.«

»Wir würden unsere Deckung schneller aufgeben als erhofft«, mischte Matteo sich ein. »Aber das wäre früher oder später ohnehin der Fall. Dass wir die erste Fuhre unbemerkt nach draußen bekommen, war immer eine Unsicherheit. Diesen Preis würde ich gern in Kauf nehmen, wenn es bedeutet, dass Liam mit dabei ist. Für uns hier unten würde das einfach bedeuten, unsere Spuren noch ein bisschen länger und besser zu verwischen.«

»Die Tanks der Auserwählten werden doch sicher streng bewacht«, gab Kaja zu bedenken. »Der einzige Körper, der noch schwerer zu erreichen ist, ist der von Anna Smith selbst.«

»Die Tanks sind auf der Reproduktionsebene. Es ist kompliziert, da dranzukommen, aber nicht unmöglich«, erwiderte Sandra. »Vergiss nicht, meine Mutter gehört zur medizinischen Elite der Arche. Ihr Einfluss reicht weit, so weit, dass es möglich wäre, die Dienstpläne des Personals auf dieser Ebene zu beeinflussen. Weit genug, dass wir bis zum nächsten BlackOut unsere Unterstützer in Position bringen können und Liams Körper zum Schiff bringen, bevor jemand was davon bemerkt.«

Kaja runzelte die Stirn. »Bevor jemand was bemerkt? Sobald das Holovit wieder hochfährt und das *Parentes Paradisum* aktiv geht, wird man feststellen, dass er fehlt. Selbst wenn ihr über genügend Leute verfügt, um eine ganze Station eine Schicht lang zu besetzen. Die Daten werden euch verraten.«

»Wofür, glaubst du, haben wir den Avatar erstellt?«, fuhr Sandra sie gereizt an.

Kaja spürte, dass die beiden deutlich früher mit ihrer Zustimmung gerechnet hatten. Vermutlich hatten sie sich seit dem Moment der Verkündung mit der Frage beschäftigt, wie es gelingen könnte, Liam zu retten. Ihre kritischen Fragen irritierten die beiden, dennoch ließ Kaja sich nicht so leicht überzeugen. Auch wenn sie sich eingestehen musste, dass ein Teil von ihr glauben wollte, es gäbe eine Möglichkeit, Liam zu befreien – sie musste objektiv bleiben.

»Einen Avatar würde man sofort bemerken. Selbst wenn er täuschend ähnlich aussieht. Ihr wollt mir nicht weismachen, dass ihr eine Intelligenz geschaffen habt, die es mit einem Menschen aufnimmt. Und selbst wenn, es fehlt die ID, es fehlen der Chip und der Körper, es fehlt einfach alles. Das kann nicht gut gehen.«

»Muss es auch nicht«, entgegnete Matteo. »Wenigstens nicht lange. Es reicht, wenn wir ein paar Stunden Vorsprung gewinnen und etwas Verwirrung stiften. Mehr nicht. Und um deine Fragen zu beantworten, selbstverständlich haben wir keine künstliche Intelligenz kreiert. Wir werden den Avatar nicht einfach hochladen …« Er zögerte.

»Sondern?«, bohrte Kaja. Sie hatte eine dunkle Vorahnung, was als Nächstes kommen würde.

»Ich werde seinen Platz einnehmen. So bin ich wenigstens am Ende doch noch für eine Sache nützlich.«

»Matteo, hör auf damit. Du bist mehr als nur nützlich. Ohne dich wären wir alle längst verloren.«

Sandras Blicke und Worte waren voller Zuneigung, und

für einen Moment konnte Kaja die Frau hinter der Mauer aus Eifersucht erkennen. Es war ein schönes Bild. In einem anderen Leben wären sie vielleicht Freundinnen geworden.

»Aber deine ID würde dich verraten«, konzentrierte sie sich wieder auf den aberwitzigen Plan, den die beiden ihr verkaufen wollten.

»Wir würden die Chips tauschen, bevor Liam die Arche verlässt.«

»Die Chips tauschen? Wie soll das funktionieren? Das ist unmöglich.« Langsam begann sich Kaja zu fragen, ob die Verzweiflung den beiden den Verstand geraubt hatte. Kein Wunder, dass die Hälfte der Crew von diesem Irrsinn nichts wissen wollte.

»Es ist nicht unmöglich«, erklärte Sandra, plötzlich ganz Medizinerin. »Im Grunde ist es sogar sehr einfach. Ein kleiner Schnitt, ein winziger Eingriff, und der Chip ist raus. Die Schwierigkeit ist es, einen anderen Chip zu implantieren. Der LifeChip kennt die Daten deines Körpers seit dem Tag deiner Geburt, deine Größe, dein Geschlecht, dein Gewicht, dein Alter. Er würde selbst minimale Abweichungen sofort erkennen und Alarm schlagen.«

»Aber?«, fragte Kaja gespannt. »Das klingt, als hättet ihr ein Aber gefunden?«

Sandra zuckte mit den Schultern. »Aber wir denken, wir können den Chip für ein paar Stunden überlisten. Liam braucht keinen Chip mehr, was auch immer geschieht, er wird nicht zurückkehren, er wird sich nie wieder in ein Hologramm der Arche einloggen können, so oder so. Bevor wir also die Arche verlassen, werden wir Liams Chip entfernen und ihn Matteo implantieren. Wir werden seinen alten Chip mit dem neuen koppeln. Vanessa hat ein Programm gebaut, das, wenn es funktioniert, Liams Chip vorgaukeln wird,

Matteos Daten wären in Ordnung, ein digitaler Organtransfer sozusagen. Matteo würde mit Liams Avatar und seiner ID unterwegs sein. Lange wird das nicht gut gehen, ich weiß, du brauchst nicht so zweifelnd zu schauen, aber wie Matteo sagt: Wir brauchen nur ein paar Stunden.«

»Ein BlackOut wird allerhöchstens fünfzehn Minuten dauern, das reicht nie, um Liams Körper zu stehlen und eine Operation an beiden Männern durchzuführen.«

»Wir schätzen, dass wir ungefähr vierzig Minuten bis zum Abflug brauchen. Wäre Liam auf freiem Fuß, wäre es nur die Hälfte der Zeit gewesen. Aber so oder so sieht der Plan vor, dass die Technik-Crew den Reboot der Arche etwas hinauszögert.«

»Hinauszögern? Wir sprechen von der doppelten Zeit. Wie soll das gelingen?«

»Colins Team ist für den kompletten Reboot nach einem BlackOut zuständig. Seine Leute werden das System zweimal blind starten, um uns Zeit zu verschaffen. Der Virus ist die perfekte Ausrede. Nicht einmal Andersson selbst kann sicher sein, dass er nicht schuld ist an einem gravierenden Ausfall.«

Sandras Stimme wurde immer schneller, während sie die letzten Details des Wahnsinns in ihrem Kopf erklärte. Kaja vermutete, die anderen, die Gegner des Vorhabens, mussten jeden Moment auftauchen.

»Wenn ich euch richtig verstehe, wollt ihr also, statt beim nächsten BlackOut einfach alle in den Flieger zu steigen, lieber auf der Reproduktionsstation einbrechen, Liam aus seinem Tank befreien, auf dem Weg zu den Flugzeugen zwei Männern den Kopf aufschneiden und wieder zunähen. Dann den einen mitten ins Auge des Orkans und in seinen sicheren Tod schicken, um den anderen eventuell nach draußen zu bringen. Dabei setzen ich weiß nicht wie viele Menschen ihr

Leben aufs Spiel, und niemand von uns weiß, ob wir nicht alle sterben, bevor sich die Luken nach draußen geöffnet haben.«

Ihr Blick wanderte zwischen den beiden eingefrorenen Gesichtern vor ihr hin und her. Niemals hätte Liam einem solch aberwitzig riskanten Manöver zugestimmt. Nicht für sein Leben, nicht für Kajas. Das hätte er nicht gewollt.

»Hilfst du uns?«, bat Sandra leise.

Und Kaja nickte. »Ihr könnt auf mich zählen, ich bin dabei.«

»Verräter, ihr habt uns ausgetrickst!«

Aufgebracht polterte Allison durch die Tür. Ihr Körper hatte das LogIn-Flirren noch nicht abgeschlossen.

»Kaja, du darfst ihnen kein Wort glauben. Was sie vorhaben, ist Wahnsinn. Sie werden uns alle umbringen.«

Matteo, der Kaja eben noch die Details des Wahnsinns erklärt hatte, erhob sich gelassen von seinem Platz am Tisch.

»Allison, Allison, bitte, wir haben euch nicht ausgetrickst …«

»Wir waren jetzt zum LogIn verabredet, Matteo, jetzt. Wie lange seid ihr schon hier? Und versuch gar nicht erst, dich rauszureden. Deine eigene Frau hat uns alles erzählt.«

Wütend stemmte sie die Hände in die Hüften, während hinter ihr Jasper, Colin, Rebecca und schließlich auch Magdalena eintrafen. Ein schuldbewusster Geschichtsausdruck verriet die Frau des Forschers.

»Es tut mir leid, Liebling. Du weißt, wie schlecht ich lüge.«

Matteo lächelte sanft. »Einer der tausend Gründe, warum mein Herz dir und nur dir allein gehört.«

Mit einer überraschend eleganten Bewegung war der dicke Mann an der Seite seiner Frau und küsste ihr die Hand. Dann wandte er sich an die anderen im Raum.

»Vergebt uns die Verschiebung, aber wir mussten die Gelegenheit nutzen, um Kaja in Ruhe unser Vorhaben zu erklären. Eine objektive Entscheidung wäre mit euch im Raum nicht möglich gewesen.«

»Eine objektive Entscheidung wäre NUR mit uns im Raum möglich gewesen«, fauchte Allison. »Was habt ihr dem armen Mädchen erzählt? Dass ihre Liebe zu retten, es wert ist zu sterben? Dass es sich lohnt, uns alle zu opfern, damit sie ein paar letzte Minuten mit Liam hat?«

»Sie weiß, wie riskant es ist«, erklärte Matteo, immer noch bemüht ruhig. »Und wenn jemand für Liam sprechen kann, dann Kaja.«

»Niemand außer Liam selbst kann für Liam sprechen, Matteo. Oder würdest du für Magdalena entscheiden?«

Die beiden Eheleute wechselten vielsagende Blicke, nein, Matteo würde niemals gegen den Willen seiner Frau handeln.

»Ich kann nicht für Liam sprechen, das stimmt«, ergriff Kaja endlich selbst das Wort. »Aber ich kann für mich sprechen. Und soweit ich das richtig verstehe, habe ich ein Anrecht, meine Stimme abzugeben. Und ich stimme dafür, Liam da rauszuholen.«

Wenn sie mutig genug war, dieses gefährliche Wagnis einzugehen, dann musste sie auch in der Lage sein, Allisons Zorn zu ertragen.

»Kaja, ich kann ja verstehen, dass du ihn nicht zurücklassen willst, aber …«

»Aber sie hat sich entschieden, Allison«, unterbrach Sandra die erneute Diskussion. »Wir haben ihr alle Risiken erklärt, sie hat verstanden, wie gefährlich das Ganze wird, und sie weiß auch, wie ihr darüber denkt. Aber sie hat nun mal eine Stimme, und die zählt. Wir werden Liam retten.«

»Und weiß sie auch, was wir dann mit nach draußen schleppen?«, fragte Riley, die Stirn in Falten gelegt. »Weiß sie, dass wir unser Leben aufs Spiel setzen, um Taxi für einen lebenden Toten zu spielen?«

Verwirrt blickte Kaja zu Matteo. »Was meint er damit?«

Doch Allison antwortete, bevor Matteo zu einer Erklärung ansetzen konnte.

»Das habt ihr also verschwiegen? Dieses kleine, entscheidende Detail?« An Kaja gewandt fuhr sie fort: »Die IDs der Auserwählten sind mit einem Code an das *Parentes Paradisum* gebunden. Sozusagen ein Anker, der verhindert, dass sie sich selbst oder irgendjemand anders sie ausloggen kann. Selbst wenn es uns gelingt, Liams Körper aus der Station zu holen und wir ihn irgendwie ins Schiff schaffen, sein Geist, sein Verstand, sein ›Ich‹, wie auch immer du es nennen willst, wird nicht zurückkommen. Wir können ihn gar nicht rausholen, selbst wenn wir wollten. Sobald wir seinen Chip entfernen, wird er nie wieder in seinen Körper zurückkehren können. Wir machen ihn zu einem Zombie. Was mit seinem Verstand passiert, weiß ich wirklich nicht.«

Kaja stockte der Atem. Sie musste an die Opfer ihres Vaters denken. An den *Total Upload.* Was sie hier vorhatten, war nicht viel besser. Aber Sandra und Matteo konnten nicht so verzweifelt sein. Fragend blickte sie den kleinen Mann an.

»Ich denke, ich habe eine Lösung für unser Problem gefunden. Kaja ist der Schlüssel, um Liam auszuloggen.«

»Langsam glaube ich, du hast den Verstand verloren, alter Mann«, warf Riley ein, die anderen blickten besorgt.

»Bisher hat das Mädchen noch überhaupt nichts gemacht, und trotzdem soll sie die Lösung für alles sein? Ein wahres Wunderwesen.« Er lachte höhnisch.

»Sie hat Andersson hergebracht«, entgegnete Samuel.

»Und zwar schneller, als wir geplant haben. Hättest du das zustande gebracht, Riley?«

Die beiden Männer starrten sich wütend an. Keiner von ihnen senkte zuerst den Blick, bis Matteo sagte: »Kaja hat einen Link. Einen digitalen Link, der sie mit Liam verbindet.«

Erstaunt hoben alle bis auf Sandra die Köpfe, und ein überraschtes Raunen war zu hören.

»Ihr seid verbunden?«, fragte Rebecca, und ein kleines Lächeln huschte über ihr Gesicht. »Matteo hat recht, das könnte alles ändern. Sandra, was meinst du? Meine Studienzeit ist lange her, es hat sich viel getan. Hat der Link irgendeine Auswirkung?«

Sandra zögerte einen Moment, bevor sie antwortete.

»Kann sein. Der Link ist älter als der neue Code auf Liams ID. In jedem Fall hat er in diesem Hologramm funktioniert. Kaja wusste, dass Liam nicht hier ist. Sie hat gespürt, dass der Avatar nicht echt war. Ich glaube, wenn wir sie nahe genug zu ihm bringen, analog und digital, dann könnte sie ihn vermutlich ausloggen. Aber ich würde das gern vorher mit Vanessa und Smith besprechen. Die beiden wissen deutlich mehr über die Technik. Ich kann nur sagen, dass sich schon nach wenigen Tagen eine Verbindung über das neuronale Netz der Körper herstellt, die stark genug sein müsste. Er würde in jedem Fall spüren, dass sie da ist. Was das dann tatsächlich bedeutet, keine Ahnung …«

»Keine Ahnung, keine Ahnung?« Riley hatte sich immer noch nicht beruhigt. »Findet ihr nicht, dass dieser Plan etwas wenig Ahnung und viel zu viele Fragezeichen enthält? Was hat das überhaupt zu bedeuten? Neuronale Verbindung? Digitaler Link? Sind die beiden so was wie siamesische Zwillinge geworden?«

»Der Vergleich ist gar nicht so falsch, Riley«, lächelte

Sandra. »Ein digitaler Link verbindet zwei IDs miteinander. Theoretisch sind alle Daten auf dem einen Chip dann gleichzeitig auch dem anderen zugänglich und umgekehrt. Jede Zutrittsberechtigung, jede Information, jede Erinnerung wird geteilt. Kaja kann sich ohne Freigabe in Liams private Hologramme einloggen und umgekehrt. Sie können sich gegenseitig orten und wissen, wann sie in ein- und demselben Hologramm eingeloggt sind.«

»Was für ein Albtraum«, kommentierte Riley. »Und ich dachte, wir sind hier im Kampf für mehr Privatsphäre unterwegs.«

»Ich vermute, Liam hatte Angst, wir könnten Kaja in Gefahr bringen oder verlieren«, gab Matteo zu bedenken. »Hätte Andersson Verdacht geschöpft und sie vor uns verstecken wollen, Liam hätte sie gefunden. Er hätte alles versucht, sie zu retten.«

»Und nun ist es eben umgekehrt«, sagte Sandra. »Ein digitaler Link führt relativ schnell zu Verbindungen der Nervenbahnen in den Körpern der beiden Träger. Die geteilten Daten wirken sich auch auf die biologische Information aus. Tatsächlich, als wären sie miteinander verwachsen. Mit etwas Glück ist das Band zwischen Liam und Kaja stark genug, um ihn in seinen Körper zu holen. Dann, und erst dann, können wir den LifeChip entfernen.«

»Liams Chip wird mir implantiert«, fuhr Matteo fort. »Ich logge mich mit dem Avatar ein, wenn das Holovit wieder aktiv ist, und ihr gewinnt ein paar Stunden, bis das Fehlen des Echtkörpers bemerkt wird. Bis die ersten Drohnen starten, um nach euch zu suchen, seid ihr weit genug entfernt.«

Riley schien immer noch nicht überzeugt. Verzweifelt raufte er sich die Haare.

»Dieser Exit war schon mehr als waghalsig, als wir nur ein

paar überflüssige Hacker waren, die sich leise davonstehlen wollten. Vor ein paar Tagen hatten wir noch die Hoffnung, der Rat wäre vielleicht sogar froh, uns los zu sein. Was glaubt ihr, was passiert, wenn wir einen der Auserwählten stehlen? Wir könnten genauso gut eine Bombe in diesen Ameisenhaufen werfen. Die werden alles auf den Kopf stellen und jede Zelle durchsuchen, bis sie die Menschen gefunden haben, die uns unterstützen. Meint ihr wirklich, das zweite Team wird es dann noch nach draußen schaffen? Das könnt ihr vergessen. Wenn wir diesen Stunt abziehen, dann sind die Schotten dicht, und Andersson lädt noch am selben Tag die komplette Bevölkerung ins Holovit hoch.«

»Das wird er nicht.« Kaja kannte ihren Vater zu lange und zu gut. »Das kann er nicht. Er braucht die Kinder dieser Generation.« Kaum hatte sie es ausgesprochen, wusste sie, dass sie recht hatte. »Der Algorithmus hat nicht nur nach Kompatibilität ausgewählt, sondern auch nach Zukunftsfähigkeit. Das sind die Gene, die er braucht, um seinen Elite-Staat zu schaffen. Er wird niemanden hochladen, bevor er nicht sicher sein kann, dass die geborenen Kinder seinen Vorstellungen entsprechen und er nicht noch mal von Neuem beginnen muss. Wir haben also mindestens neun bis zehn Monate, bevor er mit dem Upload beginnt.«

»Selbst wenn es das zweite Schiff nicht nach draußen schaffen sollte, wäre es nicht vielleicht sogar besser, hier unten alle aus ihrem Dornröschenschlaf zu wecken?«, überlegte Samuel. »Die Menschen hier haben doch keine Ahnung, was eigentlich gespielt wird. Dass es tatsächlich sogenannte Auserwählte gibt, die nicht freiwillig in diesem Hologramm sind. Vielleicht ist es an der Zeit, das wahre Gesicht unserer verehrten Präsidentin zu enthüllen? Ich könnte mir vorstellen, das wäre ein interessanter ELSA-Artikel.«

»Samuel hat einen Punkt.« Magdalena, die sich nur selten in die Diskussion einmischte, hatte die volle Aufmerksamkeit der Runde.

»Und ich spreche für uns, die wir zurückbleiben. Die Bewohner der Arche haben es verdient zu erfahren, was hier gespielt wird. Das ist vielleicht unsere einzige Chance, mehr Menschen auf unsere Seite zu bringen. Wenn wir weiter dabei zusehen, wie der Rat sein Propagandatheater aufführt, verlieren wir vielleicht am Ende alles. Was, wenn ihr hierher zurückkommt, und es will überhaupt niemand gerettet werden? Der größte Triumph für Andersson wäre es, wenn ihm die Bürger freiwillig in den Upload folgen. Ich bin dafür, wir sollten Liam da rausholen. Hier und heute sollten wir beschließen, niemanden mehr kampflos aufzugeben. Jedes Opfer ist eines zu viel. Wir sollten kämpfen bis zum letzten Mann.«

Mit zwei Schritten war Matteo bei seiner Frau, schlang die kurzen Arme um ihre Mitte und küsste sie leidenschaftlich.

»Das sind sieben Stimmen gegen fünf«, erklärte er und schnappte nach Luft. »Es ist entschieden, Ende der Diskussion, wir holen unseren Jungen da raus.«

Niemals hätte Kaja gedacht, dass die demokratische Entscheidung tatsächlich von allen akzeptiert werden würde. Immerhin war der Einsatz für jeden von ihnen hoch. Aber keiner, nicht einmal Riley wagte es, Magdalenas Entscheidung infrage zu stellen. Die Diskussion aber war lange noch nicht beendet. Anstatt über das »Ob« zu streiten, konzentrierten sich nun alle auf das »Wie«. Jeder von ihnen hatte eine unterschiedliche Vorstellung davon, wo und wie der ursprüngliche Plan geändert werden musste, um wenigstens eine halbwegs realistische Chance auf Erfolg zu haben. Einzig Kaja und Magdalena schienen nicht über genug technische, medizinische oder praktische Fachkompetenz zu verfügen, um ihren Willen durchsetzen zu wollen. Die beiden Frauen lauschten der hitzigen Debatte und wechselten immer wieder vielsagende Blicke. Je genauer sie das waghalsige Unternehmen in die einzelnen Schritte zerlegten, desto klarer wurde Kaja, wie aussichtslos der Plan tatsächlich war. Nach einer knappen Stunde hatte sie beinahe all ihren anfänglichen Mut wieder verloren.

»Kaja muss sich in das Paradies einloggen, so viel steht fest«, wiederholte Sandra einen der wenigen unumstößlichen Punkte. »Smith und ich selbst werden sie begleiten. Smith kennt den Code, ich kenne Liam. Einwände?«

Vielleicht war es nur die Erschöpfung, aber zum ersten Mal seit einer gefühlten Ewigkeit hielten alle Anwesenden den Mund und nickten. Sandra hatte gewonnen.

»Gut. Mein Körper ist bereits auf der Krankenstation bei meiner Mutter. Sie wird zum Zeitpunkt null mit ihrem Team vor Ort sein. Matteo, deinen Körper werden wir morgen auf die Krankenstation verlegen, Magdalena bleibt in eurer Zelle. Allison, Jasper, sobald wir wissen, wann der Zeitpunkt null, der BlackOut stattfindet, bringt ihr eure Teams in Position. Wir brauchen einen freien Weg von der Krankenstation auf die Abflugebene. Kaja, deinen Körper müssen wir so knapp wie nur möglich einsammeln, alles andere wäre zu riskant. Du wirst ein paar Stunden vorher ELSA und deinen Eltern erklären, dass es dir nicht gut geht und dich checken lassen. Wir schicken jemanden, der dich, selbstverständlich nur zur Vorsicht, abholen lässt. Sollte irgendetwas schiefgehen, werden Colin und ein paar Leute dich rausschleusen, aber so weit wird es nicht kommen. Hoffentlich. Es gibt keinen Grund, warum bis hierhin etwas schiefgehen sollte.«

»Dein Wort in Gottes Ohr«, begrüßte Smith, der urplötzlich in der Tür stand, die Runde. Hinter ihm trat Victoria in den Raum. Das Blitzen in ihren Augen verriet, dass der Plan wenigstens im ersten Schritt geglückt war.

»Wir haben es geschafft«, bestätigte Victoria Kajas Vermutung und war mit ein paar langen Schritten bei ihr, um sie zu umarmen. »Kaja, danke für deinen Einsatz. Es hat geklappt. Wir haben alles, was wir brauchen. Der Scan läuft bereits. In ein paar Minuten müssten wir den Code so weit aufgeschlüsselt haben, um den Zeitpunkt unseres kleinen Abenteuers zu kennen. Ich hoffe, ihr seid bereit.« Sie grinste. »Falls nicht, dann seht ihr hier die beiden neuen Creative Directors von Andersson Creations.«

Smith verzog angewidert das Gesicht und schüttelte den Kopf. »Ich weiß nicht, warum du das so lustig findest. Kaja, bitte nimm es mir nicht übel, aber dein Vater ist ein unerträglich arroganter Snob.«

Kaja zuckte mit den Schultern. Es gab nichts, das sie zu Björns Verteidigung hätte sagen können.

»Während wir uns von unserer besten Seite gezeigt haben, ist hier hoffentlich ein brauchbarer Plan entstanden?«, fragte Smith in die Runde.

Die Anwesenheit der beiden Coder ließ die Gespräche deutlich kürzer und zielführender werden. Während alle gespannt auf die Informationen aus dem Andersson-Chip warteten, konnten die letzten offenen Punkte schnell geklärt werden.

»Wir werden hierbleiben«, beschloss Victoria für sich und ihren Partner. »Alles andere wäre zu verdächtig. Und wenn der zweite Flug nicht gelingen sollte, sind Smith und ich hier unten nützlicher als draußen. Wir haben Anderssons Pläne, wir können versuchen, diesen Wahnsinn so lange wie möglich aufzuhalten. Und wir brauchen den Arcteryx. Wenigstens noch, solange wir uns im Geheimen treffen wollen. Smith und ich werden uns von unseren Zellen aus einloggen und helfen, wo wir können.«

Matteo nickte. »Wir sind also alle auf Position, Sandra, Smith und Kaja im *Parentes Paradisum* eingeloggt. Sandras und Kajas Körper sind bereits in Rebeccas Obhut. Der Strom fällt aus, alle loggen sich aus dem Hologramm aus, Kajas Link bringt Liam mit zurück. Dann bleibt noch der Chip-Tausch. Rebecca und Sandra nehmen den Eingriff vor, ich bleibe auf der Krankenstation. Das Team für Flug eins fährt zusammen mit Kaja nach oben und verlässt die Arche.«

»Zusammen mit Kaja?«, fuhr Sandra überrascht dazwischen. »Das war so nicht besprochen. Sie sollte im zweiten Flug sein.«

»Sie wird mit euch fliegen«, erwiderte Matteo bestimmt. »Sie kann nicht hier unten blieben, das wäre zu gefährlich. Selbst wenn kein Verdacht auf sie fällt, würden wir ihren Körper kein zweites Mal retten können. Ihr Vater ist nicht dumm, er wird wissen, dass sie irgendetwas mit dem Verrat zu tun hatte. Sie setzt ihr Leben für uns aufs Spiel. Sie fliegt. Samuel, habt ihr noch Platz in der Maschine?«

Der Pilot nickte. »Es wird ein bisschen eng, und der Service wird wohl darunter leiden, aber es wird gehen.«

»Gut, dann ist das also entschieden. Kaja, du wirst die anderen nach draußen begleiten, okay?«

Kaja nickte und zwang sich, ihr Gefühlschaos nicht zu zeigen. Bisher hatte sie versucht, so wenig wie möglich darüber nachzudenken, was mit ihr geschehen würde. Jetzt konnte sie spüren, wie eine neue Hoffnung ihr Kraft gab. Sie würde mit Liam nach draußen entkommen. Selbst Sandras wütende Reaktion konnte ihre Freude darüber nicht trüben.

»Dann brauchen wir nur noch die LogIn-Codes aus

Anderssons Chip, die beste Tarnkappe, die ein Coder programmieren kann, und eine Uhrzeit. Was könnte noch schiefgehen?« Smith lächelte, doch Kaja konnte die Sorge in seinen Augen sehen.

»Das wird wohl unsere Aufgabe sein«, entschied Victoria. »Smith, was meinst du, Lust auf ein paar neue Features, während der Rest ein Manöver probt?«

Gemeinsam betraten sie die kleine Scheune gegenüber dem Wohnhaus durch eine unscheinbare Holztür. Erst Matteo, dann Sandra, gefolgt von Riley und Samuel vor Kaja und dem Rest. Wie so viele Orte, die Victoria und Smith erbauten, war auch hier das Außen nur eine Verkleidung für das tatsächliche Innenleben. Der Holzverschlag, der einem unwissenden Beobachter gar nicht auffallen würde, beherbergte nichts weniger als einen Nachbau der kompletten ersten Ebene der *Hope*. Mit offenem Mund betrat Kaja den Hangar der Arche. Das Original hatte sie noch nie gesehen, aber sie würde Stein und Bein darauf wetten, dass jedes Detail übereinstimmte. Niemand außer ihr schien überrascht darüber, wo sie gelandet waren, und die Sicherheit, mit der Sam und Riley die Halle betraten, räumte jeden Zweifel aus. Sie befanden sich mitten in einer Eins-zu-eins-Kopie des täglichen Arbeitsplatzes der beiden Piloten.

»Na, dann wollen wir mal«, läutete Riley ohne große Umschweife ihr Unternehmen ein. »Sam und ich werden Hölzchen ziehen, wer euch fliegt. Scherz beiseite, wer laut Dienstplan oben sein wird, der geht auch nach draußen. Eine Sache weniger, die wir manipulieren müssen. Also, einer von uns beiden wird auf euch am Aufzugsschacht warten. Die meisten Drohnen, die ihr jetzt hier seht, werden auch im Original geparkt sein. Vermutlich nicht ganz in dieser Aufstellung, aber genügend Schiffe, um euch vor den Kameras zu schützen. Wir beide kennen jede, und damit meine ich wirklich jede Variante, um vom Auge des Rats unentdeckt zu bleiben. Wichtig ist, dass ihr uns folgt, und zwar Schritt für Schritt. Immer schön im Gänsemarsch, dicht hintereinander, habt ihr verstanden?« Jasper, Allison und Sandra nickten. »Kaja, hast du mich verstanden?«

»Dicht hintereinander, euch Schritt für Schritt folgen«, wiederholte sie seine Anweisung.

Riley nickte zufrieden.

»Bevor ihr unten den Aufzug betretet, wird Rebecca euch eure Störer aushändigen. Solange wir innerhalb der Arche sind, selbst wenn wir das Flugzeug betreten haben, bleibt der Störer kleben, als wäre er mit euch verwachsen.«

»Störer?«, fragte Kaja. Sie hatte das Wort noch nie gehört.

»Ein kleiner Magnet«, erklärte Rebecca. »Nicht größer als eine Münze. Du heftest ihn außen an deinen Kopf, dort, wo sich dein LifeChip befindet. Die Wellen, die er aussendet, verhindern, dass dein Chip aufzeichnet oder dass du geortet werden kannst. Keine Sorge, das ist kinderleicht und tut nicht weh, ich werde da sein und dir helfen.«

»Warum entfernen wir nicht einfach die Chips?«, schlug Kaja vor. »Wir werden nicht zurückkehren, richtig?«

Die anderen zögerten, dann sagte Rebecca: »Wir hätten gar nicht genug Zeit, euch allen den Chip zu extrahieren. Und …«, sie wechselte einen schnellen Blick mit ihrer Tochter, »… es ist nicht ganz ohne Risiko. Der Chip war so lange mit den Nervenbahnen im Körper verwachsen, es könnte unter Umständen sein, dass der Stress einer Trennung sich negativ auswirkt.«

»Negativ auswirken? Was soll das heißen?«

»Das heißt, dass wir die Störer verwenden werden. Und

basta«, beendete Riley harsch die Unterhaltung. »Also, wir haben nicht die ganze Nacht Zeit. Ihr kommt aus dem Aufzug, ihr habt die Störer platziert und wartet auf dieses Zeichen, bevor ihr aussteigt.«

Er winkelte den linken Arm nach oben vor seine Brust. Zeigefinger und Mittelfinger der Hand klopften dreimal schnell gegen seinen Körper.

»Dreimal klopfen, dann folgt ihr mir oder Sam. Los, wir versuchen es. Alles aufstellen.«

Viermal hintereinander ließ Riley seine Passagiere den Aufzug wieder und wieder verlassen, bevor er mit ihrem Gänsemarsch zufrieden war. Erst auf ihrer letzten Tour standen sie dicht genug, um den restlichen Weg zu proben. Er ließ sie alle hinter Samuel marschieren und beobachtete den Gänsemarsch aus der Ferne. Immer wieder umrundete er die kleine Gruppe, warf prüfende Blicke nach oben an die weit entfernte Decke und justierte ihre Formation. Meter für Meter legten sie so durch die lange Halle zurück. Ein- oder zweimal ließ er ein paar der Drohnen umplatzieren, um sich eine andere mögliche Parksituation zeigen zu lassen. Irgendwann hatten sie den Teil der Halle mit den Drohnen durchquert und das eigentliche Ziel der Fluchtnacht erreicht. Den Bereich der nicht mehr genutzten Passagierflugzeuge. Fasziniert betrachtete Kaja die Vögel aus Stahl. Das war also ihr Ticket nach draußen. Damit würden sie nicht nur an die Oberfläche gelangen, sondern sogar noch höher und bis in die Luft steigen. Es fiel ihr schwer, wirklich daran zu glauben. Als würde ein Traum in Erfüllung gehen, von dem sie nicht einmal gewusst hatte, dass er tief in ihr existierte.

»Macht euch keine Illusionen«, kommentierte Riley ihre beeindruckten Blicke. »Sie sehen vielleicht gut aus, aber die meisten würden es nicht mal über die Rollbahn schaffen. Nur noch eine Handvoll sind flugtüchtig, zwei davon haben wir über die letzten Monate fit genug bekommen, dass sie die Strecke bis zum Reservat schaffen könnten. Garantieren kann ich es nicht. Kommt, folgt mir, hier entlang.«

Sie setzten den Gänsemarsch zwischen den alten Fliegern hindurch fort, bis Riley plötzlich vor einem der unscheinbarsten Halt machte. Im ersten Moment vermutete Kaja, der Pilot wolle sich einen Scherz erlauben. Der schmale Flieger war nicht nur der Kleinste von allen, er sah mit Abstand am schäbigsten aus. Sie wäre die letzte Maschine ihrer Wahl gewesen.

»Das kann nicht dein Ernst sein?«, sprach Sandra ihre Gedanken aus. »Du glaubst nicht wirklich, dass ich in dieses rostige Ding einsteige?«

»Du solltest dich nicht von ihrem Äußeren täuschen lassen, Sandra. Sie hat weit mehr zu bieten, als man ihr ansieht.« Seine Hand streichelte über die Seite des Fliegers. »Dieses rostige Ding, wie du es nennst, ist eine Horus 5000. Sie ist 2049 zum ersten Mal gestartet und war damals ein wahres Wunder. Kaum Kraftstoffverbrauch, trotzdem schafft sie enorme Strecken in kürzester Zeit. Sie ist das einzige Schiff, für das wir genügend Treibstoff zusammenstehlen konnten und die es aus diesen, sagen wir mal begrenzten Raumverhältnissen nach oben schaffen wird. Du solltest nicht abwertend über sie sprechen.«

»Sie ist uralt. Und sieht aus, als würde sie es nicht einmal bis vor die Tür der Arche schaffen.«

Sandra war nicht überzeugt.

»Sie ist alternativlos«, antwortete Samuel und öffnete die Einstiegsklappe. Im Inneren wies er ihnen allen ihre Plätze zu.

Kaja stieg ein, und ihr Blick fiel auf den leeren Sitz an ihrer rechten Seite. Würde Liam tatsächlich neben ihr die Arche verlassen? Würde er es schaffen?

Mit geübten Handbewegungen zeigte Samuel ihnen, wie sie die Gurte schließen und öffnen konnten, er half ihnen, die Sauerstoffmasken aus den Klappen über ihren Köpfen zu holen und sie wieder darin zu verstauen. Als sie das Ganze mehrere Male wiederholt hatten, stemmte er die Hände in die Hüften und nickte zufrieden. »Ich denke, wir können starten, ihr seid so weit.«

»Das trifft sich gut. Wir auch.«

Unbemerkt waren Victoria und Smith zu ihnen gestoßen, ihre Arbeit schien ebenfalls erfolgreich abgeschlossen.

»Habt ihr gefunden, was wir brauchen?«, fragte Kaja gespannt.

Victoria nickte. »Wir haben LogIns für das *Parentes Paradisum* und eine Verschlüsselung. Es war nicht leicht, aber wenn ihr euch da drinnen nicht benehmt wie der Elefant im Porzellanladen, sollte euch niemand bemerken. Sprecht auf keinen Fall irgendjemanden an, lasst euch nicht sehen und nicht erwischen. Rein, Liam schnappen und wieder raus. Das ist die Aufgabe. Wir bringen euch mit dem LogIn direkt an seine Unterkunft, ihr habt also wenig Zeit und wenig Gelegenheit, wirklich Schaden anzurichten. Mehr können wir nicht tun.«

»Und wann?«, fragte Sandra, die Aufregung in ihrer Stimme war nicht zu überhören.

»Dein Vater ist ein echtes Genie, Kaja, das muss man ihm lassen. Wir haben immer noch ordentlich zu kauen an diesem Virus, aber die nächsten beiden BlackOuts konnten wir errechnen. Unser Zeitfenster ist heute in drei Tagen, knapp achtzehn Minuten, die wir auf dreiundvierzig verlängern werden. Das muss reichen.«

Drei Tage. Kaja ballte ihre Hände zu Fäusten. Drei Tage waren eine lange Zeit. Zeit genug, um Liam an Lora zu verlieren? Zeit genug, um beiden die Proben für ein gemeinsames Kind zu entnehmen? Aber sie hatte keine Wahl. Drei Tage würde sie irgendwie überstehen müssen, ohne den Verstand zu verlieren.

»Okay.« Matteo klatschte in die Hände und zwang sich zu einem mutigen Lächeln. »Truppe formieren und los geht es an die nächste Station.«

»Welche nächste Station?«, fragte Kaja, die ihrem Kopf voller Sorgen und Anweisungen gern eine kleine Pause gegönnt hätte.

»Der Arcteryx«, lachte Smith. »Wir haben diese Kulisse nicht nur gewählt, um deinen Vater zu beeindrucken, Kaja, obwohl das sehr gut gelungen ist. Aber unsere kleine Besichtigungstour haben wir vor allem dazu genutzt, um aus ihm herauszukitzeln, wo unsere Pläne vom Original abweichen. Wir sind zwar sicher nicht so perfekt unterwegs wie in dieser Kopie, aber nach den Korrekturen, die uns der Chefdesigner persönlich mitgeteilt hat, sollte es reichen, um uns als Landkarte zu dienen. Die Nacht ist noch jung. Bevor du dich hier ausloggst, wirst du das *Parentes Paradisum* besser kennen als die Auserwählten selbst, das verspreche ich dir.«

Logbuch der Arche *Hope of Tomorrow*

Eintrag: 13.07.2381
Christophe Burnes
Chronist

Knapp vierundzwanzig Stunden, nachdem alle eintausend Kandidaten erfolgreich in das *Parentes Paradisum* eingeloggt und die Körper auf die Reproduktionsstationen verbracht wurden, steht die erste ELSA-Übertragung für die Bevölkerung bevor. Nach Freigabe des Zusammenschnitts durch den Rat und die Präsidentin wird die Sendung an den Newsfeed übermittelt und in den Archiven abgelegt. Ebenfalls dokumentiert werden die Reaktionen der Zuschauer sowie die Statistiken zum Sehverhalten. Der Rat steht für die weiteren Übertragungen im Austausch mit ELSA.

Erfolgreich verlaufen ist auch die Entnahme der Proben. Bis auf eine statistisch zu erwartende geringe Prozentzahl liegen die Fertilitätspotenziale im positiven Bereich. Die Besamung der entnommenen Eizellen ist nach einer abschließenden Untersuchung für den 14. Juli geplant. Der Prozess der Gravidität wird analog zu den Vorjahren in den vorgesehenen externen Uteri stattfinden und vom medizinischen Fachpersonal betreut. Die Aushändigung der fertig gereiften Embryonen ist Anfang des kommenden Jahres geplant. Von der laut Protokoll diskutierten Wachstumsbeschleunigung wird aus medizinischen Gründen abgesehen. Die fachlichen Einschätzungen dazu können in den Datenarchiven eingesehen werden.

Zum Zeitpunkt dieses Protokolls liegen keine Informationen über weitere Angriffe auf das Holovit vor. Allerdings kann dies auch auf die strengen Sicherheitsmaßnahmen aller

Abteilungen zurückgehen. Der aktuelle Ratsbeschluss dazu bleibt bis auf Weiteres und in jedem Fall bis nach den Geburten bestehen. Es gelten die diesbezüglichen Strafen bei Verstoß gegen die Gesetze zur Sicherheit der Arche.

Von der Schwesterarche Rescue wurden uns die Daten eines sich nähernden radioaktiven Sturmtiefs übermittelt, das dort erheblichen Schaden an den Außenluken verursacht hat. Die *Hope* rechnet bis zum 16.07.2381 mit dem Eintreffen des Tiefs, dementsprechend laufen die Rückrufe für alle Drohnen, und die Schotts werden zusätzlich gesichert. Wir bereiten uns auf einen totalen LogIn vor. Sobald sich die Wetterlage stabilisiert hat, ist ein Materialtransport für die Rescue geplant, um die Schwesterarche bei den Reparaturarbeiten zu unterstützen.

Die aktuelle Uploadrate liegt bei 99,8 Prozent. Zwei Todesfälle in den letzten vierundzwanzig Stunden. Keine Infektionen.

ELSA-Newsfeed der *Hope of Tomorrow*

Popcorn, Prosecco und Parentes Paradisum *– wir können es kaum noch erwarten!*

Vierundzwanzig Stunden. Vierundzwanzig Stunden, in denen schon so viel passiert sein könnte. Hat die Liebe bereits Einzug gehalten in das neue Traumland des Holovits? Wie haben unsere Kandidaten die ersten Stunden der Zweisamkeit genutzt? Was und wen vermissen Sie am meisten? Gibt es vielleicht schon den ersten Skandal?

Und wie geht es den Zurückgebliebenen? Den stolzen Eltern, den Freunden und Freundinnen, aber auch den verlassenen Geliebten? Seien Sie unbesorgt, auch uns interessieren diese Fragen brennend. Für Sie haben wir mit allen gesprochen. Mit den Auserwählten und den Nichterwählten. Mit den Gewinnern und Verlierern. Und so viel sei an dieser Stelle schon verraten, es wird aufregend, spannend, tragisch und komisch. Vergessen Sie *Romeo und Julia*, vergessen Sie *Twilight*, vergessen Sie *Krieg und Frieden*, denn was Sie hier mit uns erleben werden, ist die beste Story, die die Welt je gesehen hat: das Leben!

14

Der Morgen war bereist angebrochen, als Kaja sich endlich aus dem Arcteryx in die Villa loggte. Rastlos stromerte sie durch ihr Zimmer. Sie war bis auf die Knochen erschöpft, trotzdem hatte sie Angst davor, die Augen zu schließen. Die Bilder der letzten Stunden, Liam, schlafend neben Lora in einem Ehebett, vor der Außenwelt durch seidene Bettvorhänge geschützt, hatten sich in ihre Augen eingebrannt. Mit Sicherheit würden sie die beiden bis in ihre Träume verfolgen.

Den Ausbruch aus dem Hologramm hatten sie mindestens dreimal so häufig geprobt wie den Transfer zum Flugzeug. Kaja kannte die Stelle, an der sie im *Parentes Paradisum* landen würden, blind würde sie den Weg durch Liam und Loras Wohnräume in ihr Schlafzimmer finden. Vier Minuten, siebenundzwanzig Sekunden, das war ihre Bestzeit; länger als fünf Minuten durfte es nicht dauern. Es war ihre Aufgabe, Liam zu wecken, während Sandra dafür sorgen sollte, dass Lora auf keinen Fall wach wurde und Smith ihren Tarnkappen-Code im Auge behalten würde. Die Herausforderung war es, Liam nur ein paar Sekunden vor dem BlackOut zu wecken. Nur wenn er vollständig bei Bewusstsein war, könnte sie ihn mithilfe der Verbindung zwischen ihnen nach draußen ziehen. Allerdings, sobald der Link aktiv war, wäre Kajas Tarnung nutzlos. Das Hologramm würde sie als Fremde erkennen und Alarm schlagen. Nur ein Black-Out würde sie davor bewahren. Sie durfte Liam also erst in der letzten Sekunde an sich binden. Zu früh, und sie würden auffliegen, zu spät, und er würde nicht mitgezogen und ihr ganzer Einsatz wäre umsonst. Von etwa fünfzehn Testläufen war es ihr nur ein einziges Mal gelungen, den passenden Zeitpunkt zu erwischen. Kaja hatte die Blicke bemerkt, die die anderen sich zugeworfen hatten. Besorgnis wechselte mit Frust, und sie konnte es ihnen nicht verdenken. Nicht mal sie selbst glaubte, dass ihr das Kunststück ein weiteres Mal gelingen würde. Nicht im Testmodus, nicht mit dem lebenden Original-Liam und schon gar nicht, wenn tatsächlich ihr aller Leben auf dem Spiel stehen würde. Müde warf sie sich auf ihr Bett. Sie würde nur für einen kleinen Moment die Augen schließen und dann alle Schritte erneut durchgehen.

Es war später Vormittag, als sie die Augen wieder aufschlug. Ihre Linsen zeigten, dass ein komplettes Charching stattgefunden hatte, all ihre Vitalwerte waren auf Topniveau. Trotzdem fühlte sie sich unendlich erschöpft und kein bisschen erholt. Immerhin, Träume von Lora und Liam waren ihr erspart geblieben. Elf Uhr dreißig, in einer halben Stunde würde die erste Übertragung aus dem *Parentes Paradisum* starten, und Kaja hatte den anderen Surfern fest versprochen, den Zusammenschnitt anzusehen. So sehr es auch schmerzte, Liam in Gefangenschaft zu sehen, sie benötigten jede zusätzliche Information. Und vielleicht würde sich auch ihr Vater oder ihre Mutter zu einem Kommentar hinreißen lassen, der ihnen später nützlich sein konnte. Kaja hatte keine andere Wahl, als die Videostunde im Kreis ihrer Familie zu ertragen.

»Wollen wir uns zum Viewing treffen?«, fragte Jade in ihrem Gruppenchat mit Tanja.

»Na klar! Ich hab gehört, auf dem Campus soll eine öffentliche Übertragung stattfinden. Sollen wir uns gleich einloggen?«, schrieb Tanja nur eine Sekunde später.

»Sorry, ich bin leider raus. Ich habe meinen Eltern versprochen, dass ich mir die erste Folge mit ihnen ansehe«, log Kaja.

»Würd ich an deiner Stelle auch, die wissen sicher mehr, als ELSA preisgibt.«

»Wir wollen aber alles wissen, verstanden? ALLES!« – Jade.

»Vor allem über Lora und ♥ Liam ♥« – Tanja

Kaja wischte die Unterhaltung von ihrer Linse. Egal, was ihr Ausbruch am Ende bringen würde, wenigstens bedeutete es ein Ende für die romantischen Scherze, die ihr jedes Mal einen Stich ins Herz versetzten.

»Kaja, du bist aufgestanden.«

Agnes hatte es sich auf der breiten Couch vor dem Screen in ihrem Wohnzimmer mit einer Tasse Tee gemütlich gemacht. Als ihre Tochter zu ihr kam, lächelte sie. »Ganz schön spät geworden gestern. Oder soll ich besser sagen, früh?«

Kaja nickte. »Ich habe doch noch ein paar Freunde getroffen, ich hab total die Zeit vergessen. Ich hoffe, ihr wart nicht enttäuscht, dass ihr ohne mich ausloggen musstet?«

»Aber nein, wir haben uns schon so etwas gedacht. Und gestern war auch wirklich ein Tag zum Feiern. Außerdem hatten dein Vater und ich noch sehr viel zu bereden nach unseren Gesprächen mit Young und Silver. Wir hatten ebenfalls einen aufregenden Abend, musst du wissen.«

Ihre Mutter lächelte vielsagend, und Kaja schluckte den Köder bereitwillig.

»Ach ja? Ich habe euch nicht zu viel versprochen, oder? Und dass die beiden euer Design kopiert haben, hat euch nicht gestört?«

»Ich muss sagen, ich war anfangs doch etwas irritiert, aber dann fand ich den Scherz sehr gelungen. Bei deinem Vater hat er mitten ins Schwarze getroffen. Ich muss zugeben, die beiden sind nicht auf den Kopf gefallen. Ihn zu beeindrucken und ihm gleichzeitig derart zu schmeicheln, das wäre mit keiner anderen Programmierung gelungen. Hut ab. Er war so begeistert, dass er ihnen noch gestern eine Position bei Andersson Creations angeboten hat. Er hat sich nicht einmal mit mir dazu abgesprochen. Unter anderen Umständen wäre ich vielleicht verärgert, aber in diesem Fall kann ich seine Reaktion verstehen. Ihre Designs werden unsere Arbeit wirklich bereichern. Zusammen mit Lora können wir das Holovit revolutionieren.«

»Wow, Mum, das klingt wirklich aufregend. Gratulation, ich freue mich für euch.«

»Nicht nur für uns, Kaja. Wenn unsere Pläne aufgehen, dann werden wir alle schon bald auf nichts mehr verzichten müssen. Dann hat selbst das Holovit keine Grenzen mehr.«

»Alle Menschen?« Kaja konnte sich die Frage nicht verkneifen. Würde ihre Mutter ihr die Wahrheit sagen? Oder wenigstens eine Version davon?

»Ja, alle Menschen.« Ihr Ton war voller Überzeugung. »Es war immer unser Anliegen, das beste Leben für so viele wie nur möglich zu schaffen. Nicht immer ist das so möglich, wie man es sich wünscht, aber so war das schon immer. Schau dir die Geschichte der Menschheit doch mal genauer an, Kaja. Jeder große Fortschritt, jede neue Ära hatte ihren Preis. Und was für den Menschen gilt, gilt für jede Lebensform. Evolution bedeutet nichts anderes, als sich von dem zu trennen, das nicht mehr funktioniert, um das zu fördern, was in Zukunft gebraucht wird.«

»Und was müssen wir jetzt aufgeben, um uns weiterzuentwickeln?«, fragte Kaja vorsichtig.

Ihre Mutter blickte sie lange und nachdenklich an. Dann griff sie nach Kajas Hand. »Ich hoffe, nichts. Ich hoffe, der Weg, den dein Vater und ich gehen, bringt uns an einen Ort, an dem all die Entbehrungen und der Verzicht endlich vorbei sind. An einen Ort, wo die Vergangenheit ebenso lebenswert ist wie die Zukunft und wir weder auf die Menschen verzichten müssen, die wir lieben, noch darauf, neue Familien zu gründen. Ich hoffe, es gelingt uns, Evolution neu zu denken.«

Kaja musste sich mit aller Kraft zusammenreißen, um die Antwort, die ihr auf der Zunge lag, für sich zu behalten. Am liebsten hätte sie ihre Mutter gefragt, ob sie eigentlich den Verstand verloren hatte. Hatte die Vergangenheit nicht gezeigt, was passierte, wenn die Menschen dachten, sie wären über alle Zweifel erhaben und allwissend? Allmächtig? Das war genau der anmaßende Fehler gewesen, der sie seit Hunderten von Jahren in der Finsternis gefangen hielt.

Aber bevor sie ihrer Mutter antworten konnte, beendete der LogIn ihres Vaters das Gespräch und verhinderte diese gefährliche Wendung. Ein kurzes Flirren, und der Schöpfer des *Parentes Paradisum* hatte sich zu seiner Familie gesellt, ein triumphales Lachen umspielte seine Lippen.

»Meine Damen, macht euch auf die Show des Jahrhunderts gefasst. Der Rat und die Präsidentin haben eben die ersten Minuten Filmmaterial freigegeben, und ich kann euch sagen, ihr werdet nicht enttäuscht sein.«

Seine Augen blitzten voller Vorfreude, und Kaja rang sich ein schmales Lächeln ab. Ihre Mutter klatschte begeistert in die Hände. »Björn, ich kenne dich zu gut! Was habt ihr euch einfallen lassen? Das klingt nach einem spektakulären Auftakt.«

Doch Björn bekam keine Gelegenheit mehr zu antworten. Wie von Zauberhand erwachte der Übertragungsschirm an der Wand plötzlich zum Leben. Das melodiöse ELSA-Intro kündigte eine staatliche Übertragung an, und das Logo der *Hope* tauchte auf dem Screen auf. Nur wenige Sekunden später erschien die perfekte Kulisse des *Parentes Paradisum.*

Wieder näherte sich die Drohne aus der Luft, um den Zuschauern eine atemberaubende Vogelperspektive auf die Landschaft zu gewähren. Victoria und Smith hatten wirklich ganze Arbeit geleistet, kein Wunder, dass ihre Eltern beeindruckt waren. Der Arcteryx der letzten Nacht hatte genauso ausgesehen.

»Bürger und Bürgerinnen der *Hope*«, begrüßte eine Frauenstimme aus dem Off die Menschen vor ihren Bildschirmen. »Im Namen des Rats und unserer Präsidentin Anna Smith heißt ELSA Sie heute herzlich willkommen zur allerersten Übertragung aus dem *Parentes Paradisum.*«

Während die Drohne weiter über grüne Wiesen und Wälder steuerte, schrumpfte das Vollbild auf ein kleines Rechteck in der oberen Ecke des Bildschirms zusammen und gab den Blick frei ins ELSA-News-Studio. Mittig auf einem breiten Sofa platziert lachten Kaja die beiden bekanntesten ELSA-Gesichter der Arche entgegen und erinnerten sie schmerzhaft daran, warum sie früher alle Newsfeeds auf ihrem Chip konsequent deaktiviert hatte.

Mary Sugarfield, die gerade eben noch ihr Publikum begrüßt hatte, bleckte eine Reihe schneeweißer Zähne zwischen knallroten Lippen und winkte in die Kamera. »Willkommen, willkommen in unserer kleinen Kommandozentrale, von wo aus wir Sie in den nächsten Monaten jeden Tag zuverlässig mit den neuesten Nachrichten über und zu unseren Auserwählten begrüßen dürfen.«

Kaja schauderte. Sie wusste, man durfte sich von Sugarfields zuckersüßer Stimme auf keinen Fall täuschen lassen. Der Name war eine schlechte Tarnung für die sensationslüsterne Reporterin. Hatte Sugarfield sich erst mal in ein Opfer verbissen, ließ sie es nicht mehr los, bis es erledigt war. Der elegant gekleidete Mann an ihrer Seite war ihr schmieriger Komplize. Steven Fish konnte die belangloseste Meldung in einen ausgewachsenen Skandal verwandeln. Sie waren das inoffizielle Sprachrohr der Regierung, das wusste Kaja von ihrem Vater. Was auch immer der Rat oder die Präsidentin in ihren Ämtern nicht aussprechen konnten, übersetzten Sugarfield und Fish und steuerten, besser als jeder andere, die Meinung der Bevölkerung. Dass diese beiden nun die Selektion moderierten, zeigte, wie ernst es ihrem Vater damit war, die Zuschauer in Bann zu ziehen.

»Hallo und herzlich willkommen auch von meiner Seite«, ergriff Steven Fish das Wort. »Für alle, die mich noch nicht kennen…«, er schmunzelte, »…mein Name ist Steven Fish. Und auch wenn die wunderbare Frau an meiner Seite eigentlich kein Intro benötigt, hier sehen Sie die einzigartige Mary Sugarfield, live und in Farbe.« Er hob beide Hände zum gespielten Applaus, und Sugarfield schenkte ihm ein bescheidenes Lächeln.

Kaja verspürte leichte Übelkeit.

»Wie meine geschätzte Kollegin bereits erwähnt hat, sind wir Ihr Ticket in das *Parentes Paradisum*. Mit uns werden Sie in den kommenden Tagen, Wochen und Monaten regelmäßig die Auserwählten besuchen und erfahren, wie sie sich so schlagen auf dem Weg zum Eltern-Leben. Aber nicht nur das – mit uns erfahren Sie noch viel mehr. Wer sind diese wenigen Glücklichen überhaupt? Das fragen Sie sich sicherlich. Was macht sie so besonders? Warum die und nicht ich? All diese Fragen werden wir Ihnen beantworten. Wir stellen die Kandidaten vor, befragen Freunde und Familien zu den Talenten, die sie ihren Kindern mitgeben werden. Aber wir wären keine guten Reporter, wenn wir nicht auch hinter die perfekte Kulisse blicken würden.« Steven Fish schmunzelte und zwinkerte verschwörerisch in die Kamera. »Wir sind Ihr Auge und Ihr Ohr und werden uns genau umhören, was im Leben unserer Auserwählten los war, bevor sie diesen exklusiven Orden verliehen bekommen haben. Habe ich recht, Mary?«

»Das hast du, wie immer«, lächelte Mary und strich sich über eine steife blonde Locke, die ihr an der Stirn klebte.

»Ich bin mir sicher, zusammen mit unseren treuen Zuschauern werden wir schnell herausfinden, wer im *Parentes Paradisum* nicht ganz so perfekt ist, wie es den Anschein haben mag. Aber was wir neben all den Geschichten um die Eltern nicht vergessen dürfen, Steven, das sind die Kinder.«

Betont überrascht antwortete Fish. »Die Kinder, selbstverständlich, Mary, selbstverständlich. Was für ein Glück, dass unsere Kontakte auf die Reproduktionsstation so gut sind.« Er lachte. »In unserem täglichen Update werden wir natürlich auch über den Stand der Befruchtung und die Entwicklung der Embryonen berichten. Darüber hinaus möchten wir Ihnen gern die Möglichkeit geben, Ihre eigenen Fragen an uns zu stellen. Was wollen Sie, die Bürger und Bürgerinnen der Arche, über die Selektion und die Teilnehmer wissen? Ihre Meinung interessiert uns brennend.«

»Aus diesem Grund ...«, übernahm Sugarfield, »... aus diesem Grund steht Ihnen ab sofort ein eigener ELSA-Feed zur Verfügung.« Ihr rechter Arm schnellte nach oben, und im selben Moment öffneten sich ein Kommentarfeld auf Kajas Linse und der zugehörige Chatverlauf am rechten Bildschirmrand des großen Screens.

»Herzlich willkommen im ELSA-Chat zur Selektion. Wir freuen uns auf Ihre Kommentare.«

Die erste Nachricht lud alle Zuschauer zum Befüllen ein.

»Hallo.«

»Guten Tag! Tolles Outfit, Mary, ich bin ein Fan!«

»Wann sehen wir die Auserwählten?«

»Kann ich wirklich alles hier posten?«

»♥«

»Wir sind schon sehr gespannt, wann geht es los?«

»Mary, ich sehe, die Zuschauer haben verstanden, wie das hier funktioniert«, kommentierte Fish, während sich der Feed auf dem Bildschirm schneller füllte, als Kaja verfolgen konnte.

Mary nickte lächelnd. »Wunderbar, und ich bedanke mich an dieser Stelle für all die wunderbaren Komplimente im Namen meiner Fashion Coder, ich bin ebenfalls ein großer Fan. Na, dann wollen wir unsere Zuschauer mal nicht länger warten lassen, oder Steven? Willst du uns kurz erzählen, was uns in der kommenden Stunde erwartet?«

»Selbstverständlich, Mary, nur zu gern. Wir starten mit ein paar Bildern aus dem *Parentes Paradisum*, ein kleiner Zusammenschnitt des Einzugs in den letzten Stunden. Sie werden sehen, wie sich die Paare in ihren Wohnungen eingerichtet haben und mehr zur Ausstattung des Hologramms erfahren. Wir bitten um Ihr Verständnis, dass wir nicht täglich alle Paare zeigen können, dafür ist die Zeit leider zu kurz. Wir sind aber bemüht, alle Bewohner regelmäßig vor die Kamera zu holen, damit die Freunde und Familien jeweils auf ihre Kosten kommen. Später werden uns heute noch erste Familienangehörige live im Studio besuchen und ihre Eindrücke der Selektion schildern. Und am Ende gibt es noch, wie bereits angekündigt, ein kurzes Update zu den Fertilitätsproben unserer Eltern. Ich denke, damit haben wir ein abwechslungsreiches Programm zusammengestellt.«

»Abwechslungsreich und spannend, Steven.« Mary klatschte in die Hände. »Ich jedenfalls kann es kaum erwarten, und den Zuschauern im Chat geht es ebenso. Dann wünschen wir gute Unterhaltung im Namen des Rats und werfen einen Blick in das *Parentes Paradisum*.«

Kaja lehnte sich in den Kissen zurück und versuchte, eine entspannte Miene aufzusetzen. Ihre Eltern sollten auf keinen Fall merken, wie sehr sie hoffte, Liam und Lora zu sehen, und wie viel Angst sie davor hatte.

Die dem Intro folgenden ersten Minuten der Zusammenfassung brachten glücklicherweise wenig der angekündigten Spannung. Halb angewidert, halb gelangweilt verfolgte sie die schräge Realityshow, die sich vor ihren Augen abspielte. In einem normalen Leben, bevor sie Liam und die Surfer getroffen hatte, wäre sie vermutlich sogar froh gewesen, nicht Teil dieser skurrilen Inszenierung zu sein. Mit einem leichten Schaudern betrachtete sie die Bilder der jungen, zu Paaren zusammengezwungenen Menschen, die sichtlich verlegen ihre gemeinsamen Unterkünfte bezogen. Ein paar der Gesichter kamen ihr bekannt vor, doch die meisten waren fremd. Für einen kurzen Moment zeigte der Film Erik Cumberfield, der mit versteinerter Miene beim Abendessen saß. Die unzähligen Köstlichkeiten teilte er sich mit Andrea Lieberman, einer gemeinsamen Studienkollegin, und vermisste dabei vermutlich heimlich seine Gloria. Bis auf diesen kleinen Zwischenfall brachte der kurze Film wenig Aufregung, wenigstens für Kaja. Doch der ELSA-Chat war ganz anderer Meinung.

»Wow, was für ein Holo!«

»Die Glücklichen, ich will auch dorthin!«

»Haben alle das gleiche Essen? Kann man das irgendwo kaufen?«

»Wo bekomme ich diese Betten?«

»Lässt sich das Design der PP auf jede Homeholo laden?«

»Andersson Creations sind einfach die besten, unser Homeholo ist auch von ihnen.«

»Kommen heute noch andere Paare? Meine beste Freundin Maja wurde auch ausgewählt.«

»Unsere Familie sendet dem Rat ein Danke! Wir lieben die Übertragung schon jetzt. Bitte mehr davon!«

Kaja fragte sich, wie viele der Kommentare tatsächlich von den Bewohnern der Arche kamen und wie viele ELSA selbst postete. Oder ob es vielleicht auch weniger begeisterte Stimmen gab, die es wagten, ihre Meinung öffentlich in den Chat zu senden. Wurden diese Nachrichten im Hintergrund gelöscht?

»Wow, was für tolle erste Reaktionen.«

Der Film war beendet und die beiden Moderatoren zurück auf dem Schirm.

»Vielen Dank für die rege Teilnahme«, trällerte Mary Sugarfield fröhlich. »Und um die wichtigsten Fragen gleich zu beantworten: Die Menüs der Auserwählten werden von zahlreichen Restaurants der *Hope* zur Verfügung gestellt. Die detaillierten Informationen zu den Gerichten inklusive Preisen können ab sofort über ELSA abgerufen und selbstverständlich auch bestellt werden. Unsere Partner freuen sich, Ihnen den gleichen Service zu bieten wie den Auserwählten. Gleiches gilt für bestimmte Interior Features aus dem Hologramm. Andersson Creations hat sich bereiterklärt, eine Auswahl an Einrichtungsgegenständen sowie Musik,

Beleuchtung und Fauna schon jetzt für den privaten Kauf zur Verfügung zu stellen. Ein Komplettdesign kann zu diesem Zeitpunkt leider noch nicht angeboten werden. Ob das nach dem Auszug der Auserwählten der Fall sein wird, muss erst noch entschieden werden. Wir halten Sie dazu selbstverständlich auf dem Laufenden.«

»Ich glaube, ich kenne jemanden, der sich noch heute neue Vorhänge bestellt«, neckte Steven Fish seine Kollegin. »Aber ich muss zugeben, bei den Desserts, die man in unserem kurzen Filmchen sehen konnte, werde selbst ich schwach. Eine kleine Belohnung habe ich mir verdient.«

»Das hast du mit Sicherheit, Steven, aber bis dahin müssen wir noch ein wenig arbeiten. Ich schlage vor, wir sehen uns ein paar Kandidaten etwas genauer an, was meinst du?«

»Eine großartige Idee, meine liebe Mary. Film ab.«

Es folgte eine Reihe kurzer Vorstellungsrunden der ersten Paare. Mit feierlicher Musik und einer schnellen Bildfolge wurden die einzelnen Frauen und Männer wie Superstars präsentiert. Ihr Glück schien so makellos, dass Kaja sich bereits nach den ersten beiden Runden fragen musste, wie auch nur einziger Mensch vor dem Bildschirm glauben konnte, was er da zu hören und sehen bekam.

Christopher und Sarah waren das erste Paar, das ELSA sich für einen genaueren Blick auserkoren hatte. Zwei Medizinstudenten, die besten ihres Jahrganges. Danach waren Lianne und Thomas an der Reihe, eine angehende Pilotin und ein Techniker, der an einer revolutionären Form der Energiegewinnung arbeitete. Gefolgt von Erika und Peter, deren einzige interessante Information außer ihren exzellenten Noten war, dass sie seit Kindertagen befreundet waren. Kaja hatte Mühe, den Präsentationen zu folgen, ohne dabei einzuschlafen.

»Kaja, Achtung, der nächste Part wird interessant«, lenkte Björn die Aufmerksamkeit seiner Tochter zurück auf den Bildschirm. »Eigentlich wollten wir noch auf dein Statement warten, aber ich dachte, du willst sicher wissen, wie es Lora geht?«

Sofort schnellte Kajas Kopf nach oben, und ihr Herz begann zu rasen. Die Bilderflut war verschwunden, Sugarfield und Fish wieder zurück, und in ihrer Mitte auf der Studiocouch saß ein Gast. Kajas Atem stockte. Seit dem Abend in der Bibliothek des Arcteryx hatte sie ihn nicht mehr gesehen. Jean Luc Bonnet, der stolze Vater einer Auserwählten, war der erste Interviewgast.

»Das waren sie, unsere ersten zehn Paare. Wir hoffen, die kurze Zusammenfassung hat Ihnen gefallen.«

Mary Sugarfield deutete auf den wieder minimierten Screen in ihrem Rücken. »Eines der Paare wollen wir Ihnen heute noch etwas genauer vorstellen, denn wie uns geheime Quellen verraten haben, könnten diese Auserwählten auch nach der Selektion eine wichtige Rolle in unserer Arche spielen. Lora Bonnet und Liam Turner, das sind zwei Namen, die Sie sich merken sollten. Und warum das so ist, das fragen wir am besten Loras Vater gleich selbst. Jean Luc Bonnet, herzlich willkommen bei uns im Studio, vielen Dank, dass Sie sich für dieses Gespräch Zeit genommen haben.«

»Ich habe zu danken«, antwortete Jean Luc Bonnet mit fester Stimme.

Wut und Verwirrung tobten in Kaja. War das der Mann, der Liam und seine Freunde verraten hatte? In jedem Fall war er der Mann, der seine Frau verlassen und in den Wahnsinn getrieben hatte. Verbittert starrte sie auf das Chatfenster vor ihrem Auge. Am liebsten hätte sie ihm ihre Meinung live auf den ELSA-Bildschirm gepostet.

»Es ist mir eine große Freude, heute hier bei euch zu sein. Ich könnte nicht stolzer sein. Lora, meine Tochter, mein kleines Mädchen. Sie unter den Auserwählten zu sehen ist die höchste Ehre.«

Sein Gesicht hatte plötzlich einen seltsam entrückten Ausdruck, und Sugarfield griff seufzend nach seiner Hand. Wenn er zu weinen anfängt, dachte Kaja, kann ich mir das nicht länger ansehen.

»Ich habe selbst zwar kein Kind …«, mischte sich Steven ein, »… aber ich kann Ihre Gefühle gut verstehen, Jean Luc. Sie haben Ihr Leben in den Dienst der Arche gestellt, und Ihre Tochter wird, soweit wir wissen, in Ihre Fußstapfen treten, richtig?«

»Ja und nein, Steven. Sie haben recht, ich habe viele Jahre an einem Projekt für die Regierung der Arche gearbeitet. Aber leider war mir und auch der damaligen Regierung nicht klar, wie aussichtslos unser Unterfangen war. Ich habe sehr viel Arbeit und Kraft verschwendet, und es hat lange gedauert, bis ich gemerkt habe, wie falsch ich eigentlich liege. Der Preis, den ich für meine Überzeugung zahlen musste, war hoch. Meine Tochter ist weit talentierter als ich, und ich wünsche mir nichts mehr, als dass ihr ein Schicksal wie das meine erspart bleibt.«

»Das sind sehr ehrliche Worte, Jean Luc, vielen Dank dafür. Was macht Sie so sicher, dass Loras Weg erfolgreicher wird als der Ihre?«, fragte Mary Sugarfield neugierig.

»Nun, zum einen profitiert sie von meinen Fehlern. Die Lektion, dass dort oben nichts ist, zu dem man zurückkehren kann, haben wir alle gelernt.«

»Sie sprechen von den Opfern aus dem Projekt Übertag, richtig?«

Jean Luc nickte. »Richtig. Ich selbst kann die Zeit leider

nicht zurückdrehen und diese Dinge ungeschehen machen, aber meine Tochter, und hoffentlich auch irgendwann ihr eigenes Kind, können mit ihrer Arbeit die Welt, die wir haben, verbessern. Dass sie diese Chance bekommt, dafür muss ich einem alten Freund meinen Dank aussprechen. Ohne Björn Andersson wäre ich selbst vermutlich nie zur Besinnung gekommen, und meine Tochter wäre heute nicht hier. Er ist meinem Kind ein Vater gewesen, als ich selbst dazu nicht in der Lage war. Eigentlich sollte er heute hier sitzen und sprechen, denn er hat nicht nur mich, sondern auch meine Tochter Lora gerettet. Mit ihm zusammen wird sie uns allen ein besseres Leben schenken.« Er hob den Blick direkt in die Kamera. »Björn, mein Freund, ich bin mir sicher, du siehst gerade zu. Ich danke dir, dir und deiner Familie, Agnes und Kaja, ihr habt Lora hierhergebracht.«

Sprachlos starrte Kaja auf den Bildschirm, während Agnes ihre Hand drückte. Ihr Vater nickte stumm in Jean Lucs Richtung. »Gute Worte«, kommentierte er knapp. »Siehst du, Kaja, wie wichtig jeder Beitrag für das Gesamtbild ist? Du bist zwar nicht selbst ausgewählt worden, aber ohne dich wäre Lora nicht die, die sie heute ist. Das bedeutet es, als eine große Einheit zu denken.«

»Ich kann es kaum erwarten, meine Lora und ihren Nachwuchs wieder in die Arme zu schließen, wenn das hier alles vorbei ist«, beendete Jean Luc seine Dankesrede.

»Und ihren neuen Partner, Liam Turner«, ergänzte Steven Fish. »War der Mann an der Seite Ihrer Tochter eine Überraschung? Oder haben Sie ihn vorher schon gekannt?«

Bonnet zögerte kurz. Der Adamsapfel an seinem Hals hüpfte auf und ab. »Leider habe ich ihn noch nie persönlich getroffen, aber sein Name ist mir durchaus bekannt.« Bonnet schluckte, und sein Blick hüpfte nervös zwischen den beiden

Moderatoren hin und her, dann gab er sich einen Ruck. »Seine Eltern, Anabelle und Abraham Turner, gehörten zu den Freiwilligen der Expeditionsgruppe *Übertag*. Zu den Opfern dieser tragischen Mission. Ich habe sie nicht gut gekannt, aber ihren Tod damals habe ich sehr bedauert. Wir haben den Kindern der Verlorenen die letzten finanziellen Reserven unserer Firma gespendet. Liam ist, soweit ich weiß, bei Freunden seiner Eltern aufgewachsen, aber wir haben die Hinterbliebenen nie kontaktiert.«

»Hach, wie herzergreifend romantisch.« Mary Sugarfield schlug die Hände vor die Brust. »Was für eine wunderbare Liebesgeschichte. Das Waisenkind verliebt sich in die Tochter des Mörders seiner Eltern. Bitte Jean Luc, nehmen Sie mir die Übertreibung nicht übel …«, flötete Sugarfield, »… aber das ist einfach ein zu guter Twist.«

Während Kaja nicht fassen konnte, was Bonnet eben erzählt hatte, überschlug sich der Chat vor Kommentaren. Der Feed lief so schnell über den Screen, dass Kaja nur Fetzen erhaschen konnte. Aber eines war klar, Absicht oder nicht, Jean Luc Bonnet hatte Lora und Liam mit seiner Geschichte zum absoluten Publikumsliebling gemacht. Herzchen, Anteilnahme und Glückwünsche überschlugen sich.

»Was für ein Happy End«, kommentierte Steven Fish lächelnd den Feed. »Ich muss Ihnen gestehen, die Hintergründe sind für uns nicht völlig neu, aber darum konnten wir noch eine letzte kleine Zugabe für Sie alle vorbereiten. Denn, wie meine liebe Mary es so schön gesagt hat, was für eine Liebesgeschichte! Freuen Sie sich mit uns über einen kleinen O-Ton aus dem *Parentes Paradisum*, begrüßen Sie das Liebespaar des Jahrhunderts, ach, was sage ich, des Jahrtausends. Wir präsentieren Lora Bonnet und Liam Turner.«

Kaja konnte spüren, wie die Blicke ihrer Eltern prüfend

auf sie gerichtet waren, und musste alle Kraft aufbringen, um sich zu beherrschen. Sie zwang sich, ruhig zu atmen und ihre zitternden Hände unauffällig im Schoß zu behalten, während der Screen nun wieder das *Parentes Paradisum* zeigte. Genauer gesagt, die Wohnung in dem Hologramm, in der sie letzte Nacht Liams Entführung geprobt hatten.

Der große Wohnraum, den Kaja in der Dunkelheit in knapp fünf Sekunden durchqueren konnte, war hell erleuchtet, und auf einem der weißen Sofas saßen Liam und Lora. Ihre Hände waren ineinander verschlungen, Schulter an Schulter, die Köpfe leicht zueinander geneigt, lächelten sie in die Kamera.

»Hi, mein Name ist Lora, und ich weiß gar nicht so recht, was ich erzählen soll.«

Verlegen strich sich ihre Freundin eine dunkle Haarsträhne aus dem Gesicht. Eine Bewegung, die Kaja so oft in ihrem Leben beobachtet hatte, dass sie sie beinahe automatisch selbst nachahmte.

»Die letzten Tage waren wirklich verrückt«, fuhr Lora auf dem Bildschirm fort.

Und obwohl sie unerreichbar weit entfernt war, fühlte sich Kaja, als würde Lora direkt neben ihr sitzen. Ein schwerer Kloß bildete sich in ihrem Hals, ihre Sehnsucht nach dem früheren Leben war plötzlich erdrückend groß.

»Irgendwie kann ich auch immer noch nicht glauben, dass ich wirklich hier gelandet bin.« Sie hob den Kopf und blickte direkt in die Kamera, ein halbes Lächeln auf den Lippen, einen seltsamen Ausdruck in den Augen.

»Nun ja, jedenfalls ist das selbstverständlich der absolute Traum hier. Wie könnte es auch anders sein, immerhin ist der Vater meiner besten Freundin für all das hier verantwortlich. Hallo da draußen, Björn, Agnes, Kaja! Ich hoffe, es geht euch gut.« Sie winkte in die Kamera. »Und dafür, dass ein Algorithmus meinen Partner ausgesucht hat, habe ich es auch gar nicht so schlecht getroffen.«

Sie zwinkerte in die Kamera, und eine Welle dunkelroter Wut drohte, Kaja mit sich zu reißen. Zum ersten Mal in ihrem Leben wollte sie die alte Freundin nicht in die Arme schließen, sondern ihr die Augen auskratzen.

»Ich muss ja zugeben, eigentlich konnte ich Liam nicht wirklich leiden und dachte immer, er sei ein eingebildeter Schlaumeier. Aber wenn man ihn etwas näher kennenlernt, ist er gar nicht so übel. Er ist zwar tatsächlich ein schrecklicher Schlaumeier, aber auch ein echtes Genie. Wir können noch viel voneinander lernen und haben gerade, was unsere Arbeit angeht, einiges gemeinsam, das hätte ich nicht gedacht. So viel muss man dem Algorithmus lassen, da hat er alles richtig gemacht. Aber …«, wieder setzte sie dieses unwiderstehliche Grinsen auf, »… sollte sich jemand da draußen Gedanken um ein Update machen, wie wäre es dann mit einem NoiseCancelling-Feature für schnarchende Männer? Unsere erste Nacht war, sagen wir es mal so: laut.«

Lora zwinkerte, und Kaja konnte gar nicht anders, als sie zu hassen. Liam, der nachts schnarchte. Mitwisserin dieses privaten Details zu sein schmerzte mehr, als die beiden zusammen auf dem Sofa zu sehen.

»Leider haben wir nun schon wieder beinahe das Ende unserer Übertragung erreicht«, erklang plötzlich Stevens Stimme aus dem Off, und in der nächsten Sekunde waren Liam und Lora wieder verschwunden, das Studio mit seinen beiden Moderatoren und Jean Luc Bonnet zurück.

»Was für ein aufregender erster Tag!«, ergänzte Mary Sugarfield und klatschte zum wiederholten Male in die Hände. »Noch keine vierundzwanzig Stunden vergangen, und wir stecken bereits mittendrin in den ganz großen Geschichten und Gefühlen. Ich weiß ja nicht, wie es bei dir aussieht, Steven, aber ich für meinen Teil bin fast sicher, ich habe mein Lieblingspaar bereits gefunden. Selbstverständlich will ich niemanden beeinflussen, aber wer soll das noch toppen? Lassen Sie uns wissen, was Sie denken«, ertönte erneut ihre Aufforderung, und der Chat explodierte im selben Moment mit Fanpost für Liam und Lora. Lächelnd las Sugarfield ein paar davon vor, bevor sie zur Verabschiedung ausholte.

»Wir danken dem Rat für die Freigabe und Ihnen für Ihre Aufmerksamkeit und verabschieden uns an dieser Stelle, um unsere wachen Augen und scharfen Ohren wieder auf die Auserwählten zu richten, damit wir auch morgen ein paar spannende Geschichten parat haben. Seien Sie gespannt auf weitere Gäste, neue Paare und vor allem ein erstes Update aus der Reproduktion, auf das wir heute aus Zeitgründen leider verzichten mussten. Wir freuen uns auf ein Wiedersehen mit Ihnen, ELSA und dem *Parentes Paradisum*. Ihre Mary Sugarfield.« Sie warf eine Kusshand in Richtung Kamera.

»Und, weit weniger charmant, Steven Fish.«

Steven und auch Jean Luc winkten in die Kamera, dann war das Studio verschwunden, und zurück blieb lediglich der ELSA-Feed.

»Liam & Lora forever«

»LL = Love«

»Liam ist so süß, ich wünschte, ich wäre Lora.«

»Ich kann kaum erwarten, wie es weitergeht.«

»Liam und Lora, meine Favoriten.«

Kaja wünschte, sie könnte die nächsten beiden Tage inklusive der Übertragung einfach überspringen und die *Hope* noch in dieser Nacht verlassen. Was auch immer da draußen los war, es konnte nicht halb so schlimm sein wie eine ganze Arche voller Fans von Liam und Lora. Das Liebespaar des

Jahrtausends zu trennen würde ihnen sicher wenig Beifall aus der Bevölkerung bescheren, so viel stand fest.

»Wie fandest du es?« – Sandra.

Sandras Nachricht kam wie verabredet kurz nach der Übertragung. Sie hatten gemeinsam beschlossen, dass es am wenigsten auffallen würde, wenn sich zwei Studentinnen der *Hope* untereinander austauschen würden. Auch wenn es weder Kaja noch Sandra besonders gefiel, mehr als unbedingt notwendig miteinander zu kommunizieren, mussten sie zugeben, dass der Plan sinnvoll war.

»Super, genau, wie ich es mir vorgestellt habe. Und du?«, antwortete Kaja.

Die versteckte Botschaft an die Darksurfer lautete: *Mir ist nichts Besonderes aufgefallen, euch?*

»Diese Geschichte mit Liam Turners Eltern, wusstest du das?«, schickte Kaja eine Nachricht hinterher. Es war leichtsinnig, mehr als die verabredeten Zeilen zu senden, aber sie konnte nicht anders. Sandras Antwort ließ ein paar Minuten auf sich warten.

»Ja, ich habe davon gehört. Tragisch, dieser Verlust, mehr will ich dazu nicht sagen.« – Sandra.

Kaja hatte verstanden. Sie hätte gar nicht erst damit anfangen sollen. Was hatte sie erwartet? Dass Sandra ihr eine ausführliche Erklärung über ELSA schicken würde? Dann hätte sie auch gleich ihren Vater oder den Rat um Information bitten können.

»Wirst du morgen wieder zusehen?« – Sandra.

»Selbstverständlich, das lasse ich mir nicht entgehen.« – Kaja.

Die Antwort an Sandra fiel ihr ebenso schwer wie die Vorstellung, sich diesen Albtraum noch zwei weitere Tage anzutun, aber das war nun mal die Abmachung. Bis zu ihrer Flucht sollte Kaja den Arcteryx nicht mehr besuchen. Je weniger Verbindungen die Gruppe untereinander hatte, desto besser. Und seit Björn Andersson selbst sein Auge auf den Nachtclub gerichtet hatte, war es besser, seine Tochter würde dort nicht täglich ein- und ausgehen.

Sandra war also ihre einzige Verbindung zu den anderen, und entweder war sie besser als Kaja darin, Regeln zu befolgen, oder sie genoss es, die Rivalin am langen Arm verhungern zu lassen. So oder so, Kaja wusste, es würden lange Stunden des Wartens auf sie zukommen.

Wenn Kaja gehofft hatte, der LogIn an der Universität würde sie etwas ablenken, dann war dies nicht von langer Dauer. Kaum hatte sie den Campus betreten, musste sie feststellen, dass es auch hier kein anderes Thema mehr gab als die Selektion. Als wären alle plötzlich einer Hirnwäsche unterzogen worden und hätten vergessen, was die Geburtenkontrolle eigentlich bedeutete, wurde der ganze Zirkus plötzlich von allen und jedem gefeiert.

Wer in der ersten Übertragung sympathisch rüberkam und wer nicht, welchen Paaren man eine Chance gab und wer schon jetzt Gefahr lief, sich wieder zu trennen, das waren neben den Features des Hologramms die Themen der ehemaligen Bildungselite. Kaja konnte es nicht fassen. Den meisten Gesprächsbedarf gab es selbstverständlich zu dem von Sugarfield und Fish ausgerufenen Traumpaar, Liam und Lora. So schnell sie konnte, überquerte sie den Campus, um sich in die Bibliothek der Coder zurückzuziehen. Vielleicht würde sie dort wenigstens einen letzten vernünftigen Menschen antreffen oder ein paar ruhige Minuten in Liams Blue Room verbringen können.

Die Bibliothek war voller als üblich, alle Lernkuppeln bis auf die letzte besetzt und die Insassen in ihre Arbeit vertieft. Überrascht stellte sie fest, dass auf den meisten Kuppeln ihr eigener Vater zu sehen war. Sie kannte das Modul in- und auswendig, jede Lektion. Es war der erste und einzige Kurs, den ihr Vater jemals an der Universität gegeben hatte, bevor er sich ganz auf Andersson Creations konzentriert hatte. Alles, was er in diesen Aufnahmen über Holovit-Programmierung zu sagen hatte, war sicher Jahre veraltet, und doch hingen die Studenten gebannt an seinen Lippen. Offenbar hatten die ELSA-Übertragung und das *Parentes Paradisum* nicht nur Lora und Liam zu völlig neuer Prominenz verholfen. Ihr Frust wurde mehr und mehr zur Verzweiflung, je weiter sie in die Halle vordrang. Auf den wenigen Bildschirmen, die nicht ihren Vater zeigten, waren ELSA-Feeds des *Parentes Paradisum* oder Mitschnitte der Selektion zu sehen. Ein paar der Studenten trugen tatsächlich Shirts mit den Namen ihrer Favoriten-Paare, Lora & Liam kam besonders oft vor. Kajas ganz persönlicher Albtraum endete erst, als sie die Treppe zu den privaten Räumen erreichte. Niemand schien sich heute hierher verirrt zu haben. Erleichtert atmete sie auf. Alles, was sie wollte, war unbehelligt Liams Kammer zu erreichen und auf ihrer Lichtung für einen Moment den Wahnsinn hier draußen zu vergessen. Nur noch zwei Türen trennten sie von ihrem Ziel, als sie aus einem der anderen Zimmer ein leises Schluchzen vernahm. Kaja brachte es nicht übers Herz, das Weinen zu ignorieren.

»Hallo?«

Vorsichtig klopfte sie an die angelehnte Tür. Sie hatte keine Ahnung, wessen Blue Room sich dahinter befand, die Stimme aber klang vertraut. »Hallo? Alles in Ordnung? Brauchst du Hilfe?

»Kaja?«, schluchzte eine Frauenstimme leise. »Kaja, bist du das?«

»Gloria?« Kaja stieß die Tür auf und betrat den kleinen Raum. Doch am liebsten hätte sie ihn sofort wieder verlassen. Das Hologramm, das Gloria geladen hatte, war weit privater, als die angelehnte Tür vermuten ließ. Ein nur noch halb bekleideter Erik Cumberfield saß auf der Kante eines breiten Betts und blickte ziemlich ratlos. Es musste sich um einen Body Code des Auserwählten handeln, anders konnte sich Kaja seinen verständnislosen Gesichtsausdruck nicht erklären. Oder warum er tatenlos dabei zusah, wie sich das arme Mädchen an seiner Seite die Augen aus dem Kopf weinte. Es war offensichtlich, was Gloria versucht hatte; ihr Aufzug mit verführerischer Wäsche sprach Bände. Ihrer Verfassung nach zu urteilen hatte der Avatar dem Original nicht das Wasser reichen können.

»Er ist nicht echt«, weinte sie aufgelöst in die Kissen. »Mach, dass er verschwindet, Kaja, ich will ihn nicht mehr hier haben.«

»Ähm, ich bin mir nicht sicher, ob ich das kann.« Versuchsweise gab sie ihrer ELSA den Befehl, Erik zu löschen, aber ihr Chip verweigerte Kaja die Admin-Rechte auf den nackten Erik. Ohne Zugang zur Programmierung des Hologramms konnte sie den Avatar nicht verschwinden lassen. »Es tut mir leid, Gloria, ich kann nicht.«

Gloria heulte auf wie ein verletztes Tier. »Er soll weg, einfach weg.«

Nicht wissend, was sie anstellen sollte, packte Kaja den nutzlosen Liebhaber am Arm und schob ihn kurzerhand vor die Tür. Die Kopie verzog keine Miene und verharrte an genau der Stelle, an der sie ihn abstellte.

»Warte hier«, befahl sie dem Avatar und schloss die Tür

vor seiner Nase. »Gloria, Gloria, hör mir doch zu! Er ist weg.« Kaja setzte sich neben die Freundin auf das Bett und legte den Arm um ihre nackten Schultern. »Schsch, schsch«, versuchte sie, Gloria zu beruhigen. »Es wird alles wieder gut.«

Aber Gloria schüttelte vehement Kopf. »Nein, gar nichts wird wieder gut. Erik ist weg, ich hab ihn verloren, und egal, ob er sich in diese Andrea verlieben wird oder nicht, wenn er zurückkommt, wird er ein Kind mit ihr haben. Was soll ich ihm dagegen bieten?«

Ratlos betrachtete Kaja die zitternden Schultern ihrer Freundin. Was sollte sie darauf antworten? Sie wusste genau, was gerade in Gloria vorging. Und im Gegensatz zu Kaja würde sie nicht in zwei Tagen in das *Parentes Paradisum* einbrechen und die Liebe ihres Lebens einfach entführen.

»Ich brauche gar kein Kind«, murmelte Gloria und setzte sich endlich auf. Ihre Augen waren rot und geschwollen. »Ich will doch nur Erik, den echten Erik und ein echtes Leben.«

»Aber vielleicht ist das alles noch möglich, Gloria. Er wird in ein paar Monaten wieder hier sein, und dann ...«

»Und was dann, Kaja?« Glorias Gesicht verhärtete sich, und ihre Stimme klang bitter, als sie weitersprach. »Dann werden wir zusammen mit seiner Kindsmutter eine Lösung finden? Ein Homeholo teilen? Seinen Bodycode teilen? Das ist doch kein Leben, nicht dieses *Parentes Paradisum* und auch das hier nicht. Den echten Erik, den ECHTEN echten Erik, habe ich noch nie gesehen. Sein Körper liegt irgendwo in einem Tank. Das alles hier ist so falsch und so krank.« Ihre Stimme überschlug sich vor Aufregung. Bevor Kaja es verhindern konnte, begann sie plötzlich wie besessen, mit den langen Nägeln ihre Arme zu kratzen, bis Blut aus den Wunden trat.

»Das hier, Kaja«, sie verschmierte das Blut auf ihren

Armen und streckte Kaja die Hände entgegen, »das ist alles nicht echt. Ich blute nicht. Mir geht es gut, meine Vitalwerte sind absolut in Ordnung. Das ist alles nur ein Trick, damit ich nicht wahnsinnig werde in diesem Loch, in dem man mich eingesperrt hat.«

»Gloria …«

Aber Gloria konnte sie nicht hören, ihre Dämonen hatten die Überhand gewonnen. Sie sprang vom Bett und zerrte Kissen und Decken auf den Boden. »Nicht echt, nicht echt«, murmelte sie, als hätte sie tatsächlich den Verstand verloren. Wie besessen kreiste sie weiter durch das Schlafzimmer. Wütend schmiss sie Bilder von Erik gegen die Wand, riss seitenweise Blätter aus den Büchern und trat mit den Füßen Stühle und sogar einen Spiegel kaputt. »Nicht echt, alles nicht echt«, wimmerte sie dabei immer wieder.

Kaja wagte es nicht, sie in ihrem Wahn zu bremsen, wollte sie aber in diesem Zustand auch nicht allein lassen. Stumm wartete sie ab, bis Glorias ELSA ein Einsehen hatte und ihr irgendwann einen Beruhigungsshot verabreichte. Die Augen der Freundin wurden plötzlich unfokussiert. Schlaff und kraftlos sank Gloria in sich zusammen. Kaja trat zu ihr und hüllte sie in den weichen Stoff des Lakens.

»Ich will einfach hier raus«, flüsterte Gloria und schloss müde die Augen. »Ich will endlich frei sein. Verstehst du?«

»Besser, als du dir vorstellen kannst«, seufzte Kaja, und in ihren Schmerz mischte sich ein Funke Hoffnung. Wie viele Menschen in der Arche fühlten wie Kaja und Gloria? Vielleicht war ihr Kampf doch nicht so aussichtslos, wie sie gedacht hatte.

Als sie später nur ein paar Zimmer weiter allein auf Liams Lichtung lag und in den bewölkten Himmel starrte, fragte sich Kaja, ob sie mehr hätte tun müssen. Nachdem sie sich irgendwann verabschiedet hatte, war Gloria zwar ruhig und wieder bei sich gewesen, doch die Angst, Kaja könnte sie an den Rat melden, stand der Freundin ebenso ins Gesicht geschrieben wie der Schmerz über den verlorenen Erik.

Kaja hatte versucht, ihr glaubhaft zu versichern, dass sie niemals auch nur ein Wort ihrer Unterhaltung mit ihrem Vater teilen würde, aber Glorias Zweifel hatte sie nicht vollständig ausräumen können. Hätte sie ihr von den Darksurfern erzählen müssen? Ihr die Hoffnung auf ein echtes Leben schenken sollen? Brauchten sie nicht jede Hilfe, jede Unterstützung, die sie bekommen könnten?

Nein. Kaja wusste, ihr großes Ziel war zu wichtig, als dass sie sie mit einer unüberlegten Aktion gefährden dürfte. Was, wenn umgekehrt Gloria sie verraten würde? Dann wäre alles verloren. Sollten ihre Pläne gelingen, dann würden sich die Tore nach draußen früher oder später auch für Gloria öffnen. Ein kleiner Trost, der nicht viel half gegen die Wut und den Frust, der selbst die Blumen auf der Lichtung dazu brachte, ihre Blütenköpfe zu schließen.

Angst und Misstrauen, damit regierte die Präsidentin diese Arche und ihre Bewohner. Die großen Reden einer Familie, einer Einheit, das alles war nur Mittel zum Zweck. Am Ende des Tages waren sie alle isoliert. Hilflos ausgeliefert in ihren Tanks, abhängig vom Life-Support, den der Staat zur Verfügung stellte, vom Zugang zum Holovit, der sie bei Sinnen hielt und dabei nackt, transparent, Tag und Nacht überwacht vom Chip in ihrem Kopf. Und wer es tatsächlich schaffte, einen einzigen Gedanken geheim zu halten, war einsam und allein. Denn sobald man aussprach, was man wirklich dachte, lief man Gefahr, selbst von engsten Freunden oder der eigenen Familie verraten zu werden. Ein Gewitter braute sich als Spiegel ihrer Unruhe am Himmel zusammen, und Kaja fragte sich, wie es ihr gelungen war, auch nur einen glücklichen Tag in der Arche zu verbringen. Bilder ihrer Kindheit tauchten vor ihren Augen auf. Unbeschwerte Jahre voller Lachen und ohne Sorgen. Agnes, Lora und Marie, die Menschen, die ihr in einem früheren Leben so viel Freude bereitet hatten. Was war nur aus ihnen allen geworden? Nicht mehr lange, und auch Agnes würde ihre Tochter verlieren. Würde Kajas Mutter ihr Kind ebenso vermissen wie Marie? Würde auch sie den Verstand verlieren vor Schmerz? Oder wäre Agnes Andersson erleichtert, ihre Tochter los zu sein? Plötzlich verspürte Kaja den dringenden Wunsch, Marie Bonnet noch ein letztes Mal zu sehen, bevor sie die Arche verlassen würde. Sie würde ein letztes Mal in das Strandhaus zurückkehren. Am Tag vor ihrer Flucht würde sie sich von Marie, und wenn schon nicht von der erwachsenen, dann wenigstens von der jungen Lora und ihrem alten Leben verabschieden.

Für die zweite Übertragung aus dem *Parentes Paradisum* hatte Kaja sich mit Tanja und Jade auf dem Campus verabredet. Eine Stunde Mary Sugarfield und Steven Fish war schon schlimm genug. Das alles auch noch mit dem Mann anzusehen, der dafür verantwortlich war, dazu konnte sie sich nicht durchringen. Kaum hatte sie den überfüllten Campus betreten, fragte sie sich, ob ihre Entscheidung richtig gewesen war. Zu Hause wäre sie wenigstens mit ihren Eltern allein, hier drängten sich Hunderte aufgeregte Menschen vor dem riesigen Screen, der auch schon die Selektion gezeigt hatte.

Einige Grüppchen hatten sich unter bunten Bannern mit den Namen ihrer Favoriten versammelt, viele trugen die

T-Shirts ihrer Lieblinge. Geschäftstüchtige Händler hatten sich mit ihren Läden auf dem Campus positioniert und boten allerlei Fanartikel zum Kauf an. Es gab Snacks und Drinks, und die Stimmung war ausgelassen und fröhlich. Niemand hätte an Tag zwei der Selektion noch vermutet, dass der Staat den Menschen etwas weggenommen hatte. Plötzlich war Kaja erleichtert, dass sie Zeuge von Glorias Zusammenbruch geworden war. Sie hätte sonst ihren Glauben an die Menschheit verloren.

»Kaja, huhu, Kaja, hier drüben!«, hörte sie Jades Stimme aus der Menschenmenge. Suchend streckte sie den Hals und entdeckte sowohl Jade wie auch Tanja ein paar Meter entfernt. Beide trugen Shirts mit der Aufschrift »Liam loves Lora«, sie hatten kleine Herzen auf ihre Wangen gemalt.

Kaja schluckte. Am liebsten wäre sie zurück auf die Lichtung, doch der Sturm, den ihre Stimmung dort verursacht hätte, hätte vermutlich das komplette Holovit zerstört.

Reiß dich zusammen, dachte sie und zwang sich zu einem Lächeln. »Hey, wie geht es euch? Ich sehe, ihr seid gut ausgerüstet.«

»Bestens gerüstet«, antwortete Jade mit leichtem Zungenschlag und drückte Kaja einen Drink in die Hand. »Wir haben schon ein bisschen vorgefeiert.«

»Oder besser gesagt, durchgefeiert«, lachte Tanja und zog ein weiteres Shirt aus der Tasche. »Hier, wir haben dir auch eines besorgt. Sind die nicht spitze?«

Kaja hätte sich lieber nackt vor dem ganzen Studentenkreis gezeigt, als auch nur eine Sekunde das Lora-Fan-T-Shirt zu tragen. »Danke, sehr lieb, aber das ist nichts für mich«, wehrte sie höflich ab.

»Ach komm, sei keine Spielverderberin«, bettelte Tanja. »Das ist doch lustig.«

»Und so romantisch, diese Geschichte, findet ihr nicht?«, fragte Jade. »Fast wie bei Romeo und Julia.«

»Romeo und Julia sterben am Ende«, antwortete Kaja trocken und gab sich Mühe, die bittere Galle in ihrem Mund zu ignorieren.

»Dann eben nicht, war nur nett gemeint.« Beleidigt stopfte Tanja das Shirt wieder weg. »Was ist denn eigentlich dein Problem?«

Glücklicherweise unterbrach sie der Intro-Jingle. Der Bildschirm zeigte das Logo der Arche, und die Menschen auf dem Platz verstummten. Alle Augen waren gebannt auf Sugarfield und Fish gerichtet, die lächelnd in ihrem Studio saßen und den Menschen zuwinkten.

»Hallo, hallo, hallo«, trällerte Sugarfield, die bis unter den Haaransatz herausgeputzt und in einen Traum aus pinkem Tüll gehüllt war. »Willkommen zur zweiten Übertragung der Selektion. Ich freue mich, dass sich heute noch mehr Zuschauer die Zeit genommen haben, mit uns gemeinsam die Auserwählten unter die Lupe zu nehmen, und auch unser Chat läuft wieder auf vollen Touren. Steven und ich werden unser Bestes geben, Sie in der kommenden Stunde gut zu unterhalten!«

»Und es besteht kein Zweifel, dass uns das auch gelingen wird«, ergänzte Fish, dessen Locken noch öliger wirkten als seine Stimme. »Ich bin mir sicher, Sie alle können kaum mehr erwarten, welche Paare sich bereits Hoffnung auf gute Hoffnung machen dürfen? Sie verstehen, was ich meine?« Er zwinkerte in die Kamera. »Aber lassen Sie uns zunächst einen kurzen Blick in das Paradies werfen, in dem sich unsere Auserwählten mittlerweile ganz gut eingelebt haben. Hier die Zusammenfassung des gestrigen Tages, bitte schön.«

Die folgende halbe Stunde brachte für Kaja wenig Neues.

Es wurden weitere Paare vorgestellt, die Kaja kaum oder gar nicht kannte. Ein paarmal war Jubel und Applaus irgendwo auf dem Campus zu hören, und die Fans schwenkten ihre Wimpel und Banner. Viel schien in den letzten Stunden nicht passiert zu sein, es gab weitere Bilder von distanzierten Abendessen zwischen fremden Menschen. Pärchen, die durch die Gartenanlagen der Siedlung spazierten und sich zu kleinen Gruppen zusammenfanden. Wieder fand Kaja es mehr als befremdlich, diesen Menschen dabei zuzusehen, wie sie ihren Tag verbrachten. Sie konzentrierte sich vor allem auf das Hologramm. Gab es etwas, das den Arcteryx vom *Parentes Paradisum* unterschied? Aber sie konnte nichts Auffallendes finden, nichts, was ihre Mission gefährden würde.

Zurück im Studio wurden die Eltern und Freunde einiger Paare interviewt. Mütter, die schon immer gewusst hatten, dass ihre Kinder zu etwas Großem bestimmt waren, saßen mit Tränen der Rührung zwischen Sugarfield und Fish auf der Couch. Väter bekundeten knapp ihren Stolz. Erst als die Übertragung sich dem Ende zuneigte, hörte auch Kaja wieder zu.

»Und bevor wir es ein weiteres Mal vertagen müssen …«, leitete Steven Fish zum letzten Teil der Sendung über, »… hier nun ein kurzes Update aus der Reproduktionsstation. Dazu übergebe ich an die Chefärztin der Abteilung, Dr. Rebecca Goldstein. Herzlich willkommen, Dr. Goldstein, was können Sie unseren gespannten Zuschauern berichten?«

Kajas Kopf schnellte nach oben. Tatsächlich, Sandras Mutter war auf dem Bildschirm erschienen. Sie trug einen weißen Kittel und saß an einem schlichten Holztisch, im Hintergrund Bücherregale und ein paar Urkunden an der Wand. Sie lächelte freundlich, aber zurückhaltend. »Ich grüße Sie, Mr. Fish und selbstverständlich die Zuschauer an den

Bildschirmen. Ich will sie nicht lange auf die Folter spannen. Es ist noch zu früh im Prozess, um aussagekräftige Informationen geben zu können, aber alle Proben, die bisher entnommen worden sind, sehen vielversprechend aus. Ich kann bestätigen, dass der Algorithmus gesunde, junge Menschen ausgewählt hat, deren Chancen auf Nachwuchs sehr gut stehen. Herzlichen Dank!«

Und damit war die Übertragung auch schon beendet, Rebecca wieder verschwunden.

»Herzlichen Dank an Dr. Rebecca Goldstein und ihr ganzes medizinisches Team«, verabschiedete Fish die Ärztin. »Und mit diesen guten Nachrichten verabschieden auch wir uns aus dieser Sendung und wünschen Ihnen allen einen wunderbaren Tag, bis wir uns schon morgen wiedersehen!«

Beide Moderatoren winkten zum Abschied in die Kamera, dann endete die Übertragung, der Screen verschwand.

»Ach, Mist, nicht mal eine Minute mit Lora, ich dachte, das sind die neuen Favoriten«, jammerte Jade.

»Das ist sicher Absicht, so wird die Spannung größer. Außerdem gibt es ja auch noch genügend andere Leute da drin. Ich fand diesen Thomas heute richtig gut. Seine Partnerin sieht aber anstrengend aus, wie hieß die noch gleich? Layla?«

»Leya«, antwortete Kaja. »Spannend? Findet ihr das wirklich spannend? Wollt ihr die nächsten Monate jeden Tag diesen Leuten beim Nichtstun zusehen?«

»Warum bist du eigentlich so gereizt?«, fragte Tanja. »Wir wären alle gern da drin, aber dein Vater hat das *Parentes Paradisum* geschaffen, solltest du dich nicht etwas mehr begeistern? Es ist doch eine schöne Geste, die Leute teilhaben zu lassen und nicht auszuschließen. Ich finde es sehr wohl spannend zu sehen, wie es Lora da drinnen ergeht. Wir sollten ihr bald eine Nachricht schicken. Oder findest du das auch nicht gut, Kaja?«

»Super Idee«, antwortete Jade an ihrer Stelle. »Lasst uns eine Nachricht an Lora schicken. Ich will unbedingt wissen, wie Turner so ist. Ich hätte ja nie gedacht, dass er ausgewählt wird, nach dem Kommentar auf der Info-Veranstaltung. Aber offenbar hat er seine Meinung geändert. Kaja, komm schon, hör auf mit dieser schlechten Laune. Machst du mit?«

Aber Kaja hörte die folgenden Worte ihrer Freundin nicht mehr. Ihre Gedanken kreisten um eine Sache: Jade hatte völlig recht. Warum war ihr das nicht selbst längst eingefallen? Liam hatte sich offen gegen die Selektion ausgesprochen. Er war weder von dem Prozess noch von der Zukunft der Arche überzeugt. Kein Algorithmus der Welt würde jemanden mit seinen Daten auswählen. Alle Parameter sprachen dagegen. Selbst Björn Andersson hatte das bestätigt. Und jetzt sollte Liam der Star der Veranstaltung sein? Wie war das möglich? Wenn Zahlen nicht lügen, wer hatte Liam Turner dann für die Selektion ausgewählt? Und warum?

Kaja hatte sich ausgeloggt, bevor Tanja und Jade ihren entsetzten Gesichtsausdruck hinterfragen konnten. Sie war einfach nach Hause verschwunden. Ihre Gedanken rasten. War es möglich, den Algorithmus zu manipulieren? Wer wäre dazu in der Lage? Ihr Vater? Aber warum sollte Björn so etwas tun? Er vertraute den Zahlen mehr als jedem menschlichen Urteil. Und selbst wenn nicht, warum sollte er gerade Liam Turner als Partner für Lora auswählen?

»Wie fandest du die Sendung heute? Nicht viel Neues zu gestern, richtig?« – Sandra.

Sandra! Sie hatte völlig vergessen, sich bei Sandra zu melden, um die verabredete Botschaft zu schicken.

»War okay. Aber du hast recht, nichts Neues.« Kaja überlegte fieberhaft, wie sie ihren Verdacht an die Surferin weitergeben konnte. Sie formulierte ihre nächste Nachricht mit Bedacht. »Du hättest den Campus heute Mittag sehen sollen. Es war großartig, so viele Menschen, und das am zweiten Tag. Die meisten waren richtig begeistert. Aber ich habe zwei Mädchen über den Algorithmus sprechen hören. Sie haben sich gefragt, ob die Auswahl tatsächlich von einem Code getroffen wurde oder nicht doch der Rat mitgemischt hat?« – Kaja.

Sandras Antwort ließ nicht lange auf sich warten. »Die waren vermutlich nur enttäuscht, dass sie selbst nicht ausgewählt worden sind. Was auch immer du gehört hast, Kaja, du solltest das schleunigst wieder vergessen. Du kennst die Wahrheit.« – Sandra.

Sofort bereute Kaja, das Thema überhaupt angeschnitten zu haben. Sie brachte nicht nur sich in Gefahr, sondern auch Sandra. Den Beweis dafür erhielt sie unmittelbar in Form einer ELSA-Anfrage.

»Kaja, deine Konversation lässt darauf schließen, dass du Zeugin staatskritischer Aussagen geworden bist. Kannst du die Redner identifizieren?«

Sie musste wirklich vorsichtiger sein und sich öfter daran erinnern, wie allwissend das Auge des Rats war. »Leider nein«, antwortete sie betont gelassen. »Es war einfach zu viel los. Und ich konnte nicht sehen, wer gesprochen hat.«

»Bitte melde in Zukunft Vorfälle dieser Art umgehend«, mahnte der Chip.

Frustriert zog sich Kaja in ihr Zimmer zurück. Was auch immer der Grund für Liams Ernennung war, allein und isoliert von den anderen würde sie es nicht herausfinden. Es blieb ihr nichts anderes übrig, als die letzten Stunden bis zum Aufbruch möglichst unauffällig abzuwarten. Am besten, sie würde sich einfach ins Bett legen, weder Arme noch Beine bewegen und mit niemandem in Kontakt treten, ganz so, als wäre sie tatsächlich nur ein Körper im Aerobiose-Tank.

Kajas letzter Tag in der Arche begann wie jeder andere. ELSA weckte sie mit der Zusammenfassung ihrer Vitalwerte und riet ihr zu einem Beruhigungsshot gegen die Aufregung.

»Du scheinst etwas nervös zu sein. Eine kleine Dosis Benzo würde dir guttun.«

»Nein, danke, ELSA, es geht mir gut. Ich bin nur etwas aufgeregt wegen der Selektion. Ich hoffe, es gibt heute wieder Neuigkeiten über Lora. Würdest du bitte einen Interviewtermin für mich mit Mary Sugarfield vereinbaren? Ihre Anfrage ist noch unbeantwortet in meinem Postfach.«

»Selbstverständlich, Kaja, das mache ich sehr gern. Eine gute Entscheidung.«

»Und würdest du bitte eine LogIn-Anfrage an Marie Bonnet senden? Ich würde sie gern noch einmal sehen, bevor ich öffentlich über Lora spreche.«

»Eine LogIn-Anfrage an Marie Bonnet wurde eben gestellt. Ich melde mich umgehend, sobald ich eine Antwort habe. Ich wünsche dir einen wunderbaren Tag in der *Hope*, Kaja.«

Kaja hoffte, mit der Zusage eines Interviews würde sie alle unsichtbaren Beobachter im Hintergrund beruhigen und jeden Zweifel von sich weisen. Mehr konnte sie nicht tun, und sonst gab es für sie an diesem Ort nichts mehr zu erledigen, außer auf den Exit zu warten. Sie würde sich von Marie verabschieden, ein letztes Mal die Lora aus ihrer Kindheit sehen und dann all dem hier den Rücken kehren. Langsam wanderte sie durch die verlassene Villa; ihre Eltern waren nirgends zu sehen. Auf der Terrasse, an seinem Stammplatz, lag Mikesch und ließ sich die Sonne auf seinen schwarzen Pelz brennen. Er mochte nicht echt sein, aber sie würde ihn dennoch vermissen. Mehr als die Annehmlichkeiten, die sie bis heute als selbstverständlich hingenommen hatte. Was würde sie dort oben erwarten? Hitze? Kälte? Konnten sie überhaupt an der Oberfläche bleiben, oder würden sie nur diesen Bunker gegen ein anderes, weit ungemütlicheres Loch tauschen? Würde sie den kommenden Tag überhaupt erleben? Zum ersten Mal überkam sie ein Anflug von echter Panik. Hatte sie sich das alles wirklich gut überlegt? Noch könnte sie das waghalsige Vorhaben abbrechen, alles vergessen, was sie in den letzten Tagen erfahren hatte, und unbemerkt in das Leben einer vorbildlichen Archianerin zurückkehren. Aber was dann? Dann wäre der sichere Tod nur aufgeschoben. Liam würde als menschliches Versuchsobjekt im *Parentes Paradisum* festsitzen und sie selbst auf den Upload zusteuern. Ob sie wollte oder nicht, Kaja hatte gar keine Wahl.

»LogIn-Erlaubnis für das Homeholo der Bonnets erteilt«, riss ELSA sie aus ihren Gedanken. »Du kannst dich einloggen, wann immer du willst, Kaja.«

Es waren noch zwei Stunden bis zur nächsten Übertragung aus dem *Parentes Paradisum*, genügend Zeit also, um Marie einen letzten Besuch abzustatten. »Danke, ELSA, bitte logge mich jetzt sofort ein.«

Im ersten Augenblick wollte sie ihren eigenen Augen nicht trauen: Alles war so, wie Kaja es in Erinnerung hatte. Nicht die Erinnerung an ihren letzten Besuch, sondern die Erinnerung an ihre Kindheit. Jedes Detail. Der Springbrunnen vor dem Haus plätscherte fröhlich, die Blumen blühten, in der Ferne konnte sie das Meer rauschen hören, und die Sonne tanzte auf dem Blau des Ozeans. Jeder Atemzug transportierte salzige Luft der Gischt in Kajas Nase, und die Vögel zwitscherten über ihr in den Bäumen. Der alte Glanz vergangener Tage war komplett wiederhergestellt. Staunend marschierte Kaja auf das Haus zu. Von dem bedrückenden Verfall war nichts mehr zu sehen. Was war hier geschehen? Sie klopfte an die Tür. Und auch diesmal öffnete Marie Bonnet umgehend, um Kaja sofort in ihre Arme zu schließen.

Diesmal war Kaja auf die alte Marie Bonnet vorbereitet gewesen. Doch wer auch immer für die wundersame Rekonstruktion des Hologramms verantwortlich war, hatte auch dem Avatar von Loras Mutter zu alter Schönheit verholfen. Keine einzige Falte war mehr in Maries Gesicht zu sehen, ihre Augen blitzten voller Freude über Kajas Anwesenheit, ihre Lippen zierte ein wunderschönes Lächeln. Die braunen Locken glänzten seidig um das hübsche Gesicht. Kaja musste sich richtig anstrengen, um sich an das vor Schmerz entstellte Antlitz zu erinnern, das erst vor wenigen Tagen die Tür geöffnet hatte.

»Kaja, wie schön, dass du uns besuchen kommst. Komm rein, komm rein. Ich wollte dich eigentlich schon gestern zu uns einladen, jetzt bist du mir zuvorgekommen. Deinen Vater hast du leider gerade verpasst.«

»Meinen Vater?«

Kaja traute ihren Ohren nicht. Nach allem, was er dieser Frau angetan hatte, wagte Björn sich tatsächlich hierher? Aber Marie schien weder böse noch verängstigt, sie wirkte, als wären Besuche der Anderssons ganz selbstverständlich.

»Ja, er hatte noch ein paar Dinge mit Jean Luc zu besprechen, und du weißt ja, wie sehr er immer in Eile ist. Aber wir sollten bald mal alle zusammenkommen. Die ganze Familie. Es gibt so viel Aufregendes zu besprechen.«

Kaja rieb sich die Stirn, die Fragezeichen in ihrem Kopf wurden immer mehr. Jean Luc? Jean Luc Bonnet war ebenfalls hier, und Marie schien das nicht zu wundern? Verwirrt marschierte Kaja hinter Loras Mutter in den weitläufigen Wohnraum, der wie der Rest des Hologramms beeindruckend real rekonstruiert worden war. Hätte sie es nicht besser gewusst, sie hätte sich gefragt, ob ihr letzter Besuch vielleicht nur ein Traum gewesen war.

»Kaja. Was für eine Überraschung.«

Es war tatsächlich Jean Luc Bonnet, der vor den bodentiefen Fenstern stand und auf das Meer hinausblickte. Ein einziger Blickwechsel reichte aus, und Kaja wusste, dass sie nicht geträumt hatte. Was auch immer Jean Luc ihrem Vater verraten hatte, das hier war der Preis für seine Geheimnisse gewesen. Er hatte sich die Zukunft für seine Familie und sein altes Leben zurückgekauft. Und unschuldige Leben dafür geopfert. Er hatte Thore verraten. Er war schuld am Tod der verurteilten Familien.

»Was führt dich zu uns?«, fragte er freundlich und kam ein paar Schritte näher. »Es ist lange her, dass wir uns gesehen haben.«

Sagte er die Wahrheit, oder war er ein ebenso guter Lügner wie Björn? Hatte er sie im Arcteryx gesehen, oder war sie tatsächlich unentdeckt geblieben? Kaja spürte instinktiv, sie musste höllisch aufpassen, um sich und die anderen jetzt nicht zu verraten. Ab jetzt kam es auf jedes ihrer Worte an. Wie viel wusste Bonnet? Konnte er ahnen, dass sie vor ein paar Tagen schon mal hier gewesen war? Dass sie die Ruinen gesehen hatte, die er zurückgelassen hatte? Konnte sie einfach so tun, als wären tatsächlich nur ein paar Jahre ins Land gegangen? Wie viel scheinheilige Unwissenheit würde er ihr abkaufen? Sie entschloss sich, aufs Ganze zu gehen. Sollte er sich doch aus der Reserve locken lassen, sie würde ihm den Gefallen nicht tun.

»Ja, viel zu lange«, antwortete sie und zwang sich zu einem herzlichen Lächeln. »Ich habe dich vorgestern im Interview mit Sugarfield und Fish gesehen. Das war wirklich sehr bewegend. Ich habe ebenfalls eine ELSA-Anfrage bekommen und dachte, du könntest mir vielleicht ein paar Tipps geben. Ich muss zugeben, die Vorstellung, vor der versammelten Arche zu sprechen, macht mich ganz schön nervös.«

Kaja konnte sehen, wie Jean Luc sich den Kopf darüber zermarterte, ob sie die Wahrheit sagte. Wäre die Situation nicht so ernst, sie hätte seine offensichtlichen Qualen sogar amüsant gefunden.

»Ich würde ja meinen Vater fragen, aber seine Interviews sind immer professionell und wenig menschlich. Du dagegen hast mich wirklich beeindruckt.«

Ihre Schmeichelei half, Jean Luc lächelte, und aller Zweifel war plötzlich aus seinem Gesicht verschwunden. Die Freude, der Tochter des Ratsherrn mehr imponiert zu haben als sein alter Rivale, überwog.

»Du darfst nicht vergessen, dein Vater muss einer Rolle gerecht werden«, entschuldigte er Björn großmütig. »Selbstverständlich ist das manchmal leichter, als die wahren Gefühle zu zeigen. Aber du musst dir keine Sorgen machen, Kaja, du bist Loras beste Freundin, ihr habt eine so lange gemeinsame Geschichte. Erzähl den beiden doch einfach von euren Kindertagen, damit kannst du gar nichts falsch machen.«

Einen Korb voll Obst unterm Arm, kehrte Marie aus dem Garten zurück. »Kaja, ich wollte gerade eine Tarte backen. Pfirsiche, frisch vom Baum. Hast du Zeit, ein wenig zu bleiben? Willst du die Übertragung mit uns sehen?«

Kaja schüttelte den Kopf. »Nein, danke, das ist sehr nett. Aber ich habe noch viel zu tun.«

Es fiel ihr schwer, Loras Mutter nicht unentwegt anzustarren. Selbst wenn Jean Luc sich hatte kaufen lassen, niemals hätte Marie Bonnet den Deal mit Andersson gemacht. Nicht für Lora, nicht für dieses Haus, nicht für ihr eigenes Leben. Und plötzlich überkam sie ein schrecklicher Verdacht. Nicht einmal für ihr eigenes Leben hätte Marie Bonnet sich dieser Hirnwäsche unterziehen lassen.

»Ach, ihr Anderssons. Was seid ihr auch immer so beschäftigt.« Lachend drehte Loras Mutter sich zu ihr um. »Eigentlich müsste es jeden von euch mindestens zweimal geben.«

Mindestens zweimal. Das war nicht Marie Bonnet. Kaja war sich so sicher, sie hätte ihre ID darauf verwettet. Was auch immer Jean Luc und Björn mit der echten Marie gemacht hatten, das hier war nur ein Avatar. Es konnte keine andere Erklärung geben. Ein verdammt guter Avatar, das musste sie zugeben, aber die echte Marie hätte Kaja nicht belogen, und niemals hätte sie sich von dem kleinen Mädchen getrennt, das vor wenigen Tagen noch hier gewohnt hatte. Sie musste hier verschwinden, und zwar so schnell wie möglich.

»Tja, was soll ich sagen, da komm ich vielleicht wirklich nach meinem Vater.«

»Schade, sehr schade«, bemerkte Jean Luc viel zu freundlich. »Wir hätten so gern noch ein wenig länger mit dir geplaudert. Wie eure Tage vor der Selektion waren, was ihr unternommen habt. Lora hat erzählt, ihr wart in diesem neuen Nachtclub, im Arcteryx?«

Kajas Hände begannen zu schwitzen. Plötzlich hatte sie fürchterliche Angst, Jean Luc könnte ihr Ähnliches antun wie seiner Frau.

Beruhige dich, ermahnte sie sich selbst. Du bist immer noch die Tochter von Björn Andersson. Bonnet kann dich nicht einfach verschwinden lassen, selbst wenn er das wollte.

»Das wäre wirklich nett«, antwortete sie mit fester Stimme. »Ich finde Maries Vorschlag toll, lasst uns doch bald alle zusammen treffen. Meine Eltern waren auch erst vor ein paar Tagen im Arcteryx, sie können sicher ein professionelleres Feedback geben als ich. Jean Luc, ich danke dir für deinen Rat, ich werde das für mein Interview beherzigen. Ehrlichkeit ist immer der beste Weg. Marie, es war schön, dich zu sehen. Solltet ihr Gelegenheit haben, Lora zu sprechen, grüßt sie von mir. Bis bald.«

Sie ließ sich von ELSA ausloggen, bevor einer der beiden auf ihren überstürzten Abschied reagieren konnte. Kaum war sie in der Villa angekommen, verließ sie ihre Beherrschung. Keuchend griff sie nach dem ersten sich bietenden Mobiliar, um nicht vor Schreck und Übelkeit ohnmächtig zu werden.

»Kaja, dein Stresslevel ist deutlich über Norm. Ein Mittel zur Entspannung wurde eben verabreicht. Dein Wohlbefinden ist meine oberste Priorität.«

ELSAS Worte waren das Letzte, was sie hörte, bevor ihr Körper sich in den aufgezwungenen Schlaf verabschiedete.

Logbuch der Arche *Hope of Tomorrow*

Eintrag: 14.07.2381
Timothy Walker
Chronist

Tag 2 der Selektion, und alles läuft weiter nach Plan. Die ersten zweihundert Eizellen konnten bereits entnommen und befruchtet werden, die restlichen Eizellen werden nach vollständiger Reifung in den kommenden Tagen extrahiert. Mit vollständiger Erfüllung der Befruchtungsquote ist gegen Ende des Monats zu rechnen.

Während die Kandidaten sich im *Parentes Paradisum* einleben, entwickelt sich die ELSA-Übertragung zu einem durchschlagenden Erfolg. Stetig steigende Zuschauerquoten und eine aktive Beteiligung an der öffentlichen Kommunikation bestätigen den Rat in seiner Entscheidung, die Bürger der Arche maximal in den Prozess zu involvieren. ELSA-Bots verzeichnen die niedrigste Quote an staatskritischer Kommunikation seit über fünfzehn Jahren. Zudem steigen das Ansehen und die Beliebtheit der Präsidentin laut Meinungsumfrage mit jeder ELSA-Nachricht deutlich.

Allerdings mehren sich Hinweise auf revolutionäre Gruppierungen aus dem Darknet. Dem Geheimdienst der Arche liegen neue Informationen vor, dass schon bald ein weiterer BlackOut stattfinden soll. Der Rat befürchtet, es könnte den Darksurfern gelungen sein, die Sicherheitsvorkehrungen des Holovits grundlegend durchbrochen zu haben. In einer Sitzung, deren Beschlüsse strengstem Sicherheitsprotokoll unterliegen, wurde am heutigen Tag über die Umsiedlung der gesamten Bevölkerung in eine weiterentwickelte Version des bestehenden Holovits beschlossen. Technisch ist diese

Version des Holovits 2.0 schon seit einiger Zeit bereit für menschlichen LogIn. Die neue Version bietet neben Design-Erweiterungen ein weit fortschrittlicheres Abwehrsystem für Hackerangriffe und verbraucht wesentlich weniger Energie. Wann und wie dieser Upload stattfinden soll, wird im Laufe der nächsten Ratssitzungen beschlossen und kommuniziert. Bis dahin unterliegen alle Gespräche dazu der Sicherheitsstufe null.

Aus dem Westen nähert sich, wie von der Schwesterarche angekündigt, ein schwerer Sturm. Die Vorbereitungen für den LogIn laufen wie geplant, die Bevölkerung wird im Laufe des kommenden Tages über die Sicherheitsvorkehrungen informiert, die Drohnenflotte ist bereits am Boden, alle Startfreigaben auf Weiteres gestoppt.

Die aktuelle Uploadrate liegt bei 99,9 Prozent. Keine Todesfälle in den letzten vierundzwanzig Stunden. Keine Infektionen.

ELSA-Newsfeed der *Hope of Tomorrow*

Licht gegen die Dunkelheit - wie der Rat uns vor dem Darknet retten wird!

Während alle Augen auf das *Parentes Paradisum* gerichtet sind, warten unsere Feinde in der Dunkelheit auf den richtigen Moment, um zum nächsten Schlag gegen die Arche auszuholen. Was bisher nach einer Reihe von willkürlichen Attentaten aussah, fügt sich langsam zu einem schrecklichen Bild. Die Sicherheitsberater der Präsidentin haben heute zu unserem großen Entsetzen bestätigt, dass die BlackOuts einer bisher unentdeckten Systematik folgen, die uns langfristig einen Großteil der Energie rauben könnten.

Dass wir bereits jetzt darüber berichten dürfen, geschieht auf den ausdrücklichen Wunsch unserer Präsidentin. Radikale Ehrlichkeit, einer für alle, alle für einen, das ist es, was sich Anna Smith in dieser dunklen Stunde wünscht und uns allen vorlebt. Was uns stark macht, gegen den Feind, der wie eine Schlange in der Dunkelheit lauert und immer wieder im unerwarteten Moment seine giftigen Zähne in unser schutzloses Fleisch schlägt, das ist eine geschlossene Front, ein undurchdringlicher Panzer, den wir brauchen, wenn wir überleben wollen.

Diese Zeilen hat Anna Smith nicht freigegeben, um Ihnen Angst zu machen, sondern um Ihnen zu versichern, dass Sie das absolute Vertrauen der Präsidentin genießen, jeder von Ihnen, jeder von uns. Wenn Sie dies lesen, berät der Rat bereits über den entscheidenden Schritt im Kampf gegen die Hacker. Die besten Coder der Arche, die innovativsten Denker unserer Zeit, haben sich schon vor Monaten mit dem ersten Anschlag dem Kampf gegen das Böse verschworen, und es ist ihnen gelungen, ein System zu entwickeln, das jeden Angriff von außen unmöglich macht.

Wir dürfen an dieser Stelle noch nicht zu viel verraten, denn die feindlichen Augen lesen und hören immer mit. Wir aber schlafen heute Nacht besser mit dem Wissen, dass unsere Regierung unermüdlich daran arbeitet, uns zu schützen. Der nächste BlackOut wird kommen, und dann werden wir wissen, dass unser Feind irgendwo da draußen ist. Aber wir werden keine Angst haben, denn wir werden wissen, dass wir die stärkere Macht an unserer Seite haben, dass niemand den Kampf mit uns aufnehmen sollte. Wir werden mit jedem BlackOut ein Stück mehr Boden gewinnen und so lange durchhalten, bis unsere Abwehr errichtet ist. Dann wird das Licht nie wieder ausgehen, dann werden auch wir einziehen in das Paradies. Bleiben Sie wachsam, melden Sie weiter alle verdächtigen Begegnungen an ELSA und unterstützen Sie damit Präsidentin Anna Smith bei ihrer größten Aufgabe: unser Leben zu erhalten.

15

Die dritte Übertragung aus dem *Parentes Paradisum* war längst vorbei, als Kaja endlich aus ihrer künstlichen Ohnmacht erwachte. Ihre erste Panik, sie könnte tatsächlich die gesamte Flucht verpasst haben, konnte sie mit einem schnellen Blick auf ihre Linse ausräumen. Aber ELSA hatte sie ein zweites Mal gegen ihren Willen über acht Stunden in tiefen Schlaf versetzt und ihren Avatar in Hausarrest gezwungen.

Kaum hatte Kaja begriffen, was geschehen war, holten sie die ungelösten Rätsel der letzten Stunden wieder ein. Wer hatte Liam in das Elternparadies geschickt? Wer hatte Marie Bonnet aus dem Weg geschafft? Sie wurde das Gefühl nicht los, dass alles irgendwie zusammenhing. Ihr Kopf begann erneut zu schmerzen. Wenigstens musste sie für die nächste Stufe ihres Plans nicht lügen, sie fühlte sich wirklich hundeelend. Bevor ihr Chip sie ein drittes Mal auf Stand-by schalten konnte, zwang sie sich auf die Beine und machte sich auf die Suche nach ihrer Mutter.

Agnes war in ihrem Büro tief in Zahlenreihen vertieft, die über mehrere Screens verteilt waren. Als Kaja das Zimmer betrat, hob sie den Kopf und begrüßte ihre Tochter mit einem besorgten Blick.

»Alles in Ordnung, Kind? Du hast die Übertragung verschlafen und siehst immer noch müde aus, geht es dir nicht gut?«

Kaja schüttelte den Kopf und senkte den Blick. Sie befürchtete, ihre Mutter könnte die Wahrheit irgendwie spüren. »Mir geht es nicht besonders. ELSA hat bereits zweimal Shots verabreicht, aber ich fühle mich immer noch sehr schlapp.«

»Lass mich einen Blick auf deine Werte werfen, ich seh mir das mal an«, forderte Agnes ihre Tochter zur Datenfreigabe auf. »Die letzten Tage haben dir ganz schön zugesetzt.«

Erleichtert atmete Kaja auf. Wenigstens hatte sie nicht umsonst gelitten. Ihre miserablen Vitaldaten erleichterten die geplanten Schritte enorm. »Wenn du nichts dagegen hast, würde ich mich gern auf der Krankenstation durchchecken lassen«, bat sie. »Nur um auf Nummer sicher zu gehen.«

»Selbstverständlich«, stimmte Agnes sofort zu. »Ich bin mir sicher, das ist einfach nur die Aufregung, aber du hast völlig recht. Lieber noch mal einen Arzt zurate ziehen. Am besten, du lässt deinen Tank gleich abholen. Dann bist du bis heute Abend wieder zurück und kannst morgen dein ELSA-Interview geben. Lora und Liam werden eine Spezialsendung bekommen, und dazu sind die Bonnets und auch wir als Gäste in die Sendung geladen. Du darfst auf keinen Fall fehlen.«

Kaja nickte und versuchte, sich ihre Unruhe nicht anmerken zu lassen. »Danke, Mum. Das mache ich.«

Über ELSA schickte sie einen Transportruf an die medizinische Hotline der Arche. Nun konnte sie nur hoffen, dass auch alle anderen Surfer im Hintergrund die Weichen korrekt gestellt hatten und sie wirklich in Rebeccas Händen landen würde.

»Kaja, du hast es geschafft. Einatmen, ausatmen, es ist alles gut. Du bist in Sicherheit.«

Einen Augenblick zuvor war Kaja noch durch den Garten der Villa gewandert und hatte über die letzten Worte nachgedacht, die sie mit ihrer Mutter gewechselt hatte. Hätte sie die Chance nutzen müssen, um ihr eine finale Botschaft mitzugeben, um etwas zu sagen, an das sich Agnes erinnern würde, wenn ihre Tochter nicht mehr bei ihr war? Doch bevor sie sich dazu entschließen konnte, noch mal in das Büro ihrer Mutter zurückzukehren, war es zu spät gewesen. Ein Ruck war durch ihren ganzen Körper gefahren, und im nächsten Moment war sie in ihrem Aerobiose-Tank aufgewacht. Rebecca redete weiter beruhigend auf sie ein, um den Schock des plötzlichen LogOuts so gering wie möglich zu halten.

Kajas Herz raste, wie jedes Mal, wenn sie aus dem Holovit ausgeloggt wurde, gleichzeitig sah sie sich fasziniert in der weitläufigen Halle um. Noch nie zuvor war sie außerhalb ihrer Zelle aufgewacht, und sie versuchte, so viel wie möglich auf einmal zu sehen und zu verinnerlichen.

»Ich werde jetzt deine Halterung lösen, und es kann einen Moment dauern, bis deine Muskeln dich tragen. Aber keine Sorge, wir lassen dich nicht stürzen.«

Die Schlingen um Kajas Arme, Beine und ihre Brust öffneten sich. Ihre Knie und Oberschenkel zitterten unter der ungewohnten Belastung, doch sie hielten Kajas Gewicht zuverlässig.

»Sehr gut«, lobte Rebecca, und die beiden jungen Ärzte an ihrer Seite, die vorsorglich die Hände nach Kaja ausgestreckt hatten, machten einen Schritt zurück, damit Kaja aus dem Tank steigen konnte.

»Du machst das hervorragend. Weiter, weiter, vorsichtig. Einen Fuß vor den anderen.«

Kaja griff mit beiden Händen nach Rebeccas ausgestreckten Armen. Ein Bein nach dem anderen stieg sie aus dem Tank und stand zum ersten Mal in ihrem Leben mit nackten Füßen auf der Erde. Besser gesagt, auf kaltem Beton, viele Hundert Meter unter der Erde. Trotzdem jagte allein das Wissen darüber, dass jede Berührung echt war, einen Schauer der Aufregung durch ihren Körper. Ihre Finger tasteten über Rebeccas Haut, über den Stoff ihres Aerobiose-Anzugs, über die Haare der Ärztin. Es fühlte sich an wie in einem guten Hologramm und doch völlig anders. Als hätte ihre Haut plötzlich hundert Mal mehr Nerven, jedes Gefühl, jede Empfindung war intensiver, größer, in ihrem ganzen Körper und mit jeder Faser zu spüren. Sie versuchte, Rebecca zu erklären, was ihr durch den Kopf ging, doch weder fand sie die passenden Worte, noch konnte sie ihre Stimme steuern. Außer einem heiseren Krächzen kam kein verständlicher Laut über ihre Lippen. Die Angst, ihre Stimme verloren zu haben, schien ihr ins Gesicht geschrieben, denn Rebecca streichelte ihr beruhigend den Arm.

»Keine Sorge, Kaja, das ist völlig normal. Du warst lange im Tank, deine Muskeln und Nervenbahnen sind zwar regelmäßig stimuliert worden, an diese Belastung musst du dich erst neu gewöhnen. Aber du kannst beruhigt sein, der Körper ist ein echtes Wunder. In ein paar Minuten wirst du völlig normal sprechen und dich sicher bewegen können. Genieß noch ein paar Minuten diesen wunderbaren Zustand, in dem sich alles intensiver anfühlt, auch daran wirst du dich sehr schnell gewöhnen und dann kaum noch einen Unterschied zum Holovit feststellen. Viel Zeit bis zum LogIn ins *Parentes Paradisum* haben wir allerdings nicht. Andrew und Simon werden dir in deinen neuen Anzug helfen, ich informiere die anderen, dass es losgehen kann. Herzlich willkommen im Leben, Kaja.«

Sie lächelte und ließ Kaja mit den beiden jungen Helfern zurück. Die beiden zögerten nicht und begannen ohne Umschweife, Kaja aus ihrem Mesh zu befreien. Grund zur Verlegenheit gab es nicht, denn weitaus interessierter als die beiden Männer betrachtete Kaja selbst ihren nackten Körper. Sie tastete mit den Fingerspitzen über die alabasterweiße Haut, die winzigen Einstiche, die ihren Körper wie ein Netz überzogen und über die sie seit ihrer Geburt mit allen lebensnotwendigen Stoffen versorgt worden war. Plötzlich überkam sie nackte Angst. Wie sollte sie außerhalb der Arche am Leben bleiben? Woher sollte sie wissen, was ihr Körper an Nährstoffen benötigte? Woher sollten sie Nahrung bekommen? Sie würden keinen Tag überleben. Wenn ihr Chip nicht mehr mit ELSA und dem Holovit verbunden war, wie sollte sie ihre Vitalwerte auslesen? Sie fühlte sich wie ein Pilot, dem man den Schlüssel zu einem komplizierten Schiff ausgehändigt hatte, ohne ihm eine Gebrauchsanweisung mitzugeben. Sie würde niemals in der Lage sein, blind zu fliegen.

»Aaaaghh …«, krächzte sie und wollte die beiden Männer daran hindern, den letzten Rest der schützenden künstlichen Haut zu entfernen. »Nnnei …«

Ihre Hände gehorchten besser als ihre Stimme, und sie versuchte, den Stoff wieder an ihren Beinen hochzuziehen. Sanft, aber bestimmt hielt der Größere der beiden sie davon ab. Wie schon Rebecca konnte auch er ihre Gedanken erahnen.

»Dein Körper kann das«, erklärte er beruhigend und blickte Kaja tief in die Augen. »Was er noch nicht kann, wird er lernen. Unsere Spezies hat viele Tausende Jahre ohne Chip, ohne NutriShots und ohne Auswertung von Vitaldaten überlebt. Wir können das auch wieder. Ich wünschte, ich könnte mit dir tauschen. Ich würde alles dafür geben, mit euch da rauszugehen und frei zu entscheiden, was ich esse, trinke, wie ich schlafe und lebe. Ihr seid bestens ausgestattet, lange genug zu überleben, um Nahrung und Wasser zu finden. Der Aerobiose-Suit, den wir dir gleich anziehen, übernimmt für sieben Tage alle Funktionen, die der Tank vorher geleistet hat. Er versorgt dich über Micro-Infusionen mit den NutriShots, im Zweifel kann er kontaminierte Luft filtern, falls ihr da oben zu wenig Sauerstoff bekommt. Und dann kann dein Körper endlich beweisen, was für ein unglaubliches Gerät er ist.« Der junge Mann lächelte. »Du wirst essen und trinken, wenn du Hunger hast oder Durst verspürst, dein Körper wird dir sagen, wann er etwas braucht und wann nicht. Er erledigt das alles von allein. Du kannst dich auf ihn verlassen. Ich verspreche dir, er wird dich nicht im Stich lassen.«

»Aaabbee …« Sie hustete. »Aber was, wenn ich ihn falsch versorge?«, kamen die Worte mit einem Mal wie von allein aus ihrem Mund. Staunend schlug sie die Hände vor die Lippen. Dann musste sie vor Freude laut lachen.

»Siehst du«, kommentierte ihr Helfer. »Dein Körper lernt schnell. Und du bist da draußen nicht allein. Die anderen bereiten sich seit vielen Monaten auf diesen Tag vor. Sie werden dir helfen und deine vielen Fragen beantworten. Was ihr nicht wisst, werdet ihr rausfinden.«

Damit war die Fragestunde beendet, und die beiden Männer nahmen ihre ursprüngliche Arbeit wieder auf. Sie befreiten Kaja von den letzten Resten ihrer künstlichen Haut und halfen ihr in einen neuen, viel unbequemeren Anzug. Der schwarze feste Stoff umschloss ihren Körper wie das Mesh, war aber deutlich sperriger und schwerer.

»Es ist eine Mischung aus künstlichem Leder und Chitin«,

erklärte der zweite Mann, während Kaja schwer damit zu tun hatte, ihre widerspenstigen Gliedmaßen in dem neuen Anzug zu beherrschen. Sie stolperte ungeschickt zwischen den beiden hin und her.

»Der Anzug wird euch da draußen vor Hitze und Kälte schützen und bis zu einer gewissen Größe und Wucht auch Einschläge abwehren. In der zweiten Schicht sind die Nutri-Shots eingearbeitet, sie werden in regelmäßigen Abständen gespritzt. Selbstverständlich nicht annähernd so perfekt auf den individuellen Bedarf abgestimmt, wie das über den Chip bisher geschehen ist, aber ihr werdet am Leben bleiben.«

Kaja hob die Arme über den Kopf und senkte sie wieder nach unten, sie machte ein paar Schritte nach rechts, dann wieder nach links. Die beiden hatten recht, ihr Körper lernte rasant. Aber die ungewohnte Anstrengung erschöpfte sie schnell, und sie hätte sich am liebsten auf den Boden gesetzt, um sich eine kleine Pause zu gönnen.

»Kommst du zurecht?«, fragte der Größere.

Kaja nickte, eine Pause würde man ihr nicht mehr gönnen.

»Dann bringe ich dich zu den anderen, folge mir.«

Schnellen Schritts durchquerten sie die Halle, in der viele leere und ein paar wenige Tanks mit Menschen darin an den Wänden aufgereiht waren. Kaja hatte Mühe, das Tempo zu halten. Ihr Versuch, sich im Gehen umzuschauen, machte sie nicht schneller. Nur eine Handvoll Ärzte war in dieser Nacht zu sehen, und Kaja wusste, es mussten alles enge Vertraute der Hacker sein. Am hinteren Ende der medizinischen Ebene waren die Büros des Personals, eines davon mit dem Namen Dr. Rebecca Goldstein gekennzeichnet. Ihr Begleiter klopfte und öffnete Kaja die Tür, um sie eintreten zu lassen.

In dem winzigen Zimmer war kaum noch Platz für eine

weitere Person. Rebecca stand neben ihrer Tochter und half Sandra gerade in einen Anzug, der Kajas bis ins letzte Detail glich. Allison und Jasper hatten ebenfalls ihr Aerobiose-Suits angelegt, sie nickten Kaja zur Begrüßung zu. Ein unbekannter Mann im hellblauen Patientenkittel winkte Kaja freundlich zu. Im ersten Moment war sie sicher, ihn noch nie zuvor gesehen zu haben, doch dann erhob er sich und trat mit einem Lachen im Gesicht zu ihr.

»Kaja, wie wunderbar, dich zu sehen. Wir sind vollzählig.«

Hätten seine freundlichen Augen ihn nicht verraten, seine Stimme hätte es gewiss. Matteo Scarpas echter Körper war deutlich schlanker und fitter als der Avatar, den er im Holovit benutzte. Nur der Schalk in seinem Blick war hier draußen derselbe wie in der digitalen Welt. Lachend ließ Kaja sich umarmen und für einen Moment an die Brust drücken. »Wir sind auf dieser Ebene vor den Augen des Rats sicher, aber später werden wir die hier brauchen.«

Er schob Kaja von sich und verteilte an jeden im Raum eine kleine silberne Münze. Kaja betrachtete sie. Es musste sich um die Störer handeln, die ihren Chip nach dem LogOut ausschalten sollten. Sie tat es den anderen nach und steckte ihn in die Tasche. Matteo nickte ihr aufmunternd zu, dann wandte er sich an alle.

»Also gut, es scheint, als wäre unser großer Tag endlich gekommen. Sind alle bereit?« Ohne eine Antwort abzuwarten, sprach er weiter. »Wir haben noch etwa zehn Minuten bis zum LogIn. Kaja und Sandra gehen zurück in die Tanks, ihr werdet Smith im *Parentes Paradisum* an der verabredeten Stelle treffen. Wie besprochen: Ihr findet Liam, weckt ihn pünktlich zum BlackOut, und wir treffen uns alle wieder hier. Verstanden? Ein Kinderspiel.«

Kaja schluckte. Tapfer nickte sie. In der Theorie war ihr

Plan nicht schwer zu verstehen – die Praxis war es, die ihr Sorgen bereitete.

»Gut.« Matteo blieb bemüht optimistisch. »Während ihr da drin nach dem Auserwählten sucht, bereitet unsere liebe Rebecca mich auf meinen kleinen Eingriff vor und entnimmt meinen Chip. Sobald ihr ausgeloggt seid, entfernen wir auch Liams Chip, setzen ihn in meinen Kopf ein, und ich gehe zurück in dieses wunderbare Paradies. Ihr verschwindet mit Jasper und Allison nach oben und seid weg, bevor ich in meinem neuen Körper in den Armen von Lora Bonnet aufwache und mir für immer den Zorn meiner Frau zuziehe.«

Er lächelte, während die anderen alle sorgenvoll die Stirn runzelten.

»Wir haben nur dieses Fenster, unsere Chancen waren nie besser. Der Sturm, der für die kommenden Tage angekündigt ist, spielt uns in die Karten. Keine Drohne wird euch verfolgen können, wir sitzen hier unten erst mal fest. Das verschafft euch einen guten Vorsprung.«

»Vorausgesetzt, wir schaffen es durch das Unwetter und gehen nicht dabei drauf«, antwortete Jasper trocken.

»Wir haben über das Risiko gesprochen«, entgegnete Sandra. »Sam ist sich sicher, dass er uns da durchfliegen kann.«

»Ich mein ja nur.« Jasper zuckte mit den Schultern. »Das alles hier wird komplizierter und komplizierter.«

»Und genau darum sollten wir nicht länger warten«, entgegnete Matteo. »Wer es sich doch noch mal anders überlegen will, hat hier und jetzt die letzte Gelegenheit, nach Hause in seinen Tank zu spazieren.«

Keiner von ihnen folgte Matteos Einladung hinzuschmeißen. In dem kleinen Raum war es totenstill. Alle zeigten eine entschlossene, ernste Miene.

»Gut«, nickte Matteo zufrieden. »Dann wäre das ein für alle Mal geklärt. Ab in die Datenströme, es geht los.«

Kaja schlug das Herz bis zum Hals, als der kleinere der beiden Männer, mittlerweile wusste sie, dass es Simon war, den Deckel ihres Tanks wieder verriegelte. Es war keine halbe Stunde her, dass sie ihr gläsernes Zuhause zum ersten Mal verlassen hatte, und doch musste sie mit aller Macht gegen die Beklemmung kämpfen, die sie überkam, als der Deckel ins Schloss viel. Selbst Simons aufmunterndes Lächeln half nur bedingt gegen die Platzangst, die nach ihr griff. Sie konzentrierte sich auf eine einzige Sache: Liam. In wenigen Minuten würde sie ihn wiedersehen, das war jeden Preis wert. Sie blickte nach rechts, wo Sandra in ihrem Tank beide Daumen nach oben richtete, dann schloss sie die Augen und erteilte ELSA den LogIn-Befehl.

Einen Herzschlag später stand sie mitten im *Parentes Paradisum*. Der Welt, die ihr Vater für die Auserwählten erschaffen hatte. Wie geplant war sie vor der Eingangstür zu Liams und Loras Wohnung gelandet, wo Smith bereits wartete. Dicht neben ihr tauchte Sandra auf. Sie blinzelte den Weltenwechsel geübt weg. Um sie herum war es totenstill, finstere Nacht. Kein Alarm, keine Störung in der Programmierung. Alles schien nach Plan gelaufen zu sein.

»Hey, ihr beiden«, flüsterte Smith und lächelte ermutigend. »Alles gut bei euch unten auf der Station?«

Sandra und Kaja nickten stumm, Smith streckte den Daumen nach oben.

»Alles klar, dann lasst uns keine Zeit verlieren, legen wir los. Wie besprochen, wie geprobt. Victoria behält den Code im Auge und wird uns warnen, wenn ihr etwas auffällt. Wir wecken niemanden außer Liam. Verstanden?«

»Verstanden«, wisperte Kaja, und Sandra streckte ebenfalls den Daumen nach oben.

»Okay, dann los. Mögen die Daten uns gewogen sein.«

Smith öffnete lautlos die massive Eingangstür zur Wohnung des Traumpaars. Kaja hielt den Atem an. Auch Sandra gab keinen Ton von sich. Die Anspannung stand ihr deutlich ins Gesicht geschrieben.

Die Wohnung vor ihnen war ebenso dunkel wie der Flur. Vorsichtig, Schritt für Schritt, wie sie es im Arcteryx viele Male geprobt hatten, tastete sich Smith an der Mauer entlang ins Innere. Die beiden Frauen folgten ihm. Es war totenstill, langsam gewöhnten sich Kajas Augen an das Dunkel. Sie erkannte den Wohnraum, die luxuriöse, weitläufige Küche, die gemütliche Sofa-Landschaft, all den Luxus, den ihre Eltern in ihren Köpfen erdacht hatten. Es sah aus wie in der Fälschung. Durch die breiten Fenster, die zu einem der großen Steinbalkone führten, fiel Mondlicht in die Räume und tauchte die Möbel in blau-weißes Geisterlicht. Zwischen den weißen Vorhängen konnte Kaja immer wieder den glitzernden Sternenhimmel aufblitzen sehen.

»Hier entlang, beeilt euch«, raunte Smith, und sie folgten ihm den langen Flur entlang in Richtung Schlafzimmer. Ein paar Zimmer weiter machte er vor der letzten Tür Halt und legte den Finger an die Lippen. Sie hatten ihr Ziel erreicht, jetzt durften sie sich keinen Fehler mehr erlauben.

»Bingo«, flüsterte er. »Los geht's, Kaja, dein Einsatz.«

Lautlos verschwand er durch die Schlafzimmertür in die Finsternis, Sandra folgte direkt hinter ihm.

Kaja holte einmal tief Luft. Gleich würde sie Liam sehen, und Lora. Sie wusste nicht, was sie nervöser machte. Bevor sie der Mut verlassen konnte, schlich sie hinter ihren Freunden ebenfalls ins Schlafzimmer der Auserwählten.

Das einladende Doppelbett, das ihr schon im Übungs-Hologramm Unbehagen verursacht hatte, stand mitten im Raum.

Unter der Decke konnte sie die Umrisse zweier Körper ausmachen. Sie berührten sich nicht, trotzdem verspürte Kaja bei dem Anblick einen schmerzhaften Stich. Ein kleiner Teil von ihr hatte bis zuletzt gehofft, Liam würde sich aktiv gegen sein Schicksal zur Wehr setzen. Aber was hatte sie erwartet? Ihn schlafend auf der Couch im Wohnzimmer zu finden? Dass er mit Lora ein Bett teilte, musste nichts bedeuten. Oder doch? Bilder erschienen in ihrem Kopf, wie die beiden sich unter den Decken deutlich näherkamen. Liams Hand, die zärtlich über Loras nackte Beine streichelte.

Von einer fremden Macht gesteuert, näherte sie sich den beiden Schlafenden. Sofort erkannte sie Loras dunklen Haarschopf, der auf einem der Kissen hervorblitzte. Ihr Blick wanderte weiter über den Körper der Freundin hin zu dem zweiten Menschen im Bett. Ihr Herz schlug bis zum Hals, ihr Handgelenk pulsierte. Kein Zweifel, sie hatte den echten Liam Turner gefunden. In der Dunkelheit erschien seine Haut beinahe weiß, zerbrechlich und zart wie Porzellan. Eine dunkle Locke klebte ihm nass an der Stirn, sein Gesicht war schmerzverzerrt. Hinter geschlossenen Lidern rollte Liam mit den Augen, er stöhnte, leise und gequält, wälzte sich hin und her. Doch was auch immer ihn im Traum quälte, es besaß nicht genug Kraft, ihn zu wecken. Nur mit Mühe konnte Kaja sich davon abhalten, zu ihm zu stürzen, um ihn aus seinem Albtraum zu befreien. Fragend blickte sie zu Smith. War ihr Zeitfenster geöffnet? Smith nickte kaum merklich. »Drei Minuten bis zum BlackOut. Los, weck ihn.«

Die Stunde der Wahrheit war gekommen. Würde sie ihn wach bekommen? Wäre ihre Verbindung stark genug, die digitale Barriere des Hologramms zu überwinden? Sie streckte den Arm nach Liams Schulter aus und begann vorsichtig, ihn zu rütteln.

»Liam?« Sie beugte sich über ihn, ihre Lippen berührten beinahe sein Ohr. Der Duft seiner Haut stieg ihr in die Nase. »Liam, wach auf!«

Kaja spürte die gespannten Blicke der beiden anderen im Rücken. Trotzdem ließ sie Liam keine Sekunde aus den Augen.

»Liam! Ich bin's, Kaja. Du musst aufwachen.«

Vielleicht war es ihr Name, vielleicht auch ihre Stimme, aber hinter den geschlossenen Lidern hüpften Liams Augen noch wilder auf und ab. Für einen Moment schien es, als würde er tatsächlich aufwachen. Er seufzte tief und laut, dann sank er reglos zurück in seine Kissen, als hätte eine unsichtbare Macht ihn in die Tiefe des Schlafs gezogen.

»Kaja, weck ihn«, drängte Sandra hinter ihr. »Uns läuft die Zeit davon. Warum wacht er nicht auf?«

Kaja hatte keine Ahnung. Ihr Atem ging schneller – was, wenn sie Liam nicht wecken konnte? Sie packte seinen Arm und seine Schulter, begann fester an ihm zu rütteln.

»Liam, Liam, hörst du mich? Du musst aufwachen, wir müssen dich hier rausbringen. Liam, wir müssen hier verschwinden!« Ihre Stimme klang verzweifelt. »Liam, ich bin's, Kaja.«

Wieder war es ihr Name, der Liam näher an die Oberfläche seines Komas brachte. Wieder sah es ganz danach aus, als würde er sich jeden Moment befreien. Keuchend schlug er die Augen auf und blickte Kaja an. Sein Blick klammerte sich an den ihren, als könnte er sich daran festhalten. Für den Bruchteil einer Sekunde hielt der Kontakt, dann schloss Liam die Augen. Er war wieder verloren.

»Sie schafft es nicht«, zischte Sandra. »Smith, wir müssen etwas tun. Sie kann es nicht. Victoria muss an den Code ran.«

Auch aus Sandras Stimme war Verzweiflung zu hören.

»Das wird nicht funktionieren«, erklärte Smith kaum hörbar. »Es muss Kaja gelingen, oder er bleibt hier. Wir können nichts weiter tun.« Er legte Kaja die Hand auf die Schulter. »Kaja, noch eine Minute bis BlackOut. Dann sind wir raus, mit Liam oder ohne. Es tut mir leid.«

Kaja nickte, eine Träne fiel aus ihrem Augenwinkel auf ihre Hand, die immer noch auf Liams bewegungslosem Arm ruhte. Sie hatte versagt, Sandra hatte recht. Sie konnte ihn nicht zurückholen. Sie würde ihn verlieren. Für immer.

Sie schob ihre Finger in seine Hand. Ihre Arme berührten sich an der Stelle, an der auch der digitale Link sie verband. Die unsichtbare Kraft pulsierte unter ihrer Haut. Einer unsichtbaren inneren Macht folgend, beugte sie sich über Liams schlafenden Körper und küsste ihn. So fest es ging, presste sie die Lippen auf seine. Sie wünschte, sie könnte die Zeit anhalten, diesen Moment einfrieren, festhalten, für immer in ihr Herz einschließen, um niemals zu vergessen, was sie bereit gewesen wäre, für diesen Menschen zu geben. Sie konnte ein Schluchzen nicht mehr unterdrücken.

Zwei starke Arme legten sich plötzlich um ihren Körper und zogen sie fest an sich. Wie durch ein Wunder erwachten die Lippen unter ihren zum Leben, und eine weiche, warme Zunge schob sich in ihren Mund. Der Griff um ihre Mitte wurde fester, suchende Hände schoben sich unter ihre Kleidung, weit entfernt, außerhalb ihres Körpers, konnte sie Liam leise stöhnen hören. Doch es waren nicht mehr die albtraumgequälten Laute von eben, es war ein anderes Seufzen, voller Sehnsucht, voller Begehren. Kajas Körper reagierte instinktiv mit einem ähnlichen Laut. Sie grub ihre Hände in Liams Haar, ihr Kuss war pure Leidenschaft.

»Kaja«, keuchte Liam und zog sie so fest an sich, dass sie nach Luft schnappen musste. In dem Moment, als sich ihre Lippen voneinander lösten, war die Zeit abgelaufen, der Zauber vorbei. Das *Parentes Paradisum* und Liam darin verschwanden in der Schwärze des BlackOuts. Verschwunden waren seine Arme, seine Wärme, sein Geruch. Kaja schlug keuchend die Augen auf. Sie war wieder allein in ihrem Tank, zurück auf der medizinischen Ebene der *Hope*.

Für den Bruchteil einer Sekunde fragte sich Kaja, ob die letzten Minuten tatsächlich geschehen oder Liams Kuss nur ein Traum gewesen war. Hier in der echten Welt erinnerte nichts an die wunderbare Berührung ihrer Lippen. Nichts, außer der schnelle Blick in den Tank neben ihr. In Sandras Augen konnte sie lesen, dass sie nicht geträumt hatte: Eifersucht auf Kaja und die Hoffnung, Liam tatsächlich gerettet zu haben, standen der Konkurrentin ins Gesicht geschrieben. Eine einzige Frage, die beide Frauen teilten. Hatten sie es geschafft? Hatten sie Liam zurückgebracht?

Plötzlich veränderte sich Sandras erste, ehrliche Mimik. Verwirrt blickte sie sich in der Halle um und befreite sich aus ihren Manschetten. Im selben Moment begriff auch Kaja, dass irgendetwas nicht in Ordnung war. Durch die Halle dröhnte der BlackOut-Alarm, soweit lief alles weiter nach Plan. Doch niemand wartete vor ihren Tanks, um sie in Empfang zu nehmen. Wo waren Rebecca, Andrew oder Simon? Irgendjemand, der ihnen beim LogOut helfen könnte? Suchend wanderte Kajas Blick durch die Halle. Auch sie nestelte an ihren Halterungen, um sich endlich aus dem gläsernen Sarg zu befreien. Sandra, die darin wesentlich geübter war als Kaja, hatte ihren Tank längst verlassen und rannte, ohne sich nach ihr umzusehen, auf einen der Operationssäle am anderen Ende zu. Hinter der gläsernen Scheibe konnte Kaja eine ganze Reihe von Menschen erkennen. Die hektischen Bewegungen ließen nichts Gutes erahnen. »Liam«, war ihr erster Gedanke. Sie musste sofort zu ihm. Unbeholfen nestelte sie an den Halterungen an Armen und Beinen. Nach einer gefühlten Ewigkeit gelang es ihr endlich, sich zu befreien. Mit aller Kraft stemmte sie den schweren Deckel auf und stolperte aus dem Tank. Es dauerte unendlich lange, bis Kaja ihre Beine so weit unter Kontrolle hatte, dass sie Sandra hinterherlaufen konnte. Noch länger, bis sie endlich den Operationsraum erreicht hatte. Niemand nahm Notiz von ihr. Alle verfolgten gebannt den dramatischen Streit zwischen Rebecca und ihrer Tochter, von dessen Ausgang offensichtlich jede weitere Entscheidung abhing.

»Das werde ich niemals erlauben, Sandra. Das würde deinen sicheren Tod bedeuten.« Rebecca hielt ihre Tochter an beiden Armen fest, Tränen liefen über ihre Wangen. Sie wusste, wie wenig Macht sie über ihren sturköpfigen Nachwuchs hatte.

»Ich bin die Einzige, die dazu in der Lage ist, Mum. Und das weißt du. Wir haben keine Zeit, lange zu diskutieren. Wir werden es nicht schaffen, aus der Arche zu kommen, bevor das Holovit wieder live geht. Wenn Liam fehlt, werden alle Schotten dicht gemacht.«

»Der Preis ist zu hoch.« Rebecca schüttelte wieder und wieder den Kopf.

»Matteos Leben war nicht weniger wert als meins. Wenn er bereit war, dieses Opfer zu bringen, dann bin ich es auch.«

War? Kajas Blick sprang zwischen ihnen hin und her. Was war geschehen, während sie mit ihrem analogen Körper gekämpft hatte? Wo war Liam? Ihr Herz raste, ihr war übel. Aus den Gesprächsfetzen konnte sie sich nur Schreckliches zusammenreimen.

»Er hat es nicht geschafft. Sein System war zu lange mit dem Chip verbunden.« Simon war unbemerkt an ihre Seite getreten und flüsterte ihr ins Ohr. Seine Stimme klang belegt, als könnte auch er nur schwer ein Schluchzen unterdrücken.

Kajas Blick wanderte automatisch zu dem bewegungslosen Körper auf einer der beiden Bahren. Die Maschinen um ihn herum piepten verzweifelt mit der BlackOut-Sirene um die Wette, doch die Lebenslinie auf dem Bildschirm blieb ohne Ausschlag: Dort unter dem weißen Tuch lag Matteo Scarpa, das erste Opfer ihrer Mission. Kaja hatte den lebenslustigen Mann nur kurz gekannt, und dennoch konnte sie spüren, welche Lücke sein Tod in die Reihen ihrer neuen Freunde gerissen hatte. Die Arche war ein Stück trostloser ohne ihn. Sein Mut, sein Optimismus fehlten spürbar. Nur Sandra kämpfte dagegen an. Kaja verspürte einen schmerzhaften Stich in der Brust. Was würde Liam dazu sagen, wenn er erfuhr, dass seine Rettung Matteo das Leben gekostet hatte? War es überhaupt gelungen, ihn zu retten?

»Liam?«, fragte sie Simon. Der Name wollte ihr kaum über die Lippen kommen.

Simon deutete auf den Körper neben Matteo. »Es geht ihm gut. Ihr habt es geschafft. Er ist zurück und wach. Er war wach«, fügte Simon hinzu. »Wir haben ihn sofort wieder in Narkose gelegt und seinen Chip entfernt.«

Kaja schnappte entsetzt nach Luft. Wie hatten sie das tun können? Wollten sie sein Leben auch unnötig aufs Spiel setzen?

»Keine Sorge«, beruhigte sie Simon sofort. »Er ist deutlich jünger als Matteo, er wird es schaffen. Er braucht nur noch ein paar Minuten, um wieder zu Bewusstsein zu kommen. Aber dann werden wir ihn umgehend in seinen Anzug stecken, ihr habt nicht mehr viel Zeit. Ihr müsst nach oben. Sonst war das alles hier umsonst.«

»Dann war das alles hier umsonst«, wiederholte Sandra im Streit mit ihrer Mutter Simons Worte wie ein Echo. »Matteos Tod, Thores Tod, diese Familien, ihre Kinder, sie sind alle umsonst gestorben, wenn wir jetzt nicht weitermachen.«

»Sie hat recht, Rebecca«, mischte sich jetzt auch Allison ein. »Es tut mir so unendlich leid, aber sie hat recht. Einer von uns muss zurück.«

»Dann gehe ich selbst«, erklärte Rebecca und stemmte die Hände in die Hüfte. »Sandra kann die Operation ebenso gut durchführen wie ich selbst. Setzt mir Liams Chip ein, und ich gehe rein.«

»Mutter, sei vernünftig, dir würde das Gleiche passieren wie Matteo. Wir würden dich verlieren, und dann wäre niemand mehr übrig, der helfen kann. Wir brauchen dich hier, als Ärztin. Ich brauche dich hier.« Sie schluckte und sah ihrer Mutter fest in die Augen. »Ich werde nicht da drinnen sterben. Das verspreche ich dir. Smith und Victoria werden auf mich aufpassen. Sie werden mich schützen, solange es geht. Und dann holt ihr mich wieder raus und versteckt mich hier oder schickt mich in der nächsten Fuhre mit raus. Es wird uns etwas einfallen. Es fällt uns immer etwas ein. Aber ich brauche dich hier, *wir* brauchen dich hier.«

Die beiden Frauen sahen sich einen Augenblick wortlos an. Dann nickte Rebecca und schloss ihre Tochter ein letztes Mal in die Arme. »Also gut. Du wirst nicht da drinnen sterben.« Sie drehte sich zu ihren Helfern um. »Macht meine Tochter fertig für die Transplantation.« Und endlich verstand auch Kaja, was Sandra vorhatte. Sie würde Matteos Platz als

Double im *Parentes Paradisum* einnehmen. Sie würde sich Liams LifeChip implantieren lassen. Der Plan war so verrückt, dass Kaja um ein Haar gelacht hätte. Nun verstand sie Rebeccas Verzweiflung. Ihnen allen war von Anfang an klar gewesen, dass der Doppelgänger nur eine begrenzte Haltbarkeit haben würde. Und niemand wusste, was geschehen würde, wenn die ganze Charade aufflog.

Ohne Kaja auch nur eines Blickes zu würdigen, trat Sandra an die Bahre, auf der Liam lag. Sie bückte sich zu ihm, und im ersten Moment dachte Kaja, sie wolle ihn ebenfalls küssen. Doch sie flüsterte dem schlafenden Freund nur ein paar Worte ins Ohr. In Liams Gesicht zuckte es kurz. Keiner von ihnen hatte gehört, was sie ihm als Abschied mitgegeben hatte. Mit einem kampfbereiten Lächeln auf den Lippen legte sie sich auf eine der leeren Bahren.

»Rebecca, du musst das nicht machen«, bot Andrew der kreidebleichen Ärztin an. »Wir können das übernehmen.«

Aber Rebecca schüttelte entschlossen den Kopf. »Nein.« Ihre Stimme war fest. »Nein, ich mache das selbst. Bringt ihr die anderen nach oben. Es ist Zeit.«

Das kleine Team nickte stumm. Die Schwere der Entscheidung war allen bewusst. Simon griff Kaja fest am Arm und zog sie aus dem Raum, Andrew folgte ihnen mit dem Krankenbett, in dem Liam nach und nach zu Bewusstsein gelangte. Das Letzte, was Kaja sah, war Rebecca, die sich über ihre Tochter beugte, um sie in den Schlaf zu legen.

Kajas Herz war plötzlich so schwer vor Trauer über die Menschen, die sie hier zurücklassen würde, lebendig oder tot, dass sie kaum einen Fuß vor den anderen setzen konnte. Eine tiefe Erschöpfung und Müdigkeit griffen nach ihr, und sie musste sich schwer auf Simons Arm stützen, um vorwärtszukommen.

»Beeilt euch, wir dürfen jetzt keine Zeit mehr verlieren. Wir sind viel zu spät«, drängte Allison die beiden Pfleger, die dem immer noch nicht vollständig erwachten Liam in seinen Anzug halfen.

»Kaja«, murmelte er halb wach vor sich hin. »Kaja, wo bist du?«

Seine Stimme, sein Körper, ihn endlich hier in der realen Welt zu sehen, gaben ihr wieder neue Kraft. Sie durfte jetzt nicht aufgeben, das war sie Liam, Sandra und Matteo schuldig. Mit zwei langen Schritten war sie bei ihm und griff nach seiner Hand.

»Hier, Liam, ich bin hier. Du bist frei. Du bist kein Auserwählter mehr.«

Als hätte er nur auf ihre Stimme gewartet, schlug Liam endlich vollends die Augen auf. Ihre Blicke trafen sich, und er lächelte, für einen Moment waren alle Welten gleich. Es gab nur sie beide. Dann holte Liam das Leben ein. Er runzelte plötzlich die Stirn, seine Hand fasste an die Wunde hinter seinem Ohr. Kaja konnte in seinem Gesicht verfolgen, wie Fragen über Fragen durch seinen Kopf rasten. Wie viel hatte er seit dem LogIn ins *Parentes Paradisum* mitbekommen? An was konnte er sich überhaupt erinnern? Wie tief war der echte Liam in den letzten Tagen in seinem Unterbewusstsein gefangen gewesen?

»Was ist hier geschehen? Kaja? Allison?« Sein Blick wanderte zwischen ihnen hin und her, sein Ton war streng und fordernd. »Sandra, wo ist Sandra?«

»Liam ...« Kaja zögerte, weil sie nicht wusste, wo sie mit den Ereignissen der letzten Tage beginnen sollte.

»Turner, reiß dich zusammen«, rettete Jasper sie resolut. »Es ist viel passiert, seit du dich entschlossen hast, ein Auserwählter zu werden. Nenn uns egoistisch, aber das konnten wir leider nicht zulassen. Mit dem ELSA-Update zur Arche musst du dich allerdings noch gedulden. Da oben wartet ein Flieger auf uns. Also, Zähne zusammenbeißen, dein Ticket ist nicht umzutauschen. Simon, pack mit an. Es geht nach oben. Kommt.«

Liam kannte seinen alten Freund gut genug, um nicht zu widersprechen. Keiner sagte ein weiteres Wort, die Sirenen des BlackOut-Alarms waren ihr kreischendes Geleit Richtung Aufzug, den sie wenig später erreichten. Allisons Finger hüpften über das Display am Schott, die Türen öffneten sich, und zusammen betrat die kleine Gruppe den Aufzug nach oben.

»Es ist so weit, verabschiedet euch von eurer ELSA und platziert die Störer«, forderte Jasper sie auf, nachdem sich die Türen geschlossen hatten. »Liam, das gilt nicht für dich. Du bist deinen Chip ein für alle Mal los. Ich hoffe, du hast es ernst gemeint mit dem Leben an der Oberfläche, für dich ist das Holovit nämlich ab jetzt geschlossen.«

Instinktiv wanderte Liams Hand an die frische Wunde hinter seinem Ohr. Sein besorgter Blick war im Moment seine einzige Reaktion.

Kaja tat es den anderen gleich und holte die kleine Münze aus ihrer Tasche. Mit einem leisen Klick klebte sich der Magnet von außen gegen die Schädeldecke und fixierte den LifeChip. Sie verspürte einen leicht unangenehmen Druck im Hinterkopf, und im selben Moment war ELSAs immerwährende Präsenz aus ihrem Kopf verschwunden. Die Informationen auf Kajas Scio-Linse verschwanden. Ein seltsames Gefühl machte sich in ihr breit: schutzlos, nackt, aber auch frei.

»Großartig, findest du nicht?«, grinste Allison, die ihren erstaunten Gesichtsausdruck beobachtet hatte. »Keine Sorge, sobald wir hier raus sind, kannst du den Störer auch wieder abnehmen. Sobald ELSA keinen Kontakt mehr zur Arche hat, brauchst du das Ding nicht mehr.«

Liam, der auf die beiden Männer gestützt vor ihr im Fahrstuhl stand, schien langsam zu Kräften zu kommen. Er befreite sich aus den Armen seiner Helfer und wollte nach Kajas Hand greifen, als sich die Aufzugtüren öffneten und den Blick auf die oberste Ebene der Arche freigaben. Sie hatten den Hangar erreicht. Der Alarm, der auf den unteren, bewohnten Ebenen ohrenbetäubend laut durch die Gänge gehallt war, war hier oben nicht zu hören, es war mucksmäuschenstill.

Smiths und Victorias Talent war wirklich verblüffend. Auch dieses Original entsprach eins zu eins der Replik im Arcteryx. Es sah hier oben nicht nur so aus, es fühlte sich auch so an. Der einzige Unterschied: Aufgrund des angekündigten Sturms waren alle Drohnen im Hangar geparkt. Man hatte die komplette Flotte nach Hause geholt.

»Respekt, ihr habt es tatsächlich geschafft.« Aus dem Nichts trat Samuel lautlos wie ein Geist zwischen den Flugzeugen hervor. Er war ebenfalls in seinen Anzug gekleidet und hatte den Pilotenhelm unterm Arm. »Das wird Riley nicht besonders freuen, er hat gewettet, dass es mindestens einer von euch nicht bis hierher schaffen wird.«

Das betretene Schweigen ließ Samuels Lachen gefrieren.

»Wer?«, fragte er in die Stille. »Wer?«

»Matteo«, antwortete Allison leise, und Liam keuchte vor Überraschung und Schmerz. In seinem Betäubungsschlaf hatte er nicht mitbekommen, was um ihn herum geschehen war.

»Matteo, was ist mit Matteo geschehen?«

»Nicht hier, nicht jetzt«, unterbrach Samuel sie, bevor einer der anderen antworten konnte.

»Wir haben da draußen einen ziemlich unangenehmen Sturm, der uns in wenigen Stunden mit voller Wucht treffen wird. Wir müssen hier raus, bevor sich die Schotten nicht mehr öffnen lassen. Riley ist oben auf der Brücke. Das Gute ist, es gibt keine Flugerlaubnis, das bedeutet, wir sind hier allein. Das Schlechte ist, es sollte sich da draußen möglichst niemand aufhalten, dem sein Leben lieb ist. Aber was stört das uns, richtig? Das Auge des Orkans, oder das Auge des Rats, mehr Auswahl haben wir ab jetzt nicht mehr.« Sein Blick wanderte vielsagend an die Decke zu den Kameras. »Aber wenn Riley sich nicht zu dumm anstellt, kann er uns vielleicht zu einem unauffälligen Abflug verhelfen. Also los, immer schön im Gänsemarsch, wie wir es geübt haben. Liam in der Mitte, keinen Schritt nach links oder nach rechts.«

Samuel marschierte los, und die kleine Truppe folgte. Alle bis auf Simon, der den Rückweg auf die Krankenstation antrat. Was ihn wohl dort erwarten würde?, fragte sich Kaja, dann wanderte ihr Blick an die Decke. Was wohl dort oben auf sie wartete? Auch wenn es hier genau so aussah wie im Arcteryx, gab es doch einen großen Unterschied. Das hier war echt. Nur noch wenige Meter Erde trennten sie von der Oberfläche. Ihr Herz klopfte schneller, während sie Samuel folgten, der sie in wildem Zickzack, aber zielstrebig durch die Maschinen führte, bis sie schließlich den alten Teil des Hangars erreicht hatten, wo ihr Flugzeug tatsächlich wie in der Simulation auf sie wartete.

»Einsteigen, rein mit euch, macht es euch bequem«, drängte Sam seine Passagiere, während er eine letzte Runde um das Flugzeug drehte. Jasper und Allison sprangen in den Bauch des Fliegers, dann halfen sie Kaja und Liam nach drinnen. Alle vier schnallten sich in ihre Sitze, Liams Blick blieb plötzlich an dem fünften leeren Stuhl hängen.

»Sandra. Wo ist Sandra? Warum ist sie nicht hier?«, fragte er erneut. Wieder wagte es keiner, ihm zu antworten. Jasper und Allison blickten betreten zur Seite.

Doch Kaja fasste sich ein Herz. »Sie wird Matteos Platz einnehmen. Sie wird an seiner Stelle zurück ins *Parentes Paradisum* gehen.«

»Was? Wovon redet ihr da eigentlich?« Er schnallte sich wieder von seinem Sitz los. Aufgebracht blickte er von einem zum anderen. »Kann mir endlich jemand sagen, was hier eigentlich los ist? Was ist hier passiert? So war das alles nicht geplant! Ich werde diese Arche nicht verlassen, wenn ihr mir nicht sagt, warum Matteo tot ist, warum wir Sandra hier zurücklassen. Sie würde niemals freiwillig auf ihren Platz verzichten, für nichts und niemanden.«

»Doch, das würde sie«, erklärte Kaja leise. »Für dich, Liam. Für dich würde sie hierbleiben. Um dich zu retten, ist sie hiergeblieben, und um dich zu retten, ist Matteo gestorben. Und wenn du nicht willst, dass ihre Opfer umsonst waren, dann solltest du dich endlich hinsetzen und anschnallen.«

Sie wusste selbst nicht, woher sie plötzlich den Mut hatte, ihm die Stirn zu bieten. Sie wusste nur, dass sie keine weitere Zeit verlieren durften und dass Liam mit ihnen nach draußen musste, wenn sie dort eine Chance haben wollten.

»Warum seid ihr nicht ohne mich geflogen?«, fragte Liam fassungslos. »Warum habt ihr in Kauf genommen, dass Menschen sterben, Freunde ihr Leben verlieren? Ihr hättet mich zurücklassen sollen.«

»Warum wurdest du wohl ausgewählt? Liam, ich weiß, du warst die letzten Tage nicht ganz bei dir, aber das solltest du dir mal überlegen. Warum bist du in diesem Superholo gelandet?«

Jasper fragte, was Kaja selbst die letzten Stunden keine

Ruhe gelassen hatte. »Würde der Algorithmus des Rats tatsächlich den Parametern gehorchen, die unsere Regierung auslobt, dann wärst du niemals für die Selektion infrage gekommen. Irgendetwas ist hier faul, Liam. Wir vermuten, dass jemand aktiv eingegriffen hat, um dich auf die Liste zu setzen. Wir wissen nicht, warum, aber sollten wir recht haben mit unserem Verdacht, dann darfst du nicht in den Händen unserer Feinde bleiben. Matteo und Sandra haben das beide entschieden, ebenso wie sie beide ihre Rollen freiwillig gewählt haben. Matteo wusste, dass er nicht mehr lange zu leben hatte. Nicht hier unten und auf keinen Fall dort oben. Er wusste, auf was er sich einlässt. Und Sandra, Sandra ist nicht tot. Ich hoffe, das bleibt auch noch eine ganze Weile so. Wir müssen rausfinden, was Andersson und Anna Smith wirklich vorhaben, sonst können wir den Menschen nicht helfen. Dafür brauchen wir dich an unserer Seite und nicht im *Parentes Paradisum*. Darum haben wir alles aufs Spiel gesetzt, um dich rauszuholen. Darum kannst du jetzt nicht alles aufs Spiel setzen und unsere Flucht gefährden.«

Aufgelöst blickte Liam in die Runde. Kaja konnte sehen, wie er mit sich rang. Wie auch er versuchte, Antworten auf all die offenen Fragen zu finden. Doch es gelang ihm ebenso wenig wie den anderen.

»Ihr habt recht«, gab er schließlich nachdenklich zu. »Ich hätte niemals da drin landen dürfen.«

»Da ist noch mehr.« Kaja fiel es schwer, den schrecklichen Verdacht, den sie in sich trug, tatsächlich auszusprechen. »Ich befürchte, mein Vater und Bonnet haben bereits mit dem *Total Upload* begonnen. Loras Mutter … als ich das letzte Mal bei den Bonnets war, war sie wieder vollkommen hergestellt. Sie war perfekt, wie früher. Sie war viel zu perfekt. Je länger ich darüber nachdenke, desto mehr glaube ich, dass sie nur ein Avatar war.« Sie konnte den Schrecken in den Augen der anderen sehen.

»Wenn das stimmt, haben wir weniger Zeit, als wir dachten.« Liam griff nach ihrer Hand. »Kaja, wer außer dir weiß davon?«

Sie schüttelte den Kopf. »Ich weiß es nicht. Meine Mutter? Lora? Ich habe keine Ahnung.«

Liam wechselte einige schnelle Blicke mit den anderen beiden. Allison nickte wortlos. Sie schien sofort zu verstehen, was in Liams Kopf vorging.

»Samuel«, rief Liam nach draußen. »Wie lange haben wir noch bis zum Abflug?«

»Solange ich brauche, um diese Mühle zum Ausgang zu fahren, warum? Wollt ihr noch eine letzte Verabschiedungsrunde drehen?« Der Pilot lachte, wurde aber sofort ernst, als er Liams Gesichtsausdruck sah.

»Nein.« Er schüttelte den Kopf. »Nein. Liam Turner, du sagst mir jetzt nicht, dass du deinen Teddy vergessen hast und noch mal in deine Zelle zurückwillst. Wir haben noch knapp drei Minuten, bis das Holovit wieder hochfährt, und dann sind alle Augen hier oben und unten auf uns gerichtet.«

»Drei Minuten reichen mir. Riley ist auf der Brücke, richtig?«, vergewisserte sich Liam.

»Ja.« Sam nickte. »Aber ...«

»Er muss eine Nachricht erhalten. Mit den Störern können wir nicht kommunizieren, über Funk ist viel zu riskant. Ihr macht euch auf den Weg Richtung Schott. Ich laufe zu Riley und bin wieder zurück, bevor du abhebst.«

»Das schaffst du nie. Du bist viel zu schwach von der Operation, du kennst den Weg nicht, du wirst nicht rechtzeitig zurück sein, wir können nicht auf dich warten.«

Doch bevor irgendjemand ihn hätte daran hindern können, sprang Liam aus der Luke und rannte los. »Es haben zu viele Menschen ihr Leben für mich aufs Spiel gesetzt. Ich werde es schaffen«, rief er über die Schulter.

»Man wird dich auf den Kameras sehen …«, brüllte Jasper ihm hinterher, aber Liam war bereits unterwegs. »Verrückter Irrer!«, schimpfte Jasper. »Er wird uns noch alle umbringen. Wir hätten ihn da drin verrotten lassen sollen. Wenn sie uns jetzt erwischen, dann war alles umsonst, wirklich alles.«

»Kaja, glaubst du wirklich, dass Bonnet seine eigene Frau hochgeladen hat? Du weißt, was das bedeutet … das wäre Mord, vielleicht sogar schlimmer.«

Kaja nickte traurig. Sie war sich sicher, Jean Luc hatte diesen Preis nur zu gern bezahlt, um sein perfektes Leben zurückzubekommen. Und sie konnte sich langsam vorstellen, wie die Pläne ihres eigenen Vaters aussahen. Würde auch er seine Tochter aus dem Weg schaffen, um sie durch eine bessere digitale Version zu ersetzen? Sie hoffte, sie würde es nie rausfinden müssen.

Samuel sprang ins Cockpit und setzte den Helm auf, einige Sekunden später lief ein Zittern durch den stählernen Körper der Maschine. Bangen Herzens blickte Kaja durch eine kleine Luke nach draußen in den Hangar: Sie konnte keine Spur von Liam entdecken; er war längst zwischen den Drohnen verschwunden. Langsam setzte sich ihr Flugzeug in Bewegung und steuerte zwischen den parkenden Maschinen Richtung Außenschott. Würde Samuel wirklich Ernst machen und ohne Liam fliegen?

»Flieger an Brücke, können Sie mich hören?«, konnte Kaja seine Stimme aus dem Cockpit vernehmen, nachdem sie sich zwischen den ersten beiden Drohnen hindurch in den vorderen Teil des Hangars bewegt hatten.

»Flieger an Brücke, können Sie mich hören?«

»Ich höre, klar und deutlich. Roger«, erklang Rileys Antwort schnarrend aus dem veralteten Funk, der zum ersten Mal seit vielen Jahren wieder seinen Dienst erfüllen musste.

»Brücke, wie lange bis zum Schott? Over.«

»Eine Minute und zehn. Over.«

»Brücke, es ist Besuch unterwegs. Keine Namen. Ein letzter Gruß für alte Freunde. Over.«

Für einen Moment war nur das mechanische Knistern des Geräts zu hören. Dann kam die Antwort.

»Flieger, ich rate dringend von Besuch ab. Die Brücke ist bereits besucht. Over.«

Kajas Puls beschleunigte sich, sie wechselte ängstliche Blicke mit den beiden anderen. Rileys Antwort konnte nur eines bedeuten: Er war nicht allein. Vielleicht hatten sie ihn bereits in Schwierigkeiten gebracht. Ein entflohener Auserwählter war das Letzte, was er dort oben gebrauchen konnte.

»Ich wiederhole, kein Besuch auf der Brücke. *Do you copy?*«

Kaja wartete die Antwort nicht ab. Sie war nicht so weit gekommen, um Liam erneut zu verlieren. Sie löste ihren Gurt, öffnete die Luke und sprang aus dem Flugzeug, bevor einer der anderen sie stoppen konnte. Als ihre Beine den Boden berührten, rannte sie los. Sie kannte den Weg und ihr Körper hatte schnell gelernt, aber schon nach wenigen Metern rasselte ihre Lunge. Trotzdem wurde sie nicht langsamer. So schnell sie konnte, hetzte sie zwischen den Maschinen hindurch, am Fahrstuhl vorbei und die schmale eiserne Außentreppe nach oben zur Brücke. Für einen Moment wurde ihr schwarz vor Augen, sie durfte nicht aufgeben. Nur – wohin sollte sie laufen? Die Testversion des Arcteryx hatte sich auf die Maschinen-Ebene beschränkt. Hier oben hatte Kaja keine Ahnung, wo sie Liam oder Riley finden würde. Sie rannte trotzdem einfach weiter. Durch die Tür und den langen Flur hinunter hatte sie beinahe den Eingang zur Brücke erreicht, als aus dem Dunkel ein Arm nach ihr griff und sie mit aller Kraft gegen die Wand presste. Im selben Moment legte sich eine warme Hand über ihren Mund.

»Shhhh«, flüsterte Liam ihr ins Ohr, bevor sie einen Laut des Schreckens von sich geben konnte. So schnell es ging, seinen schweren Atem im Ohr, zog er sie mit sich zurück Richtung der Treppe zum Hangar. Gemeinsam kletterten sie die Stufen wieder nach unten. Sie erreichten gerade die erste Drohne, als sich der Zugang zur Halle über ihnen erneut öffnete. Liam packte Kaja, und sie kauerten sich hinter den eingeklappten Flügel aus Stahl. Keine Sekunde zu spät. Kaja stockte der Atem. Es war niemand anderes als ihr Vater, der zusammen mit Jean Luc Bonnet und zwei Sicherheitsbeamten des Rats die Treppe nach unten stieg, auf der seine Tochter eben noch gestanden hatte.

»Hier scheint alles ruhig«, konnte sie ihren Vater hören. Er klang verärgert. »Alle Drohnen auf ihren Plätzen, alle Piloten in ihren Zellen. Vielleicht hat dieser Turner nur schlecht geträumt?«

»Meine Tochter war sich sicher, dass er von einer Flucht gesprochen hat«, antwortete Jean Luc. Kaja griff nach Liams Hand, ihre Finger waren schweißnass. »Mehrfach, beim nächsten BlackOut wollten die Darksurfer entkommen.«

»Er hat geträumt, Bonnet. Da erzählt man viel. Deine Tochter ist nervös, weil der Kerl sich noch nicht in sie verliebt hat. Aber das wird sich noch ändern. Warte nur ab, bis das Kind da ist. Wir kennen das doch. Und falls nicht … es braucht nur den richtigen Preis, und er wird mitspielen.«

»Ich weiß nicht …« Bonnet klang unsicher. »… vielleicht

sollten wir doch noch mal überlegen, ob es nicht besser wäre …«

»… vielleicht sollte ich noch mal überlegen, ob es eine gute Idee war, dich wieder in Amt und Würden zu erheben?«, schnitt Björn ihm das Wort ab. »Oder ob Lora es wirklich verdient hat, Teil meiner Zukunft zu sein?«

Panik huschte über Bonnets Gesicht, er hob beschwichtigend die Arme und murmelte eine für Kaja nicht hörbare Entschuldigung.

»Jetzt beruhige dich, Jean Luc«, fuhr er versöhnlicher fort. »Es sind noch genau sechzig Sekunden, bis dieses lästige Energieloch überstanden ist, und dann versiegeln wir diesen Bunker für immer. Selbst wenn unser Wunderknabe vorhat zu fliehen, wird er es nicht schaffen.«

»Kaja«, flüsterte besagter Wunderknabe in ihr Ohr. »Los, komm, wir müssen hier weg.« Er zerrte an ihrer Hand und riss sie aus dem schrecklichen Bann, in den der Anblick ihres Vaters sie gestürzt hatte. »Komm, bevor es zu spät ist.«

Geduckt schoben sie sich am Bauch der Drohne entlang weiter von den beiden Männern weg.

»Jetzt!«, befahl Liam, nachdem sie ein paar Meter geschafft hatten, und riss Kaja mit sich aus der Deckung. Er rannte los, so schnell, dass sie Mühe hatte, Tempo zu halten. Ihre Schritte hallten viel zu laut durch den Hangar. Als sie den dritten Flieger umrundet hatten, wagte Kaja einen gehetzten Blick über die Schulter. Selbst über die Distanz hinweg konnte sie sehen, dass ihr Vater sie erkannt hatte. Wut, Überraschung und Entsetzen standen ihm ins Gesicht geschrieben. Seine Lippen formten ihren Namen.

»KAJA!«, schallte Björns Stimme durch die Halle.

»Lauf, Kaja, lauf!«, brüllte Liam im selben Moment und wurde noch schneller. Rot blinkendes Licht erschien über ihnen auf, die Notstromaggregate waren angesprungen, und alle Sirenen heulten gleichzeitig los, der Lärm war ohrenbetäubend. Kaja schlug die Hände über die Ohren und rannte um ihr Leben. Plötzlich tauchten vor ihnen das Außenschott und die Abflugbahn auf, sie konnte sehen, wie sich die schweren Tore der Arche bereits öffneten, als von links ihr Flugzeug auf die breite Straße nach draußen bog. Die Luke war geöffnet und Jasper halb durch die Tür gebeugt. Er streckte ihnen die Arme entgegen. Es würde ein Kampf um jeden Meter, jede Sekunde werden. Kaja konnte spüren, wie ihre Kräfte sie schneller verließen, als sie sich der Maschine näherte. Ihre Beine waren plötzlich schwer wie Blei, und sie konnte sich kaum noch aufrecht halten.

»Kaja!«, rief Liam, und wie durch ein Wunder konnte sie seine Stimme über den Schrei der Sirene hinweg hören. »Kaja, ich werde dich nicht auch noch hier zurücklassen.«

Er griff nach ihrem Arm, zog sie an seine Seite, und gemeinsam legten sie die letzten Meter zurück. Im selben Moment, als sie dachte, ihre Lunge würde keinen Atemzug mehr schaffen, griff ein weiteres Paar starker Arme nach ihr und zerrte sie in den Bauch des Fliegers.

»Schnallt sie an!«, konnte sie aus weiter Ferne Samuel rufen hören. »Ich muss durchstarten, sonst klemmt uns das Schott ein.«

Durch die Frontscheibe erhaschte Kaja einen letzten Blick hinein in die Schleuse nach draußen. Beide Luken waren geöffnet, weit über ihr war ein wolkiger blauer Fleck Himmel zu sehen, umrahmt von dickem Stahl, der sich langsam, aber sicher vor ihren entsetzten Augen verengte. Die Tore – sie würden sie einschließen oder zerquetschen. Wir sind zu spät, dachte sie, und ihr Herz setzte einen Schlag aus. Wir werden es nicht schaffen.

Dann hievte Jasper sie auf ihren Sitz und schnallte sie fest. Eine Sekunde später beschleunigte Samuel die Maschine, der Druck presste Kaja in den Sitz. Sie hielt den Atem an und schloss die Augen. Würden sie es noch schaffen? Oder wäre ihr Leben in wenigen Augenblicken vorbei? Sie atmete ein, wieder aus und wieder ein. Dann plötzlich brachte der Jubel der anderen drei Passagiere die erlösende Antwort. Sie hatten es geschafft. Kaja öffnete die Augen und blickte in drei lachende Gesichter. Sie hatten die Arche verlassen. Sie waren in Freiheit. Ihr verrückter Plan hatte funktioniert.

16

Sie hatten es tatsächlich geschafft. Sie waren frei. Aber diese Freiheit schmeckte so bitter wie wenig zuvor in seinem Leben. Sie hatten einen unvorstellbar hohen Preis bezahlen müssen. Matteo, Sandra, Riley? Wen würde er noch verlieren? Was würde er wirklich gewinnen? Für sich? Für die Archianer? Für seine Familie?

Sein Kopf schmerzte. Zu viele Fragen, zu viele Bilder. Er konnte nicht sagen, ob es Erinnerungen oder Träume waren. Was war geschehen in den letzten Tagen in der Arche? Was hatte man ihm angetan? Es gab nur eine Person, die ihm beantworten konnte, was Wirklichkeit war und was nicht: Lora. Sie war bei ihm gewesen, Tag und Nacht. Sie hatte all das miterlebt, was auch ihm geschehen war. Irgendwie musste er sie kontaktieren. Sie hatte ihm versprochen, ihm zu helfen, wenn er ihr helfen würde. Oder hatte er auch das nur geträumt? Die Darksurfer hatten einen schrecklichen Fehler begangen. Niemals würde Lora sich von Sandra täuschen lassen. Aber würde sie die andere Frau verraten? Wie weit würde sie gehen, um ihren Traum der Zukunft voranzutreiben? Was würde er für seinen eigenen Traum riskieren?

Bitter fasste er einen Entschluss: Wer auch immer ihn in das *Parentes Paradisum* geschickt hatte, würde irgendwann dafür bezahlen. Niemals würde Liam vergessen, was man ihm angetan hatte, was man ihm geraubt hatte. Und was daraus schon bald entstehen würde. Das Band, das ihn für immer und ewig mit Lora verbinden würde. Ein neues Leben. Das hatte er nicht geträumt. Das war die grausame Realität. Er würde Vater werden. Vater eines unschuldigen Kinds, das er im Stich gelassen hatte, noch bevor es das Licht der Welt erblickt hatte. Er schloss die Augen und versuchte, für einen kurzen Moment zu vergessen, was tief unter der Erde geschehen war. Er konzentrierte sich auf das Dröhnen der Motoren, das durch die dünne Wand des Fliegers drang. Doch es gelang ihm nicht, diese große Verantwortung von sich zu schieben. Was auch immer dort unten, tief unter der Erde, in einem künstlichen Uterus heranwuchs, es war sein Fleisch und Blut. Und davor konnte er nicht fliehen. Wenn er seinem ungeborenen Kind wirklich eine Zukunft ermöglichen wollte, dann musste er diese Mission erfolgreich zu Ende führen – dann blieb ihm nichts anderes, als gegen den Rat in den Kampf zu ziehen. Doch wer würde sich auf seine Seite schlagen? Hier draußen? Oder in der Arche selbst? Auf wen konnte er zählen? Sie würden mehr Hilfe brauchen als nur die Handvoll Abtrünniger, die im Darknet Zuflucht gesucht hatten.

In den Tagen seit seiner Verhaftung, anders konnte er den Prozess der Selektion nicht nennen, hatte er zum ersten Mal die Allmacht des Staats zu spüren bekommen. Das Auge des Rats war überall. Einzeln und isoliert in den Zellen würde niemals ein organisierter Widerstand entstehen können. Das Holovit war der einzige Ort, an dem die Menschen zusammenkommen konnten, dort aber wurden sie Tag und Nacht überwacht. Ihre einzige Chance war diese Welt hier draußen. Und sie hatten nicht mehr viel Zeit. Dass man ihn für die Selektion ausgewählt hatte, war der Beweis, dass irgendetwas in Anderssons Puzzle fehlte. Welche Rolle man ihm auch zugedacht hatte, der Rat schien ihn für die Zukunft der Arche zu brauchen. Vielleicht konnten sie durch seine Flucht etwas Zeit gewinnen. Zeit, die sie dringend brauchten, um herauszufinden, wie es tatsächlich um die Oberfläche bestellt war. Es musste Menschen hier oben geben, davon war Liam überzeugt. Aber waren es genug, um sich gegen die Herrscher der Arche zu stellen? Wären sie bereit dazu? Waren die Archianer es wert, gerettet zu werden? Oder waren sie allesamt treue Gefolgsleute von Andersson und Bonnet?

Ja, er könnte einfach verschwinden. Hier oben mit Kaja ein neues Leben beginnen, nach seinen Eltern suchen, vielleicht sogar eine neue Zivilisation gründen? Sollten doch alle Staatstreuen dort unten auf ihren Tod oder die digitale Erlösung warten, es müsste nicht sein Problem sein.

Die Finger seiner rechten Hand tasteten suchend über das linke Handgelenk, genau an der Stelle, an der sein Avatar mit Kaja verbunden gewesen war. Von der unsichtbaren Verbindung war hier draußen nichts zu spüren. Stattdessen fiel sein Blick auf das beinahe verschwundene Einstichloch einer Nadel. Der ersten von so vielen. Er hatte schnell aufgehört zu zählen. Jeden Baustein seines Körpers hatte man inspiziert, analysiert und Proben entnommen. Blut, Knochenmark, Samen. Irgendjemand hatte daraus neues Leben gemacht. Seine Verbindung zu Kaja getrennt und eine neue Verbindung geschaffen. Zu Lora.

Lora. Seit der Selektion hatte er Tag und Nacht mit ihr verbracht. Nur ein paar Augenblicke hatte es gegeben, in denen sie unbeobachtet hatten sprechen können. Liam machte sich keine Illusionen, dass selbst diese Worte von irgendjemandem mitgehört worden waren. Dennoch, er hatte ihr unmissverständlich klargemacht, dass sein Herz bereits vergeben war. Dass er gegen seinen Willen ausgesucht und festgehalten wurde. Lora hatte ihn überrascht, das musste er zugeben. Ohne Angst vor den Konsequenzen ihrer Aussagen hatte sie ihm offen erklärt, dass sie mit vielen Dingen, die ihre Regierung entschieden hatte, ebenfalls nicht einverstanden war. Dass sie von einer anderen, besseren, freien Zukunft träumte. Nicht nur für sich, sondern vor allem für die kommenden Generationen, ihre Kinder und Kindeskinder.

Sie hatte ihn nie als Darksurfer enttarnt, und doch war er sich sicher, dass sie um seine Gesinnung wusste. Sie hatte ihm erklärt, dass Revolution nicht ihr Weg war. Dass die Jahre vor dem Untergang zu viele Leben gekostet hätten, um noch mehr Menschen in Gefahr zu bringen. Sie glaubte an eine echte Evolution der Menschen mithilfe der Technik. Lora sah es als ihre Aufgabe, ihr Können dem Fortbestehen der Menschen zu widmen. Sie hatte ihn gebeten, diese Aufgabe an ihrer Seite anzunehmen. Nicht als ihr Liebhaber, sondern als ihr Partner, um einen friedlichen Weg zu finden, die Welt unter der Erde zu verbessern.

Ob ihre Worte klug gewählte Propaganda und mit dem Rat abgestimmt waren, oder nicht, sie hatten ihn nachdenklich gestimmt. Lora war von ihrem Weg ebenso überzeugt wie er von seinem: Sie wollte das kaputte System reparieren, er wollte es zerstören. Wer garantierte ihm, dass sein Weg besser war als der ihrer Vorgänger? Lora war eine gute Rednerin, eine noch bessere Anwältin ihrer Sache. Vielleicht, in einem anderen Leben, an einem anderen Ort, hätten ihre Gespräche tatsächlich zu einer gemeinsamen Sicht auf die Dinge geführt. Aber die Zeit war zu kurz, ihre Positionen zu verschieden. Seine Wut über die aussichtslose Situation hatte Lora wenig Möglichkeit gegeben, ihn zu einem echten Gespräch zu bewegen. Stunde um Stunde hatten ihn die Gedanken an die anderen Surfer, an seine Flucht und an Kaja gequält. Während der Aufzeichnungen hatte seine ELSA ihn so ruhig gestellt, dass er den Großteil seiner Zeit im *Parentes Paradisum* nur durch den Nebel der Drogen wahrgenommen hatte. Ein einziger Albtraum, durchbrochen von kurzen Momenten, in denen Kaja seine Gedanken beherrscht hatte.

Kaja. Er betrachtete die junge Frau, die in den letzten Tagen immer wieder ihr Leben aufs Spiel gesetzt hatte, um seines zu retten. Die ihre eigene Familie verraten und verlassen hatte, um bei ihm zu sein. Um ihm in diese gefährliche und unsichere Zukunft zu folgen.

Was hatte sie gedacht, als sie seinen Namen auf der Liste der Auserwählten gelesen hatte? Sie musste sich dieselben Fragen gestellt haben wie er. Warum war er auserwählt worden?

Seit ihrem ersten Kuss im Arcteryx hatte er gespürt, dass sie füreinander bestimmt waren. In ihrer Nähe hatte sich das Leben im Holovit beinahe real angefühlt. Eine Wirklichkeit, die er vorher nicht gekannt hatte. Ihre Lippen, ihre Haut, die Wärme ihres Körpers, ihre bloße Anwesenheit hatten etwas in ihm zum Leben erweckt, das selbst im Holovit Bestand hatte. So oft war er in seinen Träumen zu diesem ersten und letzten Kuss zurückgekehrt, dass er lange gebraucht hatte, um zu begreifen, dass sie tatsächlich ins *Parentes Paradisum* gekommen war, um ihn zu holen. Dass sie wirklich in seinen Armen lag und nicht nur ein Hirngespinst in seinem Kopf war.

Wie war es ihr gelungen, ihn auszuloggen? Durch den Kuss? Oder den digitalen Link? Wie hatte sie es durch die Barrikade geschafft? Er konnte es nicht sagen. Aber er hatte sich an Kaja geklammert, mit jeder Faser seines Körpers, und sie hatte ihn gerettet. Er verdankte ihr seine Freiheit, er schuldete ihr mehr als nur sein Leben.

Ein harter Ruck fuhr durch den Körper des Flugzeugs und riss ihn aus seinen Gedanken. Kajas Hand griff nach seiner, ihre Blicke trafen sich. In ihren Augen stand so viel Hoffnung, aber auch Angst, er wusste, er würde alles geben, um sie nicht zu enttäuschen, um seine Schuld zu begleichen. Seine Finger schlossen sich fest um ihre, und sie antwortete mit einem vorsichtigen Lächeln.

»Ich hoffe, ihr seid alle angeschnallt da hinten«, schnarrte Samuels Stimme über den Lautsprecher in den Laderaum. »Ich habe euch nicht zu viel versprochen. Direkt vor uns wartet ein ordentlicher Sturm. Es könnte etwas rumpelig werden. Bitte klappen Sie die Tische nach oben, und verstauen Sie Ihr Gepäck.« Niemand lachte über den Witz aus längst vergangenen Tagen. Liam blickte in besorgte Gesichter, und Sam hatte kaum zu Ende gesprochen, als die erste Windbö ihre kleine Maschine erfasste. Liam wurde in seinen Gurten nach vorne, dann wieder nach hinten geschleudert. Sein Kopf stieß schmerzhaft gegen die Außenhülle des Flugzeugs.

»Festhalten!«, rief er den anderen zu und stemmte sich mit beiden Beinen gegen den Boden. Die Gurte, die ihre Ladung sicherten, ächzten unter der plötzlichen Belastung. Wie ein bockendes Wildpferd hüpfte das Flugzeug auf und ab.

Die Hände um den Sitz gekrallt, die Lippen fest zusammengepresst, behielt Liam Kaja im Auge. Sie hatte die Augen geschlossen, ihr Mund bewegte sich, als würde sie leise beten.

Wir werden hier nicht sterben, dachte Liam entschlossen. Wir sind zu weit gekommen. Es kann hier nicht enden.

Ein ohrenbetäubender Knall direkt neben seinem Kopf war die Antwort, im selben Moment kippte das Flugzeug steil nach rechts weg. Allison begann, panisch zu kreischen, Samuels Anweisungen kamen abgehackt und kaum verständlich über den Funk.

»Leute, wir sind getroffen. Unser rechtes Triebwerk ist weg. Ich muss uns etwas früher als geplant auf den Boden bringen. Festhalten, und wer von euch sich noch an einen Gott erinnern kann, etwas Hilfe würde nicht schaden.«

Ihr Sturzflug war nicht mehr aufzuhalten. Der Druck auf Liams Ohren wurde stärker, je schneller sie sich dem Boden näherten. Immer schneller lösten sich Teile der Ausrüstung aus den Gurten und stürzten auf die Passagiere.

»Ahhhhh!« Jasper schrie vor Schmerz, als ihn eine vorbeifliegende Kiste am Bein traf. Tränen liefen über Allisons Gesicht. Kaja klammerte sich an ihre Gurte und hielt die Augen weiter fest geschlossen. Liam wollte nach ihrer Hand greifen, als ein letzter gewaltiger Rumms durch die Maschine fuhr und sie alle gegen die Decke schleuderte. Dann war es still. Totenstill. Kein Motorengeräusch war mehr zu hören, keine Bewegung zu spüren. Sie mussten auf dem Boden aufgeschlagen sein.

»Sam?«, brüllte Liam, so laut er konnte. »Samuel? Bist du in Ordnung?«

Alle vier hielten den Atem an, dann öffnete sich plötzlich mit einem lauten Knall die Tür zum Cockpit, und Samuel Crowe stand vor ihnen. Sein Gesicht war kreidebleich, das Haar klebte schweißnass an seinem Kopf, aber er wirkte unverletzt und in Ordnung.

»Ich hoffe, ihr habt euren Flug genossen? Es war mit Sicherheit der letzte, den diese Maschine je gemacht hat. Und meiner auch«, fügt er hinzu, dann ließ er sich auf den Boden gleiten.

Liam schnallte sich aus seinem Sitz los und vergewisserte sich mit einem schnellen Blick, dass auch Kaja unverletzt war. Dicht gefolgt von Allison stürzte er zu dem am Boden liegenden Jasper. Es brauchte keinen Arzt, um den Beinbruch zu erkennen. Der Knochen des Schienbeins hatte sich durch den Anzugstoff gebohrt. Jasper stöhnte vor Schmerz.

»Sam, Jasper ist verletzt. Wir brauchen ein medizinisches Kit. Ich habe keine Ahnung, wo das in diesem Chaos zu finden ist.«

Aus dem Augenwinkel konnte er sehen, wie Kaja sich ebenfalls aus ihren Gurten befreit hatte und mit Samuel die wild durcheinandergewürfelte Ladung durchsuchte.

Es dauerte nicht lange, und die beiden hatten gefunden, wonach sie gesucht hatten. Allison verabreichte Jasper ein starkes Schmerzmittel, während Sam und Liam seine Wunde versorgten. Sie schienten den Knochen und legten einen festen Verband an. Jasper war eingeschlafen, bevor sie mit der Arbeit fertig waren. Liam betrachtete den Patienten und warf den anderen einen besorgten Blick zu.

»Ich bin kein Arzt, das hier ist nur notdürftig versorgt. Wir müssen möglichst schnell Hilfe finden oder selbst ein Lager errichten. Jasper braucht Ruhe, und vor allem darf sich die Wunde nicht entzünden. Aber das muss sich ein Mediziner ansehen.«

Besorgte Blicke, wohin er sich auch wandte. Weit früher als geplant wurde ihnen allen bewusst, was sie zurückgelassen hatten und wie riskant ihr Unternehmen war. Würden sie hier draußen überhaupt jemanden finden, der über das Wissen verfügte, Jasper zu helfen? Oder würden sie hilflos mit ansehen müssen, wie einer nach dem anderen sterben würde? Sie waren auf sich selbst gestellt. Wie die Pioniere vor vielen Tausend Jahren.

»Sam, hast du irgendeine Ahnung, wo wir gelandet sind?«, fragte Liam, bemüht, sich seine Sorge nicht mehr als nötig anmerken zu lassen.

Samuel warf ratlos die Arme nach oben. »Mein letztes

Signal kam von Red Rock, dann hat uns der Wind gepackt. Ich vermute, irgendwo im Reservat sind wir runter. Sonst wären wir an den Bergen zerschellt. Um uns genau zu verorten, muss ich warten, bis der schlimmste Sturm vorbei ist, und ein paar Geräte aufstellen.«

Liam nickte. »Dann tu das. Wir müssen rausfinden, wie weit es bis zur Siedlung ist. Dort werden wir Hilfe finden.«

Jasper stöhnte im Schlaf, und Allison strich ihm sanft über die Stirn. Der Wind rüttelte an der Außenhülle, die glücklicherweise unbeschädigt geblieben war.

»Hoffentlich hast du recht«, flüsterte sie, ohne den Blick von ihrem Patienten zu nehmen. Samuel befestigte die Sauerstoffmaske seines Anzugs vor dem Gesicht und marschierte nach vorne ins Cockpit.

»Es sieht gut aus«, kommentierte er über die Sprechanlage. »Hier unten ist die Radioaktivität deutlich niedriger als oben, der Wind hat sich etwas beruhigt. Ich versuche es, oder hat jemand Einwände?« Ohne eine Antwort abzuwarten, öffnete er die Luke, sprang hinaus und schloss sie hinter sich.

Liam hob den Kopf, Kajas Blick ruhte auf ihm. Sie hatte wieder dieses vorsichtige Lächeln auf den Lippen, das er nur schwer deuten konnte. Kaum zu glauben, dass sie seit seiner Befreiung keine zehn Worte gewechselt hatten. Plötzlich war da eine tiefe Sehnsucht nach dieser jungen Frau, die er kaum bändigen konnte.

»Wow, Leute, das müsst ihr euch ansehen! Ich werd verrückt!«, hörten sie Sams Stimme von draußen.

Liam sprang auf die Füße und presste das Gesicht gegen die kleine Luke. Das Schauspiel, das sich ihm bot, ließ ihn jede Vorsicht vergessen. Er stülpte sich einen der herumliegenden Helme über den Kopf, versiegelte seinen Anzug und folgte Samuel nach draußen.

Im Windschatten der demolierten Maschine blieb er stehen und starrte diesem so lange gehegten Traum ins Gesicht. Das war es, was er sich immer gewünscht hatte. Unendliche Weite, wohin das Auge auch blickte. Vor ihm erstreckte sich meilenweit rotes Gestein. Am Horizont war eine massive Bergkette zu erkennen. Für einen Moment lösten die puren Dimensionen ein Schwindelgefühl in seinem Körper aus. Er musste sich am Stahl des Flugzeugs festhalten, um nicht das Gleichgewicht zu verlieren. Freiheit – so fühlte sie sich also an. Er konnte gehen, wohin er wollte. Niemand würde ihn aufhalten, es gab keine Türen, kein Betongefängnis, das ihn daran hindern würde. Am liebsten wäre er einfach losgelaufen, so lang und so weit ihn seine Füße tragen konnten. Nie mehr würde er sich in eine Zelle einsperren lassen. Nie wieder würde er dieses berauschende Gefühl aufgeben. Eher würde er sterben.

Ein paar Meter von ihm entfernt tanzte Samuel durch die rote Steppe. Liam kontrollierte die Daten auf seinem Visier, sein Anzug verzeichnete leichte radioaktive Strahlung. Nicht gesund, aber auch nicht tödlich. Er zögerte kurz, aber dann setzte er seinen Helm ab und atmete. Seine Lunge sog den Sauerstoff der Oberfläche ein, verwertete ihn auf geheimnisvolle Weise wie von Zauberhand in seinem Körper und atmete Kohlendioxid wieder aus. Er musste rein gar nichts dazu tun. Er lebte. An der Oberfläche. Liam konnte nicht fassen, dass sie recht behalten hatten. All die Bilder, die die Drohnen der Arche geliefert hatten, all die Informationen, die der Rat geteilt hatte: Es war eine einzige große Lüge gewesen.

»Es ist wunderschön«, flüsterte Kaja neben ihm. Unbemerkt war sie an seine Seite getreten. Den Helm unterm Arm, betrachtete sie die Umgebung ebenso fasziniert wie er.

Es war unbeschreiblich. Jeder Schritt, jede Bewegung war vertraut und doch völlig neu. Das Holovit war plötzlich nur noch ein armseliges Trugbild dieser Welt, die ihnen in den ersten Minuten nur einen kleinen Teil ihrer Schönheit präsentierte. Liam kniete sich auf den Boden und ließ eine Handvoll Staub durch die Finger gleiten. Farben, so viele, dass er sie niemals würde zählen können. Jeder Stein, jeder Kiesel, ja, jedes Sandkorn war anders geformt. Nichts war identisch, nichts zu ersetzen. Niemals würde es gelingen, diese Vielfalt, dieses Leben nachzubilden, das begriff er endlich. Warum auch immer die Generationen vor ihm, die diese Welt bewohnen durften, nicht alles darangesetzt hatten, sie zu bewahren, würde er nie verstehen. Aber es war an der Zeit, dies zu ändern. Er würde alles dafür geben, seinem Kind irgendwann die Schönheit dieser Erde zu zeigen, und er würde sein Leben lang alles dafür tun, sie für immer zu bewahren. Er griff nach Kajas Hand und zog sie fest an sich. Eine seltsame Trauer ergriff plötzlich von ihm Besitz. Wie viel Zeit würden sie beide miteinander haben, bevor ihre Vergangenheit sie einholen würde? Würde ihre Liebe stark genug sein, all das, was vor ihnen lag, zu überwinden? Er wusste es nicht, was er aber spürte, war, dass er jede Sekunde, die Kaja an seiner Seite war, auskosten wollte. Liam schloss die Augen. Wie von allein fanden seine Lippen Kajas Mund. Ein tiefer, trauriger Seufzer kam aus seiner Brust, und er wusste, was auch geschah, niemals würde er diesen ersten echten Kuss vergessen können.

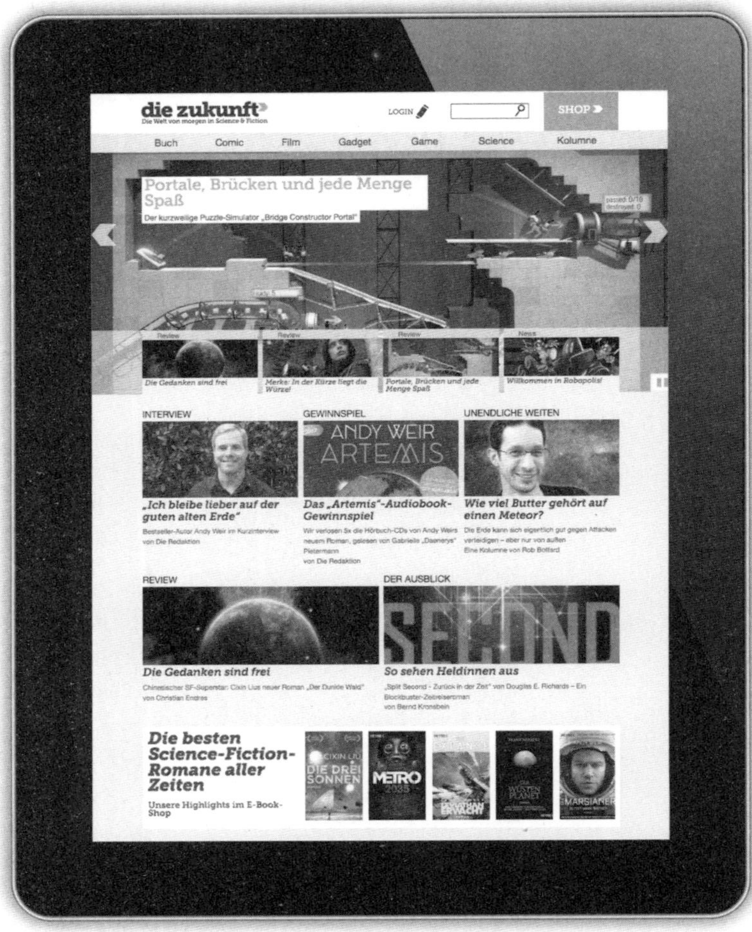